U0796934

家之链

苏芸 著

成都时代出版社
CHENGDU TIMES PRESS

图书在版编目（CIP）数据

家之链 / 苏芸著 . -- 成都：成都时代出版社，
2022.3
ISBN 978-7-5464-2951-9

Ⅰ . ①家… Ⅱ . ①苏… Ⅲ . ①散文集—中国—当代
Ⅳ . ① I267

中国版本图书馆 CIP 数据核字（2021）第 242432 号

家之链
JIA ZHI LIAN
苏芸 著

出 品 人 达 海
责任编辑 兰晓蓥蓥
责任校对 周佑谦
策　　划 刘 佳
封面设计 皓 月
责任印制 车 夫
出版发行 成都时代出版社
电　　话 （028）86619530（编辑部）
（028）86615250（发行部）
网　　址 www.chengdusd.com
印　　刷 三河市嵩川印刷有限公司
规　　格 170mm × 240mm
印　　张 16.75
字　　数 290 千
版　　次 2022 年 3 月第 1 版
印　　次 2022 年 3 月第 1 次印刷
书　　号 ISBN 978-7-5464-2951-9
定　　价 58.00 元

著作权所有 · 违者必究
本书若出现印装质量问题，请与工厂联系。电话：（0316）3650395

前言

家 / 之 / 链

每个人的人生都是一本书
只是你有没有把它变成文字
此前的，已成宿命
此后的，可能不同

我深信这世间，有一条无形的链
从婴儿初生的脐带开始
链接到身边的人、社会，乃至世界
正是这条链，成就或拴束了你我的一生

愿此书为镜
写的是我，映射出的是你
新的生命，只缘于一个唤醒
感恩遇见。

谨以此文，与“60 后”“70 后”朋友共勉。我们有相似的成长背景，却有不同的未来，你现在所触碰到的，正是为你而来的机缘。人活着的意义，是为了活出真正的自己。若你的前半生是在为别人而活，后半生，请不要再辜负自己。原生家庭是承袭命运的摇篮，没有谁的生命不带伤，除了自愈，我们别无选择。今天开始的每一天，都是你生命中最年轻、最美丽、最珍贵的一天，当你选择自省与改变，整个世界都会为你让路。

谨以此文，与“80后”“90后”朋友共勉。本人从事家庭教育工作十几年，在子女教育和父母成长方面，我会用心帮到你。请相信，此生唯有三件事不能等，一是自我成长，二是子女教育，三是对父母的责任。能做受孩子尊重的父母，自然懂得如何尊重自己的父母，最重要的，你自己也因此成了一个值得尊重的人。尊，来自你的一言一行；重，来自一颗谦卑自律的成长之心。为了明天更好，让我们从现在开始！

目录

家/之/链

第一章　惶惶童年

人之初 / 1
那时的家 / 3
父亲的规矩 / 4
温暖的记忆 / 7
好邻居 / 9
沉默的餐桌 / 11
亲爱的老师 / 13
馋嘴哥哥 / 15
硝烟弥漫 / 17
家是战场 / 21
哥哥也许是个发明家 / 22
画眉事件 / 24
迷　惑 / 26
初　中 / 28
被搬家 / 29

第二章　青春无伴

你，失望了吗？ / 32
胸　衣 / 34
耳　光 / 37
秘　密 / 38
爸爸的盘边和妈妈的盆边 / 39
遥远的妈妈 / 41
亲爱的婶婶 / 43
放　飞 / 45
爸爸的温度 / 48
处女作 / 49
达紫香 / 50
无奈回家 / 52
走进高墙 / 53
父亲的至爱 / 55

第三章　那十年

决定结婚 / 58
真　相 / 60
无法逃离的家 / 63
下　岗 / 65

黑色 1999 / 67
赔本的买卖 / 69
跌落的宝贝 / 72
想过跳楼 / 74
十年一梦 / 77

第四章　又十年

又十年 / 79

第五章　宝贝，对不起

小小哲学家 / 82
孩子，你比他懂事 / 84
沙拉的故事 / 86
天使变形记 / 88
你能考第一？ / 94
偷　钱 / 96
检　讨 / 99
儿子的初中 / 103
寻找父亲 / 106
妈妈，你听我说 / 107
红　色 / 110

第六章　海边的家

搬　家 / 114
赶　集 / 116
种地瓜 / 118
斗地主 / 120
妈妈的礼物 / 122
我没有家 / 125
小哥俩的战争 / 128
孩子，你比我们宽容 / 130

第七章　那些被称作校长的日子

从未忘怀 / 133
考试不肯写字的孩子 / 136
不会笑的鹭鹭 / 140
亲爱的“不小姐” / 143
母女情仇 / 146
讨厌小妹妹 / 149
我不爱她 / 152
善良的小天使 / 155
选择无悔 / 157

第八章　陪　伴

豆浆事件 / 161
俺是小偷？ / 163
你是谁？ / 165
迟到的手术 / 167
水火不容 / 169
最爱的，最亏欠 / 172
可恨的阿尔兹海默症 / 175
寻找母亲 / 178
行　囊 / 180
悼母亲 / 182

那年春节 / 185
马桶事件 / 188
家的味道 / 191

第九章　海风吹，海浪涌

流放孤岛 / 194
困兽之斗 / 197
那个夜，那轮月 / 199
放过自己 / 202
被住院 / 205
不一样的风景 / 207
倔强的少年 / 209
找妈妈的孩子 / 213
他成了孤儿 / 216
听，海哭的声音 / 219

第十章　心安即归处

记忆的碎片 / 223
秀才何时遇到兵 / 227
破茧成蝶 / 229
亲爱的孩子 / 232
我的“好人经” / 236
醒悟，永远不迟 / 239
还好是个梦 / 241
你幸福吗？ / 243
养儿防老？ / 246
孤独原本就寻常 / 250
就现在，刚刚好 / 254

后　记

第一章　惶惶童年

人之初

你所能记住的，最初的最深刻的印象是什么？

儿子说，他记得吃奶时，我穿的衣服的样式。我回他，胡说。

他再说，我穿的是一件红色的、镶着黑色条纹的睡裙。

居然对。想了想，我最早的记忆也和他差不多。

东北的土炕，很热乎，炕上有个刚会坐着的小女孩，胖乎乎的。那天家里好像来了客人，否则不年不节的，肯定不会包饺子。炕上有个面板，旁边有两个盖帘，上面摆满了刚包好的饺子。女孩应该是馋了或是饿了，于是一边看着大人的脸色，一边试图伸手去抓。有个大人说，吃吧，好吃。女孩想了想，便下手去抓，然后塞进嘴里。大人们忍不住地放声大笑。那女孩，攥着手中那坨软软的东西，呆呆地望着他们：骗人，不好吃。直到现在她都能感觉到，嘴巴里那种黏糊糊的、咸涩的、生面的味道。

如果说，这是最初的记忆，那么，印象最深刻的事，还记得吗？

那个吃生饺子的女孩，应该有两三岁了。一个晚上，照例是一家四口挤在一个炕上睡觉，屋子里有鼾声，他们睡得都很沉。女孩莫名地醒了，夜很黑，很静，她突然感到很怕，便摸索着寻找旁边的妈妈，小手怯怯地伸向妈妈的乳房。为什么每次想接触妈妈时，心里都会很怕呢，她一直也想不明白。只记得，当她的小胖手刚摸到妈妈胸口的时候，毫无征兆地，猝不及防地，被那只大手，啪的一声，不耐烦地打落到一边，像在拍打一只扰人睡眠的、讨厌的苍蝇。然后妈妈翻个身，背对着她，睡了。

一切都来得太快，女孩能听到自己小小的心脏咚咚地跳，那个词，那时她还不会说。恐慌，来自心底的，颤抖着的恐慌。她不知该把自己擎着的小手放在哪儿，眼睛瞪得大大的，盯着天棚，好黑好黑，看不到一点光亮。女孩应该是和妈妈盖一个被子，但妈妈翻身带走了她的那一半，她便光着小小的身子被晾在那，很冷，很怕，但一动也不敢动。记忆中的那个夜，很长，很黑，久久不能入睡。以至于几十年后，闭上眼睛她依旧能感觉到，那种无尽的冰冷和黑暗。

小女孩应该学乖啊，为什么不呢？接连又发生过几次类似的经历。心里虽然很怕，她却总是控制不住地想去触碰她的妈妈，想被妈妈搂抱在温暖的怀里，想摸着妈妈的乳房入睡。可每次都是一样的结果——被嫌弃地一把推开。一次，两次，三次，终于女孩学乖了，再也不去碰她的妈妈了，一下都不碰，后来也就再不想碰了。那时的女孩还不懂，可能妈妈干了一天活太累了，可能是她打扰到妈妈的睡眠了，她只是隐隐地感觉到，连着她跟妈妈之间的，似乎有一根看不见的、细细的线，倏地，断了。

后来，女孩长大了点，听到妈妈和来家串门的婶婶闲谈时说："我那个儿子啊从小就淘气，整天得抱着，一眼看不住就说不定跑哪去了。姑娘省事，根本不用管，从小就不哭不闹。刚会坐着的时候，我就把她自己放在炕头上，前面夹一个枕头，后面夹一个枕头，然后带着他哥出去玩。回来时一看，这丫头要不是撅着小屁股趴着睡着了，要不就是露着肚皮睡着了，一点也不乱爬，就老老实实地待在那不动地方，哈哈哈哈！"

女孩远远地看着妈妈开心的表情，听妈妈大声地、肆意地笑着，小脑瓜里快速勾勒着那个小女孩的形象：那个小小的，胖乎乎的，撅着的，仰着的，一个人蜷缩在炕上的小孩，妈妈说的是自己吗？那个被夹在两个枕头中间的孩子，你怎么那么乖呢？你就不难受、不害怕吗？

长大后的女孩无数次回想，使劲地想，有关自己和妈妈肌肤接触的记忆，比如牵手，比如抚摸，比如拥抱。她很努力很努力地在脑子里搜寻，保证一个角落都没落下，但真的找不到，哪怕是一丁点儿。女孩唯一能想起的是妈妈给她梳头，梳得很疼，但不敢说。女孩还记得那时一直梳那种先用皮筋扎得紧紧的，再分出两个小辫子的发式，这是离妈妈最近的记忆，但她站在自己的背后。每当看到邻居家的小孩子在妈妈怀里撒娇哭闹，看着他们的妈妈亲昵地牵着他们的小手，女孩就会躲得远远的，不想看，也怕看到。那些说不清的东西像一根根无形的刺，会刺痛女孩小小的心脏。

很多年后女孩无意中发现，自己从不碰妈妈的东西，比如衣服、鞋子、包包，哪怕是女孩钟爱的胭脂香粉。总之，所有跟妈妈有关的东西，她都不碰，一下也不碰。

成年后，女孩经常会重复同一个梦：自己一个人在很空旷、漆黑的夜里行走，没有星星、没有月亮，也没有灯。她很冷，很怕，很无助，也很孤单。

那时的家

那时的家，是个三十平方米左右的低矮平房。窄窄的门厅，昏暗的厨房，棚顶有个昏昏欲睡的灯泡，厨房靠近角落的地方有鸡和鸡架。每次一个人回家，经过这里时，女孩总是会小跑着进去，因为怕黑，总觉得背后有人在追。

客厅兼卧室兼餐厅，一面大炕占据了屋子的一多半。简单的几样家具，有高低柜、炕琴和两个单人沙发。还记得屋角有个长方形的土豆窖，能存放够一个冬天吃的土豆，每到开春时，没吃完的土豆会长出长长的、白色的芽。窖上面有个长方形的木板盖，窖盖一侧有个装杂物的花筐，外面挡着个花布帘。女孩曾看见过，每个月爸妈领取工资，妈妈就偷偷地往那个破筐里的一只破棉手套里塞钱，还用一张旧手绢包裹着。

当时并不觉得自己的家那么矮小，女孩在十七八岁时回去过一次，看了看那个住了 13 年的地方。油毡纸和瓦片的屋顶，砌墙的红砖被风雨侵蚀成了灰突突的颜色，整个屋子矮小破败，像个风烛残年、佝偻着腰的老妪。而这里，装着女孩的童年，童年的记忆很模糊，很孤单，也很嘈杂。女孩常在记忆里搜索，在这个小房子里，有没有一家人在一起欢声笑语的时候？有没有父母在一起嘘寒问暖或聊天的时候？有没有自己和哥哥开心玩耍疯闹的时候？可能太少，也可能真的没有。

不对，好像有一次，女孩想起来了。记不清自己多大，有一天，应该是个星期天，爸爸骑着他那辆金鹿牌的自行车，带着妈妈、她和哥哥，骑了很远的路，去一间电影院看电影！女孩被妈妈抱着坐在后座，也被她的胳膊勒得难受，对，那算得上是一次和妈妈的近距离接触，不过一点也不舒服。哥哥坐在前面的横梁上，一家四口人挤在一辆“私家车”上，风在耳边呼呼掠过。看的什么电影早就不记得了，但那天那种一家人在一起，去一个大家都想去的地方，感觉真好！

再就想不起来什么了。吃饭、睡觉、上班、上学，日子平淡无味，20 世纪 70 年代的家庭，大多都是这个样子吧。那时家里没有电视，只有一台收音机，有位叫刘兰芳的阿姨天天讲评书，什么《岳飞传》《杨家将》，讲得特带劲。她学的马蹄声别提多像，就跟真的有匹马远远地跑过来一样，一家人最不愿意听到的那句话就是“欲知后事如何，且听下回分解”，那就意味着又得再等上 12 个小时。后来陆续开始有了电视机，一排平房的邻居只有一两家有黑白电视，女孩家是买不起的。记得当时播放连续剧《血疑》，妈妈看上了瘾，每天匆匆地做饭吃饭，到点了赶紧去邻居家占位置，等待好剧开播。女孩不去，一是不喜欢人多的地方，另外也担心那么多人都去邻居家，会给人家添麻烦。

爸爸经常值夜班，妈妈和哥哥不等到剧终是不会回来的，女孩便时常一个人留在家里。她喜欢安静，但有时也会害怕，越怕就越竖起耳朵听，总觉得外面有动静。厨房里的那几只鸡，可能因为一只脚站不稳？也可能是站着打盹儿睡着了？总之说不定什么时候它们就会突然发出翅膀的扑棱拍打声、咯咯的乱叫声，估计是不小心摔了个趔趄。女孩也会跟着吓一大跳，她便把身体使劲往后缩，紧紧靠住炕角，双手抱住膝盖，大眼睛四下张望，不断在心里小声地安慰自己：不怕，不怕，他们一会儿就回来了。

现在人们把小一点的房子叫蜗居，想想那时的情形，女孩真有点像一只小小的、软软的，躲在那个叫家的壳里的、容易受到惊吓的小蜗牛。

父亲的规矩

父亲是个心直口快、脾气暴躁的人，用母亲的话说他是“点火就着”。他在家里几乎不笑，好像是受了山东老辈人的影响，怕笑了便没有了一家之主的威严。从女孩记事起，家里就像笼罩着一大块铅色的乌云，总是阴沉沉的。不过有一种情况例外，那就是家里来客人的时候，父亲就像完全变了一个人，他热情爽朗、谈笑风生、调侃玩笑，总之开心得很。但等到客人走了，刚才的大好局面迅速翻篇，这位一家之主早已恢复一脸的严肃。

母亲也不爱笑，好像心里压着很多愁事，时常眉头紧锁地叹气，总是闷闷不乐。不过她也和父亲一样，要是家里来了客人或到邻居家串门，她也是笑呵呵的。女孩时常感到奇怪，难道是这个家有什么问题吗？没有外人在时，大人们就得板着冷冰冰的面孔？能看出母亲虽有点怕父亲，但又不甘心的样子，是类似表面不得不顺从，内心充满压抑和反抗的那种神态。女孩从来没看到他们像普通夫妻那样，态度平和地唠嗑话家常，除了必须说的话，比如吃饭了，睡觉了，把什么东西拿来，该买米面了。他们甚至从不叫彼此的名字，只唤一声：哦。母亲心情不好时会自言自语，她常重复的话是："我三岁就没妈，多可怜哪！我从小就命不好，现在命也不好，唉，命不好啊。"

父亲在家里有绝对的权威，说一不二。他有吩咐时，女孩和哥哥包括母亲都得竖着耳朵仔细听，因为他不会重复第二遍。记得那时父亲有个习惯，早上起来要喝个鸡蛋水，就是用开水把生鸡蛋冲成絮状，再加上白糖，闻着就香甜。先起来做早饭的母亲会面无表情地把那个大茶缸递给他，父亲则会趴在被窝里喝完再起床。女孩偷偷舔过几次缸底，甜甜的，好喝。估计哥哥也这么干过，不过他们心里都明白，这个"专利"跟自己没关系。

父亲的规矩之一，就是家里必须要干净。那时的家，地面是砖铺的，砖与砖之间有缝隙，由于瓜子壳掉进砖缝里不好扫，所以除了过年，女孩家很少买瓜子。尽管瓜子是邻居家经常吃的，却是她和哥哥都奢望的，算得上那个年代唯一价廉物美的零食。父亲唯一做的家务就是扫地。他先端着洗脸盆把砖地均匀地洒上水，等到半干的时候再开始扫，用笤帚尖把每个砖缝都清理得干干净净。

父亲还有个铁定的规矩二，就是物有定处。不管什么东西，用过之后必须放回原处，炕上、地上都要保持干净整齐，总之目光所及的地方都不可以乱。比如哥哥有一次写完作业后，书本文具一时忘了收，刚好被下班回来的父亲看见，父亲抓起书本文具顺着窗户一把扔了出去，不管会不会摔得乱七八糟，看你长不长记性！哥哥吓得先愣一会儿，然后斜眼瞄着他老人家的脸色，连忙灰溜溜地去一样样捡回来，板板正正地装好，再把书包小心翼翼地挂在指定的铁钉上。

父亲常常挑剔母亲的不干净，带着那种嗤之以鼻的不屑说："山东人干啥就是不利索！"尽管他也是后来才到东北的山东老乡。在他眼里，母亲似乎什么事也做不好，饭做得不好吃，屋子收拾得不干净，说话不中听。事实上，也确实是父亲做饭好吃，干啥像啥，干净利落，只是轻易不肯出手而已。母亲尽管在背地里愤愤不平，家里来了邻居或亲戚时也常说他的坏话，但在父亲面前，大多时候还是敢怒不敢言。

那时一家三口人最怕的事，就是被父亲叫去搭手干点啥。比如他要换个灯泡或是钉个东西，站在凳子上让你递个灯泡、螺丝刀或钉子之类的。东西都在那个他指定的工具箱里放着，可你越紧张就越找不到，若是慌慌张张地递错了，他便会不耐烦地呵斥一声："东西就在那摆着，没撞着你的眼睛？"你便愈发反应迟钝、笨手笨脚，所以最希望类似的合作不要轮到自己头上，实在是让人脑子短路、胆战心惊。因为怕，母亲和哥哥在他面前总是出错，而女孩很小开始就懂得察言观色，能猜度着父亲的心思说话做事，所以几乎不怎么挨骂。

父亲的规矩之三，就是小孩子不能犟嘴，无论对错。那个年代的父母都是说一不二的，哪里来的什么民主平等，小孩子就是得听大人的，哪敢问为什么，除非你不怕挨揍。哪像现在的孩子，一句重话都说不得，受了点委屈就动辄吵闹出走。哥哥小时候非常调皮，常和同学打架，只要有人找到家里或被父亲知道，父亲对哥哥不由分说就是一顿打，不管哥哥是对是错。哥哥若是敢犟嘴说："是他先打我的，不怪我。"父亲的回答就是："人家怎么不打别人呢？还是你自己有毛病，打你也活该。"女孩听到哥哥在背后说："反正在外面被人欺侮了，回到家还得挨打，那还不如先动手打别人呢！"所以他的打架总是屡禁不止。

这个家大多时候很安静，尤其父亲在家时，更是静得让人发慌。一家人默默地养成了习惯：趁父亲下班之前，你最好不要留下什么把柄，扫视一下所有他可能挑毛病的地方，不妥的赶紧收拾利落，该干啥干啥，千万不要随便出声搭茬，能躲多远就躲多远。总之，父亲就是这个家的规矩，他若晴天，全家晴天，否则，一家人可都要小心了。

温暖的记忆

父亲对女儿还是有些偏爱的。可能是他看到母亲更喜欢哥哥或是应了那句——女儿是父亲前世的情人。父亲的偏爱体现在，对小女儿态度温和得多，不像对母亲那么挑剔，也不像对哥哥那么严厉。偶尔出门，他只喜欢带着小女儿，有时带到单位，有时带出去办事，有时连出差都带着。

父亲那时身体很棒，篮球打得好，还代表单位到地区参加过比赛，比赛时偶尔会带着女孩。女孩还记得，那时的旅馆是一张小小的木头单人床，父亲睡床边，女孩靠墙睡，很挤，睡得很不舒服。但躺在酣睡的父亲身边，偎在他壮实温暖的臂弯里时，女孩心里装满了一样东西，叫作幸福。

父亲有一辆高高大大的自行车，前面有个横梁，不少人家都会在横梁上为孩子安装上藤编的儿童座椅，平平整整的，还带个小靠背，看上去就很舒服。但女孩没有这样的座椅，她被直接按坐在那根黑色的铁管子上，冰冰凉凉，硌得难受，却不敢说也不敢动。两只小手要稳稳地抓住车把才能掌握好平衡让自己不掉下车，但千万别放到中间，否则大人突然急刹车，小手就会被夹到，本来疼得想哭，父亲还会怪女孩不长记性。

坐得不舒服也罢了，会夹手也就罢了，女孩最怕的就是，父亲骑车到某处的大门口突然停下来，抬脚把后面的铁架子啪地一支，然后看也不看、说也不说，自顾自地办他的事去了，完全当女孩不存在！就那样把大大的车、小小的人放在门口！女孩的双手死死地握住冰冷的车把，身子僵直得一动也不敢动，就连呼吸都不敢喘出声来，生怕一使劲喘气，就会从这高大的铁家伙上掉下去！每次都感觉父亲去了好像一个世纪那么长，尽管实际就一会儿，但那种恐怖的感觉就像不系安全带被吊在半空中，对女孩来说，简直是太可怕了。

女孩到现在也想不明白，既然那么怕，为什么自己不肯说出来呢？可以告诉父亲别把她一个人留在车上，把她从车上抱下来，站在那等也好啊。但女孩从不敢说，是怕父亲一不高兴就不再带着她出门了吗？还是习惯了顺从，根本不敢表达自己的想法？不管怎样，她在心里确定地知道，父亲是爱自己的，比他对母亲、对哥哥的爱加起来还要多。女孩那点小小的虚荣心很是满足，所以会在父亲面前表现得更加乖巧可爱。但她也懂得，在哥哥和母亲面前要做到不动声色，不要提跟父亲去了哪儿，更不要沾沾自喜，因为他们会不喜欢。

再长大一点，女孩成了小学生，是那种不很聪明但很努力的孩子，老师喜欢她的懂事和上进。父亲最喜欢参加女儿的家长会，因为去的时候不用紧张，也不用担心被老师训斥，总能乐呵呵地回来。不像去参加儿子的家长会，父亲总是赔笑脸赔不是，用他的话说，恨不得找个地缝钻进去。父亲每次都是黑着脸回来，哥哥自然免不了挨一顿打。虽然他从不会当面夸女儿，但女孩心里知道，父亲喜欢自己，她是父亲唯一的骄傲，表现在他假装着威严却温和的眼神里。

人的大脑很神奇，好像有自动筛选和屏蔽的功能，能迎合主人的好恶，对不同的人和事区别对待。比如对于自己喜欢的人，你能记住的大多是他对你的好，即便有什么不好的地方，也常常会被删除或忽略不计。相反也一样，对于你不喜欢的人，你所能记住的几乎都是他对你的不好，为此可能把他曾对你的好也淡忘了。女孩分明记得，父亲是踢过她一脚的，算是唯一的一次挨打，但只是比画一下并不严重，不过哥哥当时挨的那一脚可不轻。至于两个人做了什么，为什么事挨打，却是无论如何也想不起来了。

还有一段最温暖的记忆，像根蜡烛，一直在女孩心里燃着。小学高一点年级时，她的数学明显不如语文学得轻松，有时遇到不会做的应用题会急得饭也不吃、觉也不睡、眼泪汪汪，害怕没完成作业被老师说。父母当然也不会做数学题，他们都没读过几年书。看着她可怜巴巴的样子，父亲便会什么也不说，穿好衣服背上她，去找隔了几条街的金明姐夫求援。他是邻居谢伯伯家的女婿，附近为数不多的大学生。记得那段路很黑，坑坑洼洼的，也没有路灯，不过有时也很亮，能看到圆圆的月亮。女孩趴在父亲宽厚的背上，心里被一种说不出的东西填得满满的，那么温暖，那么踏实，那么满足。耳边吹过的风似乎在告诉她：放心，只要有父亲在，什么都不用怕！

父亲的爱，可能粗糙，可能随意，也可能无声无息。但爱就是爱，它是流动着的、有温度的，无论远近，都能让另一颗心真切地感受到。女孩成长的每一天，并不都是开心快乐的，但即使在最难过的时候，她也清楚地知道父亲是喜欢自己的，自己是有人爱的女孩！这份深沉而厚重的爱，是女孩生命中的一束光，曾在未来很长的一段时间里为她默默照亮前行的路。

好邻居

那时住平房，邻居们相处得跟一家人似的，他们待女孩也像对自家的小女儿一样疼爱。请相信一个孩子的感受，哪怕她几个月大，你是不是喜欢她，她真的懂。她会从你的一个眼神，一个抚摸，一个微笑，一个拥抱里，捕捉到爱的温度。

爸爸妈妈和邻居们相处得也很好，跟他们说话从来都不板着面孔，而是热情又亲近。记得那时，东边谢娘家和西边张叔家都养牛，他们把挤好的牛奶用大铁桶装着，卖给公家的收奶站。但检查很严格，稍不合格就会被退回来。每当这个时候，谢娘或张奶奶就会一盆接一盆地往邻居家送，平时舍不得买的牛奶这回就可以一碗接一碗地随便喝了，那叫一个过瘾！如果当天喝不完就用它和面蒸馒头，那飘着奶香味的大馒头啊，白白胖胖，实在是太好吃了，想想都让人流口水。

记得那时爸爸喜欢打鱼，白天正常上班，下班后再骑着自行车到几十里外的水库去打鱼。天蒙蒙亮的时候，睡得迷迷糊糊的女孩会听到爸爸的敲门声，还有把鱼倒在大洗衣盆里扑腾的声音。女孩觉得爸爸很厉害，也不知道他从哪弄来那么多的鱼，又哪来那么大的力气，骑那么远的路把它们驮回来。打回来的鱼，自家肯定是吃不完的，就一条条地往邻居家送，这是兄妹俩最爱干的活儿。不过得偷偷地送，那时是绝不敢卖的，因为不被允许，要是被人知道，爸爸会为此丢了工作的。如果打回来的鱼少，不够分，爸爸就会亲自下厨露一手，再叫上几个要好的邻居，大多是叔叔或伯伯，到家里来喝上一盅儿。

最喜欢谢娘炸的泡饼和面鱼儿，黄澄澄的、油汪汪的，冒着勾魂儿的香气。因为谢伯伯是当官的，家里还养奶牛，家庭条件算是邻居中最好的，所以他家的伙食相当不错。女孩家从来没炸过那东西，因为没有那么多豆油，再说，妈妈做饭是从来不会变花样的。油炸的香味是关不住的，要是女孩在这天找个由头去谢娘家晃一晃，凭着谢娘对自己的宠爱，百分百能混到这个好东西。好心的谢娘还不会忘了临走时给她偷偷塞上两个，毕竟这金贵的东西挨家分不过来。

那时的邻里关系真好，真的应了那句远亲不如近邻，可不像现在住进楼房，对门邻居可能都见面不相识。儿时的邻居很暖心，谁家包了饺子，谁家做了好菜，谁家遇到了难事，都会聚到一起，一起开心，一起难过，一起商量，像个融洽的大家庭。爸爸算得上是街坊邻居的主心骨，大家有事都愿意和他商量。他颇有点像武侠小说里的人物，慷慨大方、疾恶如仇、爱帮助人，什么东西都舍得给人家。别人求他的事，只要答应了，用他的话说，就是“头拱地”也得办到。总之，他是对朋友很仗义，特别要面子的那种人。

大人们关系好，小孩子自然有样学样，各有各的小团伙、小帮派。女孩算得上是个孩子头，邻家的小姐妹都喜欢跟她玩。隔壁张叔家的妹妹小晶，东边另一个张叔家的小春，谢娘家的姐姐小梅，都是女孩童年最好的玩伴。跳皮筋、踢毽子、过家家，女孩子在一起哪怕是玩些针头线脑的小东西，都能开心地玩上半天。知道什么是“嘎啦哈”吗？第三个字读四声。那时只有有钱人家才吃得起羊肉，羊腿关节那有个漂亮小巧的、四方形的小骨头，嘎啦哈这套玩具至少需要四个这宝贝。好心的大人要能帮忙把它染成红色，再配上妈妈缝的一只花布口袋，哇，谁要有这么一套娱乐神器，就等着做女孩堆里的老大吧！那些小不点肯定都围着你转，带不带别人玩，那得看小主人的心情。

那时学生功课不多，放学也早，压根没有什么补习班兴趣班之类的。在父母下班之前，是孩子们自由活动时间，等父母回来做饭的工夫，孩子们就回家做作业，吃了饭又出来玩。儿时玩的东西原始又简单，但一点也不耽误孩子们的快乐。所谓的玩，就是和认识的不认识的小伙伴成帮结伙地疯跑，男孩子摔泥巴、弹玻璃球、滚铁圈，女孩子跳皮筋、踢毽子、编花篮等。大家常常疯得满头大汗，不到天黑都不肯回去。现在想来，那个年代里，同学中很少有戴眼镜的，如果在街上遇见一个戴眼镜的叔叔或阿姨，基本可以断定他们知识分子的身份。可如今随着电子产品的普及和学生课业不断加重，导致孩子们的户外活动减少，造成青少年近视现象逐年加剧。

说起来，女孩和哥哥算得上是邻居帮忙照顾大的孩子。他们没进过托儿所，爸妈下班回来得晚，兄妹俩常被热心的婶子大娘叫到家里去吃饭。据说哥哥玩累了曾睡在路边的沟里，被邻家哥哥抱回去放到自家炕上。那种随时被照顾的感觉真好，困了你就睡，饿了你就吃，没有顾虑。那时的大人们好像从不担心孩子会跑丢或被拐骗，往孩子的脖子上挂串钥匙，家里有冷馒头，不用打招呼左邻右舍也会帮忙照顾。看来人的生存本领，恰恰因为被放养或没人管，才变得越来越强大吧。

不过，从外面玩够回来，或走出邻居家到了自家门口时，女孩就会收敛笑容，庄重自己，心中默念：小孩子不许笑不许闹，东西不许乱放，不许胡乱说话。好，开门，回家睡觉。

沉默的餐桌

上班的下班，上学的放学，一家人能聚在一起大多是吃饭的时间。

其实，现在的人和过去的人一样，对于吃饭都愁同一个问题：吃什么？不同的是，现在是好吃的东西太多，所以不知道吃啥。而过去是真心很愁，一是你没钱买好吃的，二是就算你有钱，也买不到那么多好吃的。那时啥都讲国家供应：肉有肉票，粮有粮票，布有布票，而且每个月每人粗粮多少，细粮多少，油几斤几两，都是有数的。如果能每顿吃上一碗香喷喷的大米饭，那简直是神仙一样的日子！那时做梦都没敢想过，饺子有一天能吃腻！那是多么难得的美味啊，小时候认为吃饺子就代表过年。

记得爸爸那时一个月工资大约四十几块钱，领到手赶紧先拿出十几块钱买袋面，然后留出当月柴米油盐、人情往来、一家人吃穿用度的钱，再加上孩子的学杂费，能支撑到月底，真的不容易，得一分一毛地计算着花。有时挺不到月底，还得向邻居借十块八块，工资发了赶紧先还上。所以，那时的孩子是不敢提要求的，零花钱几乎等于零，什么这个好看那个好吃，趁早闭嘴，能让你冻不着饿不着，已经不错了。

女孩和哥哥最盼望的事，就是家里来客人。因为有客人就代表会有好吃的，会有黄黄的葱花炒鸡蛋，香香脆脆的花生米，那味道，真的让人垂涎欲滴。不过小孩子是不许上桌的，女人也不可以，包括妈妈，这是山东人的规矩。等爸爸跟客人们吃够了聊够了，送客人一出门，女孩和哥哥就立刻不约而同伸长脖子往桌子那看：盘子里还剩点啥没？要是吃得比较干净，他们就无比沮丧；如果略有剩余，他们则欣喜若狂！不过还得假装不着急，没有爸爸的指令，他们依旧是不敢动筷子的。

即使不来客人，家里有好吃的也是如此，先大人吃，说小孩子吃的日子在以后呢。确切地说，是爸爸最有权吃，妈妈都尽量少吃，或许她在想着，自己少吃一口，孩子就能多吃一口吧。有时炒菜偶尔放几个肉片，女孩还比较矜持，能忍着不去夹，哥哥可管不了那么多，只见他一边用眼角的余光观察着爸爸的脸色，一边怯怯地伸出筷子，确定没什么特殊情况，便嗖地一下夹起来一片儿肉迅速塞到嘴里，谁也不看，赶紧吞下肚。如果夹的次数频了，或者插手到人家地盘翻找，恐怕就会被父亲 “啪”一筷子抽回去，再呵斥两句，吓得那个小馋猫只好老老实实的扒拉碗里的饭，再也不敢出手。

另外，女孩家吃饭是不允许说话的，除了说盛饭拿勺子之类的。如果小孩子敢叽喳地说闲话，立刻就会有一声怒吼：“吃饭还堵不住你的嘴吗！”吓得孩子们立刻闭嘴，饭桌上再不敢说一个字，除了父亲发出的充满节奏感地吧唧声，四个人必须保持缄默。不仅饭桌上，在整个屋子里都是有事说事，没事闭嘴，四口人之间像隔了一堵隐形的墙，互不交流成了一种习惯。女孩不知道别人家里是什么样子，反正在自己家里，父母与孩子之间，从不知道什么叫作沟通，什么叫唠嗑。从没有人问你在想什么，需要什么，今天发生了什么。家，就是黑天要回来，白天要出去的住所。

后来，女孩不知从哪听到一句话，叫食不言，寝不语。哦，原来这样是对的，吃饭和睡觉是一样的，就应该不说话。平时也一样，自己的事自己知道就可以了，不用说给别人听，也不要拿出来问。小孩子的思维很简单，大人说什么，就以为是什么，反正听大人的话就对了。再长大点后，女孩的小脑瓜里开始有了奇奇怪怪的想法，她在想：大人们总说要听话，听了大人的话是不是就会长成他们的样子？要是我并不想长成他们的样子，那可怎么办呢？她又想，要是我有了家，好吃的不光要给大人吃，也会给小孩子吃，要一家人一起分着吃，每个人都有份。大人跟小孩子说话时也不板着脸，而是像邻居小春妹妹家那样，叔叔婶婶都是知识分子，总是那么和蔼可亲，他们从来不打骂孩子，跟孩子说话总是笑眯眯的，要是能有个那样的家，该多好啊。

女孩那时并不懂，人与人之间的沟通是多么重要，一个在家里不会和父母兄弟姐妹说话的孩子，到外面又怎么跟别人打交道？女孩开始有了自己的小心事，她心里压下了很多话，却从不会跟任何人讲，因为她知道没有人会听，就算听了，也不会被当回事。自己的事情自己做，自己的想法自己懂，自己的问题自己扛，这个好坏参半的习惯，便是从小一点点养成的吧。

亲爱的老师

女孩七岁时，妈妈用花布为她做了个小书包，可以上学了。

小学的课本很简单，到现在她还能背出整本语文书的生字。女孩最喜欢语文课，因为喜欢老师。老师叫李坚，坚强的坚，是位女老师。因为都说她教得好，一个班被塞进了六七十个学生，整个教室挤得满满当当，也被老师管理得井井有条。女孩从一年级到五年级，无论是卫生、纪律、学习还是体育比赛，班里什么都会拿第一，记得李坚老师还曾被评为全省和全国的优秀教师。

老师有时很温和，有时很严厉，同学们对她又敬又怕。大多时候，她是和颜悦色的，讲课清晰又生动。女孩最喜欢听她朗读课文，充满感情又抑扬顿挫的声音特别好听，于是，女孩也学着老师的样子偷偷练习，后来居然经常得到老师的夸奖。老师自己性格要强，也要求学生们事事争第一，班里的奖状、流动红旗挂满一整面墙，红彤彤的很是壮观。大多时候她看每个学生都是笑盈盈的，但有时被气急了，她也会发火，会拿粉笔头扔那些溜号的男同学，会恨恨地推搡那些怎么都教不会的笨孩子。

女孩上小学时很努力，每天一定会早早醒来，怕妈妈做饭晚了来不及，会迟到，会被老师罚站。或许因为那时没有闹钟吧，妈妈常常会睡过头，简单的饭菜做得匆匆忙忙，关键是还很烫，女孩宁可不吃饭也不能迟到，所以从没被老师罚站。她有一头浓密的长发，有时妈妈起来晚了，没空给她梳，就胡乱地系一下，然后一摆手说：“快走吧，快走吧，不赶趟了。”可披散着头发多乱多丑啊，女孩眼含着委屈的泪水，噘着嘴跑去上学。

记得是一个上午，第一节课下课时，老师没有去办公室，而是微笑着径直地朝女孩走过来。是我犯什么错误了吗？是我哪里表现不好吗？女孩还在慌张地猜想着自己的毛病时，老师已经笑吟吟地走到了跟前。老师爱抚地摸摸女孩蓬乱着头发的小脑瓜，竟然从衣兜里掏出一把梳子，亲切地说："来，老师给你梳梳头。"女孩吃惊地瞪大眼睛，小脸涨得通红，老师给我梳头？老师只给我梳头！老师从家里带来梳子给我梳头！幸福来得太突然了，女孩像个愣愣的、乖乖的小木偶，任由老师摆布。

当时的场景她记得好清楚，像一幅永远定格的画面：老师坐在课桌一端，两个男同学帮忙着压另一端——不然长条桌会被压翻过来，她站在老师的两腿中间。同学们尤其是女生都围着她们看，满眼都是羡慕！女孩感觉自己像是站上了高高的领奖台，那么开心，那么幸福，那么受宠若惊！老师的手灵活轻柔地给她编着小辫子，像妈妈的手，不，比妈妈要温柔！她能感受到老师近在咫尺的呼吸，和她身上散发出来的暖暖的温度。那课间的十分钟，是女孩最骄傲、最神气的时刻！直到现在，闭上眼睛，老师白皙的手上，那股淡淡的香脂味道，她都清晰地记得。

老师给她梳了几次头，女孩记不清了，但第一次，记住了整整一生。从那时起，女孩的眼睛充满了光彩，只要老师站在讲台上，她就会一眼不眨地盯着她，生怕错过了老师的一句话、一个字。如果被老师笑盈盈的眼睛看到，女孩就会血流加速，小脸通红：老师看我了，老师喜欢我！我要让老师更开心！所以，老师提问时她会高高地举起手，老师留的作业她会认认真真地完成，老师交代的事她会牢牢记在心上。她所做的一切，好像就为了得到那一句表扬，老师一个赞许的微笑、一个轻轻的爱抚足以让她心花怒放！

因为爱语文老师，所以女孩的语文成绩最好。女孩在小学时最幸福的事，就是自己的作文被当成范文，老师在教室里踱着步抑扬顿挫朗读时；就是当省市教委的领导来观摩公开课，自己被叫起来朗诵课文时；就是开家长会时，老师抚摸着女孩的头对女孩的爸爸说："你这个女儿，虽不是最聪明的，但她很懂事，很努力！"老师对她的好，让她更加努力！后来，女孩果然以优异的成绩考上当地最好的初中。她并不懂得什么前途与未来，只是想着，用自己能做到的、唯一的方式来报答老师的爱，让老师开心。

可是后来，他们搬家到了另一个地方，女孩就这样与老师分开了。亲爱的老师，不知何时才能再与您相见！您教过的孩子太多了，可能记不清每一个学生的名字，但每一个孩子都会记得您！记得您的音容笑貌，记得您嘶哑着嗓子讲课，记得您像对待女儿一样给女孩梳头！亲爱的老师，您知道吗，您那份不经意的关爱，对一个孩子来说，是多么贵重！这是份生命的礼物，像一束燃烧着的火焰，深深地珍藏在女孩心底，陪伴着她一天天长大，温暖如爱的拥抱。

时光如梭，大概在女孩接近三十岁的时候，在一个异地的火车站，她猝不及防地迎面遇到了她的老师！亲爱的老师！想念的老师！一眼就能认出的老师！您还是原来的样子，那么白皙，那么干练，只是眼角有了皱纹、两鬓添了些许白发。但老师并没有认出她，从她身边匆匆走过。她也呆呆地没反应过来，嗓子似乎被麻绳缠绕了一样，竟没能说出一句话！竟没有叫一声老师！转身看着老师渐渐远去的背影，她泪如泉涌！

那时她不敢跟老师说话。记得那年，女孩下岗了，生活得很艰难。老师虽没有看到她，但她看到老师了，看到老师好好的，就好！老师，对不起，您的学生并没有成为您所期待的样子，您会失望吗？老师，我答应过您，要努力，不会忘！

馋嘴哥哥

女孩有个长她三岁的哥哥，妈妈曾这样描述他："我这儿子从小就淘气，两岁多的时候，大人在地里干活，一转眼他就不见了，急得满地儿找。结果发现，他趴在院子里晒太阳的老牛的后背上，嘴里还驾、驾地吆喝呢！"

小时候的哥哥白白胖胖，长得也好看，谁见了都喜欢。据说爸爸那时做民兵排长，不常回家，有时哥哥想爸爸，嘴里总是念叨着找爸爸。有一次都想病了，妈妈就捎信让爸爸回来。那时他们住在农村，村口有条大河，夜里没有船摆渡，爸爸就迫不及待地干脆跳进水里，横穿大河，游到对岸，回家看儿子。不过那个时候，女孩还没有出生，后来有了女孩，父亲也有了工作，一家四口便离开了农村的小草房，搬进了城里，住进了那个小砖房。

幼时的哥哥只是淘气，大点时开始嘴馋。比起村里的供销社，城里的百货商店对小孩子来说简直就是个花花世界，饼干、糖果、罐头……好吃的东西太多了！但爸爸的工资只有四十几块钱，养活一家人都不容易，哪还有闲钱给孩子买这些？那时候，就连听话懂事的女孩都暗暗盼着自己能生病，因为那样就会有罐头吃。一瓶水果罐头大概不到一块钱，天呐，简直是天下第一美味！半瓶水果下肚（两个人分着吃），管你啥病，包好！记得还有两种像糖一样好吃的药，一种是黑乎乎、酸酸甜甜的山楂丸，一种是金灿灿、甜丝丝的塔糖，让你巴不得整天闹肚子或长蛔虫，那样就能名正言顺地享用它们了。

记得那时农村老家有位爷爷，他是村支书，经常来城里给大队办事，一年能有两三次的机会到女孩家做客。兄妹俩盼着爷爷来，因为那时家里有一只小铁皮桶，只要爷爷来一定会带两包糖果，或者小动物饼干，就能装满满一小桶！在孩子的眼中，这一桶好吃的不亚于乞丐看到了一桶黄灿灿的金子，幸福感瞬间爆棚！不过，妈妈只会分给他们一小部分，其他的转眼就不见了，得藏起来，留着以后慢慢吃。但从此，这只充满诱惑的小桶就成了哥哥搜寻的目标。

女孩懂得节省，糖一点点含着吃，饼干一点点咬着吃。哥哥则迅捷生猛，糖，嘎崩嘎崩嚼碎，瞬间下肚；饼干当然是狼吞虎咽、一口一个，分分钟解决掉。然后，他眼睛一转，开始瞄准慢半拍的妹妹手里的东西。他会一脸献媚地对妹妹笑，老妹老妹叫个不停，跟着女孩的屁股后转来转去，直到把好吃的哄到手才肯罢休。当然，吃到东西后就不管妹妹了，跑得远远的自个儿玩去了，跟什么事也没发生过一样。女孩也后悔、跺脚、生气，发誓再也不上当，但下一次，还是被哥哥磨得心软，让他的阴谋诡计继续得逞。

其他好吃的被藏到哪去了呢？等到爸爸妈妈上班，啪地一关门，哥哥就立刻来了精神。只见他爬上爬下，四处搜索，高的地方搭上凳子，矮的地方趴着侦察，什么土豆窖衣柜碗架，逐一细致排查。放心，翻完后一定会恢复原样，以防被爸妈发现。女孩记不清哥哥到底有没有找到那些好吃的，又是什么时候找到的，但能确定的是自己绝对没有吃到。只记得妈妈常恨恨地点着哥哥的脑门低声骂：“家里有点好吃的，就算藏到耗子洞里，都能被你给翻着，一天到晚就长个吃心眼儿！”再回头看看女孩，说：“别告诉你爸哈。”然后，这件事便不了了之了。

有时实在没啥好吃的了，哥哥还会自己动手，自制美食，而且颇有创意。比如有一次，女孩看到炉子上的水开了，壶里面似乎有什么响动，掀起壶盖，咦，这里面怎么会有两只咕噜着的鸡蛋？再比如，哥哥很厉害，早早就会用菜刀，他会把冷馒头切成小方块，锅里放上油，把这些小块炒一炒，再撒点盐，等到馒头焦黄，闻着味都香。但这两样东西，不管多馋，女孩都忍着不吃，想着好孩子不能跟他同流合污。哥哥可管不了那么多，爱吃不吃，他自己还不够吃呢，吃完迅速打扫好战场，像一切不曾发生的样子。女孩暗想，就算豆油少了妈妈不知道，但鸡蛋少了她一定是知道的，不过妈妈从来不提，女孩也就不多嘴。现在想想，其实从那时，哥哥已经充分展示出了厨师的潜质。

有人说，在身心成长的年龄，不能让孩子对什么东西过于饥渴，否则就会被压抑成强烈的欲望，影响孩子未来的习性。但那时条件确实不允许，生存都不容易，谁会在意这些大道理？小孩子，爱吃是天性，很难抵挡一些小诱惑，这是人之常情。起初，他可能只有一些小小的欲望，但随着一天天长大，他的小欲望，也会慢慢长大。

硝烟弥漫

女孩家住在铁西区，她和哥哥同在铁西小学读书，每天上学时他们都会路过同一个地方——铁西商店。爸爸在领工资后，偶尔会把一分、两分的硬币给她和哥哥。那时，在铁西商店门口，花两分钱能买一个大米或小米爆香的沾了糖的圆圆的米花糖。男孩够吃一大口，女孩则仔细地慢慢吃，能晃悠着一路啃到家。

商店里边的东西就多了，女孩也进去看过，那简直是个专门勾小孩魂儿的场所。售货员身后整排的罐头煞为壮观，饼干装在透明盖子的大箱子里，有小马、小狗、小鸡的形状，都像在汪汪咯咯地冲你招手。各种散装的，包着漂亮彩纸的糖果就更不用说了，那形形色色、甜甜蜜蜜的诱惑啊，让小孩子的眼球恨不得蹿出来粘上去、掳一块儿就逃走。现在想想，那时候商店里有柜台挡着是对的，你只能隔着玻璃看，不能碰。要像现在超市这个样子，啥都敢摆在外面，那得有多少孩子会惹出祸端？

小孩子的自控力需要从小培养，需要父母耐心地引导和给予适当的满足。但在物资匮乏的年代，大人们忙着生计，孩子就像阿猫阿狗一样散养着长大，让你吃饱穿暖已经不错，至于童年这个品格习惯形成的关键期，大多父母是不在乎、不懂，也无暇顾及的。但孩子毕竟是孩子，爱吃爱玩是他们的天性，尤其是聪明的、馋嘴的哥哥，因为馋，又得不到，他的小脑瓜里自然会琢磨算计，一心为吃到嘴而努力。女孩家里第一场“大风暴”就跟吃有关，发生在一个无比恐怖的晚上。

那天，女孩放学回来，一进门就明显感觉到家里的气氛不对劲。妈妈冷着脸在厨房准备晚饭，一言不发，看样子很不安。爸爸也比平常下班回来得早，闷闷地坐在沙发上抽烟，满屋子的烟雾呛得女孩睁不开眼。她能感觉到，爸爸像一座即将爆发的火山，脸阴沉得像暴风雨来临前那么可怕。女孩吓得不敢出声，端着小板凳，在离爸爸最远的炕角写作业。她有种预感，今天这场风暴，一定和哥哥有关。

哥哥比平时放学回来得稍晚点，进门时慢吞吞的。他平时就怕爸爸，从不敢主动跟他说话，今天一进门，也明显感觉到家里气氛不对。他忐忑地看了看厨房里的妈妈，再偷偷看了看坐在沙发上阴沉着脸的爸爸，然后紧挨着妹妹坐下掏出书本写作业。女孩心里一紧：完了，哥哥今天表现这么乖，一定是惹什么祸了，平时他才不会一到家就开始写作业呢。女孩的小心脏开始扑腾地乱跳，哥哥应该也和她一样，大气都不敢出，空气中弥漫着刺鼻的硝烟味道。爸爸依旧在那抽着烟，一言不发。

妈妈把饭菜摆上桌，眼睛瞄着爸爸的表情，轻轻地叫一声：“吃饭吧。”爸爸掐灭烟头，坐到他的位置上，妈妈、女孩和哥哥也怯怯地坐下。大家吃得都很少，很小心，生怕弄出一点响动招来祸事。饭刚吃到一半，突然，爸爸啪的一声放下筷子，惊得三个人吓了一跳！爸爸的眼睛直直地盯着哥哥，严肃地问：“你说，你做什么错事了？”哥哥吓得愣在那里，机械地摇摇头。爸爸再大声问一遍：“我再问一次，你做什么错事了？”哥哥想了想，居然还是摇摇头。“我再给你最后一次机会，到底有没有？”爸爸的声音震天动地，女孩吓得浑身发抖，妈妈紧张得噌地一下站起来！哥哥竟还是大声地哭喊着：“爸，我没有，我真没有！”

接下来的事女孩记不清了，只知道家里顷刻间乱成一团。桌子被掀翻了，一地破碎凌乱的碗碟饭菜，爸爸冲向哥哥，没头没脑地暴打！哥哥歇斯底里地哭喊声，女孩心惊肉跳的尖叫声，妈妈连哭带喊地劝阻声，一家四口纠缠在一起，混乱得像敌我不分的战场。女孩的家，从那天开始，过不了多久，这样的战争就会重复上演。即使很多年过去了，她也不愿回顾这些恐怖的场景，因为每每想起，她的心都会颤成一团！

一切战争都跟一个人的三件事有关，哥哥的偷钱、逃学和撒谎。家里第一场"大风暴"皆因哥哥偷钱而起。当时全家赖以活命的工资，一个月仅有的四十几块钱，被妈妈藏在女孩看到的那个土豆窖上花筐里的一只旧棉手套里。十岁出头的哥哥不知什么时候，竟能神不知鬼不觉地从里面偷偷拿走十块钱去买糖、买饼干，甚至买烟！爸妈发现的时候，钱早已经花没了。那个时候的十块钱，相当于现在的几十、几百块钱啊！那是一家人的口粮钱，一个月的生活开销啊！当时小孩子一年的学费就五块钱，谁家结婚随个礼也就三块五块，可他竟一下子拿了"十块"啊，你想想这问题得有多严重！

其实最让爸爸暴怒的，不仅仅是钱，更生气的是哥哥居然能做到咬紧牙关拒不承认！女孩怎么也想不明白，他为什么能做到那么强硬，怕挨打就说谎，越说谎就越挨打，这个恶性循环成了哥哥逃不掉的怪圈。傻孩子也不想想，当地就那么一间铁西商店，大人之间抬头不见低头见都很熟悉，一个十岁的孩子拿着一张当时面值最大的十元钞票，怎么可能不被人注意？而家里，除了父母就是妹妹，这事又怎么可能不是你干的？但他就能做到坚决不认账！爸爸为了让哥哥心服口服，每次家里少了钱，他都得强忍着怒火先去调查取证：哪一天、在哪里、买了什么东西、当时有谁在场，直到人证物证俱全，哥哥才会迫不得已低下头，承认是自己拿了钱。

可想而知爸爸有多恼火，多绝望！加上他的火暴脾气，打孩子时就会失去理智，拳打脚踢，用皮带抽，抓着什么就用什么打。哥哥经常被打得鼻口出血，身上淤青血肿。他毕竟还是个孩子啊，这真的太残忍了！可能在那时，哥哥心里就种下了仇恨，与父亲一生无法和解的，深深的仇恨！儿子是妈妈的心头肉，爸爸下手又没个轻重，她自然忍不住冲上去保护，结果就由爸爸打哥哥演变成爸爸打妈妈，打得一家人翻滚在地，鬼哭狼嚎！女孩拼命地去拉爸爸，拼命地护着哥哥和妈妈，但是她太小，她没有力气，她像个小猫小狗一样被卷在他们当中推来搡去，她的哭喊没人听到看到！

幸亏那时平房之间不隔音，每当家里打翻天，邻居们就会赶紧跑来拉架。只有叔叔伯伯们才有力气把爸爸按倒在沙发上，呵斥，劝说，听听怎么回事，再把瑟瑟发抖浑身是伤的哥哥叫过来讲道理。暴怒后的爸爸也时常气得浑身颤抖，声音哽咽，流下眼泪。他是那么好面子，无论是工作还是做人，从来不肯让人说半个不字，他宁可肚子受穷也绝不让面子吃亏，可这唯一的儿子竟然让他丢尽了脸面！父亲打孩子，一少半是因为孩子犯错，另一大半是因为自己的面子，只是大人们从来都不认为自己也有错。

那时的父母，只会想到自己有多忙，有多累，自己的脸面有多重要。一个孩子拿了十块钱，真的就闯了滔天大祸吗？不懂事的他对于偷和拿还没有明确的概念，还不至于上升到严重的品质问题。他犯错的动机，只是因为一个字：馋！而这也是每个孩子与生俱来的天性，真的一定要用打骂和棍棒来解决吗？事实上，父亲的拳脚和棍棒并没有降服他的儿子，结果反而是他越来越有主意，不仅想办法从家里拿钱，还撒谎向别人借钱，他抽烟，逃学，和不学好的坏孩子混在一起，完全成了父母所说的，没出息的样子。

女孩小哥哥三岁，从哥哥第一次挨重打开始，她便开始了胆战心惊的“间谍”生活。她偷偷地跟踪哥哥，恨恨地抢下他手里的香烟哭着用脚碾碎；她劝说不住便尾随着他去爸妈绝不允许的河边，看他下河洗澡时吓得心惊肉跳；她缩在炕角焦急地等待跳窗逃跑的哥哥快点回来，一定要赶在爸妈下班之前。但这些绝不能告诉爸爸，这一点，她和妈妈站在一个阵营，对于哥哥做的坏事，诸如被老师找，被同学告状，家里什么东西被卖了换钱，能瞒住的绝不说，瞒不住的也要想办法瞒到最后。

爸爸虽是最晚知道坏消息的人，但哥哥的挨打是一定逃不掉的。女儿这个不起眼的小帮凶基本不会暴露，而妈妈为此背上的罪名则是——这孩子就是让你给惯坏的。

家是战场

两个孩子在一天天长大，也成了正反两个版本的教材。女孩听话，懂事，学习好，从不惹父母生气。男孩撒谎，逃学，偷钱，打架，不好好学习，家里因哥哥而起的战事不断升级。

无论在家还是学校，女孩一点都不敢放松，她知道，自己一定也必须得做个好孩子，要不爸爸得多难过、多失望！因为每当有人责怪他教育方式不对、对哥哥太粗暴时，他就会理直气壮地辩解："是，我承认我脾气不好、没文化，不会教育孩子。可姑娘和儿子都是我教育的，怎么就他那么不争气？这小子天生就不省心，长大也没出息！"女孩怎么也想不明白，哥哥小时候不是也很可爱吗？不也是爸爸游过大河急着回家看望的宝贝吗？难道他是因为长大了才变坏的吗？

爸爸经常被老师叫到学校，因为哥哥不写作业、上课溜号、搞小动作等，好强的爸爸只能低下头给老师赔笑脸、赔不是。爸爸回来对哥哥讲道理，劝说，骂，打。后来，哥哥的错演变成了逃学、旷课、打人或被打，爸爸回家什么也不说，直接打哥哥。再后来，哥哥偷家里的钱，借别人的钱，爸爸对哥哥打得就更狠了。先是爸爸打哥哥，之后爸爸连同拉架的妈妈一起打。再然后，妈妈怕儿子挨打，便瞒着爸爸偷偷给哥哥钱，替哥哥还债，这不仅更激怒了爸爸，也真的一点点惯坏了哥哥。一个管、一个惯的家庭教育，一对暴力加溺爱的父母，一场场让孩子思维混乱的拉锯战，终于塑造出一个人格分裂、撒谎成性、自尊扫地、人人侧目的坏孩子。父母之间的感情，也在那些年，打得支离破碎。

后来，女孩长大些了，也有了些力气。她像个敏锐警觉的小兔子，每当嗅到家里苗头不对，就会迅速行动起来。她会不露声色地藏起炉钩、煤铲、棍棒、鸡毛掸、擀面杖，甚至菜刀。以至于"战事"结束后常常忘了拿出来，妈妈用的时候还得心照不宣地问她要。每次"战争"爆发的时候，唯有女孩能劝阻暴怒的爸爸，因为她拼了命地冲向打成一团的他们三个，用尽力气把爸爸推倒在沙发上，她知道爸爸爱她，即使暴怒也怕伤着她，所以只有她能拉开失控的爸爸。女孩就那么死死地抱定他，绝不松开！她泪流满面的小脸趴在他的胸口，她的耳朵能感受到爸爸的心脏剧烈无比地跳动声，似乎狂怒地要跳出胸膛！

如果实在控制不了局面，女孩会跑出去求救，求那些都不愿再来的邻居，求他们快来救救哥哥和妈妈！一次，“战争”发生在深夜，爸爸提前把门插上了，女孩不知道哪来那么大的力气，竟生生地把门闩拉断，哭喊着，光着脚，跑出去砸邻居家的门，大声求救。每次“战争”结束，女孩浑身都会疼上好几天，胳膊腿哪儿都疼，也不知是被他们推搡时磕碰的，还是自己太用劲被抻坏的。她心里想，哥哥得多疼啊，一个小小的、毫无反抗能力的孩子，就那么被大人没头没脑地拳打脚踢，除了疼，他还经历了多少恐惧和绝望啊！

一次次，一年年，女孩不想再去回顾那些日子。那些记忆像心口结的一个个疤，多少年过去了，一碰就会有血流出来，很疼。

那是女孩的童年，孤单、嘈杂、恐惧、凌乱。

哥哥也许是个发明家

哥哥也不是一无是处，他也是一点点变的，不是一下子就成了坏孩子的。

哥哥很聪明，老师曾对爸爸说：“如果你女儿的努力加上你儿子的聪明，你两个孩子都是清华北大的料。”女孩知道，自己并不怎么聪明，只是很努力。但哥哥，真的很聪明，学什么都不费劲，只是不想学而已。

哥哥的聪明体现在，比如正上着课，老师提问的工夫，一转头发现他不见了，原来是躲在桌子底下玩。老师气呼呼地把他拉出来问：“刚才我讲什么了？”有时他居然能复述出来。老师提的问题，也基本难不住他，属于一点就通的孩子。但就仿佛是屁股和凳子有仇，坐不住十分钟，就是不好好听课，作业懒得写，软硬不吃，恁谁也不怕。老师一声长叹，这孩子，出息好了是个好材料，出息不好，大人跟着操心去吧。

哥哥画画特别好，画什么像什么，他的作业本和书页空白处都被画上了各种小人儿和刀剑。记得有一次，女孩和哥哥在家里画同一幅画，两个人一起拿去给妈妈看。妈妈各自扫了一眼，把女儿的画推到一边，淡淡地说了声："还是你哥画得好。"女孩也知道哥哥比自己画得好，但不喜欢从妈妈嘴里说出来，从那以后，便不在妈妈面前画画。美术老师说哥哥有绘画天分，让他进美术班，好好练练。那时学校的兴趣班不收钱，是科任老师义务给学生开小灶，但爸妈这次却难得地口径一致："不能去！学习啥不行，画画能顶啥用？"

哥哥有一双灵巧的手，他用纸叠的各种枪相当带劲。那种夹着两根纸筒当枪管的手枪，那种方方正正的蛮有立体感的盒子枪，女孩看了都直羡慕，那么复杂，自己是肯定叠不出来的，而哥哥叠得飞快，女孩压根看不清、学不会。当然，对这种漂亮手工的"嘉奖"，就是爸爸的一顿胖揍。"你造枪的原材料是没有写字的作业本，买书本的钱是大风刮来的吗？打的就是这种除了学习不干什么事都干的家伙！"爸爸气愤地说。

哥哥做的弹弓超级棒。粗铁丝被弯成"U"形，弧度堪称完美，真不知道那么粗的铁丝他是从哪弄来的。女孩试过，根本弯不动，他又是怎么做到的？"U"形两边再反方向窝出两个小小的圈，之后挂上不知从哪淘换来的、淡黄色的医用胶皮管，边缘用细铁丝缠好，一个漂亮的弹弓就做成了。用这个武器居然能打到小鸟，然后放到炉膛里烧着吃，哥哥分过她一条小小的鸟腿，真香。但这个优秀的作品必须得藏好，如果哥哥揣在兜里或是书包里忘了掏出来，被妈妈发现还好，大不了是骂上两句，再没收。如果不小心被爸爸看到了，不仅是弹弓被扔进炉膛，创作者还得被狠狠地补上几脚！

哥哥的弹弓屡次被发现没收，也把他的手艺锻炼得越来越精进，再做起来更加得心应手，又快又好。后来，事情搞大了，弹弓升级到了"军火"。火药枪听说过吗？女孩敢打赌，哥哥自制的火药枪能拿到个人发明奖！女孩感到奇怪，哥哥的脑子里究竟装了多少跟玩有关的东西？他又是从哪弄到的那些材料的呢？但这个火药枪可千万不能被大人发现，因为它真的有危险性，据说能打伤人。在女孩生活的城市里，经常听说有一些二流子，也就是不良青年，他们会拿着这个东西打群架伤到人的事。

但哥哥胆子很大，迷上这个东西的那段时间，只要爸妈不在家，他就立刻投入工作，反正知道妹妹是不会告密的。只见他充分发扬一不怕麻烦，二不怕挨打的工匠精神，细心地把不知从哪拆来的自行车链条分成一节节的，再用粗铁丝弯出枪柄的形状，这个在做弹弓的时候已经练熟了，然后再怎么弄女孩就搞不懂了。对了，必须得用很多火柴头上的磷粉。那时的火柴两分钱一盒，每家都整包地备不少，大人也不一定记得有多少盒。他会把火柴头上红色的东西用小刀刮下来，撮成一小堆，然后再怎么七弄八弄，用时得三五天吧，主要是得偷着弄，趁爸妈下班前鼓捣，居然就能造出个像模像样、威风凛凛的火药枪！

女孩很怕，也觉得很新奇。那个东西真的会响，会冒烟、冒火星，散发出一股放鞭炮的味道。她捂着耳朵听哥哥打响第一枪时，分明看到他一副得意扬扬、充满成就感的样子。可惜魔高一尺，道高一丈，无论这个新式武器被藏在哪，爸妈都能给翻出来，看来小孩子的伎俩是极容易被大人识破的。一旦人赃并获，哥哥的一顿暴打是肯定少不了的。因为这个发明的后果很严重，本就是个不省心的孩子再加上这个能伤人的东西，岂不是要惹大祸？知情不报的女孩常在心里嘀咕，哥哥为什么一定要做爸妈不喜欢的事呢？难道真的是不怕挨打不怕疼吗？而爸爸妈妈，除了打他，你们就没有别的办法了吗？

哥哥会做的东西太多了，比如用一块脚掌大小的厚木板，上面不知怎么镶上两根平行的粗铁丝，再怎么弄上很多条绑带，就是一双滑冰鞋。如果嫌这个小东西玩得不过瘾，他还会不知从哪找来木板，用爸爸的手拉锯锯成一般长短，再用爸爸工具箱里的钉子和锤子钉个小爬犁，四棱四角，美观实用，能让男孩在寒冷的冬天里，嗨个满头大汗。关键是，做这两个东西安全性相对比较高，最多挨顿骂，不会挨打。

如果换成是现在，哥哥的种种创造、各项发明，会不会被大人们称作是极有天赋？有动手能力，有丰富的创造力、想象力，是否具有发明家的潜质？而不是得到个没出息、不务正业、长大肯定得惹祸的坏孩子的评价。

画眉事件

能让一个人记住的东西，大多与感受有关。即使一件小小的事，只要它直击你的内心，让你由衷地感到了开心或难过，它就会牢牢地附着在记忆深处，想忘也忘不掉。

那天爸爸值班，也是娘三个比较放松的时候，这时候的妈妈就是家中的老大。晚饭后，女孩先写完了作业，收拾文具时，发现对面还没写完作业的哥哥偶尔抬头瞄她一眼。这浑小子不知搭错了哪根神经，他好像发现了新大陆，突然盯着妹妹的脸仔细看，然后指着她跟妈妈大声告状道："妈，我妹学会臭美了，她画眉毛了！"

女孩被说愣了，什么画眉？谁画眉了？现在想想，以前的人也真是很怪，要是男青年谁穿喇叭裤或留长头发了，就会被说成是流氓；要是女人描眉画眼打扮得漂亮了，就会被说成是不正经。记得爸爸单位有个阿姨，人家没有描眉画眼，就是爱穿好看的衣服，就被起了个外号，叫"大八套"。人家衣服多关你什么事啊，为什么大人一说起她来，总是撇着嘴巴、斜着眼睛、一副瞧不起的样子呢？女孩那时候就感到奇怪，难道她穿的是你们家的衣服吗？

今天哥哥莫名其妙的一句话，真是气坏了女孩，她知道他是什么意思。说起来可笑，那时候的小姑娘也懂得爱美了，你猜她们会做出什么事来？炉钩子你知道吗，就是烧煤用的、前面带着钩子的铁棍。女孩们会偷偷用火炭把它烧热，然后把头发一绺绺地缠到上面——烫发。火候掌握得好呢，还真的能烫出弯来，可万一炉钩子烧太热了，滋的一声，头发就冒烟了，立刻就有一股焦煳的味道。好玩吧？可见爱美之心，人皆有之。

至于这个画眉就更简单了，就是火柴，划着，吹灭，剩下前面那点儿黑色的木炭，就用它来当眉笔。这个女孩还真试过，不过一根火柴不够，画半边眉毛至少得用两根。但那天她画完就赶紧洗掉了，根本没人看到，而且之后再也没画过呀！哥哥这个捣蛋鬼为什么要瞎说！自己的眉毛本来就很黑，为什么还要画啊！

女孩大声地辩解："哥哥你胡说什么呀，我没有！"妈妈回过头来，只是随便扫了一眼，然后就非常肯定地说："是画了，弄那么黑！真能臭美！"女孩气得满脸通红地说："妈妈，我没有，我真的没有！"妈妈回过头去不再看女孩，说："喊什么喊！画了就是画了，还冤枉你了？""当然冤枉了，没有就是没有！"女孩的声音大了点，妈妈当时就火了，怒吼道："你再喊一句？跟谁说话呢？赶紧收拾，睡觉！"

妹妹恨恨地看着哥哥，瞧他那副幸灾乐祸的样子，真想过去使劲挠他一把！

过了不久，妈妈啪的一声把灯关了。女孩气得睡不着，他们两个合伙冤枉人！他们凭什么冤枉人？我没有画就是没画！泪水在眼睛里打转，女孩急中生智，想到了一个好主意，可以证明自己的清白。于是她信心满满地说：“妈妈，你把灯打开，找一张白色的纸或布，在我眉毛上擦一擦，如果上面有黑色，就证明我画了，要是没有，就证明我没画！这样好不好？”女孩觉得自己的主意挺高明，却被妈妈大声呵斥道：“你还有完没完？自己干的事还不承认？睡不睡觉了？闭嘴！”

女孩只能闭嘴，她委屈地把脸扭向冰凉的墙壁，眼泪再也忍不住地流下来，流到嘴巴里，咸咸的！为什么？为什么哥哥说的假话你相信，我说的真话你却不听？你们两个为什么合伙欺侮人？那天晚上，听着妈妈若无其事的鼾声，女孩怎么也睡不着，女孩用一个晚上的时间体会到了一个词——冤枉。

可能这就是孩子吧，父母眼里芝麻绿豆大的小事，对孩子来说却是天大的事。孩子因此会在心里系上一个结，一个别人看不见、自己打不开的结。因为孩子幼小的心灵还很脆弱，那些对孩子来说很重要的人表现出的不在意，会导致孩子对人失去信任，让孩子感到无助和迷惘。毕竟，孩子的世界还很小，小到仅需身边的几个人就能包揽他的喜怒哀乐。

迷　惑

女孩在学校是老师喜欢的好学生，在邻居的口中也是个懂事可爱的好孩子，在爸爸的眼中更是他唯一的骄傲。但在女孩心里总觉得自己哪里不够好，尽管她很努力，很乖，很小心。她如此这般表现更是为了得到另一个人对她的关注，一个她想靠近却又无法靠近的人。她总感觉，自己和妈妈之间像隔了一堵冰冷的墙，伸出手去摸到的是坚硬的石头，而不是妈妈的柔软和温度。

有时是爸爸，有时是妈妈，总是拿女儿来训儿子：“你看看你妹妹，你看看你！”但说同样话的两个人，给女孩的感觉却完全不一样，爸爸的语气是以女儿为荣，妈妈的表情是恨铁不成钢。这时，女孩就会很无助，总觉得后背被什么东西刺着，似乎她做得越好，就越不对。再比如，有时哥哥或是妈妈有事想和爸爸请示，但不敢说，妈妈便私下让女孩去说，女孩不敢违抗只好答应。她偷看着爸爸的脸色，趁他情绪好的时候，走过去小声恳求。爸爸扫一眼假装若无其事的那娘俩，心知肚明地嗯一声，这事儿就算通过了。完成任务的女孩暗暗松口气，回头看看妈妈，以为她会高兴，看到的却是一脸的复杂和冷漠，感觉怪怪的。

跟哥哥，妹妹并不觉得疏远，虽然他喜欢自己玩，不愿带着妹妹。跟妈妈之间，说不清哪不对，总是觉得缺点什么。女孩努力让自己做得更好，她想让妈妈能像邻居、亲戚、老师那样喜欢自己，用温柔的眼光看自己，用温和的语气跟自己说话，但无论怎么努力，妈妈似乎都感觉不到女儿的渴望。但对哥哥不一样，就算是责骂，女孩也能感觉到她对他的那种心疼，就是那种两个人之间有某种东西连在一起的那种心疼，她说不清，但能感觉到。但她对女儿不是，好像她们之间就缺这么一根系着的线，怎么都连接不上。这个不大的四口之家，悄然分成两个派系：一边是爸爸和女儿，一边是妈妈和儿子，像一个天平的两端，各自放着一大一小两个砝码。女儿眼中的妈妈，不远，不近，不亲，不疏，不冷，不热。

隔壁邻居家有个妹妹叫小晶，整天黏着女孩，就连吃饭都不肯回家，像是女孩的小尾巴。女孩无意间听大人说到一个秘密：晶妹不是婶婶亲生的孩子，因为婶婶结婚好多年都没有生宝宝，晶妹是领养的。但是婶婶对她很好，结果领养这个女儿几年以后，婶婶居然怀孕了，生了个小弟弟。婶婶觉得这是晶妹带来的好运，所以对这个女儿更好。每当看到晶妹跟婶婶任性地撒娇、无理取闹的样子，女孩的迷惑就会涌上来：为什么晶妹的妈妈那么爱她？为什么妈妈不像爱哥哥一样爱我，何况哥哥还总惹她生气？难道我不是一个好孩子吗？

有了这样的迷惑，慢慢长大的女孩就开始动起了小心思。一次，趁妈妈心情好的时候，她试探着问：“妈妈，我是从哪儿生出来的？”妈妈想了想说：“垃圾堆里捡的。”“那我刚生出来什么样？”“胖乎乎的像个肉弹子。”听着倒也不像撒谎，但是女孩依旧迷惑。后来，不知道听谁说，父母和孩子的血型有关联，能证明是不是他们的孩子。所以那阵子，她总是想弄明白：什么血型的爸爸妈妈，能生出什么血型的孩子？怎么才能查出一家人的血型是什么？为什么自己长得既不像爸爸，也不像妈妈？这些问题琢磨了很久，到底也没搞清楚其中的逻辑，又不知道该去问谁，慢慢地也就不了了之了。

女孩一个人发呆的时候，那种感觉时常袭来：一个小人儿，在旷野里行走，天地很大，风很冷，她很怕。妈妈为什么不爱我？我不是个好孩子吗？我哪里没有哥哥好？我该怎么做才能让妈妈喜欢？这些念头时常会在女孩的小脑瓜里纠缠不休。然后，她挣扎着从想象中逃离出来，不停地安慰自己：邻居都爱我，小伙伴都爱我，老师爱我，爸爸最爱我，爱我的人那么多，我一定是个好孩子。

所以，女孩总是格外小心，随时随地都在努力做个好孩子。为了做个好孩子，她可以把自己最心爱的东西分给别人，她可以有什么好吃的都让着哥哥，她要学习好，要处处都表现好。可是妈妈为什么就是看不见她的好呢？

初 中

那一年，哥哥小学毕业，进入离家不远的第三中学上初中。据说这个学校很差，学生中不爱学习的孩子居多，最主要的是校风不好。很多学生跟校外那些社会青年混在一起，学校总是出这样那样的事，反正，大人都说那不好。

家里间歇性的“战火”从未停息，但女孩明显感觉到，爸爸打够了，打累了，也打不动了。哥哥终究很难被打成他想要的样子。打一次，好几天，好了再犯，犯了再打。家里依旧是冷冷冰冰，战战兢兢，打打闹闹。当然有时也很正常，上学，上班，吃饭，睡觉。只是这个家里的成员都更加沉默寡言了。

爸爸开始经常趴在炕沿一支接一支地抽烟，整夜整夜地叹气，女孩有时会被呛醒。他抽的是那种叶子烟，自己往纸里放烟末再卷上的那种，味道辛辣刺鼻。黑暗中女孩看不清爸爸的脸，只能看见烟头一闪一闪的，能感受到爸爸的眉头紧锁着。家里小小的空间，几乎每天被烟雾笼罩，也笼罩在女孩小小的心头。从很小开始，她就知道什么叫沉重，小小的胸膛被一种重重的东西整天压着，搬不动也挪不开。

那年，13 岁的女孩以全市前 30 名的好成绩考上了当地最好的中学。爸妈都高兴坏了，邻居们见到女孩，也抚摸着她的头，啧啧地夸个不停，再把自己家的孩子叫过来，教训上几句：“看姐姐多厉害，你要向姐姐学习，也要考进市一中。”

新学校离家很远，要翻过两个火车道，大人说有十里路那么远。从开学第一天，女孩就独自去上学，背着中午的饭盒和沉甸甸的书包，早上六点出发，不停歇地走上一个多小时才能到。翻火车道时要爬上高高的路基，左右看看有没有火车过来，然后再跨过那两条蜿蜒的铁轨。后来，习惯了就不那么累了，还能回头看看，长长的火车吐着黑烟呼啸而过的样子。不过那时的女孩怎么也没有想到，有一天自己会离开这座城市，去另一个完全陌生的地方。

新学校生活能留下的记忆不多，但有一件事，女孩记了很多年。那时的学校还没有食堂，学生们都得自己带饭。有一次妈妈或是自己忘记了装中午饭，女孩走到半路才想起来，但不能回去取，会迟到，边走边想着：今天只能挨饿了。上午第四节课快下课的时候，老师告诉女孩，外面有人找。女孩吃了一惊，谁会找我？在学校的操场上，她看到了气喘吁吁的哥哥，他骑着爸爸的大自行车，满头大汗，手里拎着个网兜，里面装着个铁饭盒。哥哥递给她，说了句什么，也没歇歇，转身骑上自行车就回去了。

手里的饭盒沉甸甸的、热乎乎的，女孩喜悦地迫不及待地打开，扑鼻的香味迎面而来，原来是大米饭！那个时候难得一见的，一整盒的大米饭！而且是放了盐，放了油，再蒸熟的那种，白花花的、泛着一点黄色油花的大米饭！最最好吃的大米饭！女孩的心都快要蹦出来了！这是妈妈给我做的，是妈妈让哥哥给我送来的，是妈妈单独给我做的大米饭！妈妈心里还是想着我、惦记着我的，她还是爱着我的对不对？

那真是记忆中最好吃的一顿午饭，那软糯香甜的味道，似乎能把女孩小小的胃温暖得融化掉。那天阳光很足，女孩透过教室的窗户，看到了那颗温暖耀眼的太阳，就在那一瞬间，她心中好像有个被囚了很久的小鸟飞了出来，展翅飞向蓝天，那么开心，那么快乐！

被搬家

女孩在新学校还不到半学期，刚刚熟悉了老师和同学们，也刚刚适应、喜欢上那里的一切，想不到的变化，却悄无声息地来了。

那天放学回来，天已经擦黑了。她吃惊地看到，家里有一屋子的人。邻居家的叔叔、伯伯、婶子、大娘都来了，炕上、沙发上、凳子上坐了不少人，屋里烟雾缭绕，看样子大家已经坐了很久了。女孩愣了愣，是有什么大事发生吗？通常谁家有大事发生的时候，才会把邻居家的重要成员都聚在一起商量，这次是谁家的事情呢？不会是哥哥又怎么了吧？

女孩忐忑、礼貌地向大人们打招呼。她发现，今天叔叔婶婶、大伯大娘的眼神似乎流露出格外的疼爱与关心，隔壁张婶和最爱她的谢娘还抹起了眼泪。女孩狐疑地把目光转向爸爸，大家都怎么了，这么严肃？大人们还在继续他们的商讨，女孩便搬了个小板凳在里屋和厨房的门之间悄悄地靠边坐下来。从他们断断续续的交流中，她听懂了。

当时出了个事情，这个城市有几个流氓团伙欺行霸市、打架斗殴，做了很多坏事，引起当地政府的关注，公安机关正在进行严打。哥哥所在的学校，风气越来越差了。不省心的哥哥已经十六岁了，如果在这个学校继续待下去，万一跟社会上的不良青年混到一起就会彻底学坏。所以爸爸决定要带着全家搬离这个城市，回到老家附近的一个小县城去工作，那里比较偏远，环境相对安稳些，能防止哥哥学坏。

看得出来，邻居们的意见和爸爸的决定出现了严重分歧。女孩听到平时特别疼爱她的谢大伯说："姑娘这次考得这么好，这个学校又是全国重点，你怕把儿子耽误了，就不怕把女儿给耽误了？从市里搬到那么个小地方，都说人往高处走，你这不是带着孩子往低处走吗？"爸爸沉默着没有说话。张叔，就是隔壁晶妹妹的爸爸，一直在那低头抽烟，他抬起头来一脸庄重地说："这样吧，如果你决定了非要走，那就儿子你带走，姑娘留下来，我们来照顾。孩子跟我姑娘一起住，就在市里继续上学。"

女孩突然站起来紧张地看着爸爸，她不想搬走，不想离开邻居、老师和同学！爸爸依旧沉默着，半天没有说话。挨了好像有一个世纪那么长，女孩的耳朵里，轻轻地飘过来爸爸说出的几个字："不管怎么说，他毕竟是儿子，还是一块儿都搬走吧。"是啊，他，毕竟是儿子！就在那一刻，女孩听到她小小的心脏里那根连着她跟爸爸之间的、细细的线，倏地，断了。

再见，新学校。

再见，亲爱的邻居。

再见，童年。

第二章　青春无伴

你，失望了吗？

那个依山傍水的小县城，环境比女孩想象得要好。小城很小，只有几条街道，很干净，也很安静，清清爽爽，满眼都是绿色。这里还有一条江，与当时的苏联遥遥相望。女孩第一次见到江，浩渺的水面和高远的天空连在一起，原来这就是书中描写的水天一色。江水是那么清澈，能清晰地看到细小的鱼儿自由自在地游动。女孩好像看见，轻轻的风把天上淡淡的云吹散了，透着广袤、明快的湛蓝。

新家比原来大了很多，不仅有院子，还有个小菜园，最重要的是，新家居然有两个房间加一个厨房！当时女孩就欣喜若狂地猜想，如果能有自己的一间房，那该多好！一个人的房间可以看小说看到半夜，更关键的是已经长大的女孩不用再跟爸妈睡在一起了！然而，是她想多了，那间屋，毋庸置疑地成了哥哥的。她没敢说什么，只是心里觉得好失望，但转念又想：不能光想着自己，男孩跟爸妈住一起也是不方便。那好吧，再等些年，哥哥现在 16 岁，等到他 20 多岁结婚了，到那时这个房间就一定是女孩自己的了。

新学校离家很近，只有十几分钟的路，一点都不累。转学手续已经提前办妥了，报到那天，爸爸迈着骄傲的步伐，牵着女孩的手，来到新学校见过校长，再由教务主任引领着，来到老师的办公室。几位老师都停下手里的工作，用欣赏和好奇的眼光打量着这个大城市转学来的女学生，还窃窃私语地议论着："听说这孩子的中考成绩比咱县里的第一名还高出十几分呢，大城市教学质量就是好。"后来，爸爸走了，女孩也被一位女老师带去了教室。

但女孩第一眼就不喜欢这个老师。她长得黑黑的，脸上有很多斑点，颧骨高高的，眼睛有点三角形，几乎不笑。女孩不喜欢长得黑的老师，小学的李坚老师干净又干练，新一中的老师也是文静又白净，而面前的这位新老师，怎么看都不是自己喜欢的样子。可能是青春期的叛逆吧，女孩对这位打心眼儿里不喜欢的老师多了点挑剔。一次在课堂上，老师读岳飞的《满江红》时，女孩举手，当众指出了她读错的字。从那以后，就不光是她不喜欢老师的问题了，老师也开始把这个不自量力的小孩子视作空气，爱理不理了。不过有一点老师也拗不过她，就是不管愿意不愿意，都不得不把女孩的作文当成范文来读。只见老师一边踱着步子读，一边冲女孩瞟过来几眼，可那眼神完全不再像以前的老师那样，真心喜爱、笑意盈盈。

同桌叫王学，一个老实憨厚的男孩，有点近视，看不清黑板上的字，她就小声地念给他听。同学们大多淳朴友善，女孩也结交了几个要好的朋友。虽然大家都用仰慕的眼神看这个大城市来的新同学，可实际上，她并没有传说中那么神奇。女孩不知道为什么，突然间就变得不爱学习了，是以前学得太用力，太想表现给谁看，把力气都用完了？还是换了环境不太适应？或是依旧跟爸爸妈妈挤在一张炕上很不开心？好像是，又好像都不是。反正课堂上，她的思绪总是游离在课堂之外，脑子里乱糟糟的，心思就是没在课堂上，不想听，不想学，不想继续优秀，没什么理由。

很快迎来了期中考试，这个被大家倍加关注的尖子生排到了第 30 名，前所未有的坏成绩。要是以前考成这样，不需要别人说，好强的女孩自己就会不吃不喝、哭上几天。但这次，她一点都没难过，甚至都没在乎，因为心里明明白白，自己本来就没好好听课、没认真学，就该得这样的成绩，有什么可哭的。但当她看到老师失望、怀疑的眼神，看到同学中学习最好的那几个如释重负的、庆幸的、带点儿纳闷的表情，女孩倒是从心里觉得，挺对不起他们的期待和猜想的。

一贯以她为荣的爸爸受到了严重的打击。新家的餐桌在小屋，现在是哥哥的卧室，桌子下总会有一个大大的白色的塑料壶，里面装满高度的白酒，没等喝空就会被添满。爸爸酒量很好，开始只是晚上喝一两杯，后来是中午也喝，再后来，早上起来也会喝上一杯，不是小酒杯，是那种用来喝水的玻璃杯。爸爸知道女孩成绩那天喝了不少的酒，一言不发，像极了以前要惩罚哥哥时的样子。哥哥和妈妈都有点怕，小心地看着他的脸色，匆忙吃几口赶紧下桌开溜。女孩一点儿也没怕，好像她那根叫作怕的神经已经麻木了，也好像早知道这一天会来，倒想要看看能发生点什么。

喝到最后，爸爸低着头，低声问："你怎么考这么差？你怎么可能考得这么差？"

女孩放下筷子，没回答，一个字也没说，也没再吃饭。

爸爸又在喝酒，一边喝，一边喃喃自语："你怎么能这样？怎么可以这样？难道是我错了吗？是我错了吗？"

女孩一直没有说话，不难过，也不自责，低着头，不看他。

爸爸扬脖喝掉最后一口酒，重重地把杯子放下，转身踉跄地离开了餐桌。

女孩依旧坐在那儿，一动不动。也不知过了多久，突然，她哇的一声哭了出来，使劲地哭！大声地哭！拼命地哭！从来没有过的放纵地大哭！肆意的泪水滂沱而下，宣泄着说不出的委屈和难过，再不管身边的人，再不管身边的事，再不考虑任何人的感受，就是想哭！

女孩不知哭了多久，直到嗓子哭得嘶哑，哭到妈妈心软，过来伸手拉她。她把身子退到墙角，不许妈妈碰。妈妈便坐在床边，也跟着流泪，边流泪边哽咽着说："我容易吗？我的命多苦！这些年，他就是这么对我的，这回你知道了吧。"

胸 衣

大概是初二的时候吧，女孩注意到自己的身体在悄悄地发生着变化。她感觉有点慌，走路会故意弯点腰，掩饰渐渐隆起的胸脯，再偷眼看看周围。有没有人注意到自己？这样是不是很难看？会不会被人家笑话？记得班里有个姓权的女同学，戴了一种叫胸罩的东西，在那时还很稀奇，一般的女孩子只穿背心。权同学那天穿了件乔其纱的外衣，有点透，偏巧下课时胸罩的带子不知怎么开了，被傻傻的、不懂事的男同学看见了，像发现西洋景儿一样地大声取笑，窘的女同学又羞又怕，趴在桌子上哭了整整一个课间。女孩那时就暗下决心，绝不可以穿又薄又透的衣衫，也不能戴那个叫胸罩的东西。

那是20世纪80年代初，人们穿衣打扮还很老土，尤其是这个闭塞边远的小镇。其实，一个女孩人生最美的时刻，就在这蓓蕾初放的青春年华。如果那时母亲懂得告诉一天天长大的女儿：你的身体将会迎接哪些可喜的、美丽的变化，父母是如何为你的成长而欣喜，你应该学会怎样保护自己，这样孩子就不会那么慌张无措或自卑自弃。一个自信的孩子才能阳光，一个身心都健康的孩子才能拥有稳稳的幸福，不是吗？

女孩的变化终于被妈妈发现了，妈妈盯着她隆起的胸脯皱了皱眉，似乎看到了什么不好的东西。那天下班，妈妈带回了几尺白色的确良布，晚饭后便在缝纫机前忙碌起来。第二天早上女孩睡醒后发现枕头边放着一件小小的、短短的半截背心，侧边缝着一排密密的小扣子，对称锁着密密的一排扣眼儿。女孩愣愣地看着这小背心，再看看妈妈，妈妈简单地吩咐道："穿上。"这么小怎么穿？女孩扣了半天，怎么也扣不上这些小扣子，差好大一截。她涨红了脸看着妈妈，妈妈皱着眉过来，用这小背心先使劲地勒住女孩的胸脯，再费劲地帮她系上腋下的一颗颗小扣子。

"不行妈妈，太紧了，我喘不过气来。""没事，就得这样。"女孩看着转身离开的妈妈，觉得自己像个被捆得紧紧的粽子，一不小心就会爆裂开！就这样被捆绑了一整天，女孩什么事都做不下去，走路时不知把胳膊放哪，上课时不敢抬头看老师，她的呼吸是那么困难，她的胸口憋得是那么难受！她从第一堂课开始就盼着赶紧放学回家，晚上睡觉时就可以给自己松绑了。但第二天她得早早醒来，趁爸妈还睡着，在被窝里偷偷地费劲地再给自己绑上。

妈妈做了两件一样大的胸衣，就算洗了一件，还有另外一件。女孩的小胸脯被勒得平平的、紧绷绷的，她总是担心它会被撑破，会像那个女同学那样被人取笑，所以整天提心吊胆，浑身跟上刑一样不自在。也许是自己跟别的女孩不一样？或者是发育得有点快，坚持了没多久，那胸衣显得愈发紧了，紧到无法忍受的程度！有一次体育课，女孩坚决不肯跑步，被一向喜欢她的男老师给训了几句。她心里无比委屈，又不敢说是胸衣让她喘不上气来，只好低着头、涨红着脸不说话。那时她就暗下决心，不行，不能整天被这个东西勒着，得想办法把它扔掉。

晚上，她偷偷地把它解下来，第二天早上趁妈妈做饭时塞进书包，再趁她刷碗时迅速背起书包，快步走出家门。路过公共厕所旁的大垃圾箱时，环顾四周没人，从书包掏出那个揉成一团的破东西扔进垃圾箱就跑。那一天，女孩觉得呼吸好畅快！好舒服！好轻松！好自在！至于这样的好日子是如何被结束的，女孩忘了，痛快了大概有两三天吧，好日子便混到了头。发现问题的妈妈一脸愠色地说：“为什么不穿？白给你做了？放哪了？”当听到女孩小声说“扔了”的时候，她的怒火噌地一下蹿上来！女孩一辈子也忘不了妈妈当时的表情，那种充满讨厌的、嫌弃的、鄙视的表情！女孩听到妈妈恶狠狠地说：“不要脸！真不要脸！你一个女孩子，可真是不要脸！”

在女孩后来的成长中，最讨厌、最听不得的，就是这三个字！它成了妈妈口中最恶毒的咒语，每重复一次，女孩的心就被扎伤一次。这把尖刻的刀子，横插在女孩懵懂无知的青春年华！也是从那时起，女孩开始讨厌自己，讨厌自己的身体，讨厌长大，讨厌和父母挤在一个炕上的那个家，讨厌那个一脸鄙夷和冷漠地说她不要脸的妈妈！女孩开始不看妈妈，不和妈妈多说一个字，不要妈妈的一分钱，不碰妈妈的任何一样东西，假装顺从又从心里离妈妈远远的！

胸衣又被妈妈恨恨地做好，女孩不得不再把它勒上。这一次，她不再争辩，也不再反抗，在听到妈妈说“不要脸”这三个字的时候也假装没有反应，只是用牙齿咬住嘴唇，直到咬出带着咸味的血！这件带着彼此恨意的胸衣，一直紧箍着女孩的青春，让她一天天在无比压抑中长大。

除了自我轻视的青春，妈妈额外赠送给她的“礼物”是，因为乳房在发育期被勒得太紧，导致后来乳头内陷和变形，不仅影响美观，而且让女孩在做了妈妈给宝宝喂奶时吃了很多苦头。在生宝宝前，女孩一直盼着是个女儿，也曾在心里无数次暗暗发誓：如果生个女儿，自己一定要好好待她，用心去护着她、爱着她、宠着她，让她活得像个公主，无拘无束、快快乐乐地长大。

耳 光

她讨厌回忆这件事。

爸爸出差不在家。忘了因为什么事，女孩和妈妈起了争执，但一定是不重要的小事。妈妈大声地骂她，哥哥在旁边添油加醋地助阵。女孩觉得很委屈，努力为自己辩解。妈妈把积蓄很久的怒气爆发了，突然地，狠狠地，打了女孩两记耳光！

这是女孩从小到大，第一次得到的，响亮的，重重的耳光！那一刻的母亲不像母亲，更像一个得到了报复机会的仇人。

嘴角的血慢慢流下来，女孩哭着瘫倒在地。比耳光更痛的，是一个母亲眼睛里所流露出的，对自己女儿深深的讨厌！女孩感到自己的头、手指尖和脚尖开始麻木，接下来是整个身体。她感到四肢僵硬绷直，整个人像是变成了空的，又像被灌满了冷冷的冰块。她控制不住地颤抖，像掉进了无边的冰窟。

他们吓坏了，一起伸手来拉她。女孩的目光冷冷刺向他们，不许他们碰，也不再流一滴眼泪。她就这样，在冰凉的水泥地上瘫坐了许久。后来，她自己艰难地爬起来，一点点爬进小屋，关上门哭了整整一夜。

爸爸回来后，他们紧张地看着女孩的脸色，怕她告密。女孩知道，只要她哭诉，马上就能换来他们的皮肉之苦。但她什么也没有说，一个字也没说，就像什么事都没有发生过一样。

她知道，已经没有人能保护她了。以后的路还有很长，谁也不能总护着她。人，除了自己，谁也靠不住。什么亲人不亲人，任何人都是别人。

那年，她 15 岁。

女孩的青春，开始在 15 岁，结束在 15 岁。

秘 密

女孩心底藏着几个秘密，没有跟任何人提起过的秘密。

上学的路，女孩大多是自己走，有时会跟要好的同学晓巍一起走。一天放学后，在一个人回家的路上，遇到一件让她胆战心惊的事。

冬天的晚上，下午五六点天已经很黑。走到半路时，途经一个僻静的岔路口，远远的，一个陌生男人从对面走过来，他高高壮壮，走得很慢。一开始，女孩并没有在意，也没感觉到有什么异样。可是，就在他快走到她对面的时候，那个陌生的男人突然毫无征兆地迅速脱下自己的裤子，裸着下半身，突兀地站在那里，眼睛死死地盯着她，嘴里还发出听不懂的怪叫！女孩简直吓得魂飞魄散！她的大脑一片空白，突然回过神来便拼命地跑，飞快地跑，跑得能听到风在耳边飞过的声音。那个变态的家伙可能并没有追，或者没追上，她却不敢回头，只是一路疯狂地奔跑！

心脏快要跳出胸膛的感觉，头发都竖起来的感觉，嗓子火辣辣要喷出火的感觉，被黑暗包裹着扼住喉咙的感觉！那天的女孩，经历了死去般的恐惧。后来接连好多天，她经常会做同样的梦，梦里有个看不清脸的魔鬼在后面使劲地追她，她拼命地逃，可腿像被什么东西绊住了，就是跑不动、跑不快。无边的恐惧袭来，她感觉自己快被吓死了！每次被惊醒，女孩都是一身的冷汗。她死死地攥着被角，紧盯着漆黑的天棚，能听到自己砰砰的心跳声。夜晚像个阴森的黑洞，幽暗、冰冷、看不到尽头！

再后来，不知从什么时候起，女孩发现自己染上了一个坏毛病，就是走在上学放学的路上，一个人的时候会自己跟自己说话。说些无意义的，没有边际，没有关联，没有逻辑的话。如果对面有人来了，她就会闭上嘴，但没人的时候，还是控制不住地乱说话，这个坏毛病持续了很长的一段时间。她无比紧张地想：我是不是得了精神病了？我是不是要变成疯子了？附近就有一个十几岁的男孩子，整天自言自语、手舞足蹈，大人孩子都躲着他走，都知道他是个疯子。每每想到这女孩就会惊恐地半天回不过神来，自己要是那样可怎么办？有时明明到家了，她还会再往前走一会儿，等着自己扑腾着的心不那么慌了，再折回来，一步步地往回走。

就在那条路上，谁也不知道那个女孩就那么慌张了很久，边走边回头地害怕了很久，一个人控制不住地自说自话了很久。她感觉自己心里好像有个不听话的小人儿，总在和行走着的自己打斗，一个不许它乱说，一个忍不住就是要乱说！这种挣扎有多么恐惧和难受，只有女孩自己知道。她甚至想过，要是自己真的变成了精神病就去跳江，不让任何人知道。江上有个桥，伸入江水很长一段，听说有人曾在那轻生。女孩特意去看过，也走上去站了好久，心里很荒凉，却一点也不害怕。至于这个坏毛病是什么时候悄悄消失的，没了印象，至少得有一两年。总之，女孩终于一点点确定，也曾无数次暗自庆幸自己不是得了什么怪病，以后也不会成为一个胡言乱语的精神病人，自己是个正常人。没有人会因为知道这个秘密而耻笑她，只要自己闭紧嘴巴、什么也不说。

无论是什么原因，女孩心里都明白，她宁可自己和自己说话，也不会跟别人说自己的心事。在这个世界上，除了自己，都是别人。无论经历了什么，那都是自己的经历，用不着跟别人讲，也没有人应该听。人活着，本来就是自己的事。

爸爸的盘边和妈妈的盆边

妈妈很能干，干啥活都不惜力气，但有个特点是她愿意干外面的活，却不喜欢做家务。比如在爸爸单位做家属工时，都是些又累又脏的重活儿，她不仅能应付，而且还要样样比别人强。她自己也说，小时候宁可顶着日头跟大人去干地里的农活，也不愿留在家里洗衣做饭。而爸爸一向干净利索，物有定处，绝不能忍受家里的脏乱，尽管他并不怎么做家务。

女孩长大了，那些妈妈不喜欢做的，爸爸不愿做的家务，自然就交到了她的手上。所以，一家人的衣服外套到内裤堆成小山，女孩就一件件地搓，一件件的洗。那时只有搓衣板，纯手工搓洗，有时洗得太多，女孩的手指和手腕都会被磨破。家里也没有下水道，得自己一桶桶拎着脏水往外倒。至于砸煤拿柴打扫房间更是家常便饭，上了初中的女孩俨然成了这个家的后勤部负责人。

一天晚上，爸爸炒菜，做生意的妈妈回来晚了，到家天都黑了，所以只能由爸爸做晚饭。爸爸做过厨师，手艺相当不错，只见他利落地炒好菜，入盘。女孩上前端了便走，突然被喝了一声："回来！"女孩不解地看着爸爸，他皱着眉毛训斥说："就这么端上去了？没看见盘边有菜汤吗，就不知道擦擦？"女孩端着热腾腾的菜愣了一会儿，不解地把它放回到灶台上，看着爸爸仔细地把沾着菜汁的盘边一圈擦干净，再不耐烦地一挥手，示意女孩拿走。然后，他照例把灶台清理得干干净净，这才上桌吃饭。

闷闷地吃了一顿饭，女孩的脑子里一直在盘旋着一个念头：是从什么时候开始，爸爸也开始用这种语气、这样的态度跟自己说话了？是因为我长大了吗？是因为我不再是你的骄傲了吗？总之，她已经很少能看见他的温和了。没多久，又发生了一件类似的事，是关于妈妈的。那时候都自己家蒸馒头，很少有人买着吃。四口之家，隔一两天就得蒸一次，很麻烦，工作量也蛮大。也是一个晚上，妈妈把刚刷完碗的女孩又叫回厨房："过来，我教你发面蒸馒头。"女孩便按妈妈的指示，一步步操作。终于把一盆黏糊糊的东西揉成团，女孩刚要去洗手，妈妈便不耐烦地呵斥道："你看看这盆边儿，还沾着这么多面，这么大的姑娘，干点啥咋这么不利索呢！"女孩就那么擎着一手面粉站在旁边，看妈妈做示范。不一会儿，妈妈果然把盆边清理得干干净净，眼睛一挑，说："看见没？"

这两件事先后发生，当时都让女孩感到特别地别扭，但时间长了，也就淡了，只是怎么做家务，怎么把家务做好，却深深地刻进了她的脑子里。从此，不只是盘边盆边，什么屋里屋外橱柜抽屉，女孩做的每一件家务总是干净利落。当时女孩的目的就一个——不让爸妈挑出任何毛病来，这件事除非她不做，做了就要最好，比爸妈做的还要好。孩子的想法真有点可笑，一开始明显有赌气的成分，但久了便成了习惯，有时反而能体会到把一件事做好的喜悦和成就感。其实孩子也希望自己有用，希望能被认可，只要爹妈换个方式，孩子一定会更愿意接受和分担家务，而且还能从中体会到父母的不易。

每个父母都会直接或间接，有意或无意，传承给孩子不少受用一生的财富，就比如做家务。你会发现，只要有一双会打理生活的手，就会拥有一颗会生活、爱生活的心；如果能把琐碎的家务操持好，未来就能把生活和工作打点得井井有条；以至于无论遇到什么样的起落，都能因为这份内心的从容，坦然应对。事实上，女孩后来的成长经历了无数的艰辛，但她的内心从来没有过惧怕，因为知道自己有一双无论何种情形都能应对自如的手，所以，没有什么事能难倒她。

长大后的女孩有位好友，夫妻间总是莫名冷战，那位事业有成的丈夫无数次抱怨说，在外面工作一天很累，回到家很乱，屋子不打扫厨房冷冰冰，所以他宁可在外面游荡也不愿回家。的确很多人容易把工作和生活弄得一团糟，可能出于各种原因，比如不懂得规划，没有养成物归原处、随手打理的好习惯。说不定我的那位好友就是个没被教会做家务的孩子，所以会让伴侣不快、生活邋遢、工作乱无头绪。不是说治大国如烹小鲜吗？不是说一屋不扫何以扫天下吗？如果从小就能养成管理自己、打理生活、照顾他人的习惯，没准儿长大了，还真就能齐家治国平天下呢。

其实，那些让孩子感到强加、厌烦的事，父母可以再温柔一些、耐心一点地去表达。无论如何，都该感谢父母的放手和锻炼，感谢爸爸的盘边和妈妈的盆边儿。爱干净，穷不久，几经岁月打磨，女孩越来越相信这句话。

遥远的妈妈

长大后的女孩时常会自责，包括写这些文字的时候。为什么记忆中总是搜索不到妈妈对自己的好呢？妈妈明明跟别人说过，自己曾把女儿打扮得漂漂亮亮，扎上系着粉绸子的小瓣，给她做过好看的花衣裳，还有什么来着，但女孩为什么一样也想不起来呢？难道记忆这个东西偏爱记坏事，记不住好事吗？

也不对，女孩去想有关爸爸的记忆时，它们就会如潮水般涌出来。比如：爸爸曾在深夜里，把白纸底下垫上蓝色的复写纸打格子，再订好了给她当练习本；爸爸曾背着她到挺远的大学生哥哥家问不会做的数学题；爸爸带着她出去参加篮球比赛；爸爸给她和哥哥带回来好吃的大油饼；爸爸曾偷偷给过她一满信封的硬币……还能想起好多，为什么想起有关爸爸的记忆，都是好事呢？

因为能想起来的都是爸爸的好，所以，就算爸爸偶尔对她有一点不好，也能忽略不计。但对妈妈，她不确定，记忆总像是一个飘忽的影子，怎么也抓不住。懂事后的女孩心里也明白，其实妈妈很可怜，听老家的亲戚们说，她是村里长得最漂亮的媳妇。国家最困难的那些年，听妈妈说，他们那时候饿得长成了大脑瓜、小细脖、大肚子，这都是吃很多野菜造成的。因为东北土地多，能种粮食，所以东北男人到山东要老婆很容易，给口吃的就行，妈妈当年就是这么被爸爸讨回来的。

妈妈很能干，从来不肯闲着，在爸爸的单位做临时工时，打铁块、做翻砂工、背着很重的湿泥沙走很高的跳板，反正就是跟男人一样的做活。她生性要强，从来不肯服输，干啥都要比别人强。妈妈很节俭，钱到了她那等于锁进了保险箱，谁也别想拿走一分。但她爱美，比如偷偷做件新衣服，悄悄烫个头，时不时去照相馆拍个相片，还放大上色，这些钱她是舍得花的。所以妈妈的照片不少，女孩能看见她年轻时的漂亮，是那种不施粉黛的自然的美。那些年父母的争吵打架，80% 与哥哥有关，另外的 20% 就是爸爸讨厌妈妈的爱美、爱穿、嘴不让人，妈妈讨厌爸爸的好吃、好抽烟、好喝，用现在人的话说，就是三观不合吧。

到了新家，妈妈开始尝试着做些小买卖，卖水果、卖雪糕、卖布料、卖服装，赚的都是辛苦钱，不过生意慢慢做大，家里的日子也一天天好过起来。随之而来的，是妈妈的腰板也越来越硬，用她的话说就是："这一家人吃的喝的都是我挣来的。"看来经济地位确实能提高话语权，妈妈对爸爸也逐渐不那么害怕了，甚至开始蔑视和反抗。其实，妈妈的强大是让委屈撑起来的，就像她常念叨的那样："这么多年出摊收摊，死冷寒天的，你去帮过我一次吗？你看看人家那两口子，再看看我！"但她不该说的话是："你一天能挣几个钱儿，那点死工资还不够你抽烟喝酒的呢！"被触动底线的爸爸当然暴怒，于是又会硝烟四起。不过，吵骂和冷战居多，动手的时候逐渐少了。

换了环境的哥哥依旧不学习，依旧和一群同样不爱学习的孩子混在一起，整天吃喝抽烟，无所事事。但小城确实安静，这里的人淳朴厚道，比如晚上把自行车放在外面，即使不上锁也不会丢；晚上睡觉都不用闩门，很少听说有小偷。这里社会治安很好，所以哥哥还不至于学得太坏，看来爸爸当年做的搬家决定还是有道理的。家里因哥哥引发的战争确实少了些，或许也是哥哥长大了，他们想打也打不动了，也可能是因为妈妈有钱了，可以不受爸爸左右，很多事能瞒住他了。

那时妈妈卖服装，本来就身材好、长得又帅的哥哥，再搭配上从妈妈那里不断更新的时尚衣着，小伙子回头率蛮高。因为妈妈有钱了，所以哥哥就有钱了，只要哥哥编出各种理由软磨硬泡，就总能从妈妈手里哄骗到钱；若是他跟人打架了，需要赔钱，妈妈也可以不通过爸爸，暗中去了结；若是哥哥请了些乱七八糟的朋友喝酒吃饭，欠了饭店或小卖店的钱，妈妈都会替他摆平。所以，女孩和爸爸始终都不知道，妈妈究竟挣了多少钱，又给哥哥花了多少钱。

爸爸从来不要妈妈的钱，他有工资，虽然不多，也够人情往来和买烟买酒了。当时他从仓库保管员的位置上主动退了下来，去烧锅炉，那份工作轻闲又自在，反正工资也一样。因为有厨师的手艺，单位领导让爸爸带几个待业青年一起开饭店，单位的大房子免费用，爸爸想了又想，算了又算，结果还是放弃了。后来，有个手艺比爸爸差很远的年轻人花了不少的钱租下了这个房子，开了个饭店。再后来，他成了这个小县城远近皆知的富人。

一家人的开销，确实因妈妈的收入提高而得到改善。所以每当妈妈在饭桌上重复那句不变的格言："要不是我，你们能吃上这大鱼大肉？能过上这好日子？"低头吃饭的人只能表示默许，却很难生出感激之心。其实妈妈是个有口无心的人，尽管嘴里不停地念叨，实际上还是照样大包小包地往回买这买那。在这个家里，最劳苦功高的人一定是她，可最不被尊重的人，还是她。妈妈之所以总是感到委屈，正是因为这份不被理解、不被心疼的劳而无功，可是妈妈，你若不懂问题出在哪儿，谁又能帮得了你呢？

日子因为钱多宽裕了，似乎平稳了很多，也似乎在发酵些什么。

亲爱的婶婶

生命中，总会遇到一些温暖的人、温暖的事让你记一辈子，不舍得忘。

新家的新邻居们依旧那么可爱，两排平房相对，正好方便大家常来常往。对门有位邢婶婶，是所有邻居中女孩最喜欢、也是对女孩最好的。婶婶身体不好，总是生病，经常会全身浮肿，眼睛都肿成一条缝，一定很难受吧？但她的脸上总带着笑。她笑呵呵地对自己沉默寡言的老公，笑呵呵地对待每个邻居，大家有事没事都愿意凑到婶婶家的小院，嗑瓜子，喝茶水，唠家常。总之，婶婶像是个热腾腾的火球，浑身散发着吸引人的光和热，能把男女老少都聚拢到一块，让大家都那么的开心快乐！

婶婶的手很巧，一手好厨艺，做饭总能变出各种花样，不像女孩的妈妈，上顿馒头、粥，下顿粥、馒头。更难得的是，婶婶有副热心肠，邻居们谁家有困难她都惦记着，尽管自己才是那个最需要被照顾的人。隔壁的滕爷爷老两口岁数大了，身体不好，又没儿没女，日子过得可怜。婶婶就拖着病恹恹的身子，做了好吃的就送一份给老两口。婶婶家也是一儿一女，颇为奇怪的是，这么好的婶婶居然也是偏疼儿子的妈妈。尽管女儿乖巧懂事，干净又能干，儿子却调皮捣蛋，总是惹麻烦，她还是会把女儿好不容易攒的零花钱偷偷塞给儿子，额外给他的还有更多的笑脸和娇惯。我们的妈妈都怎么了呢？咱不都是女生吗？是那个时代让你们养成了重男轻女的观念吗？

人与人之间的缘分是注定的吧，婶婶对女孩倒是格外偏爱，常玩笑着说要让她当儿媳妇。每当女孩泪眼汪汪地跟她道委屈，她就把女孩揽到怀里，陪着掉眼泪再给女孩擦眼泪，变着法儿地哄女孩开心。有时，婶婶竟把女孩的妈妈叫到自家，诚心诚意地劝说："你不能那么偏爱儿子，为什么不喜欢这么懂事的女儿？"看来婶婶还是懂得这个道理的，大概是当局者迷吧。妈妈当时就撂下脸、扭头离开，边走边说："两个孩子都是我生的，都是我的手心手背，我对她怎么不好了？凭什么你们都说我偏心？"婶婶不但不生气，还会再找机会好言好语地劝妈妈。有句土话说，自己的刀割不了自己的肉，如果亲爱的婶婶再对自己的女儿好一点，真的就能得一百分了。

不管怎样，婶婶的爱都是真实的，对女孩来说，这比什么都贵重。可是后来，婶婶病得越来越重，她开始不能做饭了，不能把大家聚到一起唠嗑了，直到卧床不起。女孩没事的时候就去陪婶婶，帮她翻身，帮她按摩。婶婶得的病是尿毒症，已经到了晚期，不能治了。这个可恶的病让她整个人都是浮肿的，肿得五官都被挤平了，完全没有了以前的模样！邻居们都有点害怕，想去又不敢去看她。女孩一点都不怕，不怕婶婶变丑，就是心疼婶婶每天那么痛苦，怕哪一天婶婶会悄悄地离开。那样，就像切走了女孩生活中很重要的一部分，会很疼很疼！

异地求学前的一个晚上，女孩亲手炖了鸡汤，炖了很久，炖得很浓稠，端了一碗送去对门，搂着已经坐不起来的婶婶，一点一点地喂她。那时婶婶说话已经不清楚了，整个脸都肿胀得变了形，完全找不到以往的样子，但她还是一脸喜欢地看着女孩笑，笑着对女孩含糊地说："这汤，真香啊！我闺女，真好啊！"女孩低下头，泪水落到了碗里，她好担心，等到放假回来，还能不能再看到亲爱的婶婶。

真的是最后一面。刚刚四十岁的婶婶在痛苦中告别了这个世界，得知消息后，女孩在学校的操场上偷偷哭了很久。她知道，婶婶一定在天堂的某个地方，一定能看到自己，并且在用微笑的眼神告诉她："好孩子，无论遇到了什么困难，受到了什么委屈，都要学会微笑！一切都会好起来的，不要忘了微笑！"是的，要微笑！婶婶的笑脸深深地嵌入了女孩的记忆，每每回想起来，心里都充满温暖。非亲非故的婶婶给了女孩发自内心地疼爱，让女孩知道自己是个有人爱的好孩子，无论面对什么样的生活，都要相信自己，都要学会坚强！都不要丢掉微笑！

亲爱的婶婶，我记得！

亲爱的婶婶，谢谢你！

亲爱的婶婶，愿天堂不再有病痛！

放　飞

女孩的成绩不上不下，因为文科和理科各自保持在两个极端，一个极好，一个极差，综合起来即为中等。初三，面临着考高中，她知道因自己的偏科肯定考不进重点，就算进了重点，以后也甭想考大学。那时候她常常感到愧疚，却不是对父母，而是对那些当年那么喜欢她、对她寄予厚望的老邻居，那些把她当榜样的小姐妹，还有要把她留在自己家上学的张叔。如果他们知道了自己现在这个样子，得多失望啊。

就在这个尴尬的时候，爸爸当时的单位突然有了几个内招名额。就是职工的孩子定向考到某个学校，然后签订合同，毕业后再回到原单位上班，正好面向初中生。爸爸得到这个消息后，问女孩要不要去考？言外之意，就是以后你还要不要读高中、考大学？女孩想了想说："试试吧。"于是，她就成了个技工学校的中专生。那个让爸爸骄傲了十几年的女儿，从此破灭了他的大学梦。女孩却暗自开心，因为新学校远在几百里外的另一个城市，这就意味着她可以离开这个家，走得远远的，开始另外一种崭新的生活了！

开学那天，女孩是在江边坐船走的，水路十几个小时才到新学校。很多爸妈都来送孩子，船上船下站得满满的人。在那艘很挤的船上，15 岁的女孩可能是为数不多的自己拎着皮箱、背着行李、没有家人送的孩子。新环境还不错，是住 6 个女生的寝室，女孩终于拥有了一张属于自己的、独立的单人床，而且被幸运地分到下铺！一个可以把被子叠得方方正正的，只属于自己的小天地！女孩的快乐一下子释放出来，她每天都像一只快乐的小鸟，飞跃在寝室、教室、操场之间，从心底体会到了一直企盼的自由！

同寝室的小姐妹都很友善，女孩第一个认识的朋友叫丽娟，说起来还是老乡，两人便一起结伴去买些脸盆毛巾杯子牙刷什么的，回来往床底下一塞，好了，开始新生活。学校给发饭票，当然得自己花钱买，爸爸每个月寄给女孩 50 块钱的伙食费，其中包括零花钱，在同学中貌似还不算少。学校伙食不错，因为学校有学习烹饪专业的同学，经常会把一些练习做的菜品便宜卖，绝对算得上是物美价廉。

新学校课程安排得不紧，文化课也学，老师们要求得也并不严格，想学就学，不想学也没人管。这是一个普通的职业学校，办学的目的，可能就是为了让一些进不了高中的孩子有一个暂时不用踏入社会的寄养之地吧。所以无论过去多少年，女孩都一直清醒地知道，自己的实际文化水平就是一个并不出色的中专生。至于后来自修的大专和本科，不过是没有多少真才实学的一纸文凭罢了。

开学几天后，同寝室的女孩有的开始哭鼻子，想家，想妈妈。女孩便挨个劝说，也很奇怪地看着她们，真的有那么想吗？放假了就可以回去了啊，为什么还要哭啊？后来，有同学不断地接到家里的来信、家里捎来的东西，再后来，就有不同的爸妈来学校看望孩子。看来，想家的孩子也在被父母想念，他们真幸福。女孩有点羡慕，也觉出自己有点另类，但一点都不难过。就算父母一次都不来也没关系，因为自己也不是很想念，这样就叫公平吧。

这是一群在青春期里被放逐的孩子，因为学习压力不大，课余更是没人管，孩子们就只能由着性子胡闹了。每到晚上，便会有尝试着喝点酒、抽根烟，或是穿上漂亮衣服出去跳舞、找朋友的女同学，还有无聊到坐在操场上用石头瞄准教室的玻璃窗，一块块把它打碎的男同学。十六七岁无人引导的男孩女孩们，做着各种自以是的、漫无目的、与学习无关的闲事，只为打发后来觉得像金子一样，当时却觉着百无聊赖的青春时光。

女孩好像和大家一样，又好像完全不一样。比如，她也尝试过买回一瓶度数不低的酒，狠狠地喝上几大口，然后赶紧躺在床上，等待着酒醉的感觉。她甚至喝过大半瓶，只为了去验证大人们说的，喝完酒之后会情绪失控、会耍酒疯是不是真的？她以身涉险地推翻了这个谬论。因为自己喝了那么多的酒，人也是清醒的，不会乱说话，也不想做坏事。于是她很纳闷，为什么哥哥每次喝完酒总会跟别人打架？为什么他瞪着红红的眼睛谁也不认识？难道不同的人喝酒之后的表现也不一样吗？

她也尝试着去吸烟，效仿着别人用两根手指夹着，做出一副很不开心的样子，把那股辛辣的气体吞进去，再假装郁闷地吐出来。结果发现，除了胸腔被呛得隐隐作痛，恶心到一辈子再不想碰那东西之外，真不知道它存在的意义是什么，人们又为什么喜欢它？于是她又想，哥哥偷钱去买烟和爸爸抽了几十年的烟，有关系吗？哥哥也喝酒跟爸爸喝了几十年的酒，有关系吗？为什么哥哥没有长成父亲希望的样子，却有好多地方与父亲极为相像？这些找不到答案的问题，在女孩天马行空的脑子里，只是一闪而过。

随着一天天长大，她有点理解了哥哥的孤单。不是做了错事的孩子就会成为坏人，如果有人看到平日的乖乖女抽烟、喝酒的样子，是不是自己也该被划分到坏人的行列中去呢？像哥哥一样的孩子，他们只是在人生的岔路口迷失了方向，他们的种种坏表现可能只是出于好奇或盲从，为了寻找刺激，也可能是为了引起父母的注意。只要亲人的一声呼唤，一双紧紧拉住不放的手，一个温暖宽容的怀抱，那些心灵漂荡着的孩子一定都会乐意回家。可惜有的父母选择了放弃，所以那些孩子只有自暴自弃，有时想想，哥哥真的很可怜。

比如女孩，在外求学的日子，身边的人并没有把她带坏，环境的影响也没有让她走偏。因为她心中有明确的界限，知道自己该做什么，不该做什么。原因很简单，无论何时她都记得，我是一个好女孩，不可以让爱自己、信任自己的人失望。

爸爸的温度

学校里的生活很快乐，日渐熟悉的老师和同学，没有什么学习压力，没人约束的青春。女孩的人生像是被松了绑，十五六岁的美好时光，轻松着也荒废着。

那时候还没有手机、电子邮件之类的东西，人们之间的联系方式，还是靠鸿雁传书。女孩在学校里收到最开心的礼物，就是信，同学的、好朋友的，还有爸爸的。每到月底，总能盼来爸爸的信，是那熟悉的、刚劲有力的字。信中有叮咛，有关怀，当然，还夹带着爸爸工资的一部分——50块钱。那时候爸爸一个月大概也就挣个三四百块钱吧，女孩的生活费50块钱大部分都得换成饭票，如果哪个月爸爸的钱寄得晚了，就可能会饿肚子。她不会催，只会耐心地等，因为她知道，一定是爸爸还没有领到工资。女儿的生活费，爸爸是不会向妈妈借的，当然，妈妈也不会过问。

爸爸的爱好，用妈妈的话说是“打鱼摸虾，耽误庄稼”。他的人生信条是：大块吃肉，大口喝酒，今朝有酒今朝醉。爸爸是个了不起的猎手，无论是天上飞的、地下跑的、水里游的，他基本能弄到手。女孩觉得爸爸应该生活在古代，一个有山有水的村子里，手拿渔网肩背弓箭，管他什么上班下班，有家没家，有钱没钱，就活个逍遥自在！

说说女孩的骄傲吧。每学年，爸爸的朋友或同事会有一两次到学校来，捎来让女孩开心的好东西，那是被包裹得严严实实的，用手一摸还温热的好吃的。比如，爸爸会把亲手打的野鸡剔下胸脯肉，细细地切碎，再把泡好的咸黄瓜也切成和肉碎大小差不多的细丁，加入葱花和香香的、微辣的调料，一顿爆炒后出锅——野鸡炒瓜子。吃起来能有多香呢，这么形容吧，本来是一个人可以吃很多天的咸菜，如果寝室的六个女孩一起吃，再加上几个听到信儿、闻到味儿从楼下来的男同学帮忙，一顿饭就全部吃光！

还有一样美味，曾获得不少同学的好评。有一种动物，东北人叫它狍子，也是傻狍子那个狍子，别名叫矮鹿。这个家伙跑得特别快，但爸爸只用一个绳套就能轻松猎到手，它的皮可以做褥子，很隔潮，肉质也很鲜嫩。爸爸会剔出狍子身上最嫩的部分，切成细丝，以他做过厨师的功夫噼啪的一顿爆炒后，装进大大的铁饭盒，摁得结结实实，再跨越几百里的路程送到异乡的女儿手里。那个饭盒里，满满的都是女孩的骄傲，虽然有时她自己都抢不到几口，但是看到同学们的吃相和一脸的羡慕，这岂是一般人能享有的快乐？

学校里经常有来看孩子的父母，来的大多都是妈妈。女孩一点都不羡慕，因为知道妈妈生意忙，就算不忙也不会来。还好有爸爸的信，爸爸工资的一部分，和带着爸爸爱的温度的饭盒。一个心存惦记的人，不一定非要出现在你面前，他关心你的每一个举动都会被接收和感知到。那是一种无关形式的陪伴，对一个孤单成长的孩子来说，无比重要。

处女作

女孩的声音好听，小学老师培养了她的朗读能力。这个特点在第一节语文课便被班主任老师发现，并如获至宝地推荐给了学校，于是她就成了学校的播音员。广播室的老式机器连着校园电线杆上的大喇叭，她站在老式话筒前做现场直播，声音就从那个大喇叭里传出来。还可以配上音乐，用的是那种老式留声机，旋转着的老唱片会发出优美的音乐。

记得有一次，女孩在播音时把“蒿山”读成了“高山”，被一位男老师听到后并悄悄告诉了她，羞得女孩好久都不敢看那老师的眼睛。以后再读东西，女孩会将咬不准的音仔细查清楚，唉，初中水平还敢做播音员，没文化，真可怕。没文化的女孩在校园里却有很多事可做，加入了板报社、团支部、班委会、文学社。尤其在文学社，她心里总是战战兢兢，如履薄冰——字都读错了，还能进文学社？还能当编辑？

有位才华横溢的高年级校友给文学社起了个名字，叫北方河。他的诗写得很好，颇有文采，看女孩的目光总是柔柔的、充满温暖和关爱。文学社里有好几位师兄师姐都像宠小妹妹一样关照着女孩，女孩也觉得和比自己大很多的朋友一起工作并被呵护着，是件很幸福的事。他们都写得一手好文章，女孩有的能看懂，有的，真心看不懂。她这个编辑也有活干，用有个轮子推的那种油印机帮着印刷，但一不小心就会沾上满手油墨，黑黑的不好洗。

他们总鼓励她写点文章，女孩却不知道该写什么，也不知道什么样的文字才算是诗，所以校刊上的铅字并没有她这个编辑写的。一个初春，雪还没有融化，女孩和同学出去玩时采了几棵达紫香，那是一种在北方开得最早的花。后来，女孩就为它写了一首所谓的诗，那串稚嫩的文字，即便尘封了几十年，仍然还能被逐句想起。

达紫香

在北方尚且萧寂的四月里，
我采撷了达紫香。
枝子虬扎，淡淡的几个花苞，
我庆幸自己嗅到了春的气息。
把它捧回来，
插到一个好看的瓶里，
再浇上清冽的水，
在初解冰冻的土地上，它很难得到。
春日渐暖的阳光，
轻抚着它粉嫩的花苞，悄悄绽放。
像一个羞涩的女孩，
识不得新家的模样。
一次去踏青，
去寻找小草的茸角。

突然在转角的山坳，
探出一枝绚烂的嫣红，
什么花，竟开得如此漂亮？
居然也是达紫香！
只是它美得那么耀眼！那么浓烈！那么鲜亮！
相比之下，
瓶中的花儿显得那么苍白，那么纤弱，那么无望！
同样的根，为什么在不同的地方能开出不一样的花？
原来，并不是所有的花，
都喜欢隔着玻璃窗的阳光。
原来，娇弱的背后是坚强，
生命的美丽，源于自然的冰雪与风霜！
可它，竟被插到狭小局促的瓶子里！
可它，竟被囚禁在密不透风的温室里！
我以我的好心，
折断了，它与根的血脉，
摧残了它本真的模样！
我却不能，再把它送回自然的怀抱，
就这么狠心地，让它的根，
留在了那片无比眷恋的土地，
而它脆弱的枝条，
却在我的眼前，忧伤彷徨。

这些字也被印成了铅字，不知是否沾了“编辑”的光，也不知道算不算是诗。后来断断续续又写了些什么，女孩就记不住了。

回看这段女孩十几岁时写的文字，稚嫩而倔强，敏感而坚强。看得出，这是一个充满棱角又内心柔弱的女孩，一个在风雨中会哭，但仍然拥抱着阳光和快乐的女孩。

无奈回家

两年时间很快过去，第三学年需要回单位实习。看着寝室里欢呼雀跃着打点行装的同学，女孩躺在就要阔别的小床上，呆呆地望着忙碌的她们出神。还得回家？我不回去又能去哪呢？乘船逆流而上，女孩感觉自己像钟表的时针，转一圈后又回了老地方。好在，可以工作了，女孩能养活自己，不用再伸手向家人要钱了。

家，还是原来的模样，冷淡而寂静。妈妈的生意做得大了些，每天早出晚归，只要能赚钱，她愿意付出任何辛苦。爸爸依旧做着那个在妈妈眼里挣不了几个钱的、工资还不够他抽烟喝酒的工作，只是，烟抽得更多，酒喝得更多了。二十出头的哥哥有了份临时的工作，人似乎也安稳了不少。因为妈妈做服装生意，有很好的经济来源，所以哥哥穿着入时，花钱大方，加上帅气十足，已经引起不少小姑娘的注意。

女孩有了实习工资，一百多吧，可以在妈妈那买衣服穿了，给的是进价，妈妈说没赚她钱。女孩从来不问，哥哥也给钱吗？她觉得这样挺好，不欠。所以，给钱的女儿表情平淡，收钱的妈妈心安理得。女孩想，妈妈之所以要她的钱，是因为妈妈小时候过穷日子过怕了，或因为女儿长大有收入了，也有可能是锻炼女儿自立吧。女孩自觉地遵守这种互不相欠的交易，从不跟任何人提起，只是觉得，心很冷。

但有一点，让女孩最难以忍受，让女孩无时无刻想摆脱的，就是十八岁的她还得和父母睡在一个炕上！可能他们觉得很平常，但女孩真的不喜欢！她想念学校那张单人床，哪怕一个屋子再多几个人都没关系，她只想要一张属于自己的小床。而这个小小的愿望，离她却是那么遥远。两年的校园生活尽管谈不上多美好、多有收获，但最起码，能有一个属于自己的狭小空间，可回到家，就是回到讨厌的从前。女孩突然联想到路边的乞丐：我比他们幸运的是，不愁一日三餐；我和他们一样的是，梦想有一张自己的床。

每个月的那几天，是女孩最难过、最尴尬的日子 ，她总是用被子把自己裹得严严实实、紧贴墙壁，像一只胆怯的壁虎。面对着冰冷的墙壁，她一遍遍地想：如果我自己有一个房间，有一张属于自己的床该多好！哪怕是小小的，只要是属于我一个人，该多好！我要怎么装饰它呢？要不要在床头挂一串白色贝壳做的风铃，再铺上浅蓝色的床单呢？对了，还要有一个大大的毛毛熊，软软的、能抱着睡觉的那种。这个自我陶醉的美梦，支撑着她面向墙壁的每个夜晚。

女孩想不到的是，三十年后，无意间和好友聊起这段往事，好友竟听得哈哈大笑，边笑边说："我那时和你一样，和爸妈挤在一个炕上，每晚睡前，妈妈都冲我呵斥三个字：转过去！我便赶紧乖乖地面向墙壁，手脚都搭在墙上，能保持一个晚上不动。妈妈和邻居闲聊时把这事当成笑话讲，告诉人家我像个四脚贴墙的壁虎！于是他们就都管我叫壁虎。我现在睡觉也特别老实，不管多大的床，只睡一个角，有墙就靠墙！"说完，她继续哈哈大笑，笑得满脸都是泪水，止也止不住。

或许，这就是那一代人吧，被拥挤和冷落着的"60后""70后"，生存条件胁迫着我们，很难有"自我"的概念，而那个小小的卑微的"我"，大多是不被在乎的女孩。她们被忽视最终成了懂事的孩子，她们习惯了弱化自己的存在，好像活着就是为了那个家和那个家的其他成员，而自己的需求永远微不足道。可怜的傻女孩啊，连你都轻视了自己的分量，又怎能被身边的人看重？那个叫命运的东西，不过是把原生家庭塑成的习性，搬到另一个地方，重演一次而已。

走进高墙

日子一天天过去，哥哥有了女朋友，是个没有父母的女孩，跟哥嫂住一起，身世挺可怜的。爸爸开始不同意，后来拗不过哥哥，也就默许了。他们对她很好，吃穿都供着，把她当成这个家的一员。女孩和父母想的一样：哥哥可能在结婚成家后就会变得懂事。

一天，坏消息还是传来了。自然又与喝酒有关，酒后的哥哥用酒瓶打伤了在一起吃喝的小哥们，害得人家头上流了好多血，被送去了医院。至于原因，说不清是非对错，都喝得醉醺醺，平时又称兄道弟的。但那哥们的爸妈不依不饶，坚持把哥哥告到了公安局，要求严惩。当时正赶上春节前的全国“严打”，而哥哥之前又有前科，所以被从重处罚，判处了两年的劳动教养。

这个宣判使妈妈的天空彻底塌陷了，她痛苦得好像世界末日来临，女孩第一次看到她歇斯底里地大哭！以前即使和爸爸打架打得再厉害，妈妈也没有如此哭过，如此撕心裂肺，如此伤心欲绝！似乎有人剜走了她的心头肉，让她那么心疼！心疼？女孩盯着趴在炕上哭得浑身颤抖的妈妈，反复咀嚼着这两个字，突然呆住了。女孩想到自己异地求学的两年没有得到妈妈一丝惦记，想着自己一直在找的那种说不出的感觉，想着那种虽不缺吃穿但就是让人找不到存在感的淡漠，所有的迷惑在这个瞬间一下子清晰了。原来，一个人对另一个人的好，应该就是这两个字，那种发自内心的、无法隐藏的、无法掩饰的“心疼”。

妈妈逼着爸爸去求人、找关系，他们做了很多努力，不惜花钱送礼，但终究没有换回儿子的自由。女孩也很难过，毕竟是自己的哥哥，她也怕他吃苦。爸爸对妈妈冷冷地重复他一贯的话：“都是你惯的，不是说长大点就好了吗？这回怎么样？”然后又新补充一句：“不是都嫌我不会教育吗？这回好，让国家去教育吧！”女孩心想，一对父母都不能教育好一个孩子，国家那么大，犯错误的人那么多，国家能教育过来吗？巧合的是，收监哥哥的劳教所竟然就在他们之前搬离的那个城市。那个父亲怕儿子学坏而躲开的地方，那个有女孩十三年记忆的地方。难道命运有双爱开玩笑的魔手，在暗地里操纵着这不可预知的一切吗？

哥哥走后的每一天都让妈妈度日如年。她想儿子想到寝食难安，生意也做不下去。于是，哥哥刚被带走没多久，妈妈就拉着女孩去看他，那地方偏僻，识文断字的女儿能给她带个路。马上就快过年了，那是北方最冷的时节。车上冷，下车更冷，母女俩被冻得失去知觉的双脚麻木地踩在坚硬光滑的冰雪上，一步一滑。监所在离市里很远的郊区，她们一路打听着走了很久，天泛黑才找到。女孩第一次看到那么高的墙，看到了高墙上纵横交错的铁丝网，看到了一排排剃着光头、穿着一样灰色衣服、上面带着编号的青年，乖乖地听从着管教人员的号令。

忘了跟哥哥会面时的样子，只记得他也被剃了光头穿着灰色的衣裳。妈妈嘱咐几句便开始哽咽，盯着儿子心疼地哭。临走时哥哥跟妈妈小声耳语了些什么，妈妈慌张又无奈地看了他一眼，再边走边回头地抹着眼泪离开。接下来，在漆黑的夜里，女孩被妈妈拉着在陌生的高墙外到处寻找小卖部。费了好大的劲终于找到一间，妈妈买了好几条最贵的香烟，用件衣服包裹好，再拉着女孩绕到监所墙外的一个地方，像是锅炉房。天很黑，妈妈低头摸索着一点点寻找，居然真找到个清理炉灰的小出口，是一块砖大小的墙洞，估计这就是哥哥耳语时的安排。四下看看没有人，妈妈慌慌张张地把包裹结实的香烟扔了进去，然后跟做贼一样拉着女孩赶紧溜走。那天可真冷啊，路那么滑，天那么黑，走了那么远，几乎被冻僵的女孩也冷冷的。

回到家，爸妈跟哥哥的女朋友商量："事情已经这样，我们不勉强，你自己考虑好，要不要等他？"她流着泪点头。爸妈接着说："那就搬过来住吧，和哥嫂在一起不容易，就把这儿当成你的家。"她点头同意。于是，女孩被安排与未来嫂子同住哥哥的房间，哥哥的床终于有了女孩的一半。她把唯一的单人电热毯让给未来的嫂子，自己冷点没关系，能不和爸妈住在一起就已经很好了。尽管每天都被冻得手脚冰凉，女孩还是觉得这个木板铺的铁床挺舒服的。

妈妈变得慷慨起来，好看的衣服随便穿，两个女孩，一样待遇。不过衣服得让未来的嫂子先挑，挑剩下的再给女孩。女孩反倒像个姐姐，悉心地照顾着大她三岁的未来嫂嫂，什么事都让着她，什么活都抢先干。女孩从心里感激她，因为她答应等哥哥出来，让爸妈安心不少，也让这个飘摇的家暂时有了点安稳的希望。

父亲的至爱

哥哥走出高墙后，父母很快为他们操办了婚事。妈妈大方地倾其所有，儿子的婚礼办得热闹又体面，新房由女孩亲手布置，按照她自己心里喜欢的样子。哥哥婚后不久便有了喜讯——嫂子怀孕了！这可是个天大的好消息，不管哥嫂有没有准备好做父母，这个家，实在是太需要有点好事发生了。

最兴奋也最紧张的，就是父亲。一家人都能背熟他那段酒后时常重复的话："你爷爷那辈啊哥四个，生的都是姑娘，只有我这一根独苗，到了我这辈又只有你哥，如果他再生个姑娘，咱老苏家就断了根儿！"听到儿媳妇怀孕的消息，他一定是又喜又怕，儿媳妇肚子里装的，究竟是不是那个光宗耀祖的宝贝男娃呢？女孩想，还是提前打打预防针吧，总有百分之五十的可能是失望，不能给嫂子太大的压力。于是她开始不露声色地渗透：嫂子爱吃辣的，听说是酸儿辣女嘛；某某婶子大娘说了，看嫂子的怀相有点像女孩；女孩多好啊，又听话又省钱又不淘气。每每听到这样的话，父亲从不应声，表面装作毫不在意的样子，估计心里暗骂女儿乌鸦嘴。他每天一边忙活着采购伙食，给儿媳增加营养，空闲时又忍不住长吁短叹，委实纠结得很。

嫂子很争气，生了个男孩！忐忑了许久的父亲，自从嫂子进了医院就坐立不安的父亲，听到这个消息时，瞪大眼睛跟女儿确认了好几遍都不敢相信。只见他盯着院子里养的鸡、盆子里养的鱼，半天才回过神来，突然从凳子上跳起来拍手大笑道："哈哈，我有孙子了，是个孙子！我当爷爷了！我们老苏家有后了！"女孩吃惊地看着失态的、忘乎所以的、蹦跳着的、搓着手打转儿的父亲，竟像完全不认识他一样。因为在记忆中，父亲从来没有过如此开怀大笑，如此手舞足蹈，如此不加掩饰！完全没有了他最在乎的一家之主的形象与尊严！孙子出生的这一天，是父亲此生最快乐的时刻。

爷爷不由分说地给孙子取名"宝宝"，想必寓意为心中至宝。大名也早想好了，中间的字必须得按家谱来，不用跟谁商量，仿佛这孩子并不归他自己的爸妈所有，而是一切都由爷爷说了算。这个名副其实的宝贝从生下来便被泡进蜜罐，成了一家人的掌上明珠，尤其是父亲，曾经难得一见的眉开眼笑自此成了常态。这个漂亮精神的小家伙淘气好动，也不知哪来的精神头，睡得很少，所以身边总是离不了人。这没关系，一家人都抢着哄孩子，轮不上谁抱谁都不开心，不过一般情况下，谁也抢不过爷爷。吃的穿的用的，当然都是最好的，姑姑每月的工资几乎都花在侄儿身上，奶奶总是费尽心思地想着孙子能吃点啥用点啥，爷爷更是心甘情愿地倾其所有。只是孩子的爸妈，反倒被闲置成了甩手掌柜，把孩子生下来就算光荣完成任务，什么事也不用操心。

严厉且有着各种规矩的父亲，因为这个大孙子的到来私自修改了家法。谁说有好吃的先让大人吃？他的大孙子得吃第一口；谁说客人来了小孩不能上桌？还没等客人上桌，先夹个鱼眼睛给他的大孙子尝尝；大孙子想吃啥随便下手抓，晚上睡觉得他搂着，出门得他背着抱着或骑自行车带着。他逢人便喜滋滋地假装抱怨道："我这大孙子真是缠人，一天到晚就黏着我，谁也不跟，这不，走到哪就得带到哪。"尽管事实并非如此。父亲溢上眉梢的喜悦和每天乐颠颠地忙活，用现在的话说，叫各种炫，尽管这位炫耀者从不正眼看他自己的儿子，却如此这般宠爱着儿子的孩子。

女孩喜欢侄儿，除了血缘注定的亲情，更重要的是一种说不出的感激。她从心里感激这个小人儿，因为他是上天派来的小天使，带给这个家从未有过的笑声和难得的一派和平。一直以来，父亲的快乐就是这个家的快乐，但毕竟能让他快乐的事太少了。孙子的到来填补了他所有的寥落，他不再以儿子为耻，或许因为儿子终于做了一件正确的事，那就是延续了家族的香火。母亲也停止了抱怨，那段时间基本不怎么和父亲争吵，儿子的归来和成家生子，让她的脸上有了久违的笑容。虽然每天早起晚归赚钱很辛苦，但把钱花在喜欢的人身上，再累也高兴。

宝宝开始牙牙学语，宝宝开始蹒跚学步，宝宝聪明又淘气，宝宝是一家人的开心果。一切以孙子为中心的全方位服务，凸显了爷爷存在的价值，让他骄傲自豪又扬眉吐气。那个生活了二十几年的家，终于不再需要女孩来维护和平了，小侄儿的到来化解了一切不和。女孩感到如释重负，也隐隐地有些担心，真怕这来之不易的好日子哪一天会就溜走。她常在心里暗自祈祷：老天，请让这个家就这样一直平安、快乐下去吧。

第三章　那十年

决定结婚

那个女孩，就是我。那个时候的我，终于有了属于自己的床，因为哥哥结婚了。家里却也有了另一种拥挤，而此时的我，如一缕可有可无的空气，虽不占地方，却时时显得多余。一个念头慢慢升起，是时候离开这个家了，要不，我也找个人结婚吧。

刚好有人给介绍，那就见见吧，之前拒绝了很多类似的机会。于是，两个素未谋面的人被安排坐在办公桌的两端，当时的领导也是媒人说了简单几句开场白后便离开了，屋里留下陌生而尴尬的彼此。我有点奇怪，自己是不是哪里不正常？这就是传说中的相亲？我并没有什么紧张不安、心跳脸红，更别说什么一见钟情，只是见了一个原来不认识的人而已，没什么感觉。同办公室的两位姐妹好心劝道：“先了解了解吧，我们看还可以。”也好，虽然印象说不上好，倒也算不上坏，总得给领导面子，既然已经见了，那就处处看吧。我的爱面子、随和与好说话，再一次发挥了不应有的作用。

男友的家在距离县城一百多里的乡镇，一个星期来见上一次，我们相处了大概有半年。他的父亲便开始张罗结婚，还说了几条必须结婚的理由：涉及工作调动、买房等等。我父亲不大同意，他对未来的女婿没什么意见，却感觉这位准亲家公为人不大厚道，属于那种夸夸其谈不太靠谱的人。而且他背地里打听过，这位准亲家公为人处事的口碑很不好。我却不以为然，结婚又不是跟男友的父母过日子。那时真的不懂，选择一个男人，只要看看他父母是不是幸福，家庭是不是和谐，几乎就能预知他未来的样子。可那时实在太傻，关于婚姻是什么，一辈子有多长，从来都没有想过。更没有想到，一旦轻率做出这个决定，自己将会付出怎样惨重的代价。

随着婚期的一天天临近，我突然回过神来，开始感到了前所未有的恐慌。真的就要结婚了吗？以后就要和这个人共度一生吗？这种恐慌在心里无边地蔓延，像一只巨大的蝙蝠，一点点吞噬着我的镇定。感觉自己被撕裂成两个人，一个缩在内心，无比慌张，一个表面若无其事，照常工作和准备结婚的琐事。内心的那个我在逼问：你了解他吗？你真的打算和他过一辈子吗？外在的那个我又在说：可结婚是你同意的啊！怎么能反悔？我矛盾着，感觉自己像一只误入蛛网的飞蛾，徒劳地苦苦挣扎着。那天，我蜷缩在单位的一个角落，想哭，只想一直哭。

时间不知过去了多久，慢慢地，我感觉到头皮开始发麻，四肢开始僵硬，我陷入了一团厚厚的棉絮中，身体不断地下坠。恍惚间听到同事的惊叫，随后被七手八脚地抬起，恍惚间又听到医生急切地呼唤。但我睁不开眼睛，感觉好累好累，累得只想好好睡一觉，希望醒来时，能有人告诉我，这一切都没有发生过。离开医院的时候，我清醒地听到医生冷冷地训斥：“年纪轻轻的，哪来的那么大愁事？有什么想不开的？我可不是吓唬你，这毛病再多犯几次，结果就三个字，痴呆傻！”

我听清楚了，也清楚地知道这已经是第三次。第一次是在挨过母亲的耳光后，第二次在父母很严重的动手打架后，这是第三次。我跟自己保证，以后不会再有了，也不可以再有，我绝不能成为医生说的那个样子。至于结婚，既然是自己的决定，那就别想着回头。于是，自己一个人去买了珠花，去理发店盘了头发；再想想人家结婚的样子，自己去买了两个红色的盆，四个红色的包袱皮儿，和一些瓶瓶罐罐的小东西；再自己动手包了四个红色的包裹，整齐地摆在炕边。这些本该是母亲做的事情，她可能是不懂吧。一夜无眠，天蒙蒙亮时，我换好衣服，给自己化个淡妆，这样就可以结婚了吧！同事和朋友们陆续赶来，嬉笑簇拥着我准备出嫁。

那天离开娘家时，一直和亲家公怄气的父亲趴在炕上没有起来，女儿含泪鞠躬告别时，他没有抬头，没说一句话。父亲是个眼里揉不得沙子的人，女儿的公公确实做了不少让人不开心的事，于是，父亲因为对他的不满而迁怒女儿。就这样告别吧，那个曾经是女儿温暖靠山的父亲，那个曾为女儿遮风挡雨的父亲，在女儿出嫁的那一天，就这样冷冷地不肯抬头，没有一句叮咛和祝福。走出家门的那一刻，我感到了一种真实而清晰的断裂，与父亲以及这个生活了二十二年的家。我也从心里明白，以后无论如何，都已无法再回头。

新房是租的，不足三十平，没有窗，白天也需要开灯。一张双人床大小的炕，厨房小到两个人站一起就转不开身。好在它很静，很暖，最重要的是自己的家。我那时还在傻傻地幻想，没关系，公公说了，再过两个月自家就要盖新房了，按想要的样子盖，想要的东西都会有。公公说了，一切早已准备就绪，过两个月房号就批下来了，所以暂时忍耐一下没关系，房租由他来出。可后来，居然什么都没有，包括解释和歉意。再后来，我知道了围绕自己的婚事，两个家庭幕后发生的故事。

夫家，给儿子结婚原本是没有钱的，尽管最后花的少之又少，据说多半还是借的，所以就更谈不上未来的应有尽有，事实是除了债，什么也没有。那只是公公事先设计好的谎言，目的是先把儿媳妇娶进门再说。可惜那时的我不懂得在选择伴侣时，他的父母就是考量他本人品性的尺子。娘家，给女儿陪送了在当时还算不菲的陪嫁，其实不过就是电视和冰箱，可那钱竟多半也是借来的，因为妈妈不肯拿出她做生意的钱，据说会耽误周转。无奈的父亲只得向别人借了几千块钱，后来用自己微薄的工资一点点地还了很久。

知道这些时，我怔怔地呆了很久，心里像打翻了五味瓶，各种滋味搅在一起，除了闭口不言，还能怎样呢。我所向往的美好新生活，一开始就得一口口咽下这些苦涩，比起我一心期待的幸福，它们来得实在是早了些。

只能面对现实，再不甘的日子也得过。结婚第三天，从娘家回门后，我们这对新婚夫妇便赶紧上街，买米买油买面买菜，烧火做饭。生活不就是柴米油盐吗，总不能饿着自己。但，疾恶如仇的父亲与言而无信的亲家公的仇恨就此结下。

真 相

婚姻的真相，可能是温暖和幸福，也可能是真实和暴露。处对象那半年中的二十六个周末是我们彼此了解的日子，跟漫长的婚姻相比，时间确实是太少了。

记得电视里有个节目叫变脸，表演者能瞬间更换不同的面具，变化之快常常让人忘了他本来的面目。让我万万没有想到的是，这出戏，竟在我的新生活中匆匆上演。

婚后的第一个春节，我目睹了丈夫和他家人的另一面。那位慈祥和善、曾给我拉二胡唱歌、把我夸得跟朵花似的公公和那个被称作丈夫的人，在酒后掀翻桌子，疯狂打砸。大年夜，血、碎玻璃，一地狼藉，一家老少哭叫着乱成一团，三世同堂的家成了支离破碎的战场。有个词叫“记忆重现”，即使对婚姻做了最坏的打算，我也从没有想到过，自己的新生活居然会再现曾经的童年！我有刹那间的恍惚感，像是穿越回不想忆起的从前，眼前这个新任的暴力主角，难道就是我亲手选择的爱人？那天，他们都睡了以后，我静静地凝望着窗外悬挂的一枚冷月和怀中刚刚满月的儿子，心中涌荡着一种东西，叫作悲凉。

第二天，一切回归平静，就像什么事也没有发生。婆婆小心翼翼地看着我的脸色，似乎担心被儿媳窥到了这个家的秘密，由此发生什么变故。她是个好人，也是个可怜人，那个借酒装疯的儿子只是想为母亲讨还公道。后来，我知道丈夫也有一个黑暗恐惧的童年，在他记忆中，父亲对母亲的一次次欺凌打骂曾逼得母亲险些自杀。弱小的他无法保护母亲，却在内心埋下了仇恨的种子。儿女已经长大成人，他的父亲仍然独断专行，对老伴依旧如奴如役，作为儿子的他，屈从忍耐已经成了习惯，但不包括酒后。我不清楚这个家庭以前是什么样的，只知道从我进门后的每一个春节，几乎都会有一场父子轮流上演的打砸闹剧。

那些不可控的过往，不正是在告诫我们，对自己能够把控的生活要好好地珍惜吗？可对他来说，被命运锁定的性格却如浸入骨子里的毒，成了他身体里的一部分。大多时候他也对我温存体贴，言听计从，在外人眼里他也是个样貌帅气、彬彬有礼的好小伙儿。可正当日子过得风平浪静，我也正试图忘记所有不快的时候，不知哪一天，哪一句话或哪一件事就会触犯了他哪一根敏感的神经，喝、摔、砸、哭、闹，他的疯狂举动就会突如其来地上演！玻璃的破碎声，拳头上的血，家具上的伤痕，换了一茬又一茬的盘碗，那个我苦苦支撑的家，摇摇欲坠，也让我那颗疲累的心，千疮百孔。

于是生活变成他一次次的失控，再一次次的后悔自责；我一次次地伤心，再一次次地因为心软而原谅。男人很善于忘却，昨天的狂躁与今天的温顺判若两人，我的心还在滴血，他已能嬉皮笑脸地吃喝谈笑。这就是一个没有长大的孩子，一个带着原生家庭的心理创伤，宁可去伤害别人也不肯自愈的孩子。他身上既有母亲的善良也有父亲的暴虐，他的好让人感动，他的恶又能瞬间把之前的好撕得粉碎，像随时可能喷发的火山。 一个遍地狼藉的深夜，我默默地烧毁了那本殷红如血的结婚证书。那上面黏着两个不该走到一起的人的照片，那痛悔的火苗，映着我深深的绝望。

但不能离婚，因为有无数个现成的理由。为别人的想法，也为自己的面子，还有一个重要的不能弃他而去的原因，就是他对我的父母还好，算得上孝顺。结婚走出那个家门后，我所期待的平静并没有来，相反，我的父母相继病重，住院，看护，抢救，成了我们日常生活的一部分，十年里，不曾间断。那时我们如同条件反射，只要电话铃声在半夜响起，两个人就会立刻惊跳起来，不用想，一定是父母中的哪一个犯了病。于是一个迅速找钱借钱，另一个马上找人找车，算得上配合默契。而每次父母住院，他都能做到尽心尽力，为父母端屎端尿，昼夜守护，与一向不闻不问的哥哥相比，这个女婿确实很难得。过日子，是由无数的琐碎组成，有一种东西叫亲情或恩情，它会随着时间的更迭而变得厚重。

所以，搅在我们婚姻中的大事件有两种，一种是他间歇性的情绪失控，另一种是我的父母病重需要照顾。前一种在不断挑战我的底线，后一种在时时提醒我做人的良心。那时每天充满失望和无助，但自己选择的生活只能由自己来面对。后来，我选择了妥协，也许是觉得他欠我的那些不及我欠他的多，毕竟是我的父母，太拖累我们这个家了。不肯相欠是我的性格，小时候如此，长大后更是如此。我把自己的人生当成了一场孤旅，但两个人在一起互相分担才是夫妻。好在，我对他的父母和家人，也同样尽心尽力。可我却时常忘了这一点，对他的每一份付出，充满愧疚。

就这样苦苦坚持着，彼此消耗着，一天天，一年年。他始终没有变，一直像个任性的孩子，从不懂得为自己的行为买单。变的人是我，从无奈迁就到冷淡冷漠，还曾一度以为那是自己的宽容和隐忍。后来才逐渐明白，涉及两个人的夫妻感情和生活，这是一种心存怠慢想消极放弃的态度。

无法逃离的家

为了结婚而结婚，是个错误的决定，为了挣脱某种束缚而选择逃离，也是徒劳。原来“家”的概念如此复杂，如果说未嫁前只牵挂一个家，当有了自己的家时，才发现一颗心能硬生生地被掰成两半。

有一个家叫娘家。侄儿带来的快乐只维持了短暂的两三年，孩子本该成为维系父母情感的纽带，可惜，他的父母却一直无法介入他的成长，因为一切都有爷爷奶奶。已经成家的哥哥实际上并没有离开父母的家，尽管自己已经做了父亲，可他还把自己当成不懂事的孩子，一切只源于有父母心甘情愿地代劳。当生活中没有了压力、责任和牵挂，可能就会滋长些其他的东西吧，哥哥和嫂子的感情也有了变故，开始不断地争吵、冷战和打骂。

宝宝的幸福时光被停留在三岁，他的父母闹起了离婚。一向顽皮淘气的侄儿显然也意识到了什么，他开始变得惶惶不安。小小的人儿时常躲在角落里，泪眼汪汪地喃喃自语：“爸爸不要我了，妈妈也不要我了，他们都不要我了！”平时貌似跟爷爷奶奶很亲近的孩子，其实心里最在意的还是他的父母。那时电视里正在演个知青题材的电视剧，小侄儿记住了里面的几句歌词，玩着玩着就会突然想起来，吐字不清地自吟自唱：“爸爸一个家，妈妈一个家，剩下我自己，好像是多余的！”稚嫩的声音听得让人心酸！

哥哥要离婚的消息传到父母那里，母亲的眼泪和父亲的劝阻没能挽回他们脆弱的婚姻。之后两个人便开始了各种折腾：离婚、复婚，合好，再分开，然后夫妻矛盾又掺和上了婆媳之乱，原因很简单，母亲容不得任何人说自己儿子不好，她虽然不希望他们分开，但不分缘由的袒护无疑起到了反作用。其实，哥哥的生活如果没有父母的介入，未必就不可挽回，因为有了依靠，哥哥和嫂子一直没有学会独立，学会如何支撑一个家，如何做父母。一次，饭桌上喝得半醉的哥哥扔出玻璃烟灰缸，没砸中孩子的妈妈，却砸到了宝宝的额头！惊叫，血，哭，医院，孩子的眉间留下了一道跟随一生的疤，两个人终于彻底决裂。

每个家，都有一个核心人物，他的言行和思想在影响着这个家里每个成员的未来和走向。当时，作为一家之主的父亲，说了句最不该说的话：“离婚可以，但孩子不能带走，这是我们老苏家的根，得给我留下。”于是，孩子的妈妈虽不忍心却也无奈地走了，孩子的爸爸也从此无牵无挂地四处游荡，这对父母的分开并不需要考虑孩子，反正一切有爷爷在。当时不知道，以后当然也想不到，隔辈人的插手代劳早已弱化了他们为人父母的责任感，这一切，并不都是他们的错。而那时一把揽过孙儿的爷爷应该也没有想到，自己亲手种下的因，会得来以后多么难咽的果。

父母在身边时，他可能并不很在意，也不黏他们，但当真的知道他们不再回来时，孩子变得心事重重、郁郁寡欢以及与年龄不相称的落寞。他依旧上蹦下跳地淘气，也会跟小朋友一起玩耍疯跑，却很少再看到如以前一样无拘无束地开心大笑。有时他会十分安静，也不知在想些什么，但能看出淡淡的忧伤。小小的孩子在爷爷奶奶面前居然能做到只字不提他的爸妈，就像他们压根不存在。然而，孩子毕竟是孩子，对于远离的父母，有没有在心里、在梦里一次次含泪呼唤，只有他自己知道。

一天，快天亮的时候，我做了个清晰的梦：梦见父亲打了母亲，骑在她身上打，母亲倒在厨房的砖地上，脸上和地上都是血。惊醒后的我骑车飞奔回不远的娘家，推开门，看到的场景居然和梦里一模一样！我无法形容当时那种震惊得要爆炸的感觉，似乎浑身的血都涌到了头顶！从小到大，无论如何我都看不得妈妈挨打，只要有我在一定会拼命护住她！可是那天我不在，我无法想象妈妈经历了什么！我盯着面无表情的父亲大声喊叫：“你凭什么这么对她？你怎么下得了手？以后不许你再碰她！”那时，突然有一种由心而生地毁灭欲望，真想亲手引爆一颗炸弹，让这个家连同自己就此灰飞烟灭！

记忆中的那块阴霾又迎面压来，沉重得不透一点光亮！我清楚地知道，这个家，自己终究是走不出去的。父母从不懂如何料理自己的生活，更不懂得应该给孩子树立什么样的形象，他们永远都只想着自己的感受，永远都在指责对方，拼尽全力地相互争了一辈子，只争得个两败俱伤。连累着自己的儿女，对“幸福”这两个字都不敢有一丝奢望。如果父母不知道应该怎么做父母，他们的儿女将永远不会有安宁的生活。毕竟，父母无忧，儿女才开心；父母平安，儿女才心安；

父母过得好，儿女才能过得好。可父母，是否懂得？

爸，妈，感谢你们给了我生命，但做你们的女儿，真的好累。

下　岗

“下岗”是20世纪90年代末的流行词，很多国有企业打碎了铁饭碗，我这个财务主管也被卷入了无力抗衡的下岗潮。没时间多想，生活本身就捉襟见肘，爱人的工作也是岌岌可危，如果还想过日子就没功夫抱怨。所以从那间办公室里走出来没几天，我就摇身一变，成了一名勤勤恳恳地打工仔。

第一个打工的地方是离家很近的饺子馆。饭店的生意相当不错，也就是说饺子很出名，这就意味着我这个新上任的面案师傅，每天要用擀面杖擀出无数个饺子皮，从剁肉切菜和面和馅到包好煮好，一刻也不能耽误。试用期工资给的少，人家得看你能否胜任，头昏脑涨地挨过一星期，老板走过来问：“你以前真的没在别的饭店干过？这是第一回？”“是啊，哪里做得不好，您告诉我，我没经验。”“很不错了，留下来吧。”我长长地舒了口气，看来真得感谢爹妈从小给的锻炼，家里厨房练就的功夫竟成了今天的谋生本领。

你知道擀了一天饺子皮后，肿胀得像个小馒头的手掌，第二天再碰到硬邦邦的擀面杖时，是什么滋味吗？那是钻心的痛，痛到麻木了才会没有知觉。一天天如陀螺般不停旋转的日子，叫作打工，而老板肯留下你的原因，是因为觉得他那点工钱给的值，所以你只管低头苦干就是了。我曾在日记本上写下：难道这就是我想要的生活吗？我的未来一定不是这个样子的！即使有一颗不安分的心，也得顺从眼下必须要走的路。但这份辛苦的工作坚持了不到一年，就因为老板家中变故而停业，于是，我拥有了第二份打工经历。

这次有进步，工作地点由饺子馆晋升为包子铺，但离家远了。早餐当然要早做准备，那时候最怕的就是天亮，事实是天还没亮，东北的冬天，凌晨四五点还是一片漆黑，就得从热乎乎的被窝里爬起来，穿得很厚才能抵御零下三四十度的严寒。让人胆战心惊的不是冷和黑，而是骑自行车！不光是车子被冻得蹬起来很沉，最吓人的是那光滑的路面。一大早还没有人清扫，积雪被过往车辆碾压得有很多凹凸不平的冰凌，窄窄的自行车轮压上去，你稍不留神就会滑倒，狠摔一跤！于是，越怕越摔，越摔越怕，每天早晨的那段路就像折磨人的酷刑，有时我都记不清一路摔了多少跤。后来我改为步行，大不了再早点起床，最起码能少挨摔。

这是县里最出名的包子铺，每天早上都挤满着急上班的客人，忙起来恨不得能脚踩风火轮。累点倒没什么，想不到的是同为打工身份的同事特爱嚼舌根，尤其是那个五十多岁的同事，整天指手画脚地挑毛病、偷懒不说，上个厕所的工夫都能叽叽喳喳地说三道四：什么那么高的学历还来干这活肯定有问题，什么她和老板怎么怎么之类的，总之各种无中生有。有看不惯的同事前来告密，我笑了笑，不嫌累就由她说去吧，给人打工不怕，怕的是你只配打一辈子的工。

几个月过后，在包子铺发生一起意外。我刚从灶上端下高高叠起的笼屉，地上不知谁洒了水，脚下一滑一个趔趄险些摔倒，滚热的笼屉和刚出锅的包子就砸在我的身上、胳膊上，摔得满地都是，大家一片惊呼赶紧去捡，客人们也关切地前来围观。我当时的样子一定很狼狈，身上被烫到的地方真的好疼，更让人心疼的是，这一摔不要紧，还得按包子数量赔偿，要扣工资的。没有人看见我胳膊上烫起的水泡，也没有人问我疼不疼，我只能咬着牙加快速度地揉面擀皮包馅，再小心翼翼地继续工作。烫伤的地方遇到滚热的蒸气更是火烧火燎地疼，泪水想忍也忍不住，滴落到手中揉着的面团上！好在是背对着别人，擦干它，继续干活吧。

生活可能会带给我们很多苦难，在我们暂时没有能力改变生活的时候，只有忍耐。既然日子哭着笑着都得过，笑着面对岂不更好？说不定正有一双眼睛在偷看着你，在你跌落到谷底无力爬起时，忍不住出手搭救！当时的我并不知道，就是在那天，围观的客人中有一位游戏厅老板动了恻隐之心，她主动给了我第三份相对清闲的工作。再后来又因和这位老板的亲属熟识，我选择去了保险公司，慢慢走上培训的道路，开始一步步摆脱困境。这些都是后来发生的事，好在那些艰难的日子，终于熬过来了。

回过头来想想，如果不是下岗带来的变化，自己的人生就是一辈子的朝九晚五，不会有什么波澜和变化，也就那么平庸地度过。当有一天时代的浪头迎面砸下来，再狠狠地把你抛出去，让你远离原来的安于现状，这也许是老天的一个善意提醒：它是在用一种残酷的方式告诉你，你的人生，还有其他的活法。

黑色 1999

或许，命运之神决定，所有的厄运都赶在 21 世纪前发生，然后才可能让我一步步走出人生的阴霾，待到新世纪开始，再赐予我久盼的好运。

下岗后的日子很艰难，娘家的境况更是越来越差。先是母亲重病，肺结核发展到咳血，四处看病几乎花光所有积蓄，然后又得了严重的糖尿病，两种病相互影响很难治，医生要求卧床休养，严格控制饮食。父亲和我在同一单位，单位破产了自然就都断了收入，可老两口还带着个年幼的孙子，日子可想而知。无奈之下，父亲带着他们回到了乡下老家，河边有一处年久失修的老房子。父亲在河边开垦了点儿荒地，河里有鱼，山上有野物，只是没想到那些在吃不饱的年代曾赖以求生的本事，又被无奈地捡了起来。

我实在心疼父亲年纪大了还得出力干活，回到家还得面对锅灰灶冷，一病一小两张嘴等着吃饭，于是就常把母亲接来照顾。生活就是一连串的想不到，谁也想不到哪天会发生什么事。一天中午下班，突然想起母亲吃的玉米面主食没有了，来不及现做，便骑上自行车匆匆去市场买。我的记忆就停留在这儿，后来再发生了什么都是听别人说的。据说是在一个十字路口突然冲出一辆酒驾超速的摩托车，我被撞倒后太阳穴磕在路边的水泥砖上，当场昏迷不醒，幸亏好心的路人及时把我送到医院，抢救，输血，穿刺，一天一夜后，28 岁的我与死神擦肩而过。

住院那些天很苦，须得平躺着一动不动，我盯着白色的天棚，第一次感觉到，死，原来这么容易，就在一瞬间，没有任何征兆，也不会留下任何东西。能醒过来就是活着，一旦睡过去就是另一个世界。人们舍不得离开这个努力挣扎的尘世，是因为不知道那边的世界是什么样的，假如真的是一片祥和无忧，不用这么辛苦奔波，真想就这么去了。那天，5 岁的儿子一脸惊恐地走进病房，一声不吭地把小脸紧紧贴在我的胸口，我感觉到有温热的泪水一点点浸透衣衫。也是那一刻，我才真正地清醒过来，自己还没有死的权利，为了孩子和父母，为了这个家，还要好好活着。

未待身体恢复便迎来下岗，下岗过后是打工。一日，忘记什么原因，总之是哥哥又惹了祸，父亲被他气得抽了一整夜的烟，第二天早晨突发心绞痛，一向刚强的父亲捂着胸口痛得死去活来。一家人手忙脚乱地把他送到医院抢救，被确诊为心肌梗死。我惊魂未定地问医生："严重吗？怎么治？""心脏的主血管堵了百分之八九十，你说严重不严重？两条路，要么保守治疗，也就是听天由命，要么去省城的医院做支架手术。""做这个支架手术需要多少钱？""十万元左右吧。"十万元？对于当时一个月只赚三百块的打工仔来说，这无异于是个天文数字！别说借，想都不敢想！我紧张地拉住医生说："如果不做这个手术，我父亲有没有危险？"医生回过头，同情也冷酷地说："不是有没有危险，是你父亲每分每秒都有危险，这种病随时随地都有猝死的可能。"

我呆呆地愣在那，泪水喷涌，第一次如此深刻地意识到"钱"这个字的分量！原来生死存亡之际，唯有钱能买命，而眼泪不值一文！为人儿女，当你拿不出这么多钱，是不是就等于在亲手断送亲人的生命？默默地把父亲推进病房，我的心里充满愧疚和恐惧，他会死吗？会如医生所说随时有危险吗？重病在床的母亲，尚不懂事的侄儿，再加上如今生命垂危的父亲，这个家的日子怎么过？那天是我人生中无比黑暗的日子，我站在病房门外，盯着走廊的尽头，似乎看到那面惨白的墙壁上，写了一个鲜血淋漓的大大的"钱"字！它忽而又变成一个面目狰狞张着血盆大口的魔鬼，冲着我无情地嘲笑：你难道不是他的女儿吗？你这是要亲手杀死他吗？

那几天我像个罪人一样，不敢直视父亲那张痛苦求生的脸。后来有一天，走投无路的我，突然看到以为睡熟了的父亲，闭着的眼睛涌出两行眼泪，直直地插入灰白的两鬓！那是对生的绝望，那是无言的谴责，那是把插入心底的刀子，让我这个如同做了凶手般的女儿，时时感到刺痛。必须赚钱！必须有钱！父亲等我！请不要带给我一生的遗憾！可是怎样才能赚到那么多钱？靠打工吗？不然又能做什么呢？原来孝心不仅需要捧出一颗心，更需要能买命的钱！一旦父母去了，你连尽孝的机会都没有，空留悔恨！那一刻我像在无尽的黑暗中行走，找不到路，没有方向，看不到一点光亮！

也许冥冥中的神灵看到了我的无助，听到了我的祈求，父亲的病经过治疗，他一点点缓了过来，度过了危险期，只是以后必须安心静养，不能劳累。出院那天早晨，正值一场罕见的大雪，大到院子里的积雪高过了窗台，拥堵着推不开门。我站在凛冽的寒风中瑟瑟发抖，用冻僵的手一锹一锹费力地在院子里铲出一条窄窄的过道，通往门口。接回大病初愈的父亲，我感觉自己如虚脱般的无力。那时，我的孩子还小，他和他的父亲身体都不好，三天两头地去医院，病重母亲和小侄儿还需要照顾。不是说天无绝人之路吗，就像这么厚的雪，一点点地铲，总会有路吧，以后的日子不敢去想，一步步挨着过吧。

此后的日子就像走钢丝一样，每天都过得提心吊胆。父母像两个轮班交替的盟友，这个住院，那个抢救，好在没有同时倒下，不至于让我们顾此失彼，总还有点喘息的时间。那时好想快点撕掉 1999 年的日历，赶紧进入新的一年，是不是新的一年就能换来舒心一点的日子？哪怕只有父母的平安。

赔本的买卖

每个人身上都有得过且过的惰性，除非遭遇不可破解的困境，才会做到穷则思变。仔细想来，我以前应该算是个相对保守、后知后觉的人，先是依赖着上班那点死工资，后来又靠打工微薄的收入过活，怎么就没有想过自己做点什么更赚钱的事呢？ 20 世纪 90 年代末，改革开放的春风刚刚吹到这个偏远的小镇时，有位接父母班的同学，各种原因离开原单位后个人承包柜台，几年后竟做到了在小镇富甲一方。看来，人穷，大多数是穷在故步自封的意识上。

婚后的日子严重缺钱，但在我们没有存款的家里，却有件价格不菲的奢侈品：一台漂亮时尚的摩托车。那是孩子爸爸靠着多日的碎碎念、哭闹撒泼甚至绝食抗争换来的，他是个任性的大男孩，想要的东西就必须得到，至于这个家以后的日子该怎么过，则不在他的考虑范围之内。比如我们最早花两千元安装的电话机，给他买了当时最时尚的山地自行车，以及这辆与家庭收入极不匹配的摩托车，都是拗不过他软磨硬泡的结果。我是个心软又缺乏原则的人，经常做出错误的决定。看着这个帅小伙骑着这台拉风的摩托车，不知忧愁的开心样子，心情复杂，更多的却是无可奈何。后来和他商量，得用这个值钱的交通工具做点啥，哪怕少赚点，总好过每天让人难受的显摆。

那时父母住在乡下，他们的身体时好时坏，有段时间还算太平。我们想到了一个不错的主意，就是买一台冰柜放在爸妈家里，反正隔段时间也得回去探望，就不如每次回去时带两箱雪糕冰棍慢慢卖，刚好那时农村的小卖部没有这东西，馋嘴的孩子们自己跑来家里买就是了。一来妈妈以前卖过雪糕，二来在家也累不着，最主要是利润还不低，每根雪糕能赚对半儿左右，算起来也是一笔不小的收入。还有个好处是，侄儿每天还能跟着蹭上两根，解决了他的零食问题。妈妈是个闲不住的人，只要能赚钱她就有动力，所以听到这个想法之后欣然应允。

这回，漂亮的摩托车和它的主人终于有了正事。从县城到乡下近两百里的路，那时的土路坑坑洼洼，而且还要过一条大河，风尘仆仆地来回跑一趟确实挺辛苦，也让家里等着的人担惊受怕。男人就像个需要调教的孩子，哄好了也会表现很乖，只看你有没有那么多的耐心而已。从春天到秋天，就这样给爸妈带着好吃的加上送货，取回钱再上货，来回往复忙活着，那段时间孩儿他爸表现委实可以。而且，一开始的销售业绩也颇为不错，仔细算算，这笔生意除去不能让妈妈白忙的辛苦费，还能稳稳当当地赚点外快，加上勉强糊口的工资，日子也比以前轻松些了。

好生意应该越做越大吧，可我慢慢地却感到不对劲，因为每次能拿回来的钱越来越少，上货时还得贴补些才够用。孩子他爸很是疑惑，因为雪糕卖得很快进货也很勤，没有理由周转不开的。妈妈解释说，总有些雪糕化掉了或是侄儿吃掉了，另外有些小卖店也开始有了冰柜，有人送货，有了竞争，无法维持原来的价格，赚的肯定就比以前少了。看来什么买卖都有人抢着做，我们好不容易想到的发财之道，似乎有半路夭折的风险。后来想着，少赚点就少赚点吧，坚持到过年就好了，到那时家家户户都得整箱买，而且雪糕放在院子里就行，大冷的天儿也不会有损耗。不过，天冷人也遭罪，骑摩托车可不比开私家车，零下几十度的寒冷可不是闹着玩的，孩子他爸每次送货回来都冻得手脚僵硬，蜷在热炕头上半天都缓不过来。

有钱没钱，回家过年。一家三口照例大包小包地回娘家，当然没忘提前准备好红包，得奖励下妈妈，别管赚多赚少，她终归是操心受累了。那时乡下三四十平方米的小草房倒是有一张足够大的炕，老少三代的六口人都能挤得下。前有院子，后有菜园，妈妈不犯病时会种点菜，那可是纯天然，常托长途客车司机捎给县里的我们。爱干净的爸爸把院子收拾得整洁利落，空闲时上山打猎下河打鱼，妈妈再把小鱼用大铁锅焙干，脆脆香香又补钙，直吃到侄儿皱着鼻子一脸嫌弃。其实，若不是因为两个人都有病才让日子艰难，那个依山傍水的小家算得上是个不错的地方。人哪，想享受生活也得有资本，健康的身体就是最重要的资本。

那时还时兴拜年，便先去了最近的邻居家，大伯大娘人好又热心，秋天时还隔着栅栏给我递香瓜和玉米，热热闹闹地闲聊一会儿。告别时，大娘送我到门口，突然她拉住我的手又折回屋里，再掩上门。“怎么了大娘？是有什么事吗？”大娘犹豫了好一会儿才开口说：“姑娘，不是大娘多嘴，你那个买卖，以后别做了啊。”我一头雾水地看着她，大娘干脆不吐不快地一股脑倒出来，说：“傻孩子，你们那么远的来回折腾有什么用啊，大娘问你挣钱吗？我亲眼看到过两回，你妈送你哥走的时候，在院子里偷偷往他兜里塞钱，每次都是挺厚的一叠，还小声说别让你爸和你知道。她又也没工资哪来的钱啊，不都是给你卖雪糕的钱吗？我跟你大伯说起这事就生气，怎么能拿姑娘的辛苦钱给儿子呢！”我呆了呆，感激也尴尬地抱了抱大娘的肩膀，不知说点什么好，再次告别出门。

这件事我跟谁也没提起，回来后找个借口跟孩子他爸说：“算了，以后就不来回折腾了，生意越来越不好做，冰柜就留着给爸妈用吧。”于是，我们的第一笔买卖就这样无疾而终了。我知道即使不说，他心里也明白是怎么回事，如果说十年的婚姻对他有什么亏欠，唯一的就是这个让我永远挺不直腰的家。其实我早就知道以前给妈妈的钱，她也会偷偷地给哥哥，那是个在她眼中永远也长不大的孩子。有钱时的妈妈是哥哥的坚强后盾，可现在妈妈一身的病，需要的钱也都是救命的钱，她还是能做到一心顾念儿子，这就是母爱的伟大吗？可叹的是，妈妈每次住院，不管病得多严重，从来都见不到儿子的踪影。

可惜了那辆摩托车，它本是无所事事的闲散游民，好不容易转变成了勤恳务实的搬运工，没了这桩生意，它又恢复了原本的模样。也可惜了人过中年的哥哥，不知妈妈奋不顾身的爱，对他而言，是幸，还是不幸？

跌落的宝贝

老辈人常说："享多大福，吃多大苦，"这句话应验在侄儿身上。他是一家人的宝贝，尤其是父亲的心尖，但宝宝的幸福时光只停留在三岁之前。之后便是父母的远离，爷爷奶奶病重家中的生活一日不如一日。父亲当初执意留下这个家族的独苗时，并没有想过隔辈人哪怕倾其所有，对孩子而言，这份爱也是残缺不全的。而缺少父母之爱的那部分空白，必将给他幼小的心灵带来一生的伤痛。

乡下的日子很清苦，父亲又开始了年轻时才干的打鱼、打猎，累了一天回到家，还得生火做饭，心情可想而知，毕竟，他也是个需要照顾的病人。那时的日子着实艰难，小草房被无边的愁闷和烦躁包围着，父亲对这个昔日的宝贝孙子也没了娇宠呵护的心情。于是，侄儿开始被放养，他在田埂地头跟小伙伴撒欢疯跑，有时会因为踩坏别人家的秧苗、弄坏人家的东西而挨打。记得因为嘴馋，小家伙竟伸手向熟识的乡邻要钱买好吃的，亲友们都心疼这孩子，有时会给他点零钱或直接领去小卖店买点吃的。一向要面子的爷爷听说后，当即狠狠地打和恨恨地骂："跟你爸小时候一样，长大了也一样没出息！"孙子还是原来的孙子，爷爷已经不是当年那个爷爷了，从小被捧上天的侄儿，如同他的父亲当年，也开始因为嘴馋而挨打。

孩子并不清楚发生了什么，只是习惯了以前要什么就有什么的生活，他不可能做到泯灭自己的天性而去顺从大人的心意。可大人却往往要求不懂事的孩子能随着生活的变故，心智也瞬间成熟，唉，可怜的宝宝。后来，无处可去的哥哥带着个女人又回了县里的老房子，那房子本来是出租着的，但他撵走了租客，名正言顺地住回自己家。亲戚和老乡都劝说把这孩子给他爸送回去，这么多年不管不顾，得让他尽尽当爹的责任。我当时也在想，是不是孩子在身边，哥哥就会变好一点？就会有点责任心？那毕竟是他自己的儿子。于是，告别无奈放弃的爷爷奶奶，宝宝从乡下被带回城里，开始和从未履行过父亲责任的父亲一起生活。

哥哥没有继承到父亲的优点，缺点却一样也没落下，不管日子过得如何穷困潦倒，烟和酒这两样东西坚决不能少。其实他是个手艺相当不错的厨师，但敢雇用他的人很少，因为他在喝完酒后会和没喝酒时判若两人，常分不清楚谁是老板，所以总是失业。哥哥也很想好好生活，就像当初曾真心答应一定要好好照顾自己儿子一样，可那是清醒时说的话，问题是大多时候他是不清醒的。宝宝的饮食很快变成了炕上扔的一箱方便面，桌上放着的是从饭店拿回的不知几天的冷饭剩菜。后来，那个女人也离哥哥而去，更加潦倒的哥哥也常常忘了家里还有个需要照顾的儿子。

宝宝那时有辆小自行车，还是家里条件好时从俄罗斯买回来的。每隔一段时间，孩子便会被他爹委派，手拿一张小纸条，蹬着小车上坡下坡地骑到我家求援，纸条上写着：妹妹，你可以不管我，但不能不管你侄子吧，我们都吃不上饭了，再借点钱。我对这个哥哥是又气又恨，不管你相信他多少次、尽多大能力帮他，他总能回到颓废、醉酒的生活中！侄儿黝黑的小脸挂满细密的汗珠，瘦弱的小胸脯不停地起伏，他的表情看不出难过，也看不出高兴，只有与年龄不相称的平淡和麻木，看着那么让人心疼！我只能先让孩子吃饱再给他背上一包好吃的，孩子走时小手里攥着五十或一百块的钞票。看着他蹬着小车远去的背影，我这个姑姑忍不住泪眼模糊。对不起孩子，姑姑的日子实在艰难，否则怎么也舍不得让你受这份苦！

冷饭菜和干嚼方便面，哥哥仅有的几个月照料给侄儿造成了严重的胃病，疼起来直打滚，满头大汗！急得一家人围着孩子哭！没办法，只能再把他接回来，在爷爷奶奶身边好歹有口热饭热菜。可孩子的胃病却落下了，一直跟随了好多年。至于哥哥，家人再一次彻底放弃了对他的希望，父亲跟前更是提都不能提。这个从小被打骂着长大的孩子，气坏了父母的身体，离散了这个家，自己也落得个无家可归，更别谈什么做父亲的责任。没有人去想他为什么会成为今天这个样子，只怨恨他给这个家带来的无尽无休的痛苦！

这是一个自私的世界，每个人都顾及着自己的感受，只想着自己的不容易。宝宝像个被无辜连累的牺牲品，那些曾把他视为心肝宝贝的人都在自说自话。爷爷奶奶说："我们容易吗？自己都没法活还怎么管孙子？"姑姑说："我的日子入不敷出，对宝宝也是心有余而力不足。"孩子的妈妈说："我身体不好得了病，再说宝宝的爷爷不是争孩子吗？孩子也判给了孩子他爸！"孩子的爸爸一直那么不省心不争气，难道还能指望上他吗？曾泡在蜜罐里的小侄儿，惶恐地张望着这个变了面孔的世界，也许他也在想：难道是我的错？是我不该来到这世上吗？你们曾对我的好呢？你们曾给我的宠爱呢？难道因为你们都有各种各样的借口，我就变成多余的了吗？

没有和父亲商量，我直接找到了几百里之外的前嫂子，即使不再是一家人，以往的情分应该还在。我请求她，无论多难，都要把孩子带在身边。孩子不怕过苦日子，但不能没有爱，谁也替代不了妈妈，只要条件允许，我一定会把侄儿再接回来。嫂子了解我说到做到的性格，尽管自己身体很不好，还是接回了自己的儿子，十岁的侄儿终于有了一个在当时境况下最好的去处。记得母亲常说，宁要讨饭的娘，不要当官的爹，说的可能就是天性使然，母亲对孩子的爱永远割舍不下吧。侄儿在妈妈身边的十年，日子虽然清苦，但至少身心健康、平安顺利地长大了。

每个孩子生下来都是爹娘的宝贝，可随着他们一天天地长大，有的成了天使，有了成了魔鬼，这多半取决于他们的父母。盲目的爱会变成害，不仅害了孩子的一生，最终，父母也只能得到一个忧伤无望的晚年，这便是因果。

想过跳楼

千人千面，人的性格形成应该与遗传有关。可能是祖上有豁达宽广的胸襟吧，听说大才子苏东坡就是这样的人，都姓苏，也不知我跟此人有没有点血脉关系。我的性格中乐观多于悲观，无论遭遇什么，总是想着面对它，不怕它，一切终会过去。但有一次，竟险些过不去。

一个普通的夜晚，家里电话铃声骤起。怕什么来什么，果然又是乡下的父亲心梗发作，很危险，必须马上赶去送他上医院。那时的生活就是这样，父母的病带来的交替惊吓已经让我们训练有素，能在最快的时间内解决问题，根本顾不上伤心流泪。赶紧打电话给爱人，他当时正在和单位的同事也是好友喝酒，而那位朋友刚好有车，于是两人放下酒杯匆匆去接乡下的父亲。我负责找钱，准备住院的东西，把病重的母亲和孩子安顿在家，然后冲去医院等候。

心急火燎地迎到他们，父亲已经疼得神志不清。抬担架，进急救室，抢救，然后是坐立不安地等。那时，每天心都悬着，若是和好朋友几日不联系，他们打来的电话直接便是一句："你家里又出什么事了？"我也很奇怪，为什么有的人生活总是顺顺当当，可有的人却是步步沟坎。心里七上八下地等待时，旁边的爱人突然神色紧张地对我小声说："出事了，刚才接爸回来，我们的车撞了人！"我一下子蒙了，急忙问："在哪？人怎样了？""不知道，我们没敢停车，直接就开到医院了。""为什么不先救人？这么冷的天，万一出了人命怎么办？"我的脑子嗡地一下炸裂开来，来不及管手术室里的父亲，拉着他跑出医院，拦车奔去出事的地方。

赶到那里时，街道已空无一人，只看到地上的血和沾着血的玻璃碎片。即刻返回医院，县城小，只有这一家大医院，伤员一定被送去那。下车时，看到医院的门口挤满了人，哭声、骂声、吵闹声，一片嘈杂。医务人员跑来跑去，我看到两副担架上躺着两个浑身是血的人，还有好几个警察随行。原来他们竟撞倒了两名行人！人被撞得反弹起来撞碎了挡风玻璃！因为着急，更因为酒驾！旁边哭喊着的应该是伤者的家人："是谁这么缺德？撞了人不送医院，竟然逃跑了！这冰天雪地的还有没有点人性？找到他们非得抓起来判刑不可！"我呆若木鸡，思维几乎停滞，盯着眼前不停奔跑着、吵骂着的人，像是在看一部电视或电影里的情节，难道这一切都跟我们有关？这血腥影片的导演竟是我们？他们在大喊着找凶手、抓凶手，却不知，作为凶手的我们，就傻傻地站在旁边。

医院同时来了三个需要急救的病人，医生们忙成一团。先到的父亲生死未卜，两个无辜的路人昏迷不醒，爱人的朋友为了帮我们成了肇事司机，当晚逃逸，警察正在四处询问着追查线索。当时，我并不是很慌张，脑子像是被乱糟糟地塞满了东西，只知道我们做了一件不可饶恕的坏事，一件有违良心、人命关天的坏事！我一步步爬上医院的顶层，像被拴上脚镣的重刑犯，每一步都走得那么累、那么沉！站在六楼的窗前，耳边终于没有了吵闹声，看着楼下还没有散去的人群和马路上昏暗的路灯，我的脑子里只有一个念头：如果父亲救不过来，那两个人也醒不过来，我就从这楼上跳下去吧，不用面对这纷杂的一切，从此解脱了。

老天总会给你的人生设置很多磨难，却又不会把你逼到绝境。结果没有想象的那么坏，父亲又一次转危为安，那两个行人也被救了过来，万幸。无比感恩那些好心的路人和不知名的司机，在深冬的夜晚救了他们，否则后果不堪设想！因为肇事司机逃逸，爱人被扣留在公安局，我则家里、医院之间穿梭着，照顾两边都需要照料的人。

那年元旦是在医院里过的，我们包了一整间病房。病房的三个床头挂着三瓶药水，三张床上躺着三个自家人：刚脱离危险的父亲，刚从公安局放出来的爱人，和浑身瘫软没有一点力气的我。医生带着同情的目光给病号来回换药，背地却在悄悄议论着：他们就是那起车祸肇事的人。小城很小，大家提起来都彼此熟识，包括被撞的人，竟是和我们家关系不错的朋友。那几天，我默默地看着瓶子里的药水缓缓落下，像一滴滴没有温度的眼泪。盯着它，一句话也不想说，什么也不敢去想，但心里清醒地知道，以后的日子会更难。

那次事故赔掉了家里所有的钱，变卖了唯一值钱的摩托车，再从每月的工资中拿钱补给受害者，我们只能拿出这么多，却替代不了内心深深的愧疚。那时，白天听到电话铃声，我们两个人都面面相觑地不敢接，因为一定是追债的。被撞的人找不到车主只有找我们，司机朋友的母亲也追着我们要钱，老人家觉得委屈，儿子好心帮忙却被牵连着不敢回家。虽然责任在于朋友的酒驾，但事故毕竟因我们而起，他为此远离家人，丢了工作，作为一直要好的朋友，我们心里充满歉意和不安。我的一生不曾亏欠过任何人，这次却是例外。

真不知道那段日子是怎么熬过来的，婚后近十个年头，总在疲于奔命，一个接一个的波折成了生活中的常态。难道是应了那句“天将降大任于斯人也”，所以我这个小人物需要苦其心志、劳其筋骨？未来是什么样子？会一直这样阴霾重重吗？有没有可能，风雨过后是彩虹，坏日子过去就是好日子？万一有呢，我告诫自己关于跳楼这个刹那间的想法，以后不能再有。因为放不下的一家人，更因为三十几岁的人生还没来得及好好活过，怎能就这么放弃了呢？

当时以为过不去的一切，只有在回忆时才会被轻描淡写。而那时经历的苦与痛，唯有切实经历的人，才能深刻体会到。

十年一梦

那段婚姻，一捱就是十年。结婚纪念日那天，他照例不记得，我对闺蜜说："就这么过吧，不离了，给孩子一个完整的家。"这虽然是个艰难的决定，但我了解自己，决定的事就不会更改。可是，谁也不知道下一刻会发生什么，没过多久，一场突如其来的风暴便粉碎了我的决定，粉碎得彻底而决绝。从此走出那个家，不再回头。

如果早十年写这篇文字，一定会是满纸的控诉与不平，现在不会了，时间是最好的医生。当我再以一个局外人的身份重新审视那段婚姻时，心境已然不同，它之所以失败，不过是为自己当初的轻率买单而已。离婚后的我时常反思，如果再有一次选择机会，自己是不是就会获得幸福？答案是不会。因为那时的我并没有现在的心智，或许，只有历尽沧桑后才会懂得，如果人生是个棋局，婚姻便是落子无悔的第一步，这一步走对了，整个人生就对了；相反，步步都是错的。人生又不如棋局，因为棋下得不好，还可以再重来一盘，而婚姻一旦破碎，就永远回不到当初的样子。

婚姻像是一个茧做的窝，两个人都陷在错综复杂的关系里，关乎孩子，关乎双方的父母和亲人，如果没有致命的伤，谁都没有勇气拆散它，冲出来。那时想着，哥哥已经离婚了，我再离婚，父母怎么受得了？却没有认真想想，婚姻不是过给别人看的，不该为他人而自欺欺人。最主要的是担心孩子，失去一个完整的家，对他意味着什么？很久以后听到一个词，叫"婚内假单亲"，才豁然明白，以孩子为名去将就一段无爱的婚姻，不一定就是对的。一个家的完整固然重要，但如果这个表面完整的家，实际上是冷漠的、疏离的、没有爱的，带给孩子的只能是更深的伤害。可惜我那时是当局者迷，在自己划定的圈子里苦苦挣扎十年。

他来自他的家庭，身上刻着那个家带给他的成长烙印，如果能静心聆听他的童年和过去，也是一个值得同情的故事。可我们渡不了那么多的人，也未必能做到自渡，一个被伤害的人如果不能学着自愈，别人是帮不了的。他的善良是维系这十年婚姻的锚，拴在锚上的那根绳索叫作道义。唯一让我感到亏欠的，就是我有一个很少安生的娘家，那是只有身在其中才能体会的折磨。他越是尽心付出，我越是感觉相欠，越是不忍心弃他而去。我们走不下去的症结，或许出在两个字上——依靠。学会依靠别人，恐怕是我一生都要学习的功课。虽说没有天生就要强的女人，除非她无所依靠，但，不给男人长大的机会，是要强的女人所犯的错。

结婚的目的，是为了幸福。而幸福，在于你是否看到并坚信它，在于自己是不是一个被幸福装满，从而能带给别人幸福的人。可惜我不是，他也不是。有人说，性格决定命运，我的理解却是命运先决定一个人的性格，再由这性格去制约他未来的命运。而每个人最初的命运，首先取决于他投生在一个什么样的家庭，那个家庭的父母又给了他什么样的影响。成年后，我们再把这些东西带入新的家庭，不自觉地延续父母的做法，很可能也在重复他们的命运。若能因为伤痛而觉醒，有勇气改变自己的认知，这个轮回便被打破，那样，我们的孩子和家族就因此得福了。

一个能把道理说得头头是道的人，要么空谈，要么曾经伤过。所谓的经历，就是一个个的错误把人淬炼成事后诸葛亮，“懂得”常常建立在“失去”上。当然也有例外，就是那些从幸福家庭里走出的孩子，他们因为看到而相信幸福，因父母的引领而懂得选择的智慧，知道自己应该寻找什么样的伴侣和如何经营一个家，由此看来，幸福是可以传承的。我做的就不好，对自己的婚姻，选择时是糊涂的，生活时是将就的，只有分开时是轻松的。仿佛这段旅程先是上错了车，接着又在错误的方向上犹豫着驶出很远，终于决定下车时，已不知此处是何处。

感谢那个黑夜，那场风暴，终于摧毁了那个摇摇欲坠的家，走出来的那一刻，我感到无比轻松。他拿走了他想要的，留下了他不想要的，冷漠而坦然。好，你说是你的，那些就都是你的，你不想要的，就是我的。那时我就知道，对我们的孩子，他不会承担任何责任，而且无所愧疚，所以当一切如约发生，已经不再失望。夫妻是结束的过往，孩子是自酿的因果，一切都是咎由自取。

如果没有做好一个人的准备，就不必走出两个人的围城。既然走出来了，又何必再回头？长大后的儿子说：“妈妈，你这辈子做得最错误的一件事，就是和我爸爸结婚，做得最正确的一件事，就是生下我。”好吧，我把你这句话理解为，老娘我这十年白活了，但以后，我们都好好的。

第四章　又十年

又十年

数了一下，“十年”这两个字共八画，却代表着三千六百五十个昼夜。我的婚姻历经了十年，从那个围城里走出来后，不知受一种什么样的力量驱使，可能是为了摆脱过去，也为了孩子和老人有一个更好的将来，我从中国最北也最冷的边陲小镇走出来，这一走又是一个十年。

这十年，如一个行色匆匆的过客，拖着大号行李箱，叩开一个个陌生城市的门，刚刚熟悉了它就又该奔赴下一个地方了，我和团队伙伴的足迹遍布全国各地、大江南北。我们住过黑暗的地下室，睡过简陋到没有卫生间的小旅馆，挤过绿皮火车的车厢连接处的过道，困到躺在满是脚臭味的座椅下睡着。后来慢慢好起来，住进了酒店公寓，我也有了很多人生第一次，第一次坐电梯，第一次坐地铁，第一次坐高铁，第一次坐飞机。原来没有人规定生活的样子，只要你敢迈出第一步，一切都可能变得不同；第一次讲课，第一次登台，第一次收到掌声和鲜花，原来我也可以成为自己意想不到的样子，只要找对了方向，加上一颗不断学习上进的心。

有时想，独自行走这十年，唯一的收获或许是找到了更好的自己。走出家门时，我是一个忘记了快乐的人，一位曾经的挚友说：“怎么感觉你出来做事像背着一座大山，整个人都很紧张？你嘴里总是老人孩子，你究竟是为自己活还是为别人活？”“可亲人，是别人吗？父母病弱、孩子尚小，怎么可能放得下？”“你的担忧和顾虑解决不了任何问题，只会搭上自己的快乐，要先学会对自己好，照顾好自己，才有能力对别人好。”是这样吗？我也可以为自己而活，也可以轻松快乐吗？后来一点点发现，他说的是对的。

十年间，结识了不少匆匆分合的朋友，从他们身上学到了很多。生命中偶遇的人，其实都是上天有意派遣来的老师。好老师教会我们心存敬畏、与人为善，坏老师让我们看到这个社会的复杂和人性的阴暗，为的是给我们一双分辨是非的眼睛、一个懂得思考判断的头脑和一颗越来越澄澈、豁达的心。活着就是在经历，而经历是个严苛的教练，逼迫着你不得不学会成长。被信任的人欺骗感觉很痛，被陌生人信任和帮助感觉很暖，那些当时以为无法坚持的事、面对不了的人、过不去的坎儿，其实，咬咬牙也就过来了。

教育培训是个鱼龙混杂的行业，领我进门的师傅说，想在这个行业中赚到更多的钱，最重要的两个字就是“包装”。比如身着名牌，假装师出名门，杜撰些让人重视的辉煌履历，讲好一堂课很简单，带点高明的“套路”和“忽悠”，复制别人就是最快捷有效的方法。我尝试着去做，却实在成不了“别人”，于是又重新做回自己。既然我什么光鲜履历都没有，那就讲自己的真实经历，以及从中得到的启发和感悟，再把学习到的东西一点点融入。我拟定的每一堂课里的每一个字，都在想着如何才能帮到别人。很幸运，我找到了一条适合自己的路。

终于有一天，越来越多的朋友对我说，他们喜欢我的微笑、真诚和自信，感谢我带给他们的帮助。原来帮的人越多，自己就越快乐；信任的人越多，自己就越自信。而自己与别人的不同，只不过是多经历了那么一点儿而已，苦难果真可以成为财富。我开始明白，生活就像同样面临暴风骤雨的两棵树，可能被摧残，也可能更强健，重要的是自己的选择，或者向命运低头，或者拼尽全力与它抗衡。没有必要把苦和难写在脸上，因为没有人在意，就像没人喜欢祥林嫂。想破解烦恼，一个简单的微笑就够了，当你的微笑越来越多时，好运自然就来了。

当然，也曾屡次遇人不殊，吃亏上当，这些反面教材及时教会我要理性地看待这个充满变数的世界，所谓的是非对错，不过是每个人的良知和道德底线不同而已，好人和坏人脸上不会有明显的标记。最初，我的眼里都是好人，后来认为对我好的人就是好人，对我坏的人就是坏人。再后来又发现，哪来的什么好人和坏人，每个人都是好坏参半的多面体，比如一个原本对你很好的人，一旦被触犯了自身利益，他就可能变成一个张牙舞爪的“坏人”。原来，价值和利益才是人与人之间稳定的关系链，有时，情义只是做了利益的幌子。

所以，若想在这世间高贵地行走，只有一条铁律：让自己有价值。没有人愿意和乞丐交朋友，物以类聚，人以群分，无论什么时候，这个社会还是有阶层的，哪怕是至亲的家人。比如你是兄弟姐妹中最优秀多金又阔绰大方的那个，父母看你的眼神可能都格外宠爱；如果在有钱人堆里觉得遭受了轻视和冷遇，未必是人家瞧不起你，不过是自己先觉着心虚罢了。记得儿子在三四岁的时候，曾捡表姐家小外甥的衣服穿，当被别人夸赞是名牌很好看的时候，这个小人儿便会低下头默默地难过，因为知道那不是自己的。不懂事的小孩子尚且如此，何况把脸面看得更重要的大人呢。

这十年，有收获，也有亏欠。亏欠的，是孩子，让他孤单成长了十年。病重的父母需要的是钱，而十岁孩子需要的，是父母陪在身边。常常设想，如果再有一次选择的机会，自己是不是就能义无反顾地守在家里，守在孩子跟前？说实话，并不确定，人毕竟得面对现实。实际工作中也曾遇到无数痛悔的家长，那些为了事业、为了生存、为了种种无奈而忽略孩子成长的父母，大家都在自责和懊悔：如果我们平日能对孩子多一点管教和陪伴，他就不会成为今天这个样子，而意识到这一点的时候，往往已经没有回头路可走。实际上，是这样吗？如果父母还是原来的父母，孩子自然还是原来的孩子，仅仅因为多陪伴，他就能如我们期待的那样变得越来越好了吗？那么，为什么也有很多尽心尽力的全职妈妈在绝望哭诉：自己放弃一切陪孩子，却把彼此陪成了相爱相杀的仇人？

孩子的成长一定需要父母的陪伴，但如果不懂怎么陪伴，不能走进孩子的心，恐怕和远离是一样的。我并不后悔当初的选择，但真心检讨自己的过失，那时对孩子确实不够用心。我是个半道出家的家庭教育讲师，站在讲台的那些年，说实话，真的是越讲越怕，越讲越自责。突然发现自己对孩子十几年的教育竟是张不及格的卷子，不仅错漏百出，而且是那么无知无畏、自以为是。这十年里的每一天，我都有机会成为聆听和理解孩子、支持和信任孩子、站在他的角度考虑问题的好母亲，那样，他的成长就不会那么无助和艰难。可惜，我给他讲了太多正确的道理，而这些没有温度的道理对一个孤独成长的孩子来说，往往是最没用的。

尽管事实上，每一个父母的内心都在深深地爱着自己的孩子，可我们表现出来的，却往往是要求、说教和责备。好在，孩子比父母宽容，他会以一颗单纯善良的心，无私地接纳你迟到的悔悟和补救，无论何时、何地。

第五章　宝贝，对不起

小小哲学家

每个孩子生下来都是天使，是不同的父母，一点点把他们雕琢成不同的模样。

儿子生下来并不怎么哭，而是皱着眉头东张西望，一副很不情愿的样子。是不太满意跌落凡尘的这个新家吗？我想要个女孩，加上几天来撕心裂肺的产前折磨，对这个陌生的小东西也没太感兴趣。直到把他拥入怀中的那一刻，突然发现，他仍是我身体的一部分，血肉相连，今生今世都无法割舍。

每个孩子的成长，都由无数个可爱的情节串成，撷几个天真烂漫的小故事讲讲吧。

宝贝一岁多了，说话早，走得晚。酣睡醒来，小脸红扑扑的他，睁开眼睛看见妈妈在身边，就先绽放出一个还带着睡意的酣笑。我伸出手，笑望着他问："睡醒了？告诉妈妈，宝宝睡得香不香？"小家伙呆了呆，似乎是认真地想了想，然后一骨碌翻过身，三下两下爬上我膝头，再仰着小脸，凑到我鼻子底下，傻乎乎地问："妈妈，你闻闻，宝宝睡得香不香？"我忍着笑回他一个吻，说："嗯，真香！"于是，自那天以后每次醒来，他就会爬过来，仰着小脸重复问："妈妈，你闻闻，宝宝睡得香不香？"

一天早晨，突然发现放在桌子上的戒指不见了，是个镶着红宝石的俄罗斯戒指，因为戴着有点松，睡前会摘下来。我心里一慌，看向儿子问："儿子，看到妈妈的戒指了吗？"他端端正正地坐在炕上，一脸无辜地摊着小手摇摇头说："没啊！"我便炕上地下翻找，明明就放在那儿的，不会被孩子吞到肚子里了吧？我的头嗡地一下，赶紧去扒他的嘴巴，没有啊，也看不出有什么异常。"儿子，你真的没看见戴在妈妈手上的那个红色的戒指吗？”他仍一脸的无辜和诚实地回答：“没啊。”低头准备挪开这个盘腿坐着的小家伙，看看有没有压在他身下，忽然眼前一亮，那颗红宝石的戒指，就端端正正地套在儿子裸露在开裆裤外的小鸡鸡上！我的天，口径居然正好相当，大小合适，那颗闪闪发光的小石头正向我顽皮地眨着眼睛。

宝贝去姥姥家回来，屁股上被蚊子咬了好多包，红红的一片，让人心疼。那天，去家附近的托儿所接他，远远地就看见阿姨抱着他站在门口，正被几个邻居围着，指着他的小屁股询问：“这是怎么弄的？谁那么坏，把宝宝给咬成这样？”儿子认真地思考了一下，然后竖起两根小手指捏着、举得高高地再落回到自己的屁股上，一本正经地跟人家解释说：“是姥姥，拿着蚊子，来咬宝宝的，还打，都出血了。”大家哈哈地笑出眼泪来。

宝贝三四岁了，一次吩咐他去屋后的菜园拔点小葱，等了半天也不回，一定是贪玩了。看看天色，正在星星点点地掉雨点，我赶紧到门口张望。远远地看见那个小不点从道口拐出来，两只小手里晃荡着两三根小葱，东瞧瞧，西看看，不紧不慢地踱着小步往回走。我着急地喊他：“宝贝，快点走，下雨了，会淋湿的！跑几步！”小朋友听到后，先是想了想，然后仰起头看看天，再伸出小手，估计是接了几滴雨，然后慢吞吞地回答：“妈妈，不着急，前面也有雨。”依旧是踱着小方步，东张西望地，摇着那两三根可怜的小葱，优哉游哉地向我慢慢靠拢。

当时只觉得孩子好笑，现在想想，这个小家伙的话蛮有道理。是啊，我们每天真的有必要跑得那么快、赶得那么急吗？奔波了今天，还有明天，达成了这个目标，还有那个目标，一颗慌张焦虑的心，从不曾领略一路经过的好风景。孩子说的也对，急什么，前面也有雨，索性放慢脚步，享受这美好的当下。

每个父母眼中，自己的孩子都是最独特、最可爱的，他们的一言一行，一颦一笑都足以把你的心暖化，只需稚嫩地唤一声“爸爸妈妈”，就让你甘愿用生命去呵护他。每个孩子出生时都是天使，尤其在最初的几年，牙牙学语，蹒跚学步，对父母充满依赖，让你恨不得把全世界最好的东西都给他。养育孩子虽然辛苦，却带给我们无数的乐趣和惊喜，那时以为，他会这样一直可爱下去，会一直和父母手拉着手、心连着心，被父母满心的爱和喜悦守护一生。

孩子，你比他懂事

让二十几岁的他至今仍耿耿于怀的，居然还是那件事、那句话。

儿子与姑姑家的小哥哥生日只差十几天，两家仅一道之隔，那时都住平房，所以，姑姑经常带着这个小兄长前来串门儿。这位小表哥模样帅气，眼睛大大的，透着股机灵劲儿。这孩子说话有点晚，但行动力极强，眼尖手快。比如在他几个月大时，被婆婆带去邻居家玩，孩子在地上乱爬，咦，突然发现床底下的某个角落里有瓶罐头。他便小手一指，小嘴巴里咿呀不停，不把罐头给他，他就不停地闹着。

小孩子分不清是你的还是我的概念，只要看到他喜欢吃的、喜欢玩的，就一定要拿到手，像个惹不起的小霸王。因为他从小嗓子不太好，稍微上火就会扁桃体发炎，有几次病得很厉害，所以一家人都惯着他。我曾无奈地逗他："峰峰，等长大了，看见人家的媳妇好看，是不是也得抢走啊？"孩子不懂，小家伙的妈妈也从不阻止，嬉笑着随他去，可能觉得孩子还小，不懂事，没什么大不了的。毕竟是姑舅亲的小哥俩，加上我这个"懂事"舅妈的好心迁就，于是养成了习惯：凡事都由着他，饼干糖果玩具衣服，喜欢什么就拿走吧，别惹孩子哭。

记得一次，姑姑来时说了个笑话："你说我家这孩子多好玩，去旁边邻居家玩，人家院子里有个小柴禾棍都要捡回来烧火，看见有用的东西就指着往家里拿，像个小把家虎，长大了肯定会过日子！"我愣了愣，正好趁机劝劝她："不能让孩子养成这个习惯，他分不清东西是谁家的，你得告诉他，不管大小，别人家的东西都不能拿。"姑姑不屑地一摆手说："小孩子知道个啥，跟他说什么也不懂。"

其实有时候，我心里也挺不高兴，但碍于面子又不能伤了大人间的和气。两个刚能坐稳的孩子，就开始有了强烈的占有欲。小哥哥几乎每天造访我家，他忽闪的大眼睛像个扫描仪，看好什么要什么，两个孩子常因为抢玩具闹得不可开交。儿子喜欢的东西也是不肯撒手的，最怕的就是那小家伙强抢不成，上去伸手便挠，儿子的小脸蛋立刻一道或几道血迹。小哥哥下手极快，总是冷不防地出招，所以那时，儿子白皙的小脸上总是新伤加旧伤，刚好一茬又添一茬。当妈妈的能不心疼吗，心里恨不能上去拍那小东西一巴掌，嘴上却又不好多说什么。只得忍着气抱起自己的孩子哄："儿子，你是个乖孩子，你听话，咱不和他一样。"

再大一点，两个小家伙都会走了，争抢也开始升级。只要两个孩子在一起，你就得一眼不眨地盯着，一个不留神，受伤地总是我的宝贝，因为他从不会主动攻击别人，所以总被小哥哥攻击。我是容忍型的性格，无形中也在这样要求幼小的孩子："儿子，你懂事，你乖，咱不理他。"这时候的他不再只是哭，而是学会了反抗："为什么总是要我懂事？为什么总是我让着他？他是小哥哥，怎么不让着我？"看着孩子委屈的样儿，我这个做妈妈的真不知该说什么好。姑姑对孩子很娇惯，谁多说一句都会不高兴，但总不能让两个孩子没深没浅地打在一起，伤到谁也不好。所以，我只能重复那句："儿子，你乖，你比他听话，咱不跟他一样。"

说实话，那时并没有太在意也没认真考虑过孩子的感受，总觉得小孩子间也没什么大事，让一让就过去了，惹不起咱尽量躲着点就是了。后来做了教育方面的工作，我才明白一个道理：当孩子遭遇了不公平，受到了伤害，最需要的就是有人为他挺身而出，无条件地保护他，而这个人一定是他生命中最重要的人，他最信任的父母。因为这代表：孩子，我爱你，我来保护你，无论你遇到了什么伤害，都有爸爸妈妈在！这样，孩子才不会失去安全感，才不会过早地体会到不公平。相反，当孩子受到伤害时你袖手旁观，就等于在他幼小的心灵里种下愤怒、压抑和逆反的种子，也等于在亲口告诉他：你的感受是不重要的，亲人是靠不住的。当一个孩子选择不再相信，他以后的人生就会暗礁重重。

而大人的无知在于总站在自己的角度看问题，一味地以成人的思维要求小小的孩子。但那是大人的想法，大人的面子，大人的顾忌！对孩子来说，这就是不公平，这就是你不爱我！那时，儿子的脸上至少有十几道新旧伤痕，直到二十几岁，还残留着一些细小的疤痕，每每提起这事，他仍会感到愤愤不平。我问他："当时你心里的感受是什么？"他头也不抬地回答："你不像是我妈，你就是个老好人！就知道向着别人家的孩子！你永远把别人看得比我更重要！"我讪笑着找台阶，说："儿子，现在你已经长大了，也懂道理了，这点小事还忘不了？"他没好气地瞪我一眼，说："哼，反正等我有了孩子，绝不会让他受这个委屈！"

真没想到，大人的一个不在意，会给孩子带来这么长久的伤害记忆。从小到大，我教育孩子的原则是：凡事先看自己的毛病，从自己身上找原因，别去指责他人。因为我就是这么要求自己也是这么做的，所以理所当然地拿来要求孩子，却忘了，他还没有长大。更没有想到的是，一个小时候过于压抑的孩子，往往会在青春期时出现暴力倾向，而这一点，恰恰应验在我自己的孩子身上。

孩子的姑姑，包括那时的我，谁都没想到，因为我们的溺爱和惯纵，让那个本来帅气可爱的小哥哥，长大后竟成了无所事事并染上了小偷小摸坏习惯的孩子，并且对父母蛮横无理，恶语相加，后来竟患上了严重的精神疾病。每每想起这个孩子，我都感到内心隐隐作痛，说不出的伤感和惋惜。这孩子小时候吃过我的奶，长大后也跟我很亲近，小时候的他真是个单纯可爱的小宝贝，他本来也可以身心健康好好长大的。我时常在反思，什么是对别人的好？什么样的方式才算是真的好？面对孩子难以挽回的今天，我这个自以为宽容大度的好舅妈，当初又何尝不是个毫无智慧的残忍帮凶？

沙拉的故事

一天，我去托儿所接孩子，刚进门，就被一群叽叽喳喳的小不点围着问："阿姨阿姨，什么是水果沙拉？听说可好吃了？你做给我们吃好不好？"我愣了愣，看看远处那个显然是吹了牛的儿子，心里突然感觉有点酸。

那时日子过得很紧巴，我在打工，孩子的父亲也面临下岗，收入总是入不敷出。记得平生最便宜的衣服就是在那个时候买的，五块钱两件，可它们帮我撑过了一整个夏天。大人可以节省，可正在长身体的孩子需要营养，所以聪明的我想出个好办法：每天都等市场快要下班的时候再去买蔬菜水果，比如长了麻点的香蕉，苹果、梨、橘子蔫一点坏一点也不妨事，它们共同的优点是便宜。买回来，洗干净，偷偷切掉坏掉的部分，把它们变成可爱的小块，拌上沙拉酱，装进漂亮的小盘子，配上小巧的刀叉。"来，儿子 ，妈妈请你吃一道西餐，它的名字叫水果沙拉。"

孩子们眼巴巴地看着我，等待着我的回答，我不禁苦笑一下：“好啊，阿姨晚上给你们送来。”那天，第一次中午去了市场，买了当时最新鲜的水果，保证一个烂的坏的都没有，包括以前压根不敢问的提子啊樱桃啊，狠狠心一样买了一点儿，回来拌了五颜六色满满的一小盆，给孩子们送去。看着小家伙们毫不掩饰的吃相，心里说不出是个什么滋味。一旁的儿子像个得胜的小将军，背着小手，骄傲地在小朋友中间走来走去，得意扬扬地看着他们吃，自己却一口也不吃。一个小不点喊他：“你也来吃啊，可好吃了！”儿子摆摆小胖手，一脸大气地说：“不吃不吃我不吃，我在家天天吃，都吃够了。”然后走到我跟前，示意我蹲下来，趴在我耳边悄悄地问：“妈妈，为什么你今天做的水果沙拉颜色这么漂亮啊？”

对不起宝贝，妈妈不能告诉你，今天这个才是真正的水果沙拉。可唯独今天这么新鲜的水果沙拉，你却一口都没有吃。以前总是觉得，妈妈虽不能保证给你最好的，但一定会尽最大努力让你和别的孩子一样，不让你受一点委屈。你的衣服总是最干净最别致的，尽管有的是小哥哥穿过的；你不喜欢吃的蔬菜妈妈也会把它塞到包子、饺子、小饼里；买来的鸡翅，我和爸爸只吃和鸡翅烩在一起的土豆；从你出生起，妈妈没有一个晚上睡熟过，总得醒来几次给你盖被子。虽然日子拮据，但你得到的爱，一点都不少。可这些，就够了吗？如果你知道了这个善意的谎言，会不会伤到你小小的自尊心？

孩子睡后，我深深地陷入了思考。我是什么时候开始变得如此甘于现状？那时，心里常常自我安慰，即使没钱的日子，我也一样有能力把它过好，因为自信有一双能调剂生活的手。人们贫富差距不是很大，最多就在吃穿上差点，所以从不会感到卑微。但托儿所的一幕刺激了我，让我开始对“钱”这个字有了切实的忧虑。孩子总要一天天长大，他需要的会更多，如果他考上了大学，如果他需要创业，到那时，我该如何面对呢？体弱多病的父母，随时随地可能病倒，我又拿什么来确保他们一次次渡过危机？难道凭打工那点仅够吃喝的钱，能做到对明天的无忧无惧？

人在跌落贫困谷底的时候，容易变得习惯和顺从，只顾埋头机械地工作，忘了还有可以思考的头脑。那天的沙拉唤醒了我，以后，是不是要过这种一直被打折的生活？是不是要让那些依靠我的人无所依靠？一夜无眠，虽然一时还找不到出路，但，已经懂得开始找了。

天使变形记

问：小天使是什么时候变成小魔鬼的？

答：上学后。

为什么：不谈学习，母慈子孝；一谈学习，鸡飞狗跳。

儿子的乖巧、懂事、聪明、可爱等头衔，随着背起的小书包，便逐一被风吹走了，消失得无影无踪。平日里你说啥听啥，可一提学习，一写作业那是百般无奈、如坐针毡，各种磨蹭拖沓消极对付，看得你那个气啊！当妈的耐性和魔性交替上演，绝对都是让熊孩子给逼出来的。我那个听话的小可爱呢？我那个懂事的乖宝贝呢？究竟是孩子变了，还是当妈妈的看待孩子的眼光变了？多年后究其原因，总结几条心得：

一、平时惯你吃惯你喝，但学习的事不能惯，错！

因：家长能做的都替你做了，你只需做好一件事，好好学习就行了。

果：学习不主动，不用心，聪明的脑瓜不舍得用，一提学习就头疼。

解：学习也是一种劳动，需要孩子付出极大的耐心、专注力和克制力。一个平日习惯了衣来伸手、饭来张口的孩子，自然也不会把学习当成是自己分内的事。孩子不是上了学就能学习好，得看家长在学前有没有做好必要的准备。比如尽早培养孩子自己的事情自己做，把每一件小事坚持始终，独立完成的好习惯；比如注重孩子责任心、自我意识的培养，要让孩子从小明白，大人有大人的工作，小孩子有小孩的事情，彼此都不能替代，自己的事只能自己负责。

趋利避害是人的本能，如果父母在生活上替代包办得太多，孩子自然就养成了坐享其成的习惯，他就会觉得学习太辛苦，是强加给他的，分数是大人要的，好坏与他无关。最重要的一点，当父母因为学习的事对孩子变了脸，大声吼叫、责备甚至体罚，他心理落差会很大，会觉得一向疼爱自己的父母突然变了，变得只看重分数、不爱自己了。一个孩子最怕的事，就是失去父母的爱，由此，他的内心会产生强烈的失落感和焦虑感，而一个内心充满不安的孩子，是不可能把注意力放在学习上的。

二、教育要从娃娃抓起，早学早知道，错！

因：儿子打小就聪明，比如送他去幼儿园的路上，他坐在自行车后座，我在前面提问：39+54 得多少？ 28+67 得多少？他肯定随口就能答出来，100 以内的加法，百分百正确。

果：上学之后，要从 1+1 等于几学起，对他来说太简单了根本不用听课。儿子就此养成注意力不集中、不专心听讲的坏习惯，可不仅是数学课哦，是每一科，人在课堂，心在神游。

解：早期教育，注意发现并保护孩子的学习兴趣和好奇心，培养他的各种好习惯，而不是会背多少首古诗或能算对多少道难题；开阔孩子的视野，培养他的想象力、创造力，让勇敢、坚强、自律等好品质生根发芽，而不仅仅是侧重智力的开发；知识本身并不难，难的是有一颗热爱学习的心，要知道成就都是源于深深的热爱。有兴趣才会爱，不强加才会有兴趣，因势利导是门大学问，引导孩子“想学”的意愿，比实际学了什么更重要。

家长永远不能替代老师的作用，而是要有一双善于发现的眼睛，尽早帮助孩子找到他感兴趣、擅长的事，多让他去体验通过自己努力得来的小进步、成就感。一点突破、建立自信一定好过样样通、样样松，我们的孩子的将来不需要做个全才，他只需要在某个领域出色就足够了。未来社会每个人都是“自媒体”，就像一件商品必须要有自己独特的价值和卖点，每个孩子也要有自己的特质和过人之处。即使暂时找不到也没关系，一个对自己的能力充满自信、始终保持学习兴趣和探索欲的孩子，学什么都来得及。

三、我是个任劳任怨的勤快妈妈，错！

因：睡前为孩子把衣物鞋帽准备好，吃饭时为孩子碗筷摆好，上学前把孩子的书包、文具盒整理好等等，我是个认真负责的后勤部长。

果：书桌内外乱成一团，孩子自己懒得动手收拾，不会归纳整理；孩子经常忘记老师布置了啥作业，小学毕业还不会削铅笔，东西没了就喊妈。

解：从小锻炼孩子的自我管理能力，力所能及的事都应该锻炼孩子自己做，做不好没关系。小手常动，大脑聪明，自理才能自立，这是小动物都有的生存本领，可惜被爱孩子的家长给忽略了。不是孩子不想做，是你没有让他做；不是孩子做不好，是你没给他更多锻炼的机会。人都是有依赖性的，毛病都是惯出来的，包括不懂心疼你的丈夫和家人，你做得多了，他自然就不会做了。而一个懂得照顾自己和他人、会做家务的孩子长大后更容易拥有幸福。

所以赶紧的吧，从孩子能做的第一件事就开始引导、鼓励。自己的房间自己收拾，自己的书包自己整理，自己的学习任务自己完成，总之，自己的事情自己做。家长还要教会孩子适当分担家务，既然孩子是这个家的一分子，就要懂得“人人为我，我为人人”的道理。只要家长肯放手和耐心帮助、督促，孩子把事情做好只是时间问题。懒妈养个勤快孩子，勤快妈养个懒孩子，切记，当孩子独立走上社会时，是容不得他犯懒的，也不可能有人无条件地帮他。我们不能亲手剪掉孩子的翅膀，又去埋怨他为什么不会飞。

四、我是个负责任的全陪妈妈，错！

因：孩子回来写作业时，当妈的就陪坐一旁，手拿橡皮，在孩子的作业上擦擦蹭蹭力求完美，气急了还会撕掉让孩子重做，过程中伴有河东狮吼。

果：孩子依赖性强，张口就问，自己不思考、不动脑。孩子的关注点不在学习上，在于担心大人的脸色上，使其精力涣散，逐渐丧失学习兴趣。

解：写作业是孩子自己的事，大人尽量不要作陪。完不成或写得不好没有什么大不了的，自有老师会收拾他，要让孩子懂得自己承担结果。家长不要怕孩子做作业出错，错题是“宝贝”，学习问题若被隐藏起来才可怕，作业和考试本来就是为了检验孩子平时的学习成果的。建议家长准备错题本，每个学科都要有，把平时考试卷子、作业本上的错题及时归纳整理，再和孩子一起做好规划，督促他逐一解决，不会做的该问谁就去问谁，直至做到真正理解、消化和吸收。孩子的特点是学会的东西不会忘，错的地方重复错，所以只要保证针对问题、解决问题、这次错的下次不再错，学习成绩自然就提高了。

低年级的孩子可以适度陪伴，慢慢放手。家长要有耐心，切记态度永远比方法更重要。比如字写得不好，就从一篇不好的字中挑出几个相对好点的，鼓励他都写成这个样子；比如作业拖沓，那就把学习任务拆分成小块，鼓励孩子先达成小目标，像打游戏通关一样步步为营，中间可以奖励短暂小休，最后一定能大获全胜。坚决不做全陪妈妈，就凭咱的水平，你保证能一直陪到初中高中吗？培养孩子的独立性，比暂时的好成绩重要一百倍！

不管家有大孩子还是小孩子，家长可以不陪他写作业，但在孩子写作业时，家长若在玩手机、打游戏，那孩子的注意力也一定不在学习上。对于孩子的成长，家长需要学习的东西还很多。

五、我是个恨铁不成钢的妈妈，常拿自己的孩子跟别人比，错！

因：为什么不能写完再玩？为什么不挑自己的毛病？你看人家谁谁谁，你怎么就不行？

果：你教诲了一百句正确的道理，他只关心一句最不贴边的话：你看张三李四都比我强。比不了就不比呗，他索性破罐子破摔，自暴自弃。

解：没有对比，就没有伤害，孩子最讨厌的就是父母拿别的孩子跟自己比。要是你老公当着你面总夸别人的老婆好，你是啥心情？注意，铁就是铁，钢就是钢，铁有铁的优势，钢有钢的用处，谁也替代不了谁的作用，你再恨，铁也成不了钢！孩子到了社会上，总会有适合他的位置，只要他阳光自信、品格优秀、努力上进，就肯定会有被发现、被重用的机会。同样，如果孩子觉得自己样样不如人，连父母都轻视、看不起他，他的人生当真会一塌糊涂。

家长不要在孩子之间进行攀比，而要时时在他面前表现出：孩子都是自家的好，无论学习好不，你都是父母心目中最好的孩子！咱不跟任何人比，只拿自己的今天跟昨天比，而且只比哪里有进步、哪里做得更好！每个孩子都有自己的优势，发现他的潜质，找到他的特长，而不是强求苹果树上结出核桃来。如果你眼里的孩子浑身都是问题，他就成了问题孩子；如果你对孩子始终充满希望，他将来就一定是个不会让你失望的好孩子！

六、为孩子含辛茹苦，孩子却不尽人意，所以常常感到失望，错！

因：想到自己为孩子付出那么多，孩子却不理解、不争气，所以会诉苦、指责加抱怨。

果：妈妈对我那么好，可我什么也做不好，我怎么那么没用？我是个坏孩子，总是让妈妈失望。孩子充满压力、负罪感，做啥也提不起兴趣。

解：孩子本来就不懂大人的辛苦，因为他没有经历过，心智还没有成熟，所以你说得再多他也不懂。反而，父母的评价就是孩子的自我评价，父母的失望就是孩子对自己的失望，而对自己失望的结果就是心态消极、自暴自弃。人是环境产物，家长的抱怨越多，孩子的自责和自卑感就越重，他的性格就越阴郁自闭，一个价值感低下的孩子，注定一事无成；一个在父母心中找不到位置的孩子，一生都在流浪。养育孩子本来就不是件容易的事，请相信，没有人是因为听了诸多抱怨而奋发向上，但真诚的接纳和鼓励，能做得到。

不如让自己退回到孩子的状态，跟随他的节奏，走进他的心里，感受他的感受，教养孩子的过程也是父母自我成长的过程。跟孩子的表述中少说“我”字，把它替换成“你”字，多问问孩子你在想什么？你的周围发生了什么事？你有什么想法或意见？给孩子一个可“抱持”的环境，就是在他做得好时认可他、做得不好时支持他。总之让孩子觉得自己在父母的眼里就是最好的，今天或许不是，但明天一定是！一切只是时间问题！我们坚信！如果你认定孩子是你的骄傲，他就一定会成为你想要的模样。

七、小孩子夸不得，会骄傲的，错！

因：自己从没被父母夸奖过，所以也不会夸孩子，即使孩子有进步也要表现含蓄，以防他翘尾巴。

果：直接导致孩子的不积极、不自信，我不是好孩子吗？我表现得不好吗？爸爸妈妈是不是不喜欢我了？

解：让孩子经常体会到哪怕小小的成就感，而不是屡屡受挫，前者是不断地累加自信，后者是一点点消磨自信。当孩子把一件事做得很好时，家长应及时关注、开心赞许，并指出哪里做得好；当孩子犯错时，家长应真诚地安慰，再一起分析错误的原因，下次怎样才能做得更好。真诚的鼓励不会让孩子骄傲，相反，一味地挑剔会让他迷失自我、丧失自信。送你个教子锦囊：当一个孩子的成长过程中集齐了五千个赞，他想不好都难。

但一定注意，夸孩子可是个大学问。对于孩子的进步和良好表现，请不要只停留在“你真棒”这样的语言表达，不走心的表扬是低质量的敷衍，意义不大。要让孩子即时知道自己哪里有了进步，哪一点做得好，哪些好品质值得欣赏，我又是如何为“你”而感到开心，而不是你做的事让“我”感到高兴。父母赞许的眼神，父母跟他一起开心分享的样子，父母按捺不住的欢喜与喝彩，父母人前人后的由衷赏识，孩子不仅会深深感受到，还会滋长出“我要做得更好给你看”的动力！

八、好孩子就是要好好听父母的话，错！

因：孩子小时候超乖，从不和大人顶撞，父母说什么听什么，这便是父母认为的好孩子。

果：孩子在青春期时大变样，超级叛逆不听话，像是压抑的小火山终于能喷发！

解：孩子过于听从父母的话，可能就会复制父母的人生，活成父母的样子，除非父母成长的速度远远走在孩子的前面。当今的社会缺少创造力，复制、模仿和抄袭成了主流，不能不说这和孩子从小所受的教育、被压抑的天性有关。所以，孩子要听父母“正确”的话，同时也要有自己的想法、判断力、主见。一个人只有不被束缚才会自由伸展，才会创造出无限可能，身体和思维是同样的道理。

当一个孩子不能获得公平的表达机会，他的表现欲、自主性就会慢慢地丧失，很可能成为一个毫无主见、唯唯诺诺甚至心口不一的两面派。被要求听话的孩子，内心往往是压抑的，而被压抑的东西一旦找到出口，就会以前所未有的方式爆发。破解这个难题只有一个办法，那就是家长放下自己的架子和面子，学会尊重孩子的感受，好好去“听孩子的话”。随时知道自己的孩子心里在想什么、有哪些情绪变化、需要什么帮助的父母，一定是深受孩子尊重、爱戴的好父母。

以上只是亲子教育中的一点小浪花，实际问题还有很多。现在想来，不是孩子进了学校就变了，而是因为孩子上学后，家长的要求、期望和指责就变多了。我们想让自己的孩子不比别人差，我们要面子，我们爱攀比；我们自己不求上进，却要求孩子出类拔萃；我们做不成他的榜样，却期待他完成自己的梦想。总之，让人操心的孩子问题大多是相似的，优秀的孩子却各有各的优秀，而孩子的优秀，大多取决于父母的成长之心和教育智慧。

可惜，当年的我，既种了因，也得了果，却并无此刻的解。只能把这些迟到的醒悟，送给大家了。

你能考第一？

卡尔·威特的教育理念告诉我们：无论什么样的孩子，只要教育得当，都能成为不平凡的人。而“教育得当”这四个字，是沉甸甸的责任。

长大后的儿子曾总结道：“小时候学习不扎实，可能就是因为总有人夸我‘这孩子真聪明’。这话听多了就会让人觉得，平时不用怎么努力，考试前使使劲就行了，因为我聪明啊，反正大人们都这么说。”他的自我分析或许有点道理，因为这小子经常是难题做得出来，基础知识却错一大片；写作文懒得打草稿，也经常能被当成范文读。老师们总是说，这么聪明的孩子再稍微努点力，将来肯定有出息。可惜这话他只记住前半截儿，后半截没记住。唉，也不知是不是大人的“浮夸”使他“浮躁”了。

小学三年级时，把孩子由家附近的学校转到了另一所重点小学。因为那里的班主任是我的初中同学兼好友，在小县城里颇有名气，她教学很出色，关键是对孩子特别严格。当时就想着，让我的老同学替我好好管管这个孩子，严师出高徒，我也跟大多家长一样，说了那句：“老师，这孩子就交给你了，你该怎么管就怎么管，只要是为孩子好，我这个家长都没话说。”后来才明白，这种“托付”思想本身就是一种“逃避”。当家长的往往认为，把孩子送到学校交给老师就万事大吉了，也不想想，你带一个孩子都气得肝疼，一个班几十个孩子，老师怎么可能照顾到每一个孩子的感受？

我了解自己的孩子，每到一个新环境，相互陌生的阶段一定是好评不断，小孩子很懂得啥叫收敛和蓄势待发。等到对周围的环境逐渐熟悉起来，就变成老师今天一个电话，明天一个纸条，后天递一张状子，罪名大体都是些：上课溜号了，搞小动作了，和同桌说话了，没交作业了，考试马虎了等等，真是大毛病不犯、小毛病不断。家长会上，认真负责的班主任经常把我这个老同学单独拎出来开小灶，因为关系近，她对孩子的学习表现更为焦虑。

一晃，就到了期末。我开始严正警告他：“马上快考试了哈，再不抓紧就来不及了，你小子给我掂量着办！”当时的心真是悬着，如果孩子的成绩给班里拖了后腿，还真是无法跟老同学交代。可我们家这位小同学依旧是不紧不慢、不慌不忙，就是紧张不起来。我就纳闷了，娘亲从小要强，凡事不容别人说上半个不字，学习上从不让父母操心，怎能生出个如此宠辱不惊、坚决不肯把学习当回事的熊孩子呢？

好不容易等到考完试，我紧张兮兮地问他：“咋样？”人家却依旧表现淡定：“还行。”发榜的日子到了，我提心吊胆地等到他迈着四方步回来，看着那厮进门时不愠不火的表情，也没能判断出是个啥结果，都这时候了，好坏都得接着了。“说吧，考得咋样？排多少名？”他小声说：“第一。”什么？第一？正着数还是倒着数啊？我瞪大眼睛再问一遍：“都考了多少分？”“嗯，双百。”我当时咋就没一把抱起孩子，给他个大大的祝贺，把发自内心的惊喜由衷地表现出来呢！后来回忆，我当时的反应第一步是惊吓，第二步是强行按捺内心的喜悦，故作镇定。跟孩子说得那些话怎么听都不像表扬：“这次考题很简单？拿卷子给我看看，都是你自己完成的对吧？嗯，这次没马虎，以后得保持，别骄傲啊，洗手吃饭吧。”

也许是中国式家长相对含蓄，也许是自己从小到大从没受到过表扬，我的确是一个不会夸孩子的妈妈。可想起孩子成长的道路上，类似鼓励、表扬、赞许、欣赏这样能激发孩子内在动力的语言，我一向是吝啬着且羞于张口的，总觉得这样会让孩子骄傲、翘尾巴。直到做了教育工作之后，才常对充满焦虑地家长讲：“想提高孩子的学习成绩，眼睛就不要只盯在他的分数上。要善于发现他每一个细微进步，生活中坚持做好了一件事，学习上哪怕只提高了一分，都要由衷地给予肯定、鼓励和表扬。让孩子找到‘我能行’的自信，比提高成绩更重要。”家长心悦诚服地频频点头时，并没注意到我的脸红羞涩，因为，这不是经验，而是教训。

好在，这次期末的家长会，我心里总算有了点底气。老同学见到我时，笑容明显有点不自然，还略微带着点小尴尬。可能以前的沟通习惯了告状，现在孩子突然搞了个逆袭，反倒让彼此都有点不适应。“没想到啊，这孩子竟然能考个第一，你看这卷子写得潦草的，还真就哪都没出错。”我也顺应着、一脸谦虚地说：

“碰巧了呗，平时学得都不扎实，可能是这次考试题目比较简单，多亏你平时对孩子那么费心。”从老师闪烁、犹疑的眼神中，我能感觉到，对于我儿子这个来之不易的第一名，在老师那很可能也没有得到应有的肯定和鼓励。

写这些文字时，突然有种幻觉：在一间很大的教室里，有很多空着的课桌和椅子，中间站着一个孤零零的孩子，他的小手高高地举着两张涂着红红的 100 分的卷子，大声说：“老师，你看，我考了第一名！妈妈，你看，我得了双百！你们看，这些题都是我自己做出来的！”但是，偌大的、空空荡荡的教室毫无回应，只有一个小小的孩子在那茫然四顾、迷惘失措。教室里一次次回响着他稚嫩的声音：“妈妈，老师，我是个好孩子！你们看见了吗？你们听见了吗？你们为什么看不见？你们为什么听不到？”

一个总是不被看见的孩子，内心一定早早地住进了忧伤。后来，问过儿子：

“这事，你还记得吗？”

“当然记得，老师还问过旁边的几个同学，问我有没有抄他们的。”

“告诉妈妈，你当时心里是怎么想的？”

“反正考得不好你们不高兴，考得好你们也不相信，以后就随便吧，考啥样就啥样。”

那时已经不是孩子的他，说这话时，仍带着一脸的落寞和淡淡的凄凉。

果然，从那以后，他再也没有考过第一。

什么事都无所谓，知难而退的性格恐怕也和那时的经历有关吧。

儿子，那个第一名，如果我们给你的是惊喜，是骄傲，是认可，是鼓励，是赞美呢？当一个无比渴求关注、渴求进步的孩子，他终于凭自己的能力证明了自己，而同样无比期待这一刻的、为人师为人母的我们，又是被什么东西堵上了耳朵，蒙住了双眼，关上了心门？

偷 钱

对孩子的教育，我有两个底线，一不能撒谎，二不能私自拿钱。而“偷钱”

这两个我极不愿意说出口的字，像把锐利的锥子，它随时能刺破记忆的闸门，如洪水猛兽般让我心生畏惧。

孩子小的时候，我给他的零花钱不多，在同龄孩子中应该属于中下水平。有家里日子确实不宽裕的原因，最主要是不想让孩子养成乱花钱的坏习惯。小时候的儿子对钱没有什么概念，记得四五岁时给他一块钱去附近小卖店买好吃的，人家一路看景神游，到了小卖店，手上的钱却早已不知去向。然而，随着一点点长大，他对超市里五花八门的小东西开始有了欲望，要零花钱时总能流露出渴望和期待的小眼神，得到的结果更多的是失望。你个小孩子关心的除了吃就是玩，如果有足够的钱，我看你恐怕想买下全世界。

有句老话说，怕什么来什么，我是无论如何也没有想到，自己的孩子居然也能和“偷钱”这两个字沾上边。说起来是大人责任在先，我有两个要好的闺蜜，三个家庭偶尔会凑在一起吃饭、玩麻将。离婚以后，两个姐妹为了陪我散心，周末聚到我租住的地方，小玩了一会儿麻将，为了助兴，当然有个几十块钱的输赢。我不大喜欢打牌，但喜欢跟朋友们在一起，姐妹们不离不弃的情谊一直在陪伴和温暖着我。他们帮我搬家，帮我弄来家具，帮我挂好窗帘，也帮我从失败的婚姻中一步步走出来，最艰难的那段日子幸亏有他们。朋友走后，我把剩下的一小叠零钱，随手塞在挂着的衣兜里。

第二天早晨是周一，照例早早起来给孩子准备早饭。要么咋说小孩子藏不住事呢，那天儿子起床后的表现出奇的好，吃饭根本不用催促，少有的麻利，背起书包出门时，比平常大概早了十几分钟。咦，今天的太阳是从哪边升起啊？这个一贯的“小磨蹭”怎么突然成了“小利索”了呢？女人的直觉天生就是为老公和孩子而准备的，不是多厉害，是因为太了解。突然有种不好的预感，我径直走向挂着的衣服，当发现衣兜里的钱真的少了十几块时，我的脑子嗡地一下，彻底蒙了！真的是他拿的？他居然敢背着我拿我的钱？

我的大脑一片空白，骑上自行车直奔学校。距离学校不足一百米处，有个很大的超市，它似乎是就为了孩子们而开办的，里面五颜六色琳琅满目都是好吃的、好玩的。每到上学和放学的时候，那都会挤满了大大小小的孩子，估计他一定在那。到了，隔着超市的玻璃窗，我眼睁睁地看着自己的孩子手里拿着不该拿的钱，指点着柜台，要这要那，还时不时地左顾右盼，一副做贼心虚的样子。我当时的心情真的难以用笔墨形容，用“五雷轰顶”这个词并不夸张！对一个母亲来说，亲眼看到心里最怕的事发生在最亲的孩子身上，那种打击，是毁灭性的！那是我的孩子，是我生命中唯一的希望！那是我无论多难都不会放弃的骨肉！他怎么可以这样？

转身骑车去上班，忍不住的泪水滂沱而下。一路上，我的脑子里只搅动着这几个字：我的孩子偷钱！我的绝望里混杂着太多的坏情绪，离婚后孩子的父亲对他不闻不问、没有一分钱的抚养费，租来的房子住着久病卧床的母亲，隔壁邻居抽烟都能让她咯血；乡下的父亲身体时好时坏，今天住院明天犯病；而孩子在我们离婚后也变得越来越敏感焦虑，更无心学习。我知道自己在怕什么，怕他像他父亲一样不争气，怕他像舅舅一样不省心！如今居然敢偷钱？这么小就敢做这样的事，长大后会是什么样？难道真如离婚时那些亲朋好友所说，带着这个不省心的孩子会毁了我的后半生？

晚上放学回来，一进门，孩子看到我的脸色，就知道自己闯了大祸，还没等问就哭着求饶。离婚后我第一次打了他，用腰带。打两下就不舍得了，只有狠狠地抽打自己！如果有面镜子，一定能照出我气急败坏、丑陋不堪的样子。我是一个很少失控的人，但那次，我听到了自己心碎的声音！我似乎撞见了狰狞的魔鬼！我痛苦得看不到一点希望！孩子被吓破了胆，大声地哭喊着：“妈妈，我再也不敢了！”当时的我几近崩溃，满心全是绝望！这件事过去了很多年，现在想起来心里仍阵阵刺痛。我知道，那一天，我和孩子都会记一辈子，虽不愿提起，但不会忘记。也是那一次，我深深地体会到，原来做了父母，打孩子比打在自己身上，更要痛上千万倍。

如果有机会能重新做一次母亲，我一定要学会，管孩子要先管好自己情绪的方法。天没有塌下来，是我这个妈妈太过紧张，把问题看得太严重了。十岁出头的孩子还不懂得什么是偷，更不可能上升到什么品质问题，他不过是因为嘴馋、好奇或者攀比，也可能是为了逃避学习的一种注意力转移。他已经很怕了，也知道错了，就像小时候摔倒了一样，把他扶起来或伸出手迎着他等他自己爬起来不就行了吗？难道非要对已经摔倒在地的孩子再上前踢打一番，让他就此爬不起来吗？难道哥哥的成长经历还不能警醒自己吗？孩子一旦被父母贴上了坏孩子的标签，打骂他，否定他，他才真的可能彻底看轻自己，就此自暴自弃。

不一样的父母，确实会教育出不一样的孩子。表姐曾说过，要早点把钱交给孩子打理，并教会他怎么花钱，怎么存钱，什么钱该花，什么钱不该花，实际上她也是这么做的。那时还想，是因为姐姐家条件好，有钱让孩子打理，富人家的孩子当然不一样。再后来一点点懂得，姐姐还有的，是智慧，懂得欲望越压抑越膨胀、疏比堵要好的道理。当一个人听不进别人的劝告，大体有几个原因，一是自以为是，二是缺少见识，三是脑子和兜里一样"穷"。

事实证明，我的孩子长大后，品质优秀，诚实善良，即使捡到了别人的东西或钱也会主动归还，甚至还会拿仅有的钱去帮助别人。想起那时的焦虑和杞人忧天，更多是来自内心的恐惧！哥哥的撒谎和偷钱，父亲的暴怒和打骂，那个家里随时传出的哭喊号叫，这些记忆的烙印让我一直在恐慌！我在怕，怕过去的一切重演，怕自己从那个惊恐的孩子再变成惊恐的妈妈！我曾痛恨那些年所受的伤，也发誓不做父母那样的人，更无数次地想着，当我有了孩子，一定好好待他，绝不让他重复我的人生。可是，当孩子真的犯错时，我竟莫名地复制了他们的做法，以爱的名义，做了个没有理智的母亲！

人生中，由我们自己亲手堆砌的、最大的暗礁就是：在不懂得婚姻时结了婚，不懂得如何做父母时有了孩子。对一个女人而言，如果说她前半生的命运是父母给的，那么婚姻和孩子就是她后半生无法逃离的宿命，沦陷在它，逆袭在它；痛苦在它，幸福在它。一切都在于，你是否做了正确的选择，并且有足够的能力能驾驭、掌控得了它。

检　讨

我有段时间去云南工作，走了几个月才回来。那天中午到家后，一边和父母聊天，一边朝窗外张望，孩子快放学了，知道妈妈回来，说不定得多高兴。前几天打电话，儿子还说要云南的礼物呢，唉，当妈的，别管走多远，最放心不下的就是日夜牵挂的孩子。

大门被慢慢地推开，是那个小家伙回来了。我坐在炕边兴奋地向他挥手，他也看见了我，却没有像以往一样欢天喜地地喊着妈妈赶紧跑进来，似乎还带着点心虚和垂头丧气。瞧这架势，又在学校惹什么事了，像迎头被浇了盆凉水，我的好心情瞬间消失。可也不能刚回来就发火啊，耐着性子等他磨磨蹭蹭地走进来，低头叫了声妈妈。我揽着他的肩膀问："怎么了，看妈妈回来一点都不高兴吗？"他可怜巴巴地抬起头，眼里闪烁着少见的慌张，说："妈，老师让你到学校去一趟。只能你去，不能是姥姥姥爷。"看来问题有点严重。"跟妈妈说说，是怎么回事？""我和老师犟嘴，老师说，下午班会得让妈妈去，当着全班同学的面给她道歉。"他的头越来越低，声音越来越小，我忍无可忍地忍了又忍，说："先吃饭吧。"

我已是第N次被叫到学校，老师极为勉强的笑容里隐含着难以控制的怒气。当然是赶紧道歉再问缘由，得来的情况大体如下：儿子上课不认真听讲，还回头跟别的同学讲话，被老师叫起来训斥时他竟犟嘴说自己没回头，没说话。老师怒了说他撒谎，这厮竟然挑衅地斜眼看着老师，再镇定地回头问："同学们，你们看见我回头，听见我说话了吗？"可气又可笑的是，那些平时可能跟他一伙儿的调皮孩子竟一致回应："没看见啊，没回头啊，没说话啊！"老师站在讲台上气得浑身发抖，生气地说："反了你们了，一起睁着眼睛说瞎话，这课我不上了！"老师含泪摔门而去！

老师强装笑脸地指着我的儿子说："你这孩子可厉害了，不光自己不好好学习，还带着全班同学一起起哄，他让我这么没面子，我这个老师还怎么当？没办法，只能让你这个妈妈来。老同学，不好意思了，我可是当着全班同学面都说了，得让你这个家长亲自赔礼道歉，要不我真下不了这个台，你这个孩子我也教不了。"听老师说完原委，说实话心里感觉很复杂。老师确实不容易，孩子也的确任性胡闹，但是不是他犯的错，就必须得用"妈妈来检讨"这样的方式来解决？当我这个家长站在讲台上，或许可以平复老师的面子，但在台下看着的我的孩子，他心里的感受又会是什么？

无论如何，总得给老师这个面子，毕竟，她为孩子尽心尽力。于是，我这个大龄同学和十岁出头的孩子们混在一起，端坐在冷硬的小板凳上，等待班会召开。看来这个班会是我们娘俩的专场，空气里都凝结着严肃、紧张和尴尬。老师走上讲台，环顾了一下坐在下面的五六十个孩子和我，表情严厉地说："今天我把晓晗同学的妈妈请来了，大家都知道他犯了错误，当众顶撞老师，不认真听讲，影响其他同学，还跟老师犟嘴。现在就请同学们站起来说一说，晓晗同学平时还有哪里表现不好？他都犯过哪些错误？我们一起来帮助他改正。”

十几年过去了，直到现在，我依然清清楚楚地记得，那些孩子说的每一句话。这个世界上唯一干净清透的珍宝，就是孩子们那颗纯洁无瑕的心。同学们一个个陆续举手说：

“老师，晓晗同学送我回家，他知道天一黑我就害怕。”

“老师，我的钢笔忘带了，晓晗同学借给我。”

“老师，晓晗同学帮我搬花盆。”

“老师，晓晗同学总帮我值日。”

“老师，体育课我摔倒了，晓晗同学扶我回教室。”

……

在毫无准备的情况下，在老师要求同学提意见、列出小伙伴罪状的时候，这些孩子竟能瞬间懂得，要尽力帮帮那个孤立无援的同学，他们单纯质朴的眼睛，竟能看穿周围的一切！孩子们费尽心思、搜肠刮肚地寻找着小伙伴点点滴滴的好，只为了能让他稍微好受一点。一定还有一部分想法，是为了帮坐在他们中间，满脸窘迫的同学妈妈解解围。可爱的孩子们啊，你们是如此善解人意，又如此聪明伶俐！老师显然很意外，涨红着脸听完，接着进行下一个程序：“现在请晓晗同学上来做检讨。”

儿子手里不知何时捏了张皱巴巴的纸，也不知何时在那张纸上写了字，他低着头慢腾腾地走上讲台。这个比讲台高一点、站在大黑板下面的小人儿，歪着不服气的小脖子，斜着不情愿的小眼睛，晃悠着倔强的小身板，开始嘟囔他流水账一样的检讨。奇怪，内容竟跟我当年的男同学写得差不多：我哪里做错了……我不应该咋样……以后我要怎么样……请老师和同学看我的实际行动吧！尤其最后一句，简直如出一辙，是不是所有检讨都得这么写？我这个当妈的，听着孩子毫无诚意、羞愤超过惭愧，甚至带点玩世不恭的检讨，说不出是个什么滋味，但从心里感觉疼。

老师显然不满意，但又不好多说什么，于是看了我一眼说：“现在请晓晗的妈妈上台——道歉。”终于轮到我了，十几步的路，双腿却像灌了铅走得好沉重，我真的还没想好该怎么道这个歉，也不知道此时此刻该说些什么才恰当。你能想到当几十个孩子，几十双明亮的眼睛，带着友好，带着尊敬，带着同情，鸦雀无声地紧盯着你时，是一种什么样的感觉吗？我想起了父母骂哥哥时常说的那句话：我真恨不得有个地缝能钻进去！这种感觉，那天的我，体会到了。

然而，当目光触及台下自己的孩子的时候，我几乎被惊呆了！我的儿子小脸涨得通红，浸满着泪水的眼睛红得像要滴出血来，他紧紧地攥着小拳头，小小的身体在忍不住地颤抖，满脸写着两个字——屈辱！似乎如果此时能给他力量，他就会马上摧毁这个世界！我仿佛听到他的内心在狂喊：你们凭什么这样对我的妈妈！你们凭什么这样对我的妈妈！！我恨你们！

我并非是一个不善表达的人，也曾无数次站在数百人上千人的讲台上侃侃而谈。但站上这个讲台，我内心无比纠结。我可以真诚地向老师道歉，但对孩子，一句责备的话都说不出口，我艰难地张开嘴巴："孩子们，阿姨因为工作的原因，总在外地出差，所以经常把晓晗一个人留在家里，我这个做妈妈的，没尽到责任。谢谢老师为孩子操了很多心，受了很多累，也生了不少气，我给您鞠个躬，表示真诚地感谢和歉意。也谢谢同学们的帮助和爱护，你们的心，阿姨都感受到了！请老师和同学相信，晓晗是个心地善良的好孩子，其实大人和孩子一样，谁都会犯错，只要知道改正，都值得尊重，我相信自己的孩子一定会越来越好！亲爱的同学们，谢谢你们今天给阿姨上了终生难忘的一课。"

掌声猝不及防地响起，如同奔涌倾泻的潮水！对于犯错的大人，孩子们报以的，是理解，是同情，是一腔的真诚和满满的爱！我无比感恩那一刻，感恩孩子们自发的、没有任何人授意的、金子一般纯粹的举动！没等我走下讲台，突然有个女孩从座位上站起来，她扬起粉嫩可爱的小脸，先面向老师说："老师，您别生气了，晓晗同学不是故意要气您的。因为您和他的妈妈是同学，晓晗很想念妈妈，所以他就把老师您当成妈妈了！他不是在跟您犟嘴，那是小孩子在跟妈妈撒娇呢！我有时候也对妈妈没礼貌，但是我心里最爱的，还是我的妈妈。"然后她再转过身来面向我："阿姨，我们孩子最想要的，就是和妈妈在一起，请晓晗妈妈别光忙着工作，别总不回家，您一定要多陪陪孩子，他很想您！"

我呆呆地看着这个小精灵一样、冰雪般通透的孩子，像被谁在头顶猛敲了一下，半天都没有反应过来！孩子，原来连你都懂的道理，我这个妈妈却不懂！原来只有孩子跟孩子的心，才是连在一起、彼此了解的！原来，今天的我确实应该检讨，检讨自己把不懂事的孩子当成了大人，忘记了他还是个需要爱和陪伴的孩子！就在这时，我突然听到一声像一只被冷箭射中的猎物口中发出的哀号！是那个做检讨的孩子，是那个一直忍着没哭的孩子，他的隐忍、愤怒和屈辱，突然间土崩瓦解，他毫无顾忌地大声痛哭！

毫无防备地，一个又一个孩子接连站了起来说：

“阿姨，我的妈妈也在外地打工，我也想妈妈！”

“阿姨，我的爸爸妈妈到外地做生意去了，过年才回家！”

“阿姨，妈妈让我住在老师家，一个星期才来接我！”

“阿姨，我爸爸和妈妈离婚了，我妈妈不要我了！”

“阿姨，我跟奶奶一起生活，我没有妈妈了！”

一个男孩趴在桌上号啕大哭，接着全班的同学都跟着哭了起来，整个教室里哭成一片。

写下这篇文字的时候，我也泪流不止，脑子里仍在闪现那个特殊班会的画面，班会上那些痛哭着的孩子们！那些纯良如天使的孩子们！那些渴望爱和陪伴的孩子们！

其实在孩子的成长过程中，会向我们发出很多内心的呼唤，甚至求助求救的信号。而大人们却总有无数冠冕堂皇的理由，以孩子的未来为名辜负了他们最需要陪伴的当下。

那天，我和孩子的老师泪眼相对，我们什么都没有再说，我们的手紧紧握在一起。

儿子的初中

一个在童年被压抑久了的孩子，如果再缺少了爱和约束，就会如同一个攒足了劲的魔球，在进入青春期的当口，放肆大胆地爆裂开来，喷涌出惊人的黑色能量，活生生地上演一出《哪吒之魔童转世》。

我那个曾经乖巧无比的儿子，小学时就一个毛病：谈到学习就头疼，除此之外还算听话懂事。可是到了初中，却来了个大翻转，可能因为父母不在身边，他像是被彻底松了绑，突然就成了揭竿而起的混世魔王：逃学，抽烟，旷课，打架，姥姥姥爷的电话一个接一个地向我告状，如果写成状纸，恐怕得有厚厚的一摞。我那时在外地工作，全国各个城市间奔走，为这个牵肠挂肚的孩子操的心、流的泪，真是一言难尽。每每和他通电话，总是苦口婆心地千叮咛万嘱咐，电话那端的他，我说什么，他就应什么，根本看不出有什么不妥，可一放下电话，儿子却依然如故。

最严重的一次，险些被学校开除。原因是跟同学打架，他竟掐住同学的脖子让那孩子差点窒息！心疼孩子的家长当然要讨个说法，学校也下了最后通牒。接到消息时，我刚刚到一个陌生城市，正拖着沉重无比的行李箱出站台，我呆呆地站在拥挤的人流中，手举着电话，忍不住泪流满面！孩子，你怎么可以这样？你怎么变成了这样？我该怎么办？回去陪孩子，没有收入；不回去，孩子明天又不知道会发生什么。当一个人最需要帮助的时候，问不得天，问不得地，只能硬撑着往前走。我擦干眼泪，拖起行囊，从出站口折返回车站，买票，回几千里之外的家。

真的很奇怪，这个别人口中坏得不能再坏的孩子，只要在我这个妈妈的身边就变得温顺懂事，找不到一点他有多坏的影子。我不相信孩子是装出来的，可那些折腾也是事实。我的父母为了验证问题的真实性，开始细数他桩桩件件的坏表现，这时，从孩子眼中，我看到了愤怒和仇视。晚上，姥姥姥爷都睡下了，我们开始心平气和地交谈，我耐心地征求他的意见和想法。孩子惭愧地低着头小声说："妈妈，我承认，我是做了很多错事，对不起。这个学校的老师都不喜欢我，我不想在这上学了，你帮我换个学校吧。"孩子啊，你给妈妈出的难题太难了，不在这上学能去哪啊，我们这个小县城就两所中学，一个是进不去的重点中学，另一个就是现在的学校，根本就没有选择的余地。

我已经意识到，孩子不能继续待在姥姥姥爷身边了，他们都有很多问题。可是能去哪儿呢？想了又想，我试探着问他："如果去离爸爸近点的地方，行不行？"孩子不假思索地点了点头。"可我们不知道他在哪，只是听说去了山东，他一直躲着不跟我们联系。"孩子抬起头对我说："妈，我知道他在哪，有一次去爷爷家，看到他带一个阿姨回来，那个阿姨问我是谁，然后他们还吵了起来，他们要结婚了，爸爸跟那个阿姨撒谎说他没有孩子，所以才会吵架。”孩子说这话时很平静，像在诉说别人家的事情，我吃惊地看着他问：“为什么以前不告诉妈妈？”“说了也没用，反正他们早都结婚了。爷爷奶奶都瞒着我，不告诉我他住在哪，我偷偷从姑姑的手机里找到了爸爸的新电话号码，早就给记下来了。”是不是父母分开的孩子，长大的速度就会比别的孩子快？我们之间完全是成人式的沟通，没有一点儿障碍，孩子说话时面无表情，像个看穿一切、什么都无所谓的小大人。

记得不在家时，我的闺蜜时常来看望孩子，一次她边哭边给我打电话：“孩子太可怜了，我去家里时看到他在洗衣服，院子里晾了长长的一排，我的儿子还整天侍候着呢，你孩子小小年纪就这么自立，看着真让人心疼。”是啊，心疼，外人都如此，何况是妈妈对自己的亲骨肉！我常常问自己，我这个妈妈究竟是否称职？为了赚钱就可以远离孩子吗，是父母重要还是孩子重要？可这个问题，这些年来，一直没有找到过答案。人，首先得生存，得孝敬父母，得照顾孩子，孰轻孰重，是个无解之痛。那时在外地辗转流离，吃多少苦不怕，经多少事不怕，最扎心的折磨就是，每天站在讲台上给别人讲父母应该怎么教育孩子，而自己需要陪伴的孩子，却远在千里之外。

考虑再三，我们决定去他父亲那，他终归是孩子最亲的人，总好过外人。那样我也能时常去看望，假期还可以把孩子接出来，山东不像偏僻的东北小镇，至少交通便利。我查找到他父亲所在城市的一所私立学校，条件很好，就是学费昂贵，可能就是为我们这些以为用钱就能买来良心平安的父母所准备的吧。孩子平时住校，两周才可以回家一次，只待一两天，不会太麻烦他父亲。和儿子商定后，我先去山东实地考察，安排妥当后，再返回来接孩子。启程那天突然发现，我和孩子的生命中有个奇怪的巧合——都是在初中时转学，奔赴异地他乡。

其实这是一场冒险之旅。我并没有告诉孩子，他的父亲一直不接我的电话也不回信息，但我想，当我和儿子站在他所在城市的土地上，当我们已经走到他的家门前的时候，他应该不得不现身。

寻找父亲

一段婚姻的结束，有着太复杂的原因，是非对错早已成了过眼云烟。多年来我练就了一个了不起的本事，就是对那些不愿想起的人和事，会在记忆里统统删除，就当它们不存在似的。一生太长，要记的事情太多，头脑和心都没有那么大的容量。孩子的父亲是个心地善良、细心孝顺的人，我相信，最起码他对孩子的爱是真实的，也是无可替代的。

几年不见，眼前的人似曾相识，他没啥变化。为了证明自己的消失的确因条件所迫，他低头拽拽身上的毛衣，对我说："你看，这还是几年前你给我织的。"再伸出两只脚，"你看这皮鞋，还是离婚前你给我买的。"我笑笑说："你放心，儿子来，所有的花费都不用你管，孩子每两周回家一次，希望你能给他做点好吃的好好陪陪他，别让孩子感到孤单就行，我会把他每次回去吃喝的钱也给你。"说完，他看起来立刻放松了不少，当爹的见到儿子也亲，孩子心里也一直想父亲，终究是一家人。这世间所有的恩怨都会随时间灰飞烟灭，唯有一样东西能死灰复燃，那就是亲情。十年相处，他是什么样的人我清楚，所以，我断定自己能赌赢。

父子俩要我请客，吃他们爱吃的烤毛蛋，看着父子俩边走边吃、大快朵颐的开心背影， 我长长地舒了口气，说不清心里是轻松还是沉重。后来，我们又去了他的新家，当然去之前先到超市买了好多东西。那夫妻俩还没有下班，事先把钥匙给了儿子，我们娘俩便先入为主，亲自动手，一样样地准备好晚餐。儿子笑道："怎么看你有点鸠占鹊巢的意思呢？"我瞪他一眼说："哼，老娘可不吃回头草！"他和他的新任爱人很恩爱，我则像看到一对熟识的朋友，如果不是有孩子在，真忘了和这个男人曾有着朝夕相处的十年婚姻。她很年轻，看得出也很善良，每个人都有自己的不容易，话说开了也就没有什么芥蒂。三个关系尴尬的成年人做到了坦诚沟通，互相理解，四口临时拼凑起来的一家人围着吃火锅，气氛倒也融洽。

换了环境的儿子安静了不少，但也逐渐露出英雄本色，他和那些家境优越、不爱学习的孩子一起，体验着除学习以外的所有新鲜事。孩子同学的家长大多是做生意的父母，或是没时间管孩子的父母，或是怕孩子学坏的父母，或是离异的父母。这个收费不菲的学校给了家长一个貌似合理的借口：你看，我花了那么多钱供你上学，所以更得努力工作。学校这么好的环境，你再不好好学习怎么对得起我们？于是，孩子就认真配合这些父母，使劲地花钱，没人管束地撒欢淘气。你骂，你气，你恨，最后还得继续掏兜，掏尽你一分分积攒起来的血汗钱。

孩子在父亲身边的几年并不快乐，但终归心里有个依托。公平点说，那时的很多矛盾，确实是来自孩子青春期的偏激和任性，但更多的是来自不懂孩子的父亲。一方面，我的儿子是爸爸新家拘谨的客人；是见了面一谈学习就不愉快的孩子；是爸爸忙，自己在家吃泡面的孩子；是阿姨说冰箱里好像少了块肉就忐忑不安的孩子。另一方面，孩子乱花钱的行为和不爱学习，确实让爸爸和阿姨操了很多心。而孩子之所以和他们对着干，也有一个解不开的心结：那是我妈妈的钱，又没花你们一分钱！你是一个不负责任的父亲！唉，重组家庭的父母，如果没有比之前更好的耐心，真的是很难走进孩子心里。孩子离家出走，闹着不肯上学要去打工，借住在同学家，宁可睡饭店的硬板凳，也不肯回爸爸的家。我曾和长大后的孩子说："儿子，你在山东的三四年，妈妈至少老了十岁。"

所以那时努力工作的目标，又多出一个，就是一定要给孩子一个家，一个他需要的和妈妈在一起的家。于是，我更拼命更努力地赚钱，几年后，我在山东另一个城市买了房，两个城市隔得不远，但这对忽冷忽热、忽敌忽友的别扭父子，却把咫尺化成了天涯，很少再见面。

妈妈，你听我说

每当寒暑假，不管我当时正在哪个城市，都会把孩子接出来，带着他一起工作或拖着行李箱四处辗转。记得那次是在长春，晚上宾馆突然停电，便借着电脑的一点光亮陪孩子聊天。电脑里正放着歌曲《感恩的心》，我便给孩子表演这个刚学的手语舞，这是一首让人暖心的好歌。"儿子，你知道吗，听说这首歌，还有一个感人的故事呢，妈妈讲给你听啊？”“好啊。”儿子在我对面的床上双臂抱着膝盖认真地应着。

故事是这样的，有一个先天聋哑的小女孩和母亲一起相依为命，父亲早已离她们而去。妈妈每天骑着自行车去给人家打工，只得把小女孩锁在破旧的小房子里。小小的房间里只有一个小窗，女孩每天都站在窗前张望着妈妈回家的路，盼着她早点回来。因为，妈妈每天都会给她带两个热乎乎的肉包子回来！那是雇主给妈妈的午餐，她总是舍不得吃，就揣在怀里暖着，晚上给女儿带回家。在一个风雨交加的夜晚，等到很晚，女孩也不见妈妈回来。她突然有一阵不好的预感，觉得妈妈可能是出什么事了，于是女孩从窗户跳出去，赤着脚跑在妈妈每天回家的路上去寻找。

在大雨中跑了很久，女孩终于看到了母亲！漫天的风雨中，在昏暗的路灯下，出了车祸的妈妈倒在血泊之中，已经没有了呼吸！女孩拼命地摇晃妈妈，但她紧闭着眼睛不说话！聋哑的女孩没办法喊救命，只能眼看着身边的车辆疾驰而过，却没有人理会这对可怜的母女！女孩去拉妈妈的手，发现妈妈的手紧紧地捂着胸口，原来里面的衣兜里揣着两个准备给女儿带回的尚带着体温的肉包子！女孩仰头面向苍天，心里一遍遍呼唤着她唯一的亲人，伤心欲绝。后来，长大的聋哑女孩写了这首歌，编了这段手语舞。

故事讲完了，我看看一直没出声的儿子，他的头埋在双膝上，没什么反应。我下床走到他跟前：“儿子，是睡着了吗？”他慢慢地抬起头，借着电脑微弱的亮光，我看到他脸上竟布满泪痕！“怎么了儿子，这只是一个小故事，是个传说，不一定是真的，怎么还听伤心了？”他继续仰头盯着我，突然一把抓住我的胳膊：“妈妈，你会死吗？妈妈，求求你千万不要死！妈妈，我怕！”我赶紧拥住他安慰道：“傻孩子，想什么呢，这只是一个故事，妈妈不会死，我是不会离开你的！”那夜，儿子就蜷在我的臂弯下，开始哭诉，他不停地说，不停地说，像突然打开了压抑已久的闸门。

他说的，是我从来没有听过、也没有想到的话：“妈妈，我知道，除了你，谁也不爱我。爸爸、爷爷、奶奶、姥爷他们都不喜欢我！老师更不喜欢我！妈妈，我是一个让人讨厌的坏孩子吗？刚上初中的时候，老师留作业，让我们回家做实验，实验内容是用苏达、醋和面粉混合，我自己去找，不小心弄得哪都是，姥姥就骂我，说我祸祸东西。我跟她犟嘴，说是老师让做的，她不信，说我撒谎。妈妈我真的没撒谎！我特别愿意做实验，我最喜欢上化学课。我承认跟姥姥吼是我不对，可是，姥爷在旁边什么都没问，什么都没说，上来就打了我两个耳光！妈妈，他打得好疼！打得我脸都肿了！他打我，我不恨他，可他说我是老姜家的孩子，根本就不应该待在我们这个家里！他要不是看你的面子，早就把我撵出去了！妈妈，他为什么要这么说？我能听出来他讨厌我，而且是特别讨厌！姥爷平时总冷着一张脸，从来不主动跟我说话，就好像我不存在一样！妈妈，你不是说挣钱是为了给他们看病吗？可他们为什么这样对我？我每天放学都不愿意回家！那不是我的家！你又总不回家！妈妈，我恨所有人，我整天打架，也经常被别人打。其实打那个同学我特别后悔，本来平时我俩关系挺好的，可那天他骂我，是带着'妈'字的脏话，谁也不许骂我妈！我就像疯了一样，真的控制不住自己，我当时恨不得掐死他！其实我心里特别害怕，每天放学我都是最后一个走，在学校的操场上我总是边走边回头看，怕有人跟着我来打我。我们学校有个公用电话亭，我每次走到它跟前都想给你打电话，可是我不敢打，怕你生气，也怕你担心。再说你离得那么远，根本就回不来，说了也没用！妈妈，有时候我想你了，就跪在冰凉的雪地上大声地哭，使劲地哭！反正也没人听见。妈妈，我想你！你什么时候回来，我不想回那个家，那不是我的家！可是你听不到，我还是得回去，回去晚了姥姥还得到处找我，姥姥虽然唠叨，对我还算挺好的，也就她心里还惦记点我。妈妈，你会死吗？求求你不要死，如果你死了，我怎么办？他们谁都不要我，谁都不喜欢我，你要是死了，我就跟你一起去死！"

我无法用语言形容当时的心情，即使多年后的此刻，回想起来依然泪如雨下！电脑没电了，宾馆里暗得一点光都没有，我的心被孩子的话撕扯着，碎成了一片片，滴着血往下落！这些年，我只知道责怪孩子不省心、不懂事，只怨这个家让我心力交瘁，可我从没想过，孩子经历了这么多。他尚未成熟的身心受了多少痛苦和折磨，他是那么的无依无靠，他把这一切憋在心里不能跟任何人说。而我这个妈妈的每一个电话，都只是重复着："你要听姥姥姥爷的话，他们身体不好，照顾你不容易；听老师的话，好好学习；听妈妈的话，妈妈在外奔波很辛苦。"可是我，又何曾听过孩子的话，问过他在想什么，我究竟是怎么做母亲的？

那夜，我对我的父亲充满了失望！如果不是为了那十几万元的手术费和朝不保夕的他们，我绝不会抛下自己的孩子独自出去打拼！我是你们的女儿，我有尽孝的义务，可他是我的儿子啊，把孩子托付给你们，难道你们不明白，爱女儿的孩子比爱你们的女儿重要一万倍！父母不在身边的孩子本来就孤单，你怎么忍心用这样的话去伤他！可我和我的孩子一样，这些话只能说给自己听，根本无处可诉，我清楚地知道，父亲对孩子的冷淡只有一个原因：他讨厌他的爷爷，讨厌了很多年。他的性格就是这样疾恶如仇，他认为这个骗了他女儿的亲家、不要孙子的爷爷人品有问题，所以他就把对孩子爷爷的憎恶转嫁到孩子身上。他又把当年对哥哥的教养方式，冷淡、孤立和敌对，用在了我的孩子身上。

他们都不爱他，我的孩子像是生活在一个孤岛上。妈妈也只是一束微弱的光，远远的，看不清楚，飘忽着，感受不到温度。如果没有这束光，我不敢想象，我那孩子还有没有撑着活下去的力量和勇气！我无法体会他经历了什么，但知道自己也是孩子的时候经历了怎样的黑暗和恐慌。儿子，对不起，是妈妈错了，尽管有一万个不忍心，还是选择了先做女儿再做母亲，毕竟他们的时日不长。请再给我一点时间，妈妈答应你，一定尽早停下来，停下来专心陪你，我们一起去修补内心的那个空洞，用爱填满它，哪怕竭尽我的余生。

那晚，孩子就倚在我的身旁入睡，他的双手紧紧地抱着我的胳膊，似乎怕一松手妈妈又会远去。我的泪水一滴滴落在他浓密的黑发上，带着满满的自责、愧疚和无奈。

红 色

成长，是不是像一只蝶要经历很多黑暗，受很多苦难，才能挣脱所有束缚破茧而出，活成自己想要的模样？而这种生命的成长，没有人帮得了你，只能依靠自己的力量。若不能冲破那层茧，它就成了的宿命；只有奋力冲破了，才能获得新生。

儿子一天天长大，白白净净，高高壮壮，能轻松地把妈妈抱起来抡上几圈。一日，去学校接他，娘俩并排往回走的时候，不知为什么，这个小帅哥突然充满了不自在，走着走着，他的脚步开始慢下来，远远地落在了我的身后。我奇怪地回头看他，发现他也正用奇怪的眼神盯着我，然后，停下来，双手抱着头，慢慢地蹲到了地上。“怎么了儿子？不舒服吗？”我走过去拍拍他的肩膀，却惊讶地发现他的双肩在剧烈地抖动。我被吓坏了，着急地问：“怎么了儿子，哪不舒服？”等了许久，才听到他用颤抖的语调说：“妈妈，求你一件事，以后别穿红色的衣服。”接着他的肩抖得更厉害了，整个人都颤成一团，我听到他在哭。一开始是极力忍着的啜泣，忽然，他控制不住地失声痛哭，似乎忘了路上还有来来往往的行人。我赶紧拥住他问：“怎么了儿子，别吓妈妈！”他只是重复着低喊：“妈妈别穿红色的衣服！以后都不要穿红色的衣服！”他的声音像一只受伤的野兽。他浑身颤抖得像一片被暴风雨拍打的树叶。

我瞬间明白了，拥着这个快环抱不住的大孩子，泪水不禁涌了上来。

“儿子，对不起，是妈妈不好！求求你别再想了，忘了吧！”

“妈妈，我忘不掉，永远忘不掉！妈妈，我恨他，我恨不得杀了他！”

我知道，他想起了那晚，想起了那个被砸毁的家，想起了遍地的玻璃碎片，想起了他父亲的酒后暴虐，想起了妈妈头上流下的血和染红的睡衣。那个赤着脚站在玻璃碎片中颤抖成一团的九岁的孩子，声嘶力竭地哭喊着：“不要打我妈妈！不要打我妈妈！”对不起儿子，我无法想象那夜让你小小的心灵经历了怎样的摧残和恐慌。那件事已经过去好几年了，我以为你已经慢慢淡忘了，我真的不知道你会伤得这么重！为什么妈妈童年曾经遭受的一切，又在你的身上残酷重现？

记得那次暴虐后的夜晚，你都紧紧抓住我的手，一分钟也不肯松开。你紧盯着我，我不能翻身，不能离开，只要我一动你就会惊跳起来，充满血丝的眼睛满是恐惧和警觉，你说：“妈妈你要干什么？妈妈你不许动！”

“妈妈，我不松手，我一松开，你就会去杀了他吗？你去就会被他打死！”

“儿子，不会，妈妈还有你啦，你让妈妈怎么办？”

“妈妈，你们离婚吧，但是，你一定要带着我！”

“好，给妈妈点时间，妈妈来接你走！”

“妈妈，我等着你，你一定要来接我！”

我履行了对儿子的约定，十年婚姻破碎了，只带走一个不足十岁的孩子。很痛，但走出来后很轻松，我们离开了那个不懂什么叫责任、什么是父亲的男人，是非对错已无所谓，我实在养不了两个“儿子”，更不愿再去面对一个时时情绪失控的魔鬼。

“可是儿子，你已经长大了啊，我们忘记过去吧，妈妈都放下了。”

“忘不掉！一辈子也忘不掉！妈妈，我恨那时候我太小了，一点都保护不了你！那时候我就想，等我长大了，一定要杀死他！”

“儿子，这是爸爸妈妈两个人的事，不都是他一个人的错。”

“你以为我什么也不懂？其实我什么都知道！你们俩早晚都得分开！”

“儿子，爸爸和妈妈分开跟你没有关系。”

“可是你们生了我！为什么你们生了我又不要我？他不要我！他们都不要我！”

“儿子，我们能不能记住好的，忘记那些不好的事？”

“不！不可能忘！妈妈，我恨他一辈子！”

走出那个家门已经多年，但铭刻在孩子心底的伤，他一个人艰难地愈合了十几年。那段伤害与我有关，与我们做父母的有关，但我却替不了他，只能任由他挣扎煎熬痛苦地守着他的痛苦！孩子极力想忘记的过去如魔鬼一样死命纠缠着他，看着他一次次深陷在记忆的沼泽里无法自拔，我的心在滴血。我真的没有想到那件事带给他的心理创伤竟是这样的深重，我一次次祈求老天让我来承受这一切吧，不要再折磨我的孩子了！当他终于让自己平静下来满头汗水地蜷缩在我身旁，如虚脱般低泣着说：“妈妈，我也不愿去想，我也不想让你难过，可我就是控制不住。我越想忘就越忘不了。”

从此，我的衣柜里没有红色的衣裳，家里也没有一件红色的装饰。我小心翼翼地呵护着孩子的伤让它一点点痊愈。我拼尽全力让孩子感觉到爱，陪伴他慢慢走出了那段破碎的记忆。我相信我的孩子一定会越来越好，因为他是靠自己的力量走出来的，他靠自己的力量愈合了自己的伤。亲爱的孩子，对不起，这世上最爱你的人却让你承受了最痛的伤。请相信，没有谁的人生完整无缺，摆脱过去才能重新开始，你的人生才刚刚开始，还有无限可能，你还有更宽阔更晴朗的天空！每个破茧成蝶的生命都应该被深深祝福，请放心，妈妈的爱，一直在。

恋爱，能对不幸童年进行医治；婚姻，是命运的逆转和重塑。可惜，走过了，错过了，才懂。每个生命都刻着深深浅浅的伤，最不该的是把婚姻当成儿戏，同时又做了不知省察的母亲。夜深人静时，常常冷冷地拷问自己：是谁毁了我的人生？我又要毁了谁的人生？

第六章　海边的家

搬　家

由我做主的搬家，是在父亲六十六岁的生日宴后，正赶上他出院不久，距离他患上被医生预言的每分每秒有危险的心脏病，已经 N 次有惊无险地渡过了十一年。

当时手中有了人生中第一个十万元，我问父亲："是用这笔钱做手术，还是继续保守治疗？如果不做手术，就用它做首付款买房，我们可以搬家去山东，都说那边的气候对你们的身体好。"父亲的决定是后者，母亲更是分外欣喜，她喜欢海边，想回老家，更梦想着有一天能住进不用烧煤烧柴的楼房。亲朋好友们都劝阻，怕身体极差的他们走这么远万一折腾出个闪失，我这个做女儿的就会劳而无功，落下埋怨。我笑笑，谁会埋怨我？他们除了我还有谁？就算他们活不长久，但活着的每一天也要有质量。东北的气候实在不适合养老，心脑血管病人更是最怕寒冷，说不定换个环境，以后还越来越好了呢。

没想到还是被亲友不幸言中，可能因为路途劳累，父亲刚到山东就病倒了，没来得及住进新家便先住进了医院。医生照例又下了病危通知，记得第一次刚接到这种通知时我曾吓得痛哭流涕，这些年看得多了，早就没了感觉。但那天我的心情复杂到了极点，也感觉到了什么叫后怕，难道老天真要跟我开个大玩笑？如果这次父亲真的出了什么意外，我苦心布置的新家还有什么意义？这些年像是在跟时间赛跑，生怕父母不能等，我多想早一天给他们一个幸福的晚年生活，现在好不容易做到了，相信老天也不会这么狠心，一切都会好起来的。我的祈祷再次生效，父亲又一次转危为安，顺利出院。

能看出，父母都不出意外地爱上了新家，我之前从碗筷粮油到牙签都准备好了，一切早已安排妥当。母亲小心翼翼地抚摸着崭新的家具，仔细端详着我从全国各地带回的摆设，她的表情像个过年分到糖果和新衣服的孩子，满眼都是新鲜和惊喜。出院后的父亲虚弱地倚靠在舒适的沙发上，嘴角挂着似有似无的笑，别看他一言不发地看电视，眼里分明是百分百的满意，这回电视机足够大，再也不用担心看不清楚了。最让他开心的礼物应该是我接回了在前嫂子身边近十年的侄儿，这是当初的承诺。我对这个从小带大的侄儿，跟自己的孩子没什么区别，甚至更宠一点儿，父亲此生最大的愿望就是和这个宝贝孙子在一起，那是他的精神依托。该有的都有了，相信以后的每一天他们都会活得很开心，好了，我得准备出发了，还得为那背负的贷款而努力奋斗。

新家果真带来了新气象。父亲的身体竟一天天好了起来，好到可以背着手走到海边再走回来，可以去赶集买菜看热闹，可以去跟出海回来的渔民聊天。这可是不小的进步，要知道在东北时他连屋都出不去，看来气候、环境和好心情对病人来说真的很重要。最可喜的是，母亲的病也奇迹般的一点点痊愈，她不再咳血不再怕累，能开始做家务了，说话声也大了，浑身像有使不完的劲。后来的她还可以在天蒙蒙亮时就去赶海，穿着靴子戴着帽子拎着桶拿着手电全副武装，整桶的蛤蜊多重啊，她竟能一个人得意扬扬地提回来！这是以前做梦都想不到的事，母亲以往一贯的状态是卧床不起，手捂胸口，说话有气无力，隔壁邻居有人抽烟都会引发她的咳血。

坏日子坏到了头，好日子就要来临了吧，我特别感谢自己的搬家决定，虽然冒险，但很值得。父母一生中最好的时光应该就是在新家的几年，他们的身体渐渐都有了起色。喜欢美食的父亲心满意足地品尝着各种海鲜鱼虾，和小区的老友下象棋打麻将，虽然还是会犯病，但次数明显比以前少多了；喜欢打扮的母亲穿红着绿地跳着广场舞、养花、种菜、赶海，忙得不亦乐乎。看着他们各自忙碌的享受着生活，往日的阴霾也一扫而光，我感到了前所未有的放松。自己却从此做了新家的客人，一年只能回去几次，有时回来会忘记自家住在哪栋楼。

不过，也有好多不敢说的不满。新家里添了好多乱七八糟的新玩意儿，只要是有空隙的地方，比如门后、床下、厨房、卫生间，被塞满了大桶小桶、盆盆罐罐、锹镐、锄头、耙子，甚至破纸壳宣传单饮料瓶，活脱脱的一个家庭农场，凌乱碍事又影响美观。当然这都是说不得的，可对于追求完美又有点洁癖的我来说，这真是一种万箭穿心般地折磨，我必须得使劲忍着才能强行压住心头的悲愤。我只能在父母背后偷偷捶胸顿足地哀叹我那漂亮的典雅的被摧残得不伦不类的新家啊！有一种无奈叫作对父母的无奈，想改变他们是不可能的，我只能学会闭嘴和假装看不见。

最最可喜的意外收获是父母之间的关系日渐和平，很少再吵闹打骂，除了对彼此的不屑一顾，他们几乎做到了井水不犯河水。看来大多的烦恼都和金钱有关，没有了经济方面的困扰，人心可能就安定了吧。还有一个重要的原因就是要有好的身体，人在生病的时候往往心里只有自己，自己的痛苦、自己的难受、自己的不被心疼，一个连自己都顾不过来的人，是很难做到顾及别人感受的。还好，搬了家，一切都有了改善。

每次回家，我最开心的事就是给他们分钱。朋友和同事都笑我，钱没少赚，却是个典型的过路财神，但钱给亲人，比给自己更开心。给爸爸那份他总是推辞不要或者默默收起来，悄悄攒着，以备不时之需。妈妈则像个任性的小孩子，会跟爸爸比谁得的多谁得的少，少了会不高兴。她眼中的女儿，像是个会变魔术的印钞机，到外面转一圈就能拿回很多钱来。给妈妈的钱大多变成了五彩缤纷的广场舞行头，甚至还有一把威风凛凛的长剑，都是些杂七杂八不值钱的小玩意；值点钱的是那些所谓的保健品，她是听人家说好就胡乱买的，怎么劝都不听；剩下的钱则被她缝在内衣内裤里，谁也休想拿走分毫。

但是他们快乐，我也只要他们快乐就行。真的希望，这个家，这种快乐，能一直保持下去。我忙着在全国各地奔走，赚钱就是我的第一要务，趁着他们还能生活自理。我分派给父母的任务是，好好享受当下，好好对待自己的晚年。

赶 集

知道什么是赶集吗？那是个蛮有生活气息的好去处，算得上是山东特色吧。我们在海边的家是个养生的好地方，附近没有工厂也没有污染，依海而建，绿意盎然，据说空气中负氧离子含量堪比马尔代夫。在海边生活的渔民自然以海为生，负责把大海馈赠给人类的美味搬运到陆地上，再加上远道而来的小商小贩载来的生活用品和当地农民自家菜园果园种的新鲜蔬果，拼凑成了熙熙攘攘、热热闹闹的大集市。

赶集的日子按农历计算，比如附近宫家村、大陶家、小滩村赶集都有固定的日子和地点，只需要拖着小车赏着美景溜溜达达着走去就好。寻着大嗓门的吆喝声，喇叭里此起彼伏的叫卖声，手扶拖拉机突突响的马达声，看到人头攒动的地方就到了。针头线脑吃喝拉撒过日子的物什一应俱全，不过都是些物美价廉的地摊货。我们来搜寻的东西主要有两类：一是常有当地老翁老妪背来的自家小菜园种的几撮小菜，长相虽不好看，却是典型的绿色食品，不施农药化肥的；再就是新鲜蹦跳的鱼虾，和叫不出名字的奇形怪状的东西，大到张着巨口利牙的鲨鱼，小到蠕动得让人头皮发麻的海肠，还有像刺猬一样的海胆，试图爬出盆外的张牙舞爪的八爪鱼，就算不敢吃，也能饱饱眼福长长见识。

山东人民淳朴善良，但也倔强仔细。比如你买一位老伯十斤八斤的地瓜，赶巧没零钱想少给个三毛两毛，那边可能噌地就火了，不可以就是不可以，没得商量！微信付款是个什么东西？俺就认钞票！他宁可将地瓜从称盘里倒出来不卖给你，你也休想占这几毛钱的便宜，这就叫个性！但是能保证你买到的东西货真价实、足斤足两。真是一方水土养育一方人，在东北，少给个五毛一块的，老板都不会太计较，手一挥就让你走人了。我突然间豁然开朗，原来妈妈闻名遐迩的抠门儿是来自家乡的优良传统，看来真的是不应该怪她，理解理解。

每次回家都要一大早就陪着父亲去赶集，往往是没等我起床，他已穿戴整齐地候在门口。待到出门后，他背着手走在前面，负责指挥，我拖着小车亦步亦趋地跟在身后，负责装车及付款。至于买什么我只需听令就行了，哪个菜是农家小院的，哪类鱼是野生不是养殖的，他老人家的话就是真理。看来来山东是对了，他的身体一天天硬朗起来，精神头十足。每每跟在他后面出门，我都在心里暗暗巴望着，让他们的身体就这样都好起来吧，好好享受这来之不易的一切，多享受些年月，我这个做女儿的也就没什么可遗憾的了。

父亲一生爱吃也会吃，最爱吃的就是鱼，百吃不厌，以野生的为佳。集市上活蹦乱跳的鱼虾品种多得数不清，好多都不认识，我的意思呢，是多尝尝没吃过的，贵在尝试嘛，毕竟现在咱有这条件。可父亲却只吃他想吃的那几种，绝不变通，我拗不过他，也不敢争辩，因为我端上桌的若不是他想吃的，他就会一筷子也不动，与好不好吃无关，他就是这么爱憎分明。由此我又得出一个结论，父亲是山东人倔强耿直和宁折不弯的品性的最佳代言人。

赶集回来阿哩哩，一桌好饭等着你。尽管本人的厨艺算得上是青出于蓝而胜于蓝，但父亲还是会时不时地走进厨房，调调火尝尝汤，充分表达一下对我厨艺的不信任，若是发挥失常一次，便给了他老人家谆谆教导的机会。父亲吃鱼很讲究且有程序，第一筷子夹鱼头，这是他的最爱，其实也是我的最爱，只不过我从没机会得手；第二筷子夹鱼肚，这是鱼身上最嫩最鲜的部位，他吃得啧啧有声、津津有味。母亲在饭菜上从不挑剔，别看她平时和父亲针锋相对，但有好吃的总是让给父亲。这个习惯应该遗传自姥姥，记得姥姥七八十岁吃饭时还侧身坐，好吃的东西都让给姥爷，自己基本不怎么动筷。

随心所欲地活着，是一种幸福。每次回家，我都想多赖上几天，这里安静又舒适，与喧嚣繁华的都市相比，更让人心生留恋。有时想想，真有点羡慕父母的生活，什么也不用操心什么事都不用惦记，只管把自己活好，把身体照顾好，就一切 OK 了。看来，没到一定的年岁，是没有停下来享受生活的资本的，那就收拾收拾赶紧上路，继续我的奋斗之旅吧。

海边的家就守在那，安安静静。我却把日子过成了赶集，这一站接着下一站，匆匆忙忙。

种地瓜

妈妈是十九岁和爸爸结婚后离开山东的，她常念叨的是：“我命最苦，从小就没享过一天福，还没个碾子高的时候就得推碾子拉磨。上学上到二年级，每天放学后还得背两筐猪草回家，那个筐比人都大。那时候挨饿啊，树皮草根都被挖没了，一不注意就吃到有毒的野菜，有的人走着走着就倒下了。”这话听得多了，脑子里就常勾勒出那个凄惨的画面，所以我印象中的山东穷得要命。

如今的山东尤其是沿海城市，早已告别了穷困的过去，把爸妈迁回山东的目的，就是想让他们好好享受。爸爸很高兴，好好吃，好好玩，可能是让病给折磨后，人也想开了。妈妈一开始表现还好，早晨起来走步锻炼，晚上跳广场舞，有空去赶赶海。可后来就变得越来越不安分，她的大眼睛瞄准了小区附近的荒地，总琢磨着要据为己有，用来种点啥东西。爸爸打来电话告状，我赶紧阻止她，郑重警告说："你身体刚好点，怎么可能干这么重的活？犯病了怎么办？绝对不许去。"但是没用，她照样备齐了锹镐锄头等物件，奔着她瞅准的地方就开始占地开荒，辛勤劳作。

妈妈的性格是别人有的东西她就得有，少一样都不行。用她自己的话说就是："我又不比你少胳膊少腿，凭啥我的日子过得没你好？"看来妈妈属牛是有道理的，她老人家认准的事牛也拉不回来。当初看到小区旦人有在附近开荒种地，她就急红了眼，趁着现在没人管，还不得赶紧占上属于自己的一亩三分地。可是人家都是健健康康的，她之前还是卧床不起的病人啊。尽管为此事我特地赶回去，一家五口人开会表决，全数不同意她去开荒，但也没用。我刚刚离开家，她就把我的千叮咛万嘱咐全都抛到脑后，早已经披星戴月地开始耕作了。

人的身体真奇怪，整天卧床养着，它多病多灾，毫不在乎地使唤着，它反倒日渐硬朗。秋天到了，妈妈得意地指挥着家孙外孙扛回她的战果，竟收获了足有二百多斤圆滚滚的地瓜，一排威武的纸箱堆满了整个楼道。妈妈晒得黝黑的脸上露出骄傲和自豪的笑容，似乎挨那么多的累、流了那么多的汗只为这一刻的扬眉吐气！从此，只要蒸熟的地瓜一端上桌，妈妈就会斜着眼睛似笑非笑地盯着吃地瓜的人，说着全家人都能倒背如流的话："看我种的地瓜，沙土地的，粟子味。哼！还都不让我种，哪个都没少吃！"父亲唯一不反驳的便是此事，因为他超喜欢吃地瓜，自己又没干活，吃人家的嘴短。妈妈终于用辛勤的汗水占了一次上风，唉，不容易啊。

可是，妈妈的努力却越来越没个尺度。比如，她一大早就去菜地，一去就是大半天，竟还带着水和中午饭，就在地里吃，家都不回，怎么劝也不肯听。我在电话里磨破了嘴："妈，我是让你来这享福的，又不是让你出苦力的，咱家不差这点地瓜，两块钱一斤一年四季都有卖的，为什么要这么累自己呢。万一犯病了怎么办？住一次院多少钱？能不能听话不去了啊？"说啥也没用，她就是不听，地瓜照种不误，整天泡在那块小菜地里，真是个勤勤恳恳的“老黄牛”。我怎么也想不明白，难道她不知道累吗？

就说妈妈对这块地能忘我到什么程度吧，一次她带着哭腔给我打电话说：“完了闺女，你给我买的金耳环丢了一只，满地找了一天也没找到，这可咋办啊？”我趁机赶紧规劝：“妈，耳环丢了咱可以再买，你算算，买一只耳环的钱能买多少斤地瓜啊，咱不受那个累了不种地了，行不行？你听话我马上就给你买新耳环好不好？”没想到老人家变狡猾了，嘴上满口答应着，新耳环一到手，又开始我行我素。我自认为是个很会沟通很有办法的人，可惜对我这个油盐不进的妈，竟是无计可施。对了，再后来还有一次，在电话里妈妈笑着说：“闺女，今天我的手机又丢到地里了，摸着垄沟找了一下午，这回被我给找回来了，哈哈哈。”我对着电话哭笑不得，您老人家真是让我无语。

终于，为了这一亩三分地，为了那吃一半烂一半的地瓜，妈妈成功地把自己折腾犯病了。她又开始了咳血，又开始有气无力地卧床不起，又开始住院吃药。我想这次血的教训总该让她知道悔改了吧？然而，让一家人万万想不到的是，病好之后，她又开始满世界找她的种植工具，又顶着日头背上水和干粮去劳动。爸爸忍无可忍地怒吼：“没见过你这么油盐不进的人，病刚好点又开始折腾，为了那块地都折腾进去多少钱了，你还想犯病是不是？”妈妈回头一瞥，说：“犯病？谁犯病了？我好好的呀，得去干活了。”

娘亲，我知道你是小时候饿怕了，穷怕了，可现在生活好了，咱过的也不是以前的苦日子了，你要什么有什么，不缺吃不缺穿。女儿只求你身体好好的，别再犯病别再让我惦记操心就行，你为什么就这么不近人情，这么让人无法理解呢？

斗地主

记得在内蒙古，好友请吃饭时，看到饭店墙壁上一幅羊皮画。画上面是穿着蒙古袍的几个壮汉举杯畅饮的样子，旁边好像附着几句话：大块吃肉，大口喝酒，迎着山风把歌唱，人生真快乐。当时就想着，这上面写的，是我爸爸。

父亲年轻时的名言是：今朝有酒今朝醉，明天没酒再掂对。年轻时的父亲好吃也好玩，喝酒打鱼打球玩扑克，记得那时他们常玩三打一，或是在自家，或是在邻居同事家，父亲跟玩伴在一起时总是有说有笑，属于嗓门最大、最能张罗的那个。后来日子过好了，甭管是不是年节，只要一家人聚齐了，只要他的身体还能支撑，确切地说是只要我一回家，爸爸会早早地准备好了扑克牌，就等着我假装不知情地前去请示："老爸，要不咱们玩几把？"开战吧，不战到人困马乏，他老人家决不同意下桌。

也怪，有时明明看到老爸蔫蔫的不精神，但只要一上牌桌，他立刻精神抖擞，扑克竟比药片有效果。其实，打牌也挺有意思的，通过它能看出很多东西，一个人的性格，真的会在一场牌局中显露无遗。比如老爸，他打牌有两大特点：一是喜怒形于色，绝对不装。若是来了一手好牌，他立刻就喜笑颜开，乐颠颠地忘乎所以；如果来了一手差牌，马上就"完了完了，一张不如一张"地念叨出来，满脸的急切懊恼。二是不管不顾，谁跟他一伙不重要，他就看自己的牌打，自己打得痛快就行。有炸他就炸，想管他就管，合伙共赢是不太可能的事。所以，谁要是轮到跟他一伙，就得赶紧想着怎么自力更生、设法自保，千万别指望着还有个同伙。

儿子一开始陪玩纯属小孩子脾气，赢钱了高兴，输了钱就心疼，高兴不高兴也都写在脸上。就算来了一手好牌，要三分之前也得先偷眼看看自己的钱还有多少，估计整场都提心吊胆的滋味并不好受。加上他自己技不如人，又从心里不爱玩，常常是输得干干净净再噘着嘴退场，抓过哥哥打替班，自己躲进屋子里再也不肯出来。没想到的是，一年年地无奈陪练，孩子也慢慢长大，竟练就了输赢不当回事、主动张罗陪姥爷玩的好心态，就凭这一点，我得感谢斗地主。

侄子的性格相对平和，虽偶尔犯倔，但多数时候还算听话懂事，既然从小就是爷爷的心尖，长大了自然得哄着爷爷玩。他的小脑瓜灵活得很，能记住牌也能沉住气，基本上不会失算。关键是这小子运气特好，几乎场场都赢钱，看着他眉开眼笑地、一个子儿不剩地划拉走桌上的钱，我只得恨恨地拍上一巴掌或踹上一脚，没办法，人家运气来了挡不住，每次战斗都能弄个盆满钵满，得意扬扬。就算偶尔输了也不怕，我总会把钱再偷偷塞进他兜里，没办法，为了天下太平，两个孩子都得笼络。所以儿子的总结是："咱家玩斗地主，我妈赢也是输，输更是输，最后结果就是三家赢一家输。”呵呵，皆大欢喜最重要。

都说赌场无父子，我算是领教过了。比如某个时候，老爸坐庄却迟迟不肯抓牌，笑眯眯地盯着旁边的孙儿，小声地嘟囔一句：“上把牌赢的钱，谁还没给呢？”哎哟可不，赶紧赶紧，这事儿可不能忘。玩斗地主时父亲最开心，哪怕身体有点不舒服也能坚持，最让人担心的是，他要是来了好牌，兴奋得手都会微微发抖，很是吓人，但却不能不陪他继续玩下去。不过没事，根据多年陪战总结的经验，他玩的时候肯定不犯病。若是某一局别人来了好牌他注定会输，我们都会事先提醒说：“淡定，淡定，这把我可要赢了，不带着急上火的啊，要不然以后就不跟你玩了。父亲属于乐观型的人，只要玩，不赖账，不生气，放心吧，没毛病。估计要是天天有人陪他玩，病还能好得更快些。

这个家，让我能聊以自慰的，就是父母的暂时平安和孩子们的懂事。小哥俩严格地执行着由我制定的两条家规：第一，姥爷（爷爷）姥姥（奶奶）永远是对的；第二，如果他们不对，请参照第一条。孩子们心里明白，都懂得以老人为重，其中一个重要的成分也是为了心疼自己的妈妈和姑姑，知道我的不易。亲人之间，无论你付出了什么，只要一家人能开心地在一起，都值得。

妈妈的礼物

到山东后的第三个春节，初六那天，按照老辈的习俗，要给妈妈过六十六岁生日。这天，妈妈得吃女儿亲手包的六十六个饺子，我努力把它包得尽量小巧，不然怎么吃得下呢。据说老人家过了这个坎，以后的年岁就会平平安安。

妈妈的这个生日，对她来说最珍贵的礼物不是金项链，也不是漂亮的蛋糕和一桌好饭，而是女儿满足了她的一个心愿，一个她心里最惦记，却不敢提起的牵挂。算起来，哥哥已经好多年没有回家了，包括我们从东北搬家时，都没有他的音讯。他是个长期消失的儿子和兄长，如同梗在我喉咙里的一根刺，拔不出来也咽不下去。虽然大多时候也知道他在哪，在做什么，但不想有联系。我，侄儿和儿子，都从心里怕他，怕只要和他有了瓜葛，就会如从前一样，招来无穷无尽的麻烦。父亲常训斥我的一句话就是："吃一百个豆也不嫌腥！总给他钱总相信他，哪一次不是白搭了？他什么时候改好了？"

所以下这个决心是需要勇气的，不仅要忤逆父亲，还担心自己会忍不住再去帮他，然后再失望。后来，我还是决定叫哥哥回来。那天，哥哥和后来的嫂子讪讪地走进家门，两个人灰头土脸像落难逃荒的灾民，手提肩扛足有七八个包裹：两个破旧的鼓鼓囊囊的大编织袋，加上大小不一的塑料手提袋，看来这便是他们全部的家当。哥哥已经四十六岁，却依旧连个家都没有，还四处飘荡着。看着他们局促不安地站在我漂亮讲究的新居里，我的心像针扎一样难受，仿佛是自己做了对不起他们的事，同为兄妹，却眼睁睁地看着一母同胞的哥哥这样受苦！妈妈的眼泪忍不住哗哗流下，想去亲近儿子，却看着爸爸的脸色不敢动。爸爸一肚子的愤恨无处发泄，先是盯着电视一言不发，接着悻悻起身，摔门而去。

毕竟是亲人，毕竟是过年，家里的氛围一点点缓和。哥哥有一手好厨艺，每天煎炒烹炸换着花样地打理吃的，嫂子干活麻利，任劳任怨，两个人几乎承包了所有家务，似乎忙碌能让自己心里好过点。我深深地理解他们的心情，即便是由亲人组成的家，也是有阶层的，就算别人再平和相待，那种无形的压力也会让心里没有底气的人充满自卑和不安。记得以前家里条件艰难时，曾被富裕的亲戚好心接济，我就是这种感觉，真的很难受。伸手援助别人和接受施舍是两回事，人，都是需要尊严的。

可是我唯一的兄长，怎么就不能踏踏实实地努力挣回自己的尊严呢？他的主要问题就是酒。他不喝酒时，一切正常，喝酒必多，然后是日子不宁、工作不保、行为失控，结果就是不可收拾。他的生活总是被"酒"搅得一团糟，真不懂这是为什么，难道酒是个能操纵人的魔鬼吗？趁父亲不在时，妈妈和我、他的儿子和我的儿子围坐一团，忍不住第一百次开始唠叨。妈妈气得边哭边点着他的脑门说："饭不吃不行，酒不喝能死吗？一家人都为了你这个酒犯愁，你就不能长点脸？"儿子和侄儿也跟着劝说，仿佛对面的爸爸和舅舅才是个不懂事的孩子。至于我，对这个哥哥是什么招数都用过了，鼓励资助、表扬批评、断交和好，甚至不惜拿一年不喝酒就奖励他两万元来利诱，真的是黔驴技穷。这次的哥哥仍和以前一样，忏悔流泪保证发誓地说："这次一定要改好，保证不再喝酒。"我们也又一次，勉强地相信了他。

刚开始的几天，哥哥表现不错，每餐只喝一点啤酒，因为清醒，说话也有分寸。父亲的脸色也渐渐不再那么难看，后来竟发展到可以把父子撺掇到一起斗地主，妈妈面露喜色地守在一边端茶递水，家里的氛围空前和平。这样的好日子过了大概三五天，我便开始觉得不对劲，因为每晚睡前，我都能从哥哥身上闻到浓重的酒气，看到他趔趄的脚步，绝不是喝一点啤酒那么简单，要知道，不喝酒的人对酒味是极其敏感的。后来，果然从单元门旁的草丛里，发现一个又一个二锅头的空酒瓶。我盯着他辩解无术的嘴和被酒精涨红的脸，一个字也不想说，对这个从不践行诺言的哥哥，真的是乏了。这些年来，他把我逼迫成了父母唯一的孩子，让我独自去背负这本该有他分担的一切，而且还要管着他和他的儿子，他难道是上天派来惩罚我的吗？

我发过一百次誓不再理他，可是妈妈想他，妈妈惦记他，她一日也不曾放下他！为了这个儿子，她在这个家里一生都没有地位。父亲永远在强调，是她惯坏了儿子。母亲也永远想不明白，自己究竟做错了什么？而哥哥的悲哀在于，他也不知道自己为什么变成今天的样子，看着妹妹时，他的眼里都是愧疚，他的话里永远充满歉意，他也捶胸顿足地怨恨自己的不争气，他也很想改变，却又一次次重蹈覆辙。人，怎么活都是一生，有的人带给别人幸福，有的人带给别人痛苦，而哥哥的人生是，自己从来没有享受过幸福，带给别人的也都是痛苦！虽年近半百，他的心智仍是个长不大的孩子，除了烟和酒，他对这个世界似乎没有太多的眷恋。

年过完了，人也该走了。哥哥小声说："妹，把你不穿的衣服多给你嫂子找点，跟着我，她没过上一天好日子。""所以你更要好好的啊，你要担起自己的责任，要对得起善良朴实的嫂子啊！"我的话卡在嘴边，被浓重的忧郁冻结着说不出口。看着他们离开时更多更重的行囊，看着哥哥不再如年轻时挺拔俊朗的腰背，看着妈妈如同割掉心头肉般地痛苦啜泣，我只觉得好沉重，沉重于他的未来，沉重于母亲那颗日夜担忧的心。

其实，我真想对他说："哥，爸妈都老了，他们的生日也过一次少一次了。你有一天也会老，你的人生，会有遗憾吗？"

我没有家

最近新播的电视剧，有感于它的名字《如果岁月能回头》。这世间最平稳、最冷静、最不可商量的，恐怕就是不能回头的岁月了。其实有些事，即使回头了又能怎样呢？那些当初别无选择的选择，就算回头，我们仍要选择屈从。

这些年，我真的很努力，一个不再年轻、没有学历和资历的单身女人，从简单求生存到生活得更好，这是一段艰辛也漫长的路。可我又很贪心，贪心到放不下很多人很多事，总想以自己微薄的力量去顾全所有，谁也不落下。第一套海边的房子是个只有九十平方米的两居室，在这有限的空间里，我想装下不能再有耽搁的父母，父亲至爱的孙儿，不再流浪的儿子和偶尔回家、可有可无的我。一个人所需要的心灵空间可能无限大，可若想实现些心里的想法，却需要实实在在的真金白银来堆砌，那时，我的能力还不够。

所以，一不小心，我的家没有了属于我和我儿子的领地。朝阳的主卧是父母的，次卧是侄儿的，我和儿子只得打地铺、睡沙发。这倒不是最重要的，只要一家人在一起，彼此的心都靠近，住得挤点并不是什么大问题，小时侯一大家子的人，不也是挤在一张炕上吗？可问题出在，我一直把父亲奉为这个家的至尊，生活中的一切都以父母所需为主，这样的日子他们早已习惯，也包括我。于是我多年来无家可归的儿子，莫名地成了这个家的客人，绝不仅仅是因为少他一个房间，而是因为缺少爱和亲近。父亲始终无法从心里爱他，因为放不下的过往和旗帜鲜明的个性，加上他的不会伪装。儿子常说："妈，不是我不愿意回那个家，姥爷对哥哥像亲人，对我像客人。那个家让我感到特别的别扭，他难受我也难受，你懂这种感觉吗？"

孩子，妈妈懂，可没办法，你让妈妈怎么做呢？只能委屈你。那时的我，无论面对什么情形，都会不假思索地把父母放在第一位，理由很简单，他们身体不好，他们来日不多。我让孩子尽量在离家不远却又不能时常回家的周边城市打工，包食宿的那种小企业，就算节假日偶尔回家，也不会影响到彼此。儿子默默地顺从着，不再申辩和抱怨，像在他父亲身边的那几年一样，继续做着有家难回的孩子。我知道他心里充满了不快乐、不理解、不甘心，唯一让他不得不忍受的理由，就是不能再让妈妈为难。那是我最纠结的几年，一方面为心情和身体渐好的父母感到欣慰，另一方面，每每想着这个在家附近逡巡着回不去的孩子，愧疚、心疼和无奈的滋味就会交织在一起，那是只有自己才知道的苦涩。

大概是孩子十八九岁的时候，也是临近年关，我特意把工作安排到他打工的城市，离家不远，能一起回去过年，也能多陪陪儿子。我和两位助理住宾馆，儿子和小伙伴合租的是简单的民宅，周末可以带上好吃的与他们团聚。那段时间，算得上是我们娘俩的开心日子，没想到有一天，竟爆发了一场意想不到的风波，让我至今都无法释怀。

那是本来挺开心的一顿饭，大家聊着聊着就提到回家过年的事。儿子突然冒出一句："今年过年我不回去，你自己回去吧。"我诧异地问："大过年的怎么能不回家？胡说什么呢？"

"我没胡说，那个房子不是我的家，我不回去！"

"不是你的家，是谁的家？"

"那是你给你爸爸妈妈买的房子，跟我有什么关系！"

我强忍怒气问道："儿子，你都多大了，还不懂事？"

"我不懂事？我还得怎样？姥爷对我跟我哥一样吗？不冷不热，不远不近，他根本不想我，也不希望我回去！"

"儿子，姥爷年纪大了，哥哥在也是为了陪他们，咱就不能忍一忍吗？"

"妈，从小到大，你就知道让我忍。回到那个家，打开柜子是我哥的衣服，打开抽屉是我哥的东西，我连张床都没有，那根本就没有我待的地方！我为什么要回去？"

"你怎么就不能理解理解妈妈，我能抛下他们不管吗？"

"我不管！反正你心里只有你爹妈你侄子，根本就没有我！"

"儿子，这些年为了你，妈妈都快累死了，你怎么能说出这样的话！"

"你累也不是为了我！你们一家人好好过吧，反正我不会回去！"

我气得浑身发抖地说："你再说一遍！"

"就说怎么了，我就是不回你们那个家！"

他狂怒地咆哮，像个失控的疯子。我狠狠地打了他两个耳光，我让这个不孝子跪在地上反省。他哭到呕吐，跑进卫生间，无处发泄的他把拳头砸向厚厚的水箱盖，顿时血流如注！他的伤口很深，缝了好多针，至今留着疤。

孩子躺在病床上道歉："妈妈，对不起，是我错了，我答应你过年回家，我答应你回家以后好好的。"盯着他红肿的手上染着鲜血的绷带，我的心仿佛被掏空，人很恍惚，此刻是在哪里？刚刚又发生了什么事？为什么会把事情弄到这样不可收拾的地步？他是个孩子，我是个成年人，我为什么不能控制一下自己的情绪？儿子又一次妥协了，我知道那是为了我而妥协，但这对他公平吗？我听到自己虚弱无力地说："儿子，迟早有一天，那个房子里会只剩下你和妈妈，就什么都是你的了。到那时，你才懂得，什么是后悔。"

其实，真心后悔的，是我。冷静下来站在孩子的立场想一想，他的感受是真实的，他确实在承担着不公，他心里这些压抑许久的愤怨迟早会爆发出来。作为母亲，始终不能给孩子一个安稳的家，一个独立的空间，这是我的问题。可我却不允许他说出来，不允许他抱怨。我把孩子当成大人了，强求他和我一起背负这孝顺之名，逼迫他承担这本不该属于他的责任。他只是一个想跟自己妈妈住在一起的孩子，有一个属于自己的家，有一张属于自己的床，他的要求真的过分吗？

更让我感到自责的是，孩子挨打不仅是因为他的无礼，还有一个重要的成分，那就是他违逆了我的颜面。他让我在两个助理和他的朋友面前下不来台，所以我才会被激怒。当孩子心里委屈的时候，我考虑的不是他的感受，而是自己的面子！我忘了他也要面子，他正处在心理脆弱、情绪不稳定的青春期，他更需要理解和包容。即便这些都做不到，作为最亲的人，哪怕只是温暖地握住他的手，倾听着他的倾诉，感受着他的感受，也能让他好过点。

人与人之间的冲突，大多因为是只考虑自己的原因吧。孩子还不具有成人的担当，相反，他需要的是有人替他担当。我不是个合格的妈妈，虽然那时真的找不到一个万全之法，能让一个屋檐下的三代人彼此接纳相安无事，但起码应该做到，让孩子坚信，妈妈的心是始终跟他站在一起的，而不是让他错误地认为妈妈跟其他人一起孤立他。

命运，究竟是个什么东西？竟能操控我和儿子的青春，让我们几乎在同一个时间节点，同样的被自己母亲打了两个足以铭记一生的耳光。

小哥俩的战争

有人说，姑姑疼爱侄儿，是真疼爱，看来是。这个家里和我同一个姓氏的人，除了父亲和兄长，就是这个最亲近的侄儿了。我的儿子跟他的哥哥争宠，争到快二十岁，总在担心妈妈更疼爱哥哥不爱自己，应该是我时时给他造成了这种感觉。他这个念头什么时候消失的呢，好像也就是在近几年，儿子终于没了小孩子样的猜疑心，小哥俩的关系越来越好。傻孩子，母亲自然更爱自己的骨肉，但对侄儿的爱，也是早已融进血脉的东西，岂能是说消失就消失的。

侄儿是个幸也不幸的孩子，他的幸运在于从不缺少人爱。盘点一下周围的亲人，可以说无论遭遇了什么，他始终都被爱和牵挂包围着，所以他的心一直很安定。相比之下，儿子所得到的爱却显得那么匮乏。他曾自嘲说："你看我哥哥的爷爷奶奶和姑姑对他，再看看对我，一个在天上，一个在地上，我咋就那么不招人疼呢。"所以他的内心一直很慌张，觉得所有人都不爱他的原因，是因为自己不值得爱、不可爱，对于一个孩子来说，这何尝不是一种残忍的打击。当我努力去体会儿子的感受时，似乎看到一个弱小的孩子，在一片没有边际的汪洋里漂荡，没人看到也没有援助，他只能拼命地抱住一根浮木不放，那个孩子就是我的孩子，那根浮木，就是我。

岁月像一把潜移默化的剪刀，把每个人的性格修剪成不同的模样。比如，付出、隐忍和永远替别人着想对我来说已经成了一种习惯，但这里的别人却不包括我的孩子。不知何时起，我已自私地把他划分成了"我"的一部分，也把很多对自己的要求强给了他：我想着父母无依无靠只能靠我，如何能让他们生活的质量再好点，我想着让他们在儿孙面前享有尊严，我想着他们的舒心才是这个家里最紧要的事。可当我拿着这些条条框框同样去要求心智并不成熟的儿子时，很容易被他误解为：妈妈爱所有人，最不在乎的就是我，因为我不那么重要。儿子一直是个缺少安全感的孩子，侄儿却始终内心笃定，看来，一切都源于"爱"。

一日，父亲打来电话，慌张的语气像是看到了末日景象："完了完了，这个家翻天了，两个孩子因为抢电脑打起来了，你儿子把电脑给砸了，哥俩都动起手来了，说谁谁都不听！我可拉不动管不了，心脏病都要气犯了，你赶紧回来吧！”那么远的路，怎能说回就回，我当即先警告两个孩子，不管什么原因，如果把姥爷气犯病了，饶不了他们！然后单独和侄儿聊，他倔强地保持沉默。我再打电话给儿子，他冷冷地说：“我就知道，你肯定又得先说我，对，全是我的错，是我回到了他们的家，是我进了他的房间，是我砸了他的电脑，都是我的错。你放心，以后我不会再回来，不给你们添麻烦了。只要我别待在这个家，就什么事都没有，这回你满意了吗？”

他的话像个冰块，让我感到彻骨的寒冷，但我知道，那时的他，心里更冷。事情并不复杂，儿子因暂时失业回了家，那时手机还没有现在这么多玩法，家里仅有的一台电脑是侄儿的最爱，除去吃饭和睡觉的时间，他基本就是与它为伴了。弟弟若想玩得请示，若是两个人都想玩就有冲突了，结果哥哥的一句“这是我的电脑”，彻底惹怒了弟弟，“这个家什么都是你的，那我算什么！”言语僵起来，冲动之下的儿子干脆毁灭它，谁也别想玩。其实，我应该先听听事情的原委，再让他们说说各自的委屈，事情本身没有多大的对错。但儿子的失控是不该的，如果为此再把父亲折腾进医院，后果更不可收拾了。不过说实话，这个事并没有让我太生气，因为知道这一天迟早得来。

侄儿也觉得很委屈：爷爷奶奶姑姑一向都是这么待我的，你的不满跟我有什么关系？我来也是为了照顾他们。虽然实际上不知道是谁照顾谁，但孙子的陪伴的确是爷爷不可替代的良药，侄儿也习惯了把姑姑的家当成自己的家。儿子的情绪是很久以来积攒下的怨气，他在妈妈设计的家庭结构里找不到自己的位置，他在姥爷对家孙和外孙的态度中分不清自己是主还是客，他对遥控指挥的妈妈也充满不信任。所以，只要有根导火索就能引爆他。

而我这个妈妈，那时还做不到懂孩子，只是一味地要求他忍让。很少对他说：“儿子，你心里是不是很难受？告诉妈妈你是怎么想的？妈妈能理解你的感受，这不是你的错。谢谢你能帮妈妈分担，我们商量下怎么做才能好一点？”其实孩子很简单，一旦他确认了你对他的爱，就会自觉地站在你的那边，心甘情愿地做你的同盟。孩子要的不是多一台电脑或多一个房间，他要的只是一种“你很在乎我、我在你们心里很重要、这也是我的家”的感觉，而不是那些重复了N遍的正确道理。

“妈妈”这两个字实在是包涵了太多的意义，亲爱的孩子，谢谢你允许我边学边做。

没有什么大不了的事，也没有什么过不去的坎儿。记得侄儿有句 QQ 签名，大概意思是“那些曾让你痛苦、流泪的往事，总有一天你会笑着说出来”，是这么个理儿。当两个孩子一天天长大，当看到他们相亲相爱地自觉帮衬甚至互相袒护，当他们懂得过年要给妈妈和姑姑包个大红包时，我眯着眼睛得意地想：当有一天我不在了，我的两个孩子还有一个可以相互依靠的肩膀。嗯，他们比我幸福。

孩子，你比我们宽容

有些深入骨子里的观念，会随着你眼睛看到的、内心所感受到的东西而发生动摇。当我尝试着去理解孩子的时候，突然发现自己可能是一个尽责的好女儿，却不是孩子想要的好妈妈。这应该与我的经历有关，不过，我已经开始懂得自省：我是如何成了我？我希望自己唯一的孩子有一个怎样的将来？我正迫使他承受的，是不是就是该他承担的？如果不是，这些对他意味着什么？该怎么改善？

当你想通了一件事，办法自然就来了。居然刚好有人出手相助，难道真的是举头三尺有神明吗？一日，接到了远在东北的姑姑的电话，忘了说，我也有一个关系亲近的好姑姑，她是父亲唯一的姐姐，为人豁达明理，是我的坚强后盾。姑姑一向心疼我的处境，时常叹息着安慰：“没办法，这个家太拖累你了，慢慢熬吧。”那天，她的电话让我意外也让我惊喜。她说：“今天给你爸打电话时，我把他给训了。我跟他说了，以后得对外孙好点，别总那么偏心眼儿，你们都是沾姑娘的光住在别人家里，那是外孙的家，不是你自己的家，不能什么事光想着自己。”哇！我亲爱的姑姑大救星，除了您谁敢说他老人家，这话是打死我也不敢说的。原来群众的眼睛是雪亮的。这个电话来得刚刚好，看来我得趁热打铁，采取下一步行动了。

儿子在邻近城市打工，虽然离家只有一个多小时的车程，但他很少回去，父亲也从不过问。那段时间父亲的身体还不错，我打电话给他，第一次对他要了点小心机。我说：“爸，我最近很惦记孩子，离得远也回不去。他一个人在外面也挺不容易的，你能不能替我去看看他？反正离你不远，你就当出去溜达溜达散散心，当天就能返回来。”培养感情的第一步计划顺利实施，老爸很配合，估计跟姑姑的电话有关，第二天便动身去看外孙了。如果以前就懂得在祖孙中间架个桥，结果是不是会好很多？儿子对姥爷的“意外”到来自然是受宠若惊，他乐颠颠地拿出不多的工资请姥爷吃烤肉喝啤酒，然后再亲自把姥爷送到汽车站。这本该是双方友谊的良好开端，却没想到接下来的事情蹊跷得让人始料不及。

送走姥爷，儿子高高兴兴地回自己的住处，都已经到地方了，却在上台阶时不慎滑倒，竟把脚踝摔成骨折。我想象不出他是怎么单腿蹦到七楼的住处，挨了几天实在痛得无法忍受才给我打电话。孩子在外漂泊的几年，学会了有苦有难自己吞咽，不肯轻易麻烦别人。我赶紧让老爸和侄儿接他去医院检查，或许是在最无助的时候有亲人出现，儿子感到了前所未有的温暖。接下来便是检查、住院和手术，因为侄儿也要上班，只能麻烦老爸照顾，这是爷孙俩许久以来的第一次近距离接触。儿子打电话时对我说：“妈，以前可能确实是我不懂事，其实姥爷对我也挺好的。他都那么大岁数了，身体又不好，还得每天来回坐公交车看我，上楼下楼地给我买饭，我真觉得很过意不去。妈你放心，以后我不会那么任性了。”

孩子的话让我沉默良久，有些以为难以融化的坚冰，其实只需要一点温暖就能让它消融。孩子比大人更容易不计前嫌，他们心地单纯，你对他哪怕是一点点的好，他都会十倍百倍地回报。而大人有时候却太把自己当大人了，我们从不肯向孩子低头，向孩子认错，哪怕心里明白，就是不愿迈出主动和解的第一步。父母与孩子之间，一家人之间，如果都能懂得彼此退让，多点宽容，多替对方想想，该多好。这次意外，儿子伤得不轻，虽然住了半个多月的院，但总算是坏事变好事，他和姥爷之间的关系开始有了好转。当然，就此想让父亲对两个孙儿的感情一样，是不可能的。爱与亲近需要由心而发，而心与心的距离要想拉近，难。

儿子在家养病期间，再也没有跟谁发生过冲突。哥哥主动让出床和房间给弟弟，自己去睡沙发；电脑又装了台新的，小哥俩也能有商有量地谦让着玩。跟儿子电话聊天时，发现他好像一夜之间长大了。他平和地说：“妈，我发现，有些事可能是我自己的问题。爷爷疼孙子是正常的，姑姑疼侄子也是正常的，只不过是我的爷爷和姑姑跟别人不一样，也可能是因为我不招人疼的吧。我爹跑了，对我不闻不问，妈妈得挣钱，离我又那么远，所谓的姥姥不亲舅舅不爱，指的就是我这种人吧！”儿子，不是这样的，那是他们的问题，不是你的问题，你是一个善良懂事的好孩子，不管别人怎样对你，你都不能看轻自己！就算这个世界上所有的人都不爱你，你也永远是妈妈最爱的孩子！

因为缺少爱，所以不自信；因为不自信，所以时时防御戒备。儿子像一只警觉敏感的小刺猬，即使是无心的话他也会觉得被针对，有些别人无意的举动也会让他疑虑重重。因为得不到爱所以拒绝爱，因为怕被攻击所以先去攻击别人，孩子的性格真的不是一天形成的。其实，他的内心很柔软、很脆弱，他假装强大甚至蛮横，只是为了掩盖内心的慌张而已。帮孩子走出困境的方法很简单，只要身边的亲人多付出一点真心实意的关注和爱护，他就会被深深感动，慢慢改变。

第七章　那些被称作校长的日子

从未忘怀

提笔重千斤。那段经历，那段伤痛，那段终因心力不支而夭折的过往，像刚刚发芽就被冰封的种子。那是一颗无悔的初心，有关梦想，有关未来。虽没有开花结果，却一直在那，顽强地伫立，任凭岁月的打磨，不曾有过半分动摇。

人生的际遇和变化充满无常。我曾上过班，下过岗，打过工，做过保险，后来又因保险结缘培训行业。这些看起来没有什么关联的职业，却暗自串成一条线，一步步指引着我的人生走向。大概在2006年左右，我把事业目标定位在攻克家庭教育这个课题上，或许这个想法已在我心里潜藏多年，当它越来越清晰地浮出水面时，我感到了发自心底地热爱。然而，这个行业并不被当时的社会广泛认知，也没有国家认证的专业机构，好像至今也没有。但我从走遍全国各地，接触的数以万计的家长那里得到确认：这是每一个家庭都迫切需要获得学习和帮助的事，潜藏着巨大的社会价值与无量的功德，值得我为之付诸一生。

一开始，只是从家长的角度，为了帮助自己的孩子而去学习，因为对他的成长问题越来越灵手无策，越来越没有底气。此前不懂反思，一直心安理得，觉得努力赚钱就是在为孩子的将来做打算，是不懂事的孩子辜负了我的辛苦付出。当终有一天懂得静下心来学习和思考时，却一点点发现在孩子的成长过程中比起孩子所犯的错，我这个教育者所犯的错竟远远地超过了他！其实父母的手就像一双雕塑家的手，每个孩子现在的样子，或好或坏，或让你忧心或让你欣慰，无一不是自己亲手种下的因果。

于是，懂得了先从自己开始改变，一点点地学会倾听孩子的心声，再尝试着把学到的、感悟到的东西分享给客户朋友，作为新知识融入专业课中。让我意想不到的是，子女教育话题竟是一把万能钥匙，能毫不费力地打开多数人的心门。原因很简单，大多数客户本身就是孩子的父母，他们迫切想学习的并不是专业知识本身，而是该怎样做好父母亲，怎样培养一个品学兼优的好孩子。再后来，我也把全部精力都投入家庭教育领域的探索和学习中。就这样边走、边学、边讲近十年，我和团队伙伴的足迹遍布了国内所有省的重点城市，作为一个培训讲师，这些年接触最多的，就是形形色色的父母和为了孩子的成长问题求告无门的家长。

永远记得，在我们的培训会上，有着几千人的会场井然有序，人太多，有的家长没有座位，就宁可站上几个小时听课。实在累了，他们就坐在冰凉的水泥地上，挤在狭窄的过道里，甚至就在我的讲桌旁席地而坐，如饥似渴地吸纳我所讲的每一句话，一切都是为了孩子！毫不自夸地说，我应该是见过父母泪水最多的人。他们无奈的叹息，无助的眼神，他们的焦虑与痛苦，让我战战兢兢，诚惶诚恐，丝毫不敢停下学习的脚步，唯恐自己能力不够，能给他们的帮助太少辜负了他们那颗渴望、期待的心。可能从那时起，我的心里就种下了一颗种子：一定要为这些迷惘的父母，长期有效地做点什么。

一次在大连做培训，两千人的会场座无虚席，近三个小时的讲学中，整个会场没有人走动，也没有手机响起。只有你在现场站在高高地讲台上，才能真正感受到那种庄重与肃穆所带来的心灵震撼。会后，一位男士到后台找到我，他向我诉说了很多孩子的问题，更多的是绝望与痛悔！至今仍记得他的话：“我现在什么都有了，却跟唯一的儿子成了仇人，他拒绝跟我交流，整天跟一群小哥们瞎混不学好，已经管不了了。现在要是有人跟我说，用我所有的钱就能买来孩子的回头，我都愿意！”临走时，这个高大的男人眼含热泪，紧握着我的手说：“老师，最大的遗憾，就是今天这堂课我听到得太晚了。您能不能考虑办一所学校，不是教孩子的，是专门教我们这些家长的。不是孩子需要学习，是我们这些做父母的必须得学习！我来给你投资，不图赚钱，这个事太重要了，不能等！”

是啊，不能再等，也许我并不能改变什么，但一定要做点什么！这本来就是我心底的一个梦想。这些年走过了太多的路，见过了太多的人，听到了太多这样的呼声，既然是我一心想做的事，索性来一次全情投入，管它结果如何！我是一个看着随和，实际很有主意的人，看准的事，不会犹豫。我没有去找那位愿意投资的家长，只是默默拿出自己奔波近十年的大部分积蓄，就在那年的春节后，我这个毫无创业经验的、无知无畏的初生牛犊，仅凭一腔热血和多年的执念，一头撞进家庭教育这个领域，在美丽的海滨城市大连，筹办了那所我心目中的神圣殿堂——以父母和孩子素质教育为主的亲子学校。

我给它取名“致远一家”。宁静致远，静能生慧，家庭教育是一门大智慧，需要家长静心反思、学习与改变。既然“家庭”是社会最小的组成细胞，那么，如果每个家庭都是健康的，这个社会就是和谐的，整个民族就是有希望的。尽管这颗忧国忧民的初心颇有点高度，我却忘了最重要的一条：应该对自己实力进行全面评估。开办实体，与以往高高站在上的讲台截然不同，在台上，我是众人烘托捧起的资深讲师，并不是因为我有多耀眼，而是我被放在了一个耀眼的位置，迎合了大多数人的需要而已。而做实体，需要走下神坛，落地生根，我要做的，是有关营销、招生、宣传、管理、培训等等琐事，是一对一的针对不同家庭问题的长期跟踪辅导，而这些，需要的是一个团队的协作，绝非一个理想主义者的单打独斗。

最主要的是，在应试教育的主流下，我这个独树一帜的美好心愿，很难唤醒那些惯性中奔忙、一心追求分数的家长。他们宁可重金相托把孩子送进各种各样的特长班、补习班，也不愿追根溯源，从自身开始学习和改变。总之，从筹办学校到运营仅不足一年的时间，我的宏伟蓝图便被全面搁浅，这是个意料之外、情理之中的结果。如果不是实在没有金钱和精力再耗下去，我还会选择坚持，因为在这个艰难的过程中，我无比深刻地体会到，家庭教育不仅关乎每一个家庭两代人的幸福，更是社会长足发展的根基与柱石。

不忍去回顾那些用心付出的桩桩件件。那是我一生中最疼的时刻，不仅因为投入了大量的资金，更为破碎了的希望和梦想。但无论如何，我做了一件真心想做的事，也尽了最大的努力，所以不遗憾。

衡量所做的一件事到底值与不值，往往与结果无关，那段失败的创业经历所收获的信任与尊重，让我感恩和坦然。与那些可爱的孩子和他们的父母相处地每一天，都如刀刻斧凿般嵌入了我的记忆，情谊厚重，不敢忘。

考试不肯写字的孩子

第一位走进校门且毫不犹豫报名的家长，就是嘉妈。她样貌端庄，脸色微微有点暗沉，脸上带着勉强的笑容说：“这孩子真快把我逼疯了，他现在有一个大毛病，上课一个字也不写，回家作业也不动笔，甚至连考试都懒得答题！老师说什么都不在乎，最气人的是，他不是不会，是会也不写！那支笔在他手里似乎有一万斤重，就是不肯动一动！这孩子也不知是怎么了！”

哦，好有个性的小家伙！他的情况说明他一不怕家长，二不怕老师，有主见，敢作敢当，还真有点当领导的范儿。不过，小小年纪哪来的这么大的勇气呢，是什么样的经历能让他有如此的定力，油盐不进、刀枪不入呢？看来我得会会这个有骨气的孩子。当小嘉坐在我对面的时候，姿势是这样的：双肘歪斜地支在桌上，两手托着腮帮，眼睛除了不看我哪都看，撅着的小屁股在椅子上不老实地扭来扭去，对我这个陌生人既不抗拒也不感兴趣，更谈不上害怕敬畏。我们有问有答，像是认识了很久的老熟人，他倒是一点也不拘束。

“听妈妈说，你上一二年级的时候很厉害啊，总能考第一名。”

“那有啥用，以后不考第一了，她就开始唠叨了！”

“妈妈常唠叨你吗？”

“考得不好唠叨，字写得不好唠叨，作业写得慢唠叨，上课溜号唠叨，反正就是唠叨唠叨唠叨唠叨唠叨……”

他摇头晃脑地至少连说了有十个“唠叨”，像个正抑扬顿挫背着古文的小夫子。

我被逗乐了，笑着说：“我看唠叨的是你，你都把我给唠叨晕了。”

“就是啊，她就是把我唠叨晕了，烦死了！”

“跟老师说实话，考试不答题，你不害怕吗？要是我就会害怕。”

“怕什么？反正考不了第一得唠叨，不及格也是唠叨，就让他们唠叨去呗。”

“你说，咱能不能想个办法，让妈妈以后不唠叨？”

"她能不唠叨？"小家伙拉着长音对我嗤之以鼻，小脑袋歪向一边，无疑是在藐视我的天真。

看来这孩子是得了唠叨过敏症，解铃还须系铃人，得找唠叨妈继续聊。

"孩子说不喜欢听你的唠叨。"

"整天唠叨还这样呢，不唠叨得成啥样？"

"老师对他怎么样？是不是也失去耐心了？"

"可不吗，这孩子怎么说也不听，老师以前还管，现在干脆不管了，当他是空气，啥都随他便，爱学不学。"

"好吧，咱先不谈孩子的学习，把我当朋友，跟我说说孩子以前的事。"

"唉，"嘉妈突然叹口气说："我知道，问题的根儿可能出在我身上。当年怀这孩子是个意外，因为身体不太好，不适合怀孕更不能随意做引产，所以只能留下他。当时我正准备考研，有了他，读不成了；本来板上钉钉的晋职称、升职的事也因此而告吹；千辛万苦地生下他，我又被查出了卵巢癌，只好做了手术。总之，从怀这个孩子到生下他，经历的事都很别扭，好像这孩子天生就跟我作对。其实我心里也想爱他、想亲近他，可中间总像隔着点什么，就是亲不起来。"

我若有所思地看着她，见第一面时就对这个妈妈有一种说不清的感觉。谈吐中能感觉到她有素质、知性也理性，但总觉得少了点什么，现在我找到了，应该是缺少一种温度，是那种柔和的、贴心的、让人愿意靠近的温度。

"孩子小的时候，你是不是不经常抱他、亲他、哄他？总之，不像其他母子那样的亲昵？"

她低下头说："嗯，有点。"

"你信吗？一个孩子，哪怕只有几个月大，大人是不是真心疼爱他，是不是敷衍着不想亲近他，孩子是都是有感觉、能分清的。"

她沉吟着，不说话。

"那现在，你和孩子常有肢体接触吗？比如拥抱、抚摸，哪怕是在一块玩闹？"

"不经常吧，他倒是总想贴乎我，可我总感觉那样有点怪怪的。"

她轻轻地叹息，叹出内心埋藏许久、深深的痛苦。

我们往往以为，刚出生的孩子什么也不懂，只要能让他饿不着冻不着就行了，但是，这恰恰是他人生最重要的时刻。一个不会说话的孩子只能通过哭闹来证明自己的存在和表达内心的诉求，如果有人能及时地看到并用心地回应和亲密地关注，孩子就会和周围的事物建立起有效的链接。潜意识里他知道了：我是被关注的，我是被爱的，我是重要的，这个世界是温暖的。相反，若是没有人关注和回应，或是养育者不走心的陪伴，就会在孩子的潜意识里种下一颗黑暗的种子：我是不好的，我是不被欢迎的，我是不值得爱的，这个世界是冰冷的。所以，我们常看到或听说，一个功成名就的人未必真正快乐，一个表面光鲜亮丽的人也可能内心阴暗。这些性格的形成一定可以通过追溯他的童年，发现一段不被看见、缺失爱和关注的童年。

一个自小就患上爱的匮乏症的孩子，他的内心也会慢慢变得麻木，情感没有浪花，自然人就没有活力。反映到行为上，就是本该天真烂漫的日子孩子却选择得过且过，对什么事也提不起精神来，小小年纪竟能做到无欲无求。打个简单的比方吧，就像一株得不到阳光雨露的小树苗，不管它自己怎么努力成长，最后都是蔫蔫的，萎靡的，耷拉着脑袋，毫无生机的。一个生命的成长，依靠的不仅仅是自己的力量。解决这个问题很难，但也很简单，需要养育者拿出十足的耐心，就从现在开始，用足够的爱去灌溉他，去拥抱他，去温暖他！可能你努力到最终，他也没能长成参天大树，正如并不是所有的孩子都能成为栋梁之材，但他终究会挺直了腰板，有了笑容和自信，神采奕奕地活着，能像样，也足以让人欣慰。

嘉爸从开始极力反对，到后来被嘉妈强行拉来听课，再后来，我们像老朋友一样推心置腹地交流。他是一位智慧内敛的父亲，一次，这个高高大大、谦和儒雅的爸爸无意间流露出内心的焦虑，说："我们两边的家族成员都是有知识有学历的，算得上高素质。姊妹们的孩子也都个个有出息，有的出国有的进名校。我这孩子从小挺被看好，学习成绩也好，人人夸奖，可现在怎么越来越差劲儿，哥哥姐姐都比他强，唉！"爸爸一脸的心痛失望。

"这样的话，你也会当着孩子面说吗？尤其是在家族聚会、和亲友在一起的时候，或是平时跟孩子聊天，会不会流露出这样的情绪？"

"可能会吧。可这是事实啊，我们也是为他着急。"

你们是真心为孩子着急，还是更为自己的面子着急？如果说妈妈的不愿亲近让孩子感到失落不安，那么，爸爸表现出来的失望和痛心就等于在雪上加霜。别忘了，孩子最在乎的，就是父母对他的认可。我们来换个角色感受一下，比如你是那个十岁的孩子，你现在面临的处境是：不能确定父母是否爱自己，却能清晰地感受到他们对你的失望；在学校，你得到的是老师的冷淡和消极放弃，同学的嘲笑孤立；在家族亲友前，你体会的是样样不如人、让父母抬不起头的愧疚感。此刻，你的感觉是怎样的？你会不会感觉心里很空，很冷？你会不会觉得自己一无是处？此时，你还有没有心劲儿去主动学习？我们怎么能忍心，让一个本该天真活泼的孩子丢失了应有的快乐？孩子的消极怠工就是在无言的反抗，就是希望得到父母的关注。

我们应该先尝试着去接纳他，满意的和不满意的全盘接收，既然改变不了他是你骨肉至亲的事实，就只有这一个选择。我们先来做个最坏打算，哪怕孩子以后学业无成，但能成为一个阳光、快乐、健康的孩子，你觉得值不值？让他学习好是你想要的，但获得无条件的爱和关注是孩子想要的，那我们就放下所有的期待，先来满足他的需求，这样孩子的心才能跟你们贴近。请相信，有了与父母的良好关系，孩子的心情才是放松的，他的情绪才是平稳的，他的内心才是踏实的。到那时，可能不需要你过多的要求什么，他也会自然而然地把注意力转移到学习上。

每个孩子心里都明明白白地知道，父母对孩子的期望是什么，父母最想要的是什么。而有些父母却不明白这些东西不是靠要求得来，也不是靠失望与苛责。父母与孩子之间，有一根天然的情感纽带，它的名字叫作“爱”。一个人只有当他内心充满爱，才会付出爱，而一个孩子爱父母的唯一方式就是主动做些让他们高兴的事。好的教育一定是水到渠成的，这可能是一个漫长的过程，孩子身上已经表现出来的症状，是以往创伤的累加，想改变它，则需要花更长的时间和更多的耐心。

这对高学历、高智商的父母让我心生敬意，他们懂得理性地思考，最可贵的是能够低下头来从自己开始改变。他们开始用心地和孩子相处，爸爸陪孩子运动、游玩，妈妈也时刻流露出温暖的笑容；他们不再挑他的毛病，而是努力寻找他的优点；不再苛求他的学习成绩，而是允许他缓缓进步。小嘉是个单纯的好孩子，慢慢地，他脸上的笑容多了起来，一家人的关系也亲近不少，他和老师的关系也得到改善，成绩虽没有马上突飞猛进，但最起码，他开始动笔了，学习慢慢有了起色。一个内心安定、想学、愿意学的孩子，什么时候开始都不晚。

学习是一辈子的事，校内和校外都有不断变换更新的功课，只要不丧失自主学习的能力，孩子就可以胜任将来的任何一种工作。家长与其忧虑他的分数，不如走进他的内心，找到那个管辖学习意愿的开关，重启孩子的内在动力。那样，我们收获的就不仅是一纸暂时的好成绩，更是一个时时充满希望的好孩子。

不会笑的鹭鹭

圆圆的小脸，大大的眼睛，厚嘟嘟的小嘴，齐耳的短发，这是个可爱中略显憨厚的小姑娘。我喜欢这个女孩，拉着她的小手问名字的时候，她微微地歪着头目不转睛地端详着我，半天没出声。旁边的妈妈低声催促道："鹭鹭，校长问你话呢。"我故意逗她说："哦，叫鹭鹭。是走路的路吗？""白鹭的鹭。"她终于不紧不慢地开口了。这个过程中，她始终绷着一张小脸，一点笑容都没有。

每次看到这个孩子，或是在走廊上遇到，或是见她在国学堂和同学做游戏，或是每晚跟老师告别，她在一群叽叽喳喳的小不点中总显得格外安静，很少说话，即使说话也是慢吞吞地，似乎在边想边说，生怕说错了什么。关键是，我一直没看到这个孩子笑过，周围嬉闹的同学并不能感染她，那双略显忧郁的大眼睛时常透出淡淡的迷惘，好像在说：你们是你们，我是我，你们的快乐与我无关。鹭宝贝，你可知道，人的一生中，最快乐的时光就是无忧无虑的童年了，可小小的你，笑容去了哪里？这无端的沉重又从哪来呢？

鹭妈是南方人，在大连开着一家规模不小的连锁药店。她漂亮时尚，留着和女儿一样的齐耳短发，显得利落精干。和女儿完全不同的是，不管何时遇到她，她总是一张阳光灿烂的笑脸，一双笑盈盈的大眼睛蕴含着真诚和亲近。我对这个妈妈印象很好，她谈吐有礼、谦和恭敬，印象较深的是，她送孩子来时并不多问什么，也不谈什么顾虑或期望，而是用微笑的眼神，完全委以你信任，那种感觉让人格外温暖。看来，我得好好过问一下，如此豁达可爱的妈妈，你的小棉袄怎么就缺少了点温度呢？

那天刚巧在走廊里见到鹭妈，送孩子上晚课还没走，便拉住她聊几句。

“听说你们离这儿挺远，每天接送孩子很辛苦吧？”

“还好，鹭鹭住校，是有点远，晚上接她时正赶上堵车，得早早出门。”

“哦，小学便开始住校？是你们工作太忙脱不开身吧？”

“是啊，我开药店，早出晚归，越到休息日越忙。鹭鹭还有个小妹，刚上幼儿园，两个孩子真是顾不过来。”

“孩子爸爸的工作也很忙吗？能帮忙照顾点不？”

鹭妈愣了一下说：“哦，爸爸在老家呢，没来，我一个人带她们俩。”

我知道自己唐突了，但还是问了句：“那爸爸，不常见孩子吗？”

“一年能见到一两次吧，他也忙。孩子们想爸爸，但他很少来，春节放假时我就带孩子回老家看他，这些年也跑习惯了。”

鹭妈一如既往地笑着，笑着笑着，大滴大滴的泪水滑落下来。但她仍坚持着微笑，任眼泪不停地流淌。我握住她的手，那一刻，好想抱抱她，这个外表坚强却难掩脆弱的女人，内心究竟藏着多少难言的酸楚与无奈？

鹭鹭小时候漂亮乖巧，是爸妈心爱的宝贝， 他很依恋爸爸，但后来随妈妈去了北方，跟爸爸见面的机会就少了。上学后，鹭鹭比同龄孩子的接受能力稍差，虽成绩普通，但文静懂事，也很招人疼爱。等到有了小妹，妈妈实在忙不开，就让她住校，每到周末才接回家。随着二宝一天天长大，妈妈也发现，鹭鹭越来越沉静，越来越不爱说笑、不愿跟妈妈交流了，心想着，可能是女儿长大了，不像小时候那样黏着妈妈了。还好，二宝的到来占据了妈妈大部分的时间和精力，小丫头就像上天派来的精灵，和姐姐不一样的是她极其聪明好动，对什么都充满好奇，小嘴巴甜甜的，爱唱爱跳，小模样俏皮可爱。我见过那宝贝，人小鬼大，别提多讨人喜欢。

有时鹭妈带着二宝来接姐姐，别管她是被妈妈抱着或是拉着妈妈的手站在那，总能成为其他家长关注的焦点。小家伙一点也不认生，奶声奶气地跟大家打招呼，伴着银铃般的笑声，常常吸引来一圈围观的人。一次我注意到，鹭鹭从教室出来，她循着妹妹的声音走近那个圈子，我发现依旧没有笑容的她看着小妹的眼神很复杂，有喜欢，有羡慕，似乎还有一丝淡淡的忧伤和隐隐的不安。她先看看妈妈，再看看妹妹，好像发现她们中间拴着一根彼此连接的纽带，她们每一次亲近的举动似乎都会惊扰到她。就在那一刻，我知道了，这个孩子是觉得孤单了，有一个人住校的孤单，有在妈妈和妹妹跟前的孤单，或许还有思念爸爸的孤单。

这些年我们组织的无论是大型培训，还是小型家长聚会，来学习的绝大多数都是妈妈，爸爸们寥寥无几，似乎教育孩子的事就该以妈妈为主。爸爸们的理由很充分，得工作应酬，赚钱养家，没时间照看和教育孩子。可那是你们共同的孩子啊，如果说母爱如水，能滋养孩子成长，那么父爱就如山，能给孩子安全感、幸福感和阳光上进的好品格，爸爸的缺席等于塌陷了孩子的半边天空。而现实往往是，妈妈因身兼数职而疲惫不堪，心理上无依无靠，却被要求全能，除了做好妈妈的本分，还要替代爸爸的功能，这是拿她们当神吗？如鹭妈，一个女人带两个孩子的辛苦，岂是用几句话、几捧泪能说清楚的？

我心疼她，但还是坚定地对鹭妈说："药店雇几个人吧，生意再忙、赚钱再多，也不能搭上孩子的童年和一生。多和爸爸沟通，无论有什么难处，多想想孩子，尽力给她们一个幸福温暖的家。当然，如果这个家没有关怀、没有爱，不如不要。最好把大女儿从学校接回来，小学生不大适合住校。要先给她更多的爱，再和她一起爱小妹妹，不要以为孩子长大了就应该懂事，在妈妈面前，孩子都希望自己是最受宠的那个。学习的事暂时放一放，先找回她的快乐和自信，这比什么都重要。我知道你心里有很多苦，但请相信，你的每一点付出孩子会看在眼里，记在心里，将来，两个女儿就是你最大的幸福！"

鹭妈有聪明伶俐的头脑和吃苦耐劳的品格，应该也是鹭爸的福气吧。虽没有权利去评判这样的家庭，但真心地希望鹭爸能听到两个女儿的呼唤，能静下心来思考，懂得珍惜，用心陪伴。遗憾的是，我这个整日千头万绪的校长，和孩子、家长们在一起的时间太少了，好多想做的事还没有做，好多想说的话还没有说，好多想了解的问题还没来得及了解。我的学校就像一团火，刚刚开始点燃，就面临着熄灭，也不知有没有真的照亮一些父母和孩子们回家的路。

后来，鹭妈果真把大女儿从学校接回了家，相信这一家人会越来越亲密。回来后，我仍时常关注鹭妈的朋友圈，看到二宝越发多才多艺，唱歌跳舞还拿了奖，妈妈也在更加努力地培养孩子。让我欣慰的是，每张照片、每个视频，都是一对姐妹花在一起。我时时牵挂的鹭宝贝，她脸上也有了灿烂的笑容！偶尔还见到孩子们和爸爸在一起时开心无比的样子。我由心而生的喜悦瞬间长出欢快的翅膀，飞越时空，飞到惦记的人身旁。亲爱的鹭鹭一家，我真切的祝福，有没有被你们接收到？

亲爱的“不小姐”

“子淇，跟老师说说你在想什么好不好？”

“不好！”

“子淇，告诉老师你喜欢什么？”

“不说！”

“子淇，能不能帮老师个忙？”

“不行！”

“不小姐”由此得名。这个小丫头的口头语就是“不”，你说东，她朝西，就这么拧，专门跟你反着来，就算心里答应的事，嘴巴里说出来的也是“不”。形容一下她说“不”时的表情：歪着小脑瓜，乌溜溜的大眼睛狡黠地看着你，小嘴似笑非笑地紧抿着。这孩子话不多，心眼儿可不少，任你百般哄劝利诱，啥也不告诉你。小丫头还只是个低年级的小学生，这逆反期来得未免太早了点吧。

子淇是个特别聪明的孩子，而且很有主见，虽然她嘴巴上说着不，但是背地里早把你交代的事做得妥妥当当。淇妈上班忙，子淇会比别的孩子早到学校，不用费心，她自己就去了教室，帮同学擦课桌，把书架上的书摆得整整齐齐，把玩具一样样归位，没人安排吩咐，她也知道该做什么。可若因此当众夸她两句，人家便会若无其事地走开，就像这事压根儿与她无关。“不小姐”有时也跟同学一起开心地玩闹，而且总是以她为中心，是个颇受大家喜欢的孩子头。但有时她又常躲在角落里静静地发呆，谁也不理，托着腮在那若有所思。总之，这是个忽动忽静、阴晴难测、让人琢磨不透的小姑娘。

因为见她每天来得早，得空时便想跟她聊聊，子淇或是笑而不答，或是张口说不，总之，像条独自游来游去的小鱼，我一靠近，她就迅速地躲开，根本不给我走近和了解的机会。当我和淇妈谈起这些时，她也隐隐担忧地说：“这两年孩子就是这样，整天也不知道在想些什么，不管怎么问，就是不跟你说。学习也不上心，考好考坏人家都无所谓。我每天干活特别累，回家连话也懒得说，就由她去了，真担心她长大后性格出问题。这孩子怎么跟别的孩子不一样呢？”

“孩子的表现大多与环境有关，和我说说家里的情况吧。”淇妈沉思了半晌，眼圈慢慢红了，她迟疑着断断续续地道出实情：“子淇像他爸爸，很聪明，以前学习很好，不费力也能排前几名。这几年，他爸爸不好好工作，整天待在家打游戏，怎么说也不听。我在外面打工累死累活，回来还得做家务管孩子学习，再看着他那个萎靡不振的样子，心情怎么可能好得起来？人家饿了就点外卖，整天不出门，屋子多乱也看不见，就知道守着个电脑，什么事也不管，对你的话就当耳旁风。”

“没试着跟他好好沟通一下吗？”

“总说，总吵，吵完管一段时间，又接着玩，没办法。”

“那，你有什么打算吗？”

“我想出国打工，把子淇送到寄宿学校。孩子一天天大了，用钱的地方多了，又指望不上他爸爸，说实话，这种日子我也过够了。你别看孩子表面上什么也不说，其实她心里什么都明白，我知道她怕我走，怕我们离婚。”

怪不得孩子表现得像只受惊的小鸟，原来她每天都在担惊受怕。她看到爸爸沉迷游戏，知道妈妈想远走他乡，她预感到自己这个家已经岌岌可危！一个孩子最大的担心，就是怕爸爸妈妈分离，没有什么比这件事更能让她恐慌。原来子淇是在逃避，在用她的笑容掩盖她不想面对、也不想承认的这个事实，更不想让别人知道自己家里的事情。孩子小小的心头压着这么一座重重的山，她怎么可能开心快乐?

不管怎样，一定要做爸爸的工作，既然他那么聪明，说不定也能醒悟和改变。我和淇妈聊了很多，告诉她最好让爸爸也来坐坐，当家庭中的亲密关系出现了问题，用心沟通是唯一的办法。有人说，有网瘾的孩子大多是因为缺少爱和关注，那么成人玩游戏上瘾呢？是因为内心爱的匮乏而忘了所爱的人吗？我在实际工作中发现，很多父母严格说起来都还是没有长大的孩子，尤其是 1980 年后出生的第一批独生子女。他们从小被宠惯得过于自我，不懂得承担责任，不习惯为别人付出，这些问题的成因又与他们的父母有关。然而，当这些孩子也为人父母时，却没有人为他们的过去买单，只要求他们迅速适应现实、扮演好自己的角色，这可能吗？经营一个家，需要夫妻两个人的合力，如果只考虑自己，不顾及他人的感受，夫妻之间会疏远，孩子会受伤，家也就不像家了。

没有想到，淇妈很快给了我个大大的惊喜。一天晚课，夫妻俩竟是一起来的！看来是她缓和了矛盾，也赢得了和解。第一次见到淇爸，跟想象中的完全不一样，以为他是个穿着随意、精神不振的公子哥，没想到小伙子精神利落，举止有礼，谈吐不俗。都说女儿像父亲，子淇和爸爸果然长得几乎一模一样，爷俩的神情也很相似，都透着聪明和灵气。我心里连叫着可惜、可惜，这本该是多么好的一个家庭啊，他应该能成为个好父亲的。我深深地看了他一眼，再重重地握了握他的手。

这一堂晚课因为淇爸的到来临时增加了很多内容，我着重讲了家庭环境对孩子的影响，尤其是父亲对女儿成长的重要性。研讨环节时，家长们争先发言，气氛热烈，相处久了的家长也是朋友，知道此时应该说些什么、做些什么。淇爸也发了言，他思路清晰，分析问题也很有条理，得到了大家的一致赞许。如果有时间，我真想好好探究一下他的内心，一个如此内秀的年轻人，什么道理都明白，却为什么会沉迷游戏，忘了自己一家之主的身份，置妻儿的感受于不顾？毕竟不是很了解这个家庭，或许每个人都有不得已的隐衷，但无论如何，总得先做好自己，有所担当。

散会时已经很晚，家长们陆续离开了。我刚要开办公室的门，转头看到子淇，她一手拉着爸爸，一手拉着妈妈，正蹦跳着往门口走去。

“嗨，子淇！”我叫住她。孩子回过头的那一瞬间，我看到她的小脸上写满骄傲和快乐！

“等一下，校长给你和爸爸妈妈拍张合影好不好？”那时拍照还是用相机。

“好！好啊！”她马上答应了。我的“不小姐”第一次没有说“不”，她是如此开心和顺从。小姑娘把爸爸妈妈拉回来推坐在沙发上，自己则乖乖地坐在他们中间，脸上荡漾着幸福的笑容，她得意扬扬的表情似乎在告诉我：“老师你看，这就是我的家，这是我的爸爸，这是我的妈妈，他们都爱我！我有一个幸福、完整的家！”我注意到孩子的两只小手一直紧紧地拉着她的父母，一刻也不曾松开。我按动快门的手竟微微有点颤抖，怀着满心的喜悦和感动拍下了这张合影。聪明的淇爸，这张照片就是我要和你说的话，你看懂了，是吗？

这张照片我一直保留着，因为我心爱的“不小姐”第一次笑得那么灿烂，目光中没有一点闪烁迷离！照片中的她，牢牢拉着爸爸妈妈的手，好像生怕一撒手，他们就会离她而去！原来一个孩子最大的荣耀，就是一家人在一起！淇爸，淇妈，孩子的心和她要说的话，你们感受到了吗？

另外我还保留着一样东西，是一个用细细的五彩皮筋精心编织的手镯。那是亲爱的“不小姐”得知我要离开时，把自己关在房间里独自编了一个晚上的成果。第二天一早她就来到我的办公室，什么也不说，低着头也不看我，只是细心地把它戴在我的手腕上，然后默默地转身离开。那双柔软温热的小手，那个幼小单薄的身影，时时闪现在我的记忆里，让我无限地心疼与爱怜。亲爱的淇宝贝，好多年过去了，你应该已经长成大姑娘了，还记得老朋友吗？你的礼物一直都在，校长对你的惦记，也一直在。

亲爱的淇爸淇妈，你们都好吗？ 是否如孩子所愿，一家人幸福地在一起？

母女情仇

女人的美各有不同，乍见心雨妈，便直觉她的美有点不一样。其实她算得上漂亮，言谈举止间也很有素养，浑身散发着掩不住的淡淡的书卷气，但又明显地缺了点什么。少了点柔和？少了点笑意？少了点舒展？说不清，总之，她美丽的面庞下隐藏着纠结、紧张，像一朵本该绽放却被绳索强行束缚的花朵。

我们并坐在沙发上，她紧锁着双眉，眼里满是忧郁，她开始向我描述她唯一的女儿。从她低沉、压抑的语调中，我能感受到她内心在波涛翻涌，充满痛苦和煎熬：“我是个单亲妈妈，离婚后自己带女儿，我为她放弃了很多。可这孩子，怎么说呢？真是越来越不省心！尤其是上了初中以后，整个人变化特别大，不听话了，爱臭美了，学习成绩忽上忽下。小提琴练了好几年，以前得过很多奖，可现在就连练琴也得紧盯着她，我离开就偷懒。这孩子以前不光学习好，也很听话可爱，可现在一点也不踏实，把精力都放在虚荣、攀比这些没用的事上，还变着法地说谎。我真接受不了她现在这个样子。一点希望都看不到！”

这是一个对自己孩子失望至极的妈妈，难道她真有一个让人看不到希望的女儿？心雨是我这里的学生中唯一的初中女孩，她长得五官灵秀，一双微微上挑的大眼睛充满灵气，加上高挑纤瘦的身材，是个不折不扣的美人胚子。这个孩子反应快，语速快，走路快，从你身边经过像阵风一样。当我想和她聊几句时，小姑娘的眼神和言语一样，总是闪烁不定，不肯多说什么，她紧抿的小嘴像一扇关得紧紧的门，不想向我敞开。比起那些言语无忌的小学生孩子，这个刚刚迈入青春期的女孩，还真有点心事难猜。

我开始留意观察这个女孩，发生在她身上的两件事让我印象深刻。一次是竞选班长，为了给孩子们营造一个公平竞争和当众演讲的锻炼机会，我们把小至七八岁，大到十几岁的孩子混在一起，通过演讲竞选和现场投票决定班长人选。孩子们中呼声最高、胜算最大的是一个叫晓屹的男孩，这孩子踏实稳重，好学好问，各方面表现都很出色，深得老师和同学的喜爱。竞选前几天，我就看到这个高高瘦瘦的小伙儿拿着准备好的演讲稿，在走廊上踱来踱去，一遍遍地认真背诵，一副志在必得的样子。

这时，晓屹最强劲的竞争对手心雨，却开始了她别致的外交攻势——与那些平时不怎么接近的学弟学妹逐一亲密接触，友爱沟通。那些小不点很单纯，漂亮的学姐说什么他们当然就会听什么。这个小美女还常和两个要好的小跟班头碰头地商量对策，看来他们分工明确、都是拉票的好帮手。直到竞选活动即将开始，心雨还在与身边的小伙伴低声耳语，做最后商议。眼见那些小不点一边向心雨频频点头，一边看着手中攥着的空白小纸条，显然是答应合作了，这丫头拉选票的功夫还颇有潜质。最终，她以较大的优势击败了晓屹！当那个准备充分、演讲出色，却不小心输在外交手段的帅哥正在伤心哭鼻子时，我们的心雨小妞已经微笑淡定地戴上了班长的标志。

成为班长的心雨开始行使她的权利，话不多，但简单直接，赏罚分明，小脸一绷很有威严，小同学们都被她管得服服帖帖。大概一个多月后，一天早例会上，心雨的班主任向我反映："班长在管理同学时态度有点霸道，缺少方法和耐心。最近有同学告发说，心雨竟对他们施以武力，而且体罚的手段也颇为新颖——用两根手指掐住受罚同学大腿内侧很嫩的肉，很疼很疼，还不许声张！"我的天，这是她研究出来的体罚新方法吗？我哭笑不得地对老师说："找个机会，和她好好谈谈，告诉她不能用这样的方式对待同学，了解一下她为什么会这么做。”老师迟疑了一下，有点犹豫地说：“校长，其实有件事早就想和您说。有一天跆拳道课，心雨穿着短裤，我无意中看到，这孩子的大腿内侧，两边都有紫色的瘀青。”哦，会这样？看来事情并没有那么简单，难道这个伤害别人的孩子，同时也是受害者？

为此，我和心雨妈郑重地深谈了一次，我们说了很多心里话。我了解到，这位聪慧的妈妈热爱阅读，从小自立好强，对自己要求很严格，无论是学习还是工作都很出色。她离婚的事我没好问太多，但能感觉到她的心已是伤痕累累。为了不让女儿受到伤害，她把所有的时间、精力和爱都倾注给了这个孩子。开始还好，娘俩还能相安无事，当孩子进入青春期后，性格有了很大的变化，心雨开始变得有话不愿跟妈妈说，整天神神秘秘的。妈妈猜不透她在想什么，反而要费尽心思地跟她斗智斗勇，可那妮子智商很高，妈妈也听不出她哪句话是真的，哪句话是假的，让她做的事她拖不成推不掉就拧着来。于是，娘俩之间开始硝烟不断，孩子腿上的瘀青就是妈妈无计可施时的“杰作”。

刚刚进入青春期的孩子，心理和生理会发生很大变化，尤其是遭遇家庭变故的孩子，他们的内心更脆弱。而这时他们的父母，往往还没有从婚姻失败的阴影中走出来，更关心的很可能是自己的感受，容易忽略更受伤的孩子。要知道，父母离异对孩子造成的心理伤害是具有摧毁性的，他们毕竟没有大人的承受力。这时，孩子尤其需要身边的亲人倍加关注、耐心疏导和用心陪伴，互相扶持着渡过这个艰难期，那样孩子会成长、成熟很多。否则，仅凭孩子自己去自我调节和适应，等于病重弃医，他们自己是没有这个修复能力的。糟糕的经历是把双刃剑，处理得好，能让孩子的心智更加坚强；处理得不好，会让孩子性格忧郁，甚至引发一系列的心理问题。

作为成年人，如果我们自己都还没有处理好自己的情绪，也没有充分考虑到孩子的内心想法，就对孩子提出严格的要求甚至体罚孩子，只会激起她更大的怨恨和逆反。孩子表达不清自己真实的感受，又不能正面得到父母的回应，这些负面情绪就会在心里积压起来，逐渐变得心事重重，内向自闭。久而久之，孩子就成了一个矛盾的多面体，表现在情绪上可能是喜怒不定、心口不一；表现在学习上可能是注意力涣散、不思进取，对什么事都提不起兴趣。

亲爱的心雨妈，你的孩子正站在十字路口，需要你伸出双手，给她一个温暖的拥抱，引领她回家。引导正确了她就是个情商高、做事有主见、思维敏捷的好苗子；引导失败了，她的优势也可能转化成劣势，往相反的方向发展。面对孩子已经存在的问题，唯一的做法就是收起成见，改变自己，暖化孩子。所以请从现在开始，每天提醒自己："无论如何，她都是我最爱的孩子，她的快乐就是我的快乐，她的幸福就是我的幸福！所以我只能做一件事，就是放下焦虑、评判和期待，全身心地接纳她，无条件地去爱她，以最大的信任和耐心来等待孩子的转变。"请心雨妈相信，好的关系是治愈一切的良方，你只管努力，其他的交给时间。

那天聊到很晚，心雨妈低着头久久没有说话。暮色中，当她再抬起头时，竟让我的心头莫名一震！我看到，这个妈妈的样貌突然间有了变化：她的目光不再那么凌厉，而是透着柔和；她的眉头不再紧锁，而是舒展开来；她的整个脸庞像被泪水清洗了一遍，不再纠结紧绷。她直视着我的眼睛，轻轻地说了一句："谢谢，都是我的问题，我知道该怎么做了。"这是个理性的女人，是一旦想清楚就能坚定前行的人，我们后来成了彼此欣赏的朋友。我断定，从那天开始，她和女儿的生活一定会春暖花开，幸福甜蜜。

再后来，就是在朋友圈看到这位坚定前行的妈妈了。她给女儿做的早点越来越精致，已能挑战各式各样的甜点、饼干乃至生日蛋糕，那水平真是直线上升，都能开个甜品店了。最开心的是看到她和女儿亲近得如那美食一样甜蜜！每每翻开她的相册，我的目光都会停留很久，从那里，我看到了一位母亲的用心良苦，我看到所有的美食都浸满了浓浓的、深情的、饱满的爱。我知道，她晒的不仅仅是美食，还有幸福。

讨厌小妹妹

有个词叫"少年老成"，初见廉想，我的脑子里便跳出这个词。我抚摸着他单薄的小肩膀说："谁给你起的名字？真好听！""好听什么呀，一个名字，有啥好听不好听的。"小家伙拧着漆黑的眉毛慢条斯理地说。咦，我再仔细看看，这也就是个二年级的小学生：他皮肤黝黑，小脸尖尖，大大的眼睛，瘦弱的小身板，长得有点像小萝卜头。

“嗨，别那么严肃好不好？开心点，笑一个给老师看看？”

“有啥可开心的？我就是不想笑，笑不出来。”

“那告诉老师，你高兴吗？”

“不高兴。”

“为什么不高兴呢？是不喜欢老师？还是不喜欢新学校？”

“我不喜欢小妹妹。”

“哦，廉想还有小妹妹啦，为啥不喜欢她呢？”

“哼，小妹妹总掐我，咬我，推我，还挠我，她抢我的好吃的，还抢我的玩具和我的书、本、笔，不给她就哭，一直哭！我最讨厌小妹妹！”

我都快被他惊呆了，一连串地列出小妹妹的各种罪状。

与廉想妈妈一席谈话，证实了小伙子所言不虚。

“唉，整天打架，当哥哥的也不知道让着妹妹，妹妹那么小懂啥啊，他就跟她较真儿，啥都争。”

“遇到两个孩子互不相让时，你怎么办？”

“那还用说啊，他都多大了？整天挑小妹妹的毛病，有那功夫，还不如在学习上用点心。”

“你有没有发现廉想和别的孩子哪里不一样？”

“有啥不一样？他平时还是挺老实、挺听话的。”

“他不开心，不快乐，不爱笑，一点也不像个无忧无虑的孩子，有着跟年龄不相称的成熟。”

“唉，两个孩子就是麻烦，顾了小的就管不了大的。问题是他已经长大了呀，还真和小妹妹一样？”

“我给你讲个事，是我自己碰到的真事，你静下心来听听好不好？”

我忘了是在哪一个城市，晚上去一家沙县小吃吃饭。那天下着小雨，店里就我一个客人，还有一个七八岁的小女孩趴在最前面的餐桌上写作业。送餐的老板娘看样子是女孩的妈妈，她怀里还抱着个一岁左右的小男孩，应该是女孩的弟弟。我一边吃饭一边看着这个妈妈逗孩子玩，她一会儿把孩子举得高高的，一会儿又抱着孩子转圈，孩子咯咯地笑，娘俩玩得很是开心。

这时，我注意到那个小姑娘，她写作业变得不专心了，注意力开始转向欢声笑语的妈妈和弟弟。过了一会儿，她放下了手中的笔，眼巴巴地盯着妈妈和小弟弟的身影，他们转到哪，她的眼睛就跟到哪，一开始也跟着一起笑，再过一会儿女孩就笑不出声了，但依旧盯着他们，眼里都是羡慕！我发现这孩子脸上的表情越来越不自在，越来越凝重，越来越委屈。

“妈妈，你也抱抱我好不好？”女孩突然怯生生地喊。“你羞不羞啊，你是姐姐，那么重还让妈妈抱，你说羞不羞？”妈妈仍只顾着逗小儿子，又转着圈把他举得高高的。“妈妈，你也抱抱我嘛！”女孩又开始叫。我注意到，孩子的眼圈已经红了，她偷眼看看我，使劲忍着不让眼泪掉下来，小脸憋得通红。妈妈压根没注意到孩子的情绪变化，仍在那自顾自地逗孩子。“妈妈，你抱抱我！”孩子声音明显带上了哭腔，“妈妈不爱我了，妈妈只爱弟弟！”小女孩的泪水再也忍不住滚落下来。

我紧盯着那妈妈，甚至想走上前提醒她一下。还好，她终于发现了女儿的不对劲，慢慢地停下来，走到女儿跟前。看到孩子真的哭了，她微微有点诧异，突然间又好像明白了什么，忙俯下身子搂住她的肩膀，亲昵地责怪道：“弟弟不是小嘛，妈妈怎么会不爱你呢，妈妈爱你和弟弟一样多！”委屈的女孩突然大声地哭了出来，妈妈连忙一边给她擦眼泪，一边连声道歉。她把女儿拉起来，一只胳膊抱紧弟弟，另一只胳膊把女儿也环抱起来，费劲地在地上转呀转，逗着女儿开心。那一幕我至今难忘，女孩哭着哭着就笑了，大声地笑，眼里带着泪花地笑！她的两只小手紧紧抱住妈妈的腰，小脸紧紧贴着妈妈的胸，那神态就像一个比弟弟还小的婴儿。她笑得是那么灿烂，那么安心，那么满足！小姑娘还时不时偷眼看向我，好像在说：“你快看，你快看，妈妈不光爱弟弟，妈妈也很爱我！”

买单时我对这个妈妈说：“你做得真好！”她愣了愣，然后不好意思地笑了：“两个孩子，真是没办法，小的还在吃奶，大的也不懂事。”我认真地对她说：“在你眼里，孩子有大小之分，但在孩子眼里，妈妈只有一个，妈妈就是她的全部。千万别忽略了女儿的感受，尤其是有了小弟弟，她最担心的事，就是她最爱的妈妈被弟弟给抢走。如果你无意中把这种感觉传递给了她，就等于让孩子陷入了不安和恐惧当中，这对她以后的成长影响会很大。”妈妈若有所思地点点头，冲我感激地笑了笑。走出饭店的门，我的心情特别地舒畅，真想给那个可爱的妈妈点个大大的赞！

亲爱的廉想妈妈，这也是我要对你说的话。别要求孩子去做个懂事的小大人，别让他小小的心灵过早背上沉重的负担。正确的道理孩子长大才会懂，他现在需要的，唯有平等的关注和爱。

我不爱她

仅凭外貌，让我第一眼便印象极好的就是这个小帅哥。为啥呢，他的长相有点像我喜欢的那个男演员——佟大为，属于那种五官单独看都不怎么亮眼，但凑在一起就特别精神、耐看。而且这个白净又干净的男孩还有点小深沉，话不多，见到我腼腆一笑，露出个浅浅的小酒窝，颇有点谦谦君子之风。

小曦的妈妈对待晚课特别认真负责。她曾是位体育健将，有着漂亮匀称的好身材，性格爽朗，长相甜美，我特别喜欢她快人快语，总是充满阳光、活力四射的样子。这娘俩每天的晚课来得最早，走得最晚，常见到曦妈陪坐在孩子身边，不停指点，耐心辅导，若见到教室里只剩下最后两个人了，一定就是这娘俩。不过，那孩子总是一副没精打采、蔫蔫的样子，与妈妈的神采奕奕、精力充沛刚好相反。

一天，我放学时路过小班教室，发现只有小曦一个人在收拾文具，便走进去看看。“妈妈还没来？”“嗯，她说今天有事，晚点过来接我。”孩子面无表情地回答。突然，我想试着敲敲这个孩子沉默的心门，便问道：“小曦，告诉校长，你爱妈妈吗？”“不爱！”我的问话尾音还没等落地，这两个硬邦邦的字便不假思索地从他口中跳了出来。我很是惊愕，继续问：“为什么回答得这么快？真的不爱妈妈吗？”“不爱！”他又一次坚定地回答我，没有一点温度，不带一点感情色彩。我俯下身，轻轻地问：“告诉校长，你不喜欢妈妈什么？”孩子低着头，很干脆地说：“她整天就知道看着我，啥事都管着我，除了学习还是学习，没完没了地唠叨，一点也不让我玩。”末了，又加上一句：“她一点都不爱我。”

送孩子出门时，迎面碰上急匆匆的曦妈，她看着儿子的目光中充满关切，上来便问："作业写完了吗？写得认真吗？都检查了吗？东西都收拾好了吗？没落下啥吧？"看着娘俩等电梯的背影，我的心沉沉的。曦妈是我非常欣赏的好朋友，她不仅性格开朗，为人率直，而且遇事总是替别人着想，谁的事都乐于帮忙，是个难得的热心肠。她对别人都这么好，何况是自己的孩子？可为什么，孩子的心竟和她如此疏远？

后来听带班老师和其他同学说，小曦私下里爱说脏话，甚至抽烟，喜欢跟一些不爱学习的小哥们一起玩。这个外表清秀、性格内向的孩子，难道还有不为人知的另一面？这个在我眼中彬彬有礼的小书生，在妈妈面前老实温顺的乖孩子，性格怎会有如此大的反差？看来得约曦妈谈谈了。因为是好朋友，也没有什么避讳，我直接问她：

"你觉得，孩子不喜欢你什么？"

"嫌我整天管他学习吧？你若是眼睛不盯着他，他整天想的就是怎么玩！"

"有没有想过，越盯着，孩子可能越逆反？"

"那也不能由着他啊，这刚上小学就这样，以后怎么办？"

"你很替他着急，所以什么都替他安排好，事事都得督促，对吧？"

"有什么办法，他基础差，只能天天补，不然更跟不上。我的超市每天忙得要命，还得一天到晚管他的学习，我都快累死了！"

"有没有发现，你对孩子的掌控欲很强？而且你越控制，他越反抗，是不是？我还告诉你，他越大你越控制不了，到那时怎么办？"

她轻轻地叹了口气说："其实现在，就已经很吃力了。"

原来这个总是阳光灿烂的妈妈，也有脆弱无助的一面。曦妈是个女强人，生意做得好，羽毛球打得好，为人处事好，家里家外样样打理得好，对孩子更是事无巨细，照顾得无微不至。可能，要强的妈妈都不解，不是说言传身教吗，为什么我这个妈妈那么努力，孩子却偏偏那么不争气、不自立、不要强呢？我生的孩子为什么一点都不像我呢？这是养育孩子中常见的悖论：龙未必生龙，凤未必生凤，要强父母很可能培养出个软弱的孩子。

作为父母，扪心自问，对孩子我们有没有这样的时候：让你做点啥都费劲，还不如我自己来！什么都做不好，样样都得我为你操心！家里什么事也不用管，你就负责把学习搞好！于是，父母做得多了，想得多了，代劳多了，孩子就不会主动去做、主动去想了。反正做什么你也看不上眼，反正我再怎么努力也赶不上你，反正我不做也有人替我做！孩子的手脚和头脑被闲置，慢慢懒散起来，同时学会了推卸责任，既然生活中不需要我负责什么，学习当然也一样。想想看，一个孩子，怎么可能其他什么事都做不好，却唯独能把学习当成头等大事呢?

我们总是试图规划和掌控孩子的人生，结果往往换来他的抗拒和远离。或许孩子小的时候还能做到表面顺从，但他的内心一定充满反抗。随着他一天天长大，当他有胆量独自走出家门时，内心压抑许久的不满便冲破束缚。于是，父母心碎地看到，自己辛辛苦苦养大了个仇人。换个角度想想，谁都不愿意被控制，包括父母对儿女，也包括夫妻之间。孩子学习的好坏取决于他想不想学，只要想学，没有学不好的孩子，他若不想学，你强迫他也学不好。什么样的孩子会主动学习?一个心态轻松、从小养成好习惯、和父母关系好、懂得负责任的孩子。

“是啊”，曦妈喃喃地说，“我母亲就是一个特别要强的人，我们姐妹四个从小就被要求必须听她的话，什么事都得经她允许。直到现在，我们都结婚成家了，她还啥都操心，大小事都得跟她商量，一个不高兴，我们四个就都得乖乖回家听训。其实我心里特别不喜欢她那个样子，我也曾发誓不做她那样的妈妈，可不知为什么，现在对自己的孩子却跟她如出一辙？”

后来，曦妈把超市转让了，腾出更多的时间和精力去照顾孩子。不过不再只是盯着孩子的学习，她会和孩子一起玩，陪孩子做想做的事，比如去登山、去郊游、去体育馆打球。我看到球场上奔跑着的小曦，他满是汗水的笑脸，散发着发自内心的快乐！我想，曦妈一定是明白了一个道理：如果暂时收获不了一个成绩优秀的孩子，最起码要培养一个品行端正，有毅力、有担当、身心健康的孩子！知识可以后补，孩子的童年却只有一次，有妈妈的爱做陪伴，让他在喜欢的活动中找到快乐、自信和成就感，或许就是打开学习之门的金钥匙。

曦妈加油！由衷地为你喝彩！只要想做个懂孩子的好父母，什么时候开始，都不晚。

善良的小天使

她是唯一一个，只要想到她就让我心动、心疼的孩子。与其他同学不同，婷婷不是因为有了成长问题来我们学校的，相反，她善良快乐，充满幸福感，是个难得的身心健康的好孩子。来报名是因为她同样善良明理的妈妈，担心自己的能力追赶不上孩子成长的脚步，所以她不愿放弃任何有价值的学习机会。这也是让我格外尊重她的原因。

如果我能有个女儿，那我希望是婷婷这样的。她长的不是最漂亮的，但淳朴可爱；她学习不是最拔尖的，但踏实努力；她总是以微笑的、善意的、信任的目光看待这个世界，仿佛在她眼中一切都是美好的。她从不给别人添麻烦，还有一颗水晶般单纯透明的心。

每个家庭都是孩子最初的成长摇篮，他们在这里汲取的养分和受到的影响，将决定他未来成为一个什么样的人。婷婷的家庭给她的最好滋养，应该是爱与和睦。婷妈特别重视孩子的成长，虽然家里的海鲜生意需要起早贪黑特别辛苦，但只要到了晚课时间，她一定会放下手头的生意，换上大方得体的衣服，施以素雅淡妆，早早地赶来听课。课堂上，她的眼神会一直追随着老师，不错过一句话、一个字，认认真真地做笔记，像个一丝不苟的小学生。她甚至还叫上刚刚大学毕业的大女儿来学校一边帮忙做义工，一边跟着学习，也为妹妹的成长尽份力。婷爸是位老实憨厚的慈父，虽家业不菲却勤劳肯干，对妻子的选择更是百分百地支持。这一家人，如同数个聚拢在一起的火盆，充满着温暖、向上的力量。

婷妈，我一直想对你说，你已经很优秀了，不要有那么多的顾虑和担心。其实，家庭教育本来就不是一门多么高深的学问，它与父母学历、职位高低没有多大关系。博士教授未必就能把孩子教育好，农民的孩子也一样能成龙成凤！父母善良宽厚的品格，懂得成长的心态和源自内心的爱，就是培育孩子成长最丰沃的土壤。想让孩子有好性格，父母慈爱平和就够了；想让孩子学会为人处事，家人相互尊重礼让就够了；想让孩子一生幸福，让他看到父母相敬相爱就够了。请相信大道至简，最朴素的道理就蕴含在父母日常生活的一言一行、一举一动中。你们已经做得很好了。让人钦佩的是你们选择了坚持自我成长，做孩子的榜样，要知道，家长的这份觉知和努力是孩子此生最大的福气。

记忆中最深的，是在即将离校的那个晚上。婷婷和她的妈妈、姐姐仍如平常上晚课一样，娘仨一起来到我的办公室，尽管那时学校已经停止运营，我也准备近期离开了。能看得出，这一家人的眼里都是关切、担心和不舍。婷妈和姐姐坐在我对面话家常，婷婷拿了本书坐在旁边的沙发上看。不一会儿，她放下手里的书，打断闲聊中的我们，对妈妈说："妈妈，妈妈，你快给校长讲圣经里的那个故事啊，讲那个遇到很多很多困难的人，特别坚强的故事！妈妈你快讲啊！"说完举起那本书，挡住自己的小脸。

我笑着问婷妈："怎么？婷婷让你给我讲故事来了？""是啊，孩子听说你要走，每天都在家偷偷难过，她说舍不得校长，怕以后见不到你了。我们一家都信基督教，婷婷特意让我买了本新的《圣经》，我给你带来了，有空的时候你看看，静静心。她让我给你讲的是书里的一个故事，一个让你别怕困难，要坚强的故事！"婷妈的眼圈红了，低着头说不出话来。我也不由眼眶一热，回头对沙发上的婷婷说："傻孩子，校长没事的，你放心，我很坚强的！"挡着孩子小脸的书并没有放下，她躲在后面问：

"校长，我明天可以来看你吗？"

"当然可以呀。"

"我可以在你走之前，天天来看你吗？"

"好啊，谢谢你来陪我，校长喜欢和婷婷在一起。"

"那校长，你走了以后，还会再回来看我吗？"

孩子的声音突然哽咽！我走到沙发前蹲下来，轻轻地拿开那本颤抖着的书，看到一直躲在书后面的，我心爱的小婷婷，她圆圆的小脸蛋上布满了泪痕！她使劲忍着不让自己哭出声，泛红的大眼睛依依不舍地紧盯着我说："校长，你这次走了，以后就再也不回来了是吗？"说完，她再也忍不住哇的一声哭倒在我的怀里。亲爱的宝贝，到此时我仍无法形容那一刻的心痛，那被涨得满满的痛，被割得空空的痛，那无法言述的、铭刻今生的痛！

亲爱的婷婷和你们全家，一别多年，你们都好吗？请放心，那本装帧精美、沉甸甸的圣经一直都在我的案头。婷宝贝，谢谢你再一次教会我，什么是爱和坚强。请放心，校长做到了！未来我们一起勇敢、快乐地生活。

选择无悔

此生，从没有一件事能让我如此热爱，即使倾尽所有也在所不惜。此后，再也没有什么事，能让我付诸一腔心血，无怨无悔。

我曾见到一幅漫画，主要是形容我们的孩子上学前后的变化。走进校门之前，他们形状各异，长的短的方的圆的，每个孩子都与众不同。经过数年的制式化教育统一打磨后，走出校园时，孩子们却都变成了同一个版本——方方正正、规规矩矩的样子。那幅漫画给我留下了很深的印象，它也许想表达的是学校教育在某种意义上固化了孩子们的思维模式，束缚了他们头脑中的感知力、想象力和创造力。那么，这些孩子的内心又是什么样的呢？那些由家庭来负责编程、最初输入的品行、能力、习惯、情商等做人的根基，我们的父母又构建得如何？当有一天，我们的孩子通过这样的家庭教育走上社会，是否能顺利通过坎坷人生的重重关卡？

孩子不仅是家庭的希望，更是国家的希望，而家长和这个社会都不够重视对祖国未来的培养之道。当初选择家庭教育这个课题时，我是真心实意想做点事，期待着自己能点燃星星之火，点亮家长们的一点成长意识就好，能唤起这个社会的一丝警醒也好，但是，我能力所及的实在是有限。与众多家长接触后我发现，他们不是不懂这些道理，但却选择了盲从，盲从于应试教育和分数至上的现状，也盲从于自己停滞成长的思维，对孩子的未来采取的态度是随波逐流，而不是清醒的认知和扎实的改变。试问，孩子纵有再高的智商和学历，如果他们的生存本领与心智德行都虚弱无力，面对弱肉强食的现实社会，孩子又凭什么能过好这一生？

我无意也没有资格去评判什么，只是看到的遗憾和痛悔太多，也包括对自己的孩子。所以，对这个未竟的事业总是心心念念，割舍不下。我们的国家越来越强大，发展速度赢得了全世界的瞩目，可跑得越快越需要一个强有力的根基，那就是国民素质的强大，而父母和孩子，就是我们的国民，少年强则国强，再穷不能穷教育，教育是立国之本！

我只是个名不见经传的小人物，只是误打误撞地走进了家庭教育事业，我的孩子也已经长大。觉知、自省与成长的心态，是每个父母身上最贵重的品质，它一旦被激发和点燃，关乎的就是一个家庭、一个家族，甚至一个国家的未来命运，还有什么比这更重要？

亲爱的，请千万不要忘记你的“父母”职称。你是与孩子同龄的，他出生那天，也恰恰是你的新生；对于孩子的身心成长，你这个匆匆上路的新手是无知且盲目的，也是极容易出错的；而教育孩子，是没有回头路可走的，错过的就很难弥补了。最可怕的教育，就是“你不知道自己的不知道”，那是一把最伤人的剑，能让这世间最真挚的父母之爱，变成对孩子最深的伤害！既如此，怎能不心存敬畏、端正认知、自觉地、用心地从头开始学起？

感恩那段日子和坚定与我走在一起的家长们！从你们身上，我学到了很多，和你们在一起的每一天都值得用心记忆。忘不了最后一次家长座谈会，我为孩子们对你们再次叮咛嘱托，你们紧握着我的手，流下真诚挽留的泪水；忘不了一切结束后，你们不放心地轮流陪伴我，带着亲手做的热饭热菜，当我说：“怎么，担心我从这 22 楼跳下去吗？”说完我笑了，你们却哭了；忘不了那个先天腭裂却快乐如小燕子的日本籍宝贝，妈妈告诉你以后不能再来学校了，你哭着找到我说：“校长，你为什么要走？你答应过我的，要每天给我一个拥抱，你走了以后，谁来给我拥抱？”

我可爱的孩子们啊，校长欠你们每个人一个拥抱！你们不能理解，为什么不能再和小伙伴一起，坐在蒲团上看书、拼图、做游戏、练跆拳道了；你们也不明白，为什么不能再拿着话筒做小主持人、唱歌跳舞、说出自己的梦想和想对爸爸妈妈说的知心话了；你们不会明白，为什么不能在那个宽阔的大阳台上嬉闹奔跑，拔河、跳绳、踢毽子了；你们也不会知道，为什么不能再跟老师一起，头碰头、肩挨肩地趴在垫子上开心地学习和游戏了。

宝贝们，还记得你们冒着三十多度的酷暑去街上卖报吗？我的小报童从六七岁到十几岁，很高兴看到你们被晒得红红的小脸蛋上都流淌着开心幸福的汗水！

你们用自己的努力赚来了不少的钱，因为有那么多陌生的路人无私帮助。他们和你们拍照，给你们拥抱，跟你们一起叫卖，一块钱的报纸他们投到箱里的是五块，十块，五十块！你们鞠躬致谢，开心雀跃！你们获得了从未有过的骄傲和自信！你们用募集来的钱换成新鲜的水果和营养品送到敬老院每一位爷爷奶奶的手上，你们认真排练的节目带给他们多少欢声笑语啊，告别时，那些老人家拉着你们的手迟迟不舍得松开，颤巍巍地送到门口还在叮嘱："孩子们，一定要常来看我们！"

亲爱的孩子们，校长记得和你们在一起的每一天，记得你们每一张可爱的笑脸。或许，我只是你们成长路上偶遇的一点烛光，虽微弱短促，却奉献出一颗滚烫、真挚、深爱你们的心！分别后的日子里，这颗心也一直装着满满的祝福，愿我的每一个宝贝都能健康、快乐、平安地成长！孩子们，那时每天都要诵读的《弟子规》，你们背熟了吗？请别忘了我们一起养成的好习惯：尊敬父母，善待他人，书本玩具物归原处，学习结束椅子推回原位，自己的地盘自己清理，吃光餐盘里的最后一个饭粒……对了，我们那首小诗怎么读来着？

流自己汗，
吃自己饭，
自己的事情自己干！
靠天靠地靠爹娘，
不算是好汉！

还有那些我亲爱的员工、优秀的合作伙伴、可爱的小老师们，你们都是陪伴我披荆斩棘、坚定前行的战友，是你们帮我撑起了那段虽然短暂，但每天都需要不断拼搏、进取的日子。千言万语沉淀于心，请让我对你们说一句："对不起，谢谢你们！"我们一起哭过，笑过，煎熬过，重要的是一起奋斗过！抱歉，我这个不合格的校长没能给你们一份长期的工作，但我深信，即使多年过去，当回忆起那段朝夕相处、甘苦与共的日子，你们会和我一样，能发自内心地说上一句："那段路，那段经历，那时和你在一起的每一天，都值得。"

儿子曾对我说："妈妈，说真心话，我从来没认为你的学校办失败了。虽然赔了很多钱，但你至少挽救了十个孩子，十个家庭，他们的一生都可能因为你而改变，难道你觉得不值吗？"儿子，那不是挽救，是唤醒。这个世界没有救世主，每个不甘心被命运摆布的人只能自救，我只是尽力做了那个将他唤醒的人。我从来没有后悔过，这一定是我做得最正确的事，只是我没有能力把它做好。值与不值在于心，无关结果。一件真心热爱的事，做过，好于错过。

有时在梦里，我依稀能听到孩子们诵读《弟子规》时的书声琅琅。某个瞬间，会突然忆起尘封已久的，家长们每天一起大声诵读的校训《致远一家》：

少年强则国强，

父母强则少年强。

教育是兴国之本，

家长是教育之根。

父母好好学习，

孩子天天向上。

自省、改变、自律、成长，

为家为国育栋梁！

那个声音，久久回响。那份初心，一直在路上。

第八章　陪　伴

豆浆事件

创业失败的经历像一枚楔入心底的钉子，坚硬也尖锐，只能默默把它封存起来，不敢触碰。回家吧，当身心疲惫时，那是唯一的去处。这或许也是老天在提醒我，漂泊打拼了十年，也该停下来了，父母的身体已一日不如一日，他们现在需要的不仅是金钱，还有陪伴。

想想春节后踌躇满志地离家，到了秋天却两手空空地归来，心境真是有点儿尴尬和悲凉。其实，那时我很想躲到一个没人的地方安安静静地待着，不说话，不见人，什么也不想、不做，最好能闷头睡上几天。但我知道这不可能，那样父母会担心，以往每次回家都是高高兴兴的，收入满满，我也一贯是报喜不报忧。这些年他们从不知我在做些什么，我习惯了不说，他们也习惯了不问，或许他们眼里的女儿就应该是阳光灿烂、无所不能的吧。我命令自己振作起来，既然决定回家，那就好好照顾他们，从一日三餐开始，构建父母的美好生活。

回家当晚，一夜辗转，睡得不好，第二天早早起来做早餐。早就惦记给他们打豆浆，父母总是摆弄不明白料理机，一直闲在那不用。妈妈一大早就起来了，一个人躲在屋子里，把柜子里的东西翻过来挪过去，也不知在鼓捣些什么，开饭时叫了好几遍才出来。这次回来觉得她怪怪的，总是一脸不高兴，也不多看我一眼，好像忘了女儿已大半年没回家。随便吧，早已习惯了她的阴晴不定，说实话，我也真的没有心情理会。正吃着饭，怎么也没料到的是，妈妈突然啪地一摔筷子，愤然起身说："你们就欺侮我吧，一回来就不安好心！"说完站起来就走，再把门哐的一声使劲关上！剩下我和老爸疑惑地看着对方：这是怎么了？什么情况？

我赶紧出去追，好歹哄了回来，问她为啥生气？妈妈余怒未消地大声喊："一家人吃饭，凭啥对我不一样？你安的什么心？"我懵懵地问："妈，说什么呢，什么不一样了？""你自己看看这豆浆！你们的就浓，我的就稀！你们给自己喝好的，给我喝这不好的！"这是哪跟哪啊？同一个料理机出来的豆浆，怎么可能有干有稀？天地良心，我真没往妈妈那碗里兑水啊！任凭我怎么解释，妈妈依旧不依不饶地生气，一整天都关着门不出来，除了吃饭时。最让人哭笑不得的是，她竟一边吃饭一边用筷子用力捣着桌面，口中恨恨地说："哼，不吃白不吃！钱都是我挣的，凭啥不让我吃！"我怎么也想不明白，她这是怎么了，早已经过了更年期啊，怎么变得这么不讲道理？尤其对我，更像个分外眼红的敌人。

妈妈好像和豆浆结下了莫明之怨，大概隔了三五天吧，我不长记性地又打了豆浆，不过这次学乖了，给她用大碗，盛得满满的，看你老人家还能说啥。结果，她居然又发火了，生气地说："别人都是一大碗，就给我倒一个碗底，没等喝就没了，你们合起伙来欺负我，饭都不让我吃饱！"她说完便摔门而去！我出去找她时，人家正在跟小区的一个阿姨痛诉这件事，我只听到一句"顿顿都不让我吃饱"，那个阿姨临走时还眼神怪怪地斜了我一眼。我彻底服了，苍天啊大地啊，窗外有没有下雪啊，我真的比窦娥还冤啊！

我问老爸，妈妈平时也这样吗？是不是得了什么疑心病了？老爸回答说："她跟我在家时也不这样啊，虽然也不讲理，但没这么严重。打从你回来，她心里就像是憋着股气，看什么都不顺眼。"看来真是我的错？难道我压根儿就不该回来？瞬间觉得自己像一只迷途的羔羊，到哪儿都不受欢迎，难道这不是我自己的家吗？闲时仔细观察妈妈，盯着她的一举一动，除了不爱说话，脸总阴着，喜欢一个人待着，没看出什么不妥。好在她只跟豆浆有仇，吃别的并不耽误，大不了这豆浆，以后就戒了。

其实还有不妥，妈妈对我明显不如以前了。以前虽说不很亲近，但也不至于这么疏远，她也知道女儿在外面很辛苦，有时还会在电话里关心地嘱咐几句。我也就半年多没有回家，一切怎么就变得不一样了呢？我心里说不出的失落和疑惑，却不知问题出在哪，加上那时心被塞得太满，没有空隙想太多，所以，也就没往深了想。豆浆只是突发事件，大多时候一切正常，妈妈仍穿红挂绿地拿着扇子去跳广场舞，老爸依旧小区里溜溜达达地找老朋友闲聊，我则安安分分地负责后勤膳食工作，心里想着妈妈大概是这阵子心情不好吧，过一段时间应该就没事了。

俺是小偷？

我每天忙完家务，晚上会出去走走，家离海边十几分钟路程，空气格外好。我发现人在快走的时候脑子可以不想事，空旷的街道舒爽干净，不像待在家里那么沉闷。或顶着风，或迎着小雨，或夕阳正好，还有一路色彩缤纷的花草树木，搬到这来六七年了，很少有空看看这周围的好景致，真是浪费了。不是说运动有助睡眠吗，走上一个小时的路，晚上或许能睡个好觉。

距离豆浆事件没几天，晚上散步后回家，开门，换鞋，我一抬头就被吓了一跳。妈妈的一双大眼睛正紧紧盯着我，一副提审犯人的样子询问道：

“你干什么去了？”

“出去散步啊，刚回来。”

“说，把东西藏哪儿了，是不是转移了？”

“什么东西？转移什么？”我又做了丈二和尚。

“别以为我什么都不知道，我的东西都让你偷走了，天天往外偷！”

我想去摸摸她的脑门，手被她啪地打到一边。

“怎么？还想动手啊？”

“妈，你的衣服都是我给你买的啊，怎么还会偷？”

“你买的？睁着眼睛说瞎话，你什么时候给我买过一件衣裳？你就是个贼！”

我彻底晕了，都是些什么乱七八糟的？但看着妈妈正义凛然、斩钉截铁的样子，一点儿也不像开玩笑，我严重怀疑她的头脑出了问题，要不然，就是我有问题了。

绕过老妈凌厉的眼神，我这个云里雾里的“贼人”讪讪地坐到沙发上陪老爸看电视，心里想着，找空得带她去医院看看，一定是得了什么病吧？会不会是精神方面的病？可她平时吃饭说话睡觉都很正常啊。正胡乱想着，忽听见卧室里衣柜门咣当一声，这老人家又在鼓捣什么呢？不一会儿，妈妈一阵风地走过来，怀里抱着一大堆我的衣服，什么单的棉的长的短的羊绒的羽绒的，一副人赃俱获的样子，她冲我大声质问：“你说，这都是哪来的！全都是偷我的！连我结婚时的衣服都偷走了！”她回头冲老爸喊：“你说，这是不是咱们结婚时买的？”看老爸扭过头不理她，便又转向我，我真真切切地从她的眼神中看到了憎恨。她突然咬牙切齿地说：“你们俩怎么坐在一起？你敢勾引我老头？你这个不要脸的东西！”

即使我猜到她一定是病了，这几个字也如凭空射来的冷箭，让我无比心寒！它瞬间掀起了一个疤，一个我最不愿想起的疤！我一言不发地看着她把衣服抱走，再听着她一边低声咒骂，一边把它们统统塞进自己的衣柜，回头看见我在门口，便怒冲冲地关上门。我呆呆地站了好一会儿，突然感到了问题的严重性，不会真得了精神病吧？让爸爸仔细想想她还有哪里不对劲，老爸说：“没太看出什么啊，就是忘性大，干啥也不利索，以前也这样啊。对了，前些天总嚷嚷着楼上有鸡叫，怎么说也不信，没办法我带她上楼去看，根本没有的事，楼里怎么可能会养鸡？这耳朵咋还有毛病了呢？你没回来前也没这样啊。”看来这是一种只针对我的病，因为她从不攻击别人，就是看我怎么都不顺眼。

我再次严重怀疑自己有问题，为什么是再次呢？父母搬来海边六七年的时间，我大多时候不在家，一年回不来几次，当然过年是一定要回的。可是几乎每次回家过年，父亲都会犯病住院，简直是太奇怪的巧合了。我真的记不清有多少个元旦春节是在医院过的了，侄儿曾无奈地开玩笑说：“人家老两口平时都好好的，你一回来就有事，不是住院就是抢救。姑姑啊，看来你就适合在外赚钱养家，不适合回家。”看样子我这次回来轮到母亲犯病了。我还打算就此留下长期孝顺他们呢，到底是对，还是不对啊？

不过接下来几天我真就成了她说的“贼”，得趁她上厕所或跳广场舞的时间，赶紧溜进房间去“偷”出几件更换的衣服，其他的一概不敢动，被发现了免不了又得吵闹。也不知我究竟是不是这个家的“煞星”，那几天老爸也有点不舒服，躺着不敢动。想着等他身体稍好点，就赶紧带老妈去医院检查，最好也能有医生给我查查，我的病叫怀疑人生。

你是谁?

天气难免阴晴不定，人的心情也会有好有坏。记得那日老妈情绪格外好，从早上起来便对我十分友善，说话也客客气气，好像前几天的无理取闹压根儿和她没关系，完全是另一个人所为。我也放松了警惕，想着可能人越老越像小孩子，偶尔会耍点小脾气吧，也许是我想多了，妈妈根本没什么事。

我的美梦只维持到吃晚饭的时候。妈妈端着碗，突然盯着我看，然后笑眯眯地说："姐姐，你啥时候来的？"爸爸放下了筷子，我吃惊地抬起头，诧异地问："妈，你说什么呢？"她清清楚楚地说："你是我姐，我是你妹妹啊。""妈，你别吓唬我，我不是你女儿吗？""瞎说，我哪有女儿，我就一个儿子，我儿子叫小军。"我愣愣地看着她，像被谁在头上狠狠地敲了一闷棍，整个人都懵了！"妈，你好好说话，想好了再说，认真想想我是谁？""你不是我家的保姆吗？从那个村儿来的，是我们家花钱雇的。"一阵寒冷彻骨的恐惧向我重重地压了过来，我知道，这次逃不掉了，我，妈妈，这个家，又有新的灾难降临了。

我颤抖着双手，上网搜索——老年痴呆。偏执、幻听，幻想、多疑、健忘、焦躁、胡言乱语……我不敢往下看了，接下来的都是恐怖，令人无比恐怖的信息！仅前面这些症状就基本吻合了。仔细想想，其实她以前不顾一切地、执拗地种地瓜时，就应该已经是病态了，是我们太大意，没往这个病上想。无论有没有想到，能不能接受，这个虽不致死的癌症，却是最耗人心血的恶魔，就这么无声无息地来了。泪水如潮，一点点蔓延，吞噬掉我所有的坚强。

之所以如此恐慌，是因为我对这个病的了解。前几年，有位熟识的朋友提起过，她的父亲得的就是这个病，而且病人的症状很古怪。病人的舌头无法收缩，始终伸在外面，根本没办法吃饭，只得用注射器往嗓子里打流食，可就这样，老人仍活了十几年。她父亲这个病是一点点发展的，从神志不清到不能自理，儿女遭的罪、受的折磨就别提有多少了。好在她们有姐妹三个，却也在这些年患上了或轻或重的精神疾病。大姐患上了严重的神经衰弱，整夜整夜的睡不着觉；二姐最严重，得了抑郁症，总是想要自杀，家里得专门有个人紧盯着。朋友和我说到这些时，满脸都是悲伤，她的性格也很忧郁内向，刚刚四十几岁已经是满头的白发。记得她最后说了一句：“去年，父亲总算过世了，我们姐几个也被毁了。”

难道从此之后，我的妈妈将不再是一个正常人，是比不正常还要可怕的阿尔兹海默症的患者？这是一种让人无比憎恨的病，它虽不会夺走人的性命，却让人活得不人不鬼！病人从思维混乱开始，再慢慢一点点失去记忆，亲情泯灭，全身的机能一样样丧失，最后发展到不能说话走路，不能咀嚼吞咽，大小便不能自理，除了躯体还活着，大脑里所有的意识都会死去！如果说父亲的病让我时时担惊受怕，母亲这个病让我感到的是巨大的绝望！还有什么比好好的一个人，无由地跟痴呆扯上关系更让人痛心难过的呢？

那个我叫了四十年“妈妈”的人，现在，不认得我了！她第一个不认识的人，就是我！她第一个忘了的人，就是我！那是一种形容不出来的痛，我像是从她的身体里割离并随意抛弃的一个部件，就这么和她切断了联系。她自己吃苦受累了一辈子，终于到了安享晚年的时候，怎么偏偏得了这种病？她是那么要强的一个人，那么不服输的一个人，怎么就被这个意想不到的病给缠上了？网上说大多是七八十岁的老人才容易得这种病，可妈妈才六十多岁，难道她这一生就要这样悲哀地走向完结吗？

医生的诊断证实了我的猜测，只是他说的比我查到的还要严重得多。母亲患的是精神病型的老年痴呆，是最能折腾的一种。她不会像大多数病人那么安静，很有可能是不可控的狂躁和精神分裂型，而现在表现出来的症状仅仅是开始。我们在医生办公室咨询了好一会儿，除了妈妈在无所顾忌地胡乱说话，我、爸爸和两个孩子都陷入了沉默。医生是位老教授，他充满同情地说：“你们要有个心理准备，这个病，医院不收，养老院不留，只能子女遭罪，因为她会影响别人。而且这个病不耽误病人寿命，说白了，就是折腾别人。我有很多这样的患者，他们自己不耽误吃不耽误喝，可侍候他们的儿女却有很多得了抑郁症，你们可得想开点啊。”

是啊，我知道。想不开又能怎么办呢？命运又一次射出了冷箭，接与不接，它都来了，只能随它去。两个孩子都得工作，我也没有权利把他们卷进隔辈人的苦海里来。父亲既顾不了自己，更顾不了母亲，他只会更讨厌母亲，母亲只会影响他正常的晚年生活。我突然感到很无助，很沮丧，因为他们两个让我看不到任何希望。一个是随时有生命危险的心梗，一个是折磨人的精神疾病，今天已经让我如此累心，明天，又会发生什么？

嗨，那个父亲和母亲“唯一”的孩子，你的力气，还够吗？

迟到的手术

永远忘不了许多年前父亲心梗突发，无力承担高昂手术费时的心情。90 年代初，我是个连几千元都拿不出来的打工仔，那个经历让我对自己无比失望，像做了个不可饶恕的罪人。也从那时明白了一个道理，别谈什么孝与不孝，在疾病面前，没有钱，你就是谋害亲人的凶手。

记得在兰州白云观，有位道长曾对我说：“你赚的钱都是给别人花的，父母是你终身所累，但钱到就行，最好能远远地尽孝。”倘若再有机会拜访，非得请这位道长好好指点一下：我要如何做才能远得了？果然，我一回家又天下大乱：老妈的病刚被确诊，父亲又犯病住院，医生说想活命只剩最后一条路，支架或搭桥，必须，马上。父亲沉默着不说话，眼里全是求生的渴望，尽管以前他说过要选择保守治疗。我坚信老天有双法眼，能窥见我腰包里有多少存货，必保有钱就有事。好在创业之初，我已预留出这部分应急的钱，这就派上用场了。我们决定去东北姑姑家那边的省城的医院做手术，他们已提前帮忙安排，请了最好的专家。牵上不懂事的娘，搀着对未来充满希望的爹，走，让我带你们坐飞机轮船出远门去。

母亲在飞机上各种折腾，不停地吃、喝、说、上厕所，着实让空姐忍无可忍，总算将就到飞机落地。她老人家在出闸的人流中大声感叹道：“这个船可真大啊，在天上飞了这么半天，这回总算是下火车了。”旁边的人惊奇侧目，她紧跟着再来一句：“你没看见吗？刚才在路上，碰到好几只大老虎。”眼见那人加快脚步，落荒而逃。那时，母亲的意识刚开始混乱，好在能自如表达，胡话说得跟真的一样，而且决不许你辩驳。我们确实一路坐了轮船高铁飞机，加上出门前曾看到电视里有老虎，所以她说的基本也是实话，只是排列组合出了问题。

到了省城，亲爱的姑父把一切都安排好了，把妈妈托付给姑姑照管，我带着老爸去住院。正常来说，做支架不算大手术，可父亲的病太重了，手术进行了近六个小时。主治医生指着造影图像告诉我，父亲的血管质量很差，有先天畸形，是他遇到过的最难处理的病例之一。父亲从手术室被推出来时，脸如白纸，浑身发抖，身下尿湿了冰凉的一片。我无法体会他经历了什么，但无疑是在鬼门关前打了个转，幸运的是，手术还算成功。那一刻，我像卸下一副千斤重担，终于能松一口气，这个让我提心吊胆的、欠了整整十年的债，终于还上了。

陪伴父亲住院，依旧是我一个人，早已习惯。父亲得先在重症监护室观察几天，病房里满满的病人，我只得和衣躺在父亲床边的水泥地上……转回普通病房时，邻床的大叔问：“老哥，家里几个孩子啊，怎么就这姑娘一直守在这，也没个人替换？”父亲想了想说：“还有个儿子，在国外呢，回不来。”我听了忍不住想笑，这个借口不错，听着还挺高大上的。哥哥是被这个家遗忘的人，每当尝试提起，父亲就会决然地说：“我没有儿子，将来我死，也不要告诉他！”这对如同仇人的父子间的历史遗留问题太多，分不清孰对孰错。记得以前刚给父亲接屎接尿时，他总是恨恨地叹气和低声咒骂，大多是在骂不争气的自己和指望不上的儿子。随着住院的次数多了，也就无所谓了，女儿经千锤百炼，完全可以当儿子来使唤，父亲也一点点看淡了男女有别。凡事，习惯成自然。

住院是考验人的耐心的最好方法，一瓶接一瓶徐徐滴落的药水，昼夜不停地把父亲拴在病床上。劫后余生的他显得苍老无力，看着他花白的须发，我在想，父亲年轻时是个篮球健将，能在下班后骑自行车到几十公里外去打鱼，身体真是棒棒的。可惜他脾气暴躁，又嗜好烟酒，用他自己的话说，那些年我喝过的酒，得用油槽车来拉。至于烟，从我记事起，一家人就云里雾里饱受熏陶，妈妈、哥哥都因此得过肺结核，记得哥哥实在受不了天天打针，曾把药偷偷扔到房顶，为此挨了不少打。父亲的烟龄和酒龄应该有三十多年，直到五十五岁被宣判心梗时，被医生一句话彻底戒掉：要烟酒还是要命？原来抽烟比喝酒更损伤血管，什么病都不是一天得的。记得妈妈当年曾向爸爸无数次赌咒发誓说：“你要能戒烟戒酒，我就能戒饭！”这个誓言始终没有履行。

躺在病床上的父亲，虚弱也孤单，陪护的人无法体会病人的痛苦，还好，这次迟到的手术重新带给了他生的希望。于我，这也是个警告，人，真的要学会爱护自己身体，否则，病痛会毫不留情地惩罚你。除去难以忍受的痛苦，可能要搭上你的余生，更可能不仅仅是你自己的余生，还要连带上儿女的未来。且不说我唯一的儿子将来孝顺与否，能力如何，有没有时间和精力陪伴照顾我。单就那份被病床套牢和被人侍候的无奈与不安，就足以击垮一个人的心智，更何况，还有无人体会与替代的病痛折磨呢。

找空回姑姑家换洗衣服，可想而知，妈妈肯定给他们添了不少麻烦。果然，故事一大堆，很是让老两口忍了又忍。记得那天，姑姑一脸无奈地望着她疼爱的侄女，叹着气说："这两个老的，真够你受的。我让你妈自己洗洗内裤，知道她说啥？留着让你洗！我说那不是你姑娘吗，孩子都快让你们给累死了，你就不知道心疼心疼她啊。你妈振振有词地说，养姑娘是干啥的？就是让她干活的！你说她糊涂吗？都糊涂了怎么还知道欺侮人呢？"我咧嘴笑笑，抱抱红着眼圈的姑姑，亲爱的姑姑，没事的，我已经习惯了，还好有你心疼我。

父亲出院后在姑姑家暂住休养，我带着老妈回了一趟东北老家。趁她还有点记忆，趁着她还能走动，再看看老房子、老邻居和老朋友。那个有她大半辈子记忆的小城，以后恐怕是认不得也回不去了。此行，了结了父母各自的心愿，姑姑家也被叨扰得鸡犬不宁。好，目的达到了，率二老海陆空起驾，胜利班师回朝。

水火不容

生命是用来珍惜的，尤其是老夫老妻，因为余生已不长，可惜那时的妈妈已经听不懂道理。我猜想，可能是病魔给了她某种暗示，让她以后不必再委曲求全，可以任性地做自己，让压抑多年的不满得以释放，不必再有所顾忌。

父亲的病需要安心静养，母亲的病则是可以为所欲为。每逢同一个屋檐下发生遭遇战，我自然是负责灭火的调停专家。他们间最主要的矛盾是，母亲话多不让人，父亲话少也最讨厌多话的人。从小我就没盼着他们能坐下来好好说话，她说他说话又臭又硬，他说她胡搅蛮缠不讲理，两人不说话还好，一说就吵。以前是母亲隐忍得多些，搬到新家后就不一样了，她开始勇敢地向父亲发起挑战：

“哼，受了你一辈子了，现在孩子都大了，我才不受你的气呢！”直到添了这病，她虽变得半明白半糊涂，口齿竟是越发伶俐了，吵起架来更是无敌。老爸始终不相信医生的诊断：“她根本没病，我看就是装的！天天一句话都不少说，反应比谁都快，你说一句她有十句等着，这是痴呆？”

母亲对父亲的反抗从饭桌开始。她不留分寸地说：“吃饭从来都不管不顾，好吃的都让他吃了，眼睛专往肉上盯！你看那咸鸭蛋，哪瓣黄大他挑哪瓣！叭唧嘴的声那么大，一辈子的巴结命！”这话听着确实让人不舒服，估计以前妈妈只敢在心里说，现在怎么就突然搬到桌面上来了呢？这让说一不二的老爸怎么可能不动怒呢？于是争吵开始。旁听的时候我在想，小时候家里有点好吃的，妈妈确实总让着爸爸或者省着给我和哥哥，自己从来舍不得多吃一口，即使后来生活好了，妈妈吃东西也很有分寸。我知道她是习惯了，一个总让着别人的人，相信她是心甘情愿的；更能理解，妈妈并不想争那口吃的，只是想让我们知道和看见，她惦记我们、对我们好的那份心。可惜，她不懂得好好表达，病了以后更不会了。

斗争并没有结束，紧接着，同床共寝的床又出了问题。一日，天还没亮就听见他们在吵，仔细听是在表达各自的受不了：母亲受不了父亲的打呼噜、说梦话、磨牙、拉长声地打哈欠，父亲受不了她天不亮就开始窸窸窣窣翻东西、叠被子、鼓捣个没完，总之横竖看对方都不顺眼，两个忍无可忍的老同志坚决不肯再睡在同一张床上，于是找我来断官司。闹起来没完的任性爹娘啊，那间唯一朝阳的大卧室给了你们，你俩再分居我们就得搬出去住了，您二老能不能暂且忍忍？老爸沉默着不说话，不懂事的妈妈却是一副有他没我的架势，这病，让她变得强大。

其实在同小区还有处房子，因家里不够住后买的，基本空着，但这实在是两个不知何时会引爆的炸药包，身边是不能离人的。聪明如我，活脱脱被逼出个一箭双雕的好办法：拆掉那张双人床送给侄儿，那时也给他买了房，刚好缺张床。给他们换成两张单人床，各自靠墙而放，中间留出宽宽的过道，一边再配一个床头柜，如此隔开可好？再不成中间给他们拉个帘儿？侄儿回来看了哭笑不得地说：“姑，你真有才，硬是把咱家给变成旅馆了。”儿子回来看看叹着气说：“妈，你就是太惯着姥姥姥爷了，所以他们才这么能折腾，都不知道心疼你。”儿啊，我能怎么办呢？他们老了，身体都不好，都情有可原。

让儿女给评理的父母，是最会难为孩子的家长，可那却是我常常扮演的角色。

小时候怕妈妈挨打，总是私下里偷偷相劝道："妈，你就少说几句，咱躲着他点，要不然多吃亏。"妈妈照例倒出一大堆委屈后，最后总结说："我知道，你心里一点都不向着我，就向着你爸！"劝老爸时，他会说："我承认打人不对，但我这个人讲理，是她胡搅蛮缠。"但当着妈妈的面，他绝不会认错，所以我的劝说基本无效。现在也一样，我劝甲方："我妈有时神志不清，她是个病人，你不能跟她一样。"甲方回答："没病时她也这么不讲理，我还有病呢。"再劝乙方："妈，你别光挑我爸的毛病，多想想他的好处。"乙方回答："他哪有好处？这辈子他对我没有一点好！"

我真的佩服父母他们那一代人，打打闹闹一辈子，居然也能白头到老，是什么样的信念在支撑着他们如此坚守呢？有人说，让一个家和睦关键在于"好好说话"，他们却做了彼此一辈子的差评师，争了一辈子输赢对错，结果争来的是无法和解的怨恨和一身的病。有段时间老爸闹着非得去养老院不可，他就想要肃静，就一个目的，只要不跟妈妈在一起就行。而妈妈这些年的口头语则是："要不是看你俩，我早就不跟他过了！"可他们几乎没想过要离婚，打得再凶也没想离开那个共同的屋檐，好像这也是一种隐形的对抗：你有本事就别跟我过啊，看谁能耗过谁！于是，就这么搭进去了彼此的一辈子。

我知道，妈妈的病绝不是一天得的。她本来就性格内向，遇事爱想不开，用爸爸的话说就是小心眼儿，钻牛角尖儿。可是细想想，当年她孤身一人随爸爸来到东北，身边没有一个娘家人，想走都没个地方去，心里有委屈又能对谁说呢？妈妈爱哭，她这一生为爸爸为哥哥流的眼泪太多了，她从来都不快乐。我也知道，妈妈心里积攒的最大的怨恨，就是那些被打骂的屈辱经历，她深深地恨，恨了一辈子，压抑了一辈子。惩罚不了别人的恨，终会变成伤害自己的毒，妈妈，你可懂得？可是这个伤害太重了。你争了一辈子的尊严，却被这个可恶的病践踏得支离破碎、面目全非。你所得的，正是你最不想要的结果啊！

或许应该把他们分开，都有各自的独立空间，那样对双方的身体都好些。问题是"我" 只有一个，不能切成两半，顾哪个，不顾哪个呢？所以只有委屈你们在一起，可是爸妈，女儿帮得了你们的衣食住行，却给不了你们想要的幸福。其实你们一直在争的，就是"幸福"，而幸福不是争来的，它原本就握在你们手里，可惜，你们都把它攥得太紧了，以至于各自找了一辈子都没有找到。

最爱的，最亏欠

其实在关闭学校决定回家的时候，我认真思考过，有些事不能再拖下去了，一是父母的身体，二是需要陪伴的孩子。我深深知道，在外奔波这十年，是孩子孤单成长的十年，我虽从不曾亏欠父母，但常以亏欠孩子为代价。从某种意义上讲，我是一个自私且贪心的人，自私在于，我把孩子和自己视为同一个人，迫使他承受我所承受的；贪心在于，我想要顾全的东西太多。

可回家后并没有得到让我喘息的机会，父母的事总是重要又紧急，哪个也耽误不得，经过几个月的折腾，总算有了暂时的稳定，终于可以轮到考虑我的孩子了。海边的家是个适合养老休闲的好地方，空气好，环境好，没有工厂污染，但年轻人很难在这儿扎根或创业，这一点当初我买房时确实欠考虑。儿子决定在威海市开个烘焙店，他喜欢美食甜点，我也觉得不错，于是拜师学艺，装修店面，置办物件。小伙子很开心，跃跃欲试地想着尽快赚钱当老板，我的想法却很简单：磨炼孩子的性格，锻炼他的经营能力，在这之外还能赚钱当然更好。

可是父母怎么办？他们身边已经离不了人，是顾孩子还是顾老人？又一次面临同样的选择题，我却第一次给出了和以往不同的答案：再搬家，带上他们一起走，去帮儿子。于是，祖孙三代撇下了海边的三套房子，到威海市去租房住。我之前和儿子费了好大劲，已租下门店附近的住宅，是个一楼，还带个小院，很宽敞，适合父母居住也方便我来回照顾。于是开启我们的创业新篇章：一边帮儿子打工，一边照顾爹娘。生命贵在折腾，既然老的小的我哪个都放不下，那就背着抱着一起向前走吧。

更大的挑战也该来了。心理学上有个术语，叫退行。举例说明，我离开孩子外出工作时他十岁，如今回来时他已满二十岁。以前一年见上几次面，感觉一切甚是新鲜美好，亲还亲不过来呢，根本没时间产生矛盾。但此时不同了，孩子已明确知道，现在的我整个人都归属于他，以往欠的，也该还了。于是，我儿子渐渐退行到我离家打拼时的心理年龄——十岁。看看我都经历了什么，先让我以过来人的身份告诫你，要有足够的心理准备，做个饱受欺凌却要默默忍受的垃圾筒，随时接收他喷涌释放的、让你憋屈到欲哭无泪的垃圾毒素，除此之外，别无选择。

我们的烘焙店开在大学城附近，儿子做老板，我是啥都得干的杂工。小伙聪明能干，蛋糕西点的配方都能记在脑子里，手艺相当不错。刚创业时难免门庭冷落，生意总是需要时间才能慢慢好起来，但孩子没有这个耐性。因为产品用的都是昂贵的进口原料，甜点做少了，不够卖，你着急；做多了，保质期短，过期就得扔，你心疼。做老板哪有那么容易啊，房租、进货费用样样都得用钱，小老板的情绪就这样被牵扯着忽高忽低、忽阴忽晴。我能看出他在拼命忍耐，但那根紧绷的弦，只要溅上一丁点儿火星就能爆炸。比如，一个蛋糕没做好，这厮会啪地一下扣进垃圾筒，自己气得面红耳赤、怒发冲冠。哎呀好贵的，是可以自己吃的啊！不过此时最好闭嘴，否则就会被一顿炮轰，惹火烧身！儿子表达能力超好，语言犀利如小李飞刀，句句扎心，字字见血。你能体会到那种，恨不得把那家伙一掌拍扁，再狠狠踩上几脚的熊熊怒火吗？

现在的大学生都是夜猫子，白天生意少，人闲得发慌，到深更半夜要打烊了，同学们开始来订蛋糕，而且第二天就是生日不能耽误。为了赚钱只能连夜做好，儿子常常是靠着烤箱站着就睡着了。他身兼客服、技师、跑腿、采购数职，确实辛苦，加上严重缺少睡眠，脾气更容易暴躁。对客户，还能强装笑脸，但回过头来对我这个任劳任怨的妈，时不时就会燃起无名之火，我一句话不对，一个态度不好，一个多管闲事，他便会无礼顶撞，针锋相对，睚眦必报得像个随时要咬人的小狗。我若不识相敢去硬碰硬，哼哼，那就擎等着暴风雨来得更猛烈些吧！难道只因当初我错过了陪他度过青春期，如今就要被变本加厉的超值奉还？

闹腾过后自然是赔礼道歉，后悔自责，然后是知错就改，改了再犯，所以为娘的被千锤百炼。那种滋味真是伴儿如伴虎，他爱你，深深爱；他伤你，狠狠伤！偷偷篡改一句话，能表达我那时忧愤至极的心情：即使再爱孩子的母亲，也有一百次想掐死他。不止，我应该有几百次！这个世界上没有多少人能影响我的情绪，除了自己生的这个小孽障！我能被他气成什么样呢？这么形容吧，如果那时能被告知他不是我亲生的，本人就敲锣打鼓放鞭炮三天以示庆贺！可惜，这天下最没记性的人就是当娘的人了。记得一次，我被这厮气得离店出走，去了很远的山上，心里想着再也不管他了。在那迟疑徘徊了一会儿，又打车回店，再没脸没皮地系上围裙，默默无语两眼泪，洗涮那摞成小山的一堆模具碗碟。

接纳他的退行，做这个忍气吞声的垃圾筒足足两年，个中艰辛，真是罄竹难书。说来好笑，当我对儿子的坏脾气快要忍无可忍时，老天竟动了恻隐之心，派了贵人出手搭救。事情是这样的，有位老客户订了个几百块钱的大蛋糕，小老板一听有生意就眉飞色舞，再累也不抱怨了，只见他干净利落地把蛋糕精心做好，小心翼翼地放进外卖箱，再自己骑着摩托车亲自送到酒店。可这一去，等了许久才回来，一进门，就见这家伙脸色阴沉得可怕，他一言不发地走进洗手间，关上门，一会儿便传来压抑的哭泣声。我赶紧走过去，儿子哇的一声大哭起来，哭得那么委屈，那么伤心，哭了很久，怎么也劝不住！

原来，儿子刚才送的蛋糕，竟忘记了糖，回来的路上被气急的客户在电话里骂了个狗血喷头！确实不怪人家，老人过寿那么重要的宴会，来了很多宾客，这个失误实在是太不该了。于是，儿子又骑车返回去给人家赔礼道歉退钱，众目睽睽下又被七嘴八舌一顿数落。他羞愧自责，又心疼没赚到钱，更气恼白跑了好多路，好不容易忍到回来，见了本娘亲便情绪大爆发。我站在旁边静静地看着他哭，突然有个直觉，这孩子积压在心里的很多垃圾终于发泄出来了，说不定他的坏脾气会慢慢好起来。事实也果真如此，从那以后，儿子发脾气的次数越来越少，几年后的现在，简直算得上理智温和。看来自己的孩子就得偶尔让别人教育一下，多撞撞南墙，不是坏事。

后来问过他，为什么会改变？儿子沉吟了一会儿说："在家里，有妈惯着。出了家门，谁惯着你？以前是我太过分了，妈，对不起。"看来，那些曾让我们伤心流泪的往事，果真有一天能笑着说出来，当爹妈的请坚强，风雨过后是彩虹。

现在我治理儿子有一个绝招，就是阴险地对他说："再气我，我就天天祈祷你将来生个儿子，如你对我一样地对待你，方能解我心头之恨！"他便立刻缴械投降说："妈，求你了，别再念这个咒了，让我生个女儿吧，要不我真的生无可恋了。"唉，儿子就是那个前一秒气得你恨不得跳楼自杀，后一秒喊一句妈又让你心软心疼的人。说起以前的混账不懂事，他总是一脸羞涩地小声辩解道："人家青春期，叛逆嘛。"我轻轻一叹，说："唉，儿啊，你的青春期好漫长，一叛逆就是十年。"

这个世界能伤到你的人，只有你的亲人，而伤你最重的，只能是你的孩子。

教育孩子，其实就是个因果，种什么因，得什么果。父母需要反思的是，为什么我的孩子是这样？这一切是怎么发生的？面对现状，我能做些什么？理顺孩子的性格，陪伴孩子的成长，永远都不晚。请相信，孩子对父母的依恋与年龄无关，无论他有多大，无论表面上多么乖张、不驯服，其实都是在掩饰他内心深处的呼喊：亲爱的爸爸妈妈，你们的关注与挚爱，永远是陪伴我前行的力量和勇气！

可恨的阿尔兹海默症

人们常说“久病床前无孝子”，一直以为这句话是贬义的。当亲身经历父母二十年的疾病缠身，对这句话有了不一样的理解。这是一种让人心酸的现实，是被无尽的、难言的痛苦，煎熬而成的无奈。

记得父亲第一次心梗抢救时，我的眼泪不知流了多少，拉着他的手整夜不敢合眼。后来，他一次又一次地住院，我会在父亲犯病的第一时间迅速拨通 120，准备好银行卡、现金、身份证、住院用品，到医院冷静地办理各种手续，说实话，泪水一次比一次少。而母亲的病和父亲的不同，那是精神上的折磨，是一种如果你内心不够强大，恨不得先她而去的崩溃。

母亲曾是村里最漂亮的姑娘，直到得这病之前，她也一直是个爱打扮的人，看起来总是比同龄人年轻很多。然而她慢慢地开始了遗忘，不仅忘了身边的亲人，也忘了打扮自己，忘了洗脸刷牙，忘了吃药喝水，忘了每天必须注射胰岛素。最可怕的是，“亲情”这两个字从妈妈的身体里一点点抽离，她变得自私、蛮横而冷漠，也许是以往的压抑被病魔松了绑，妈妈成了一个肆无忌惮的复仇者。

病后的母亲如任性的孩子，好说好动，嘴巴和手一刻不停，那种无所畏惧的破坏欲真让人惊奇。比如把整桶的豆油倒进马桶里，剪碎衣服、抠破床单、扯下窗帘，把瓜子、花生、糖果塞满内裤，病弱的她竟能把沉重的洗衣机倒扣过来当玩具！真奇怪走路都不稳的她，哪来那么大的力气？一次爸爸从外面回来喝水，莫名地喝坏了肚子，躺了一整天，原来他的杯子里被老妈倒进好多洗洁精。总之，只有你想不到，没有她老人家做不到。怎么办呢？我使劲地想到个主意，从网上买来毛线和织针，心想这东西好，既能让她两手不空，又能让她坐得住。妈妈年轻时会织、会钩、会绣，记得她曾绣过收音机罩，上面是两条活灵活现的小金鱼，蛮漂亮的，至于织毛衣毛裤更是游刃有余。然而现在，她什么都不会了。当我看着她把毛线在手指上茫然地绕来绕去，勉强织出来的东西凌乱而怪异，然后被她扔在一边，接着去淘气的背影，禁不住泪水模糊了双眼。

家人每天要和她玩藏东西的游戏。比如你的手机哪都找不到，拨通后，她身上某个部位就会亮个小红点，且有音乐响起。至于首饰衣物各种小物件，转眼就会不见，于是我就要藏，她翻到就拿走，然后她再藏，我再找，我的一条和田玉项链就是这么被藏丢的。为此，儿子干脆把家规改成了“防火防盗防姥姥”。记得三姨来看妈妈，三姨的裤子、鞋、围巾被妈妈一眼看中，结果只得脱下来归她所有。走在路上的行人也不能幸免，常被妈妈指着说那衣服是偷她的！我得赶紧拉她走，否则别人就会上前采取行动。总之，妈妈的原则就是：你的就是我的，我的还是我的，一切都是我的，你们的都是偷我的。

妈妈还喜欢的一个游戏就是“回家”。全家人最怕天黑，你若见她伸头往窗外看，嗯，天有点黑了，然后再回过头来盯着你看，坏了，演出开始了。“走啊，回家吧。”任你磨破了嘴巴，这里都不是她的家。她会把被子枕头、床单拖鞋甚至床垫子统统包起来，背上就走，不管你怎么拉扯劝说就是要回家，至少折腾上一两个小时，直到你筋疲力尽时，她突然间就会把这事忘了，扔下包袱再去干别的。但要注意随时把门反锁，一个不小心她就会溜出去，你就各种找吧，有一次我都急得要报警贴寻人启事了，后来好歹找到了。“回家”这个游戏，每天跟晚间新闻一样准时，持续了好长时间。妈妈为什么总是要回家、总是觉得没有家呢？难道现在这个家不是她心里想要的家吗？

最让人头疼的，是妈妈坚决不配合的如厕问题。把她哄到卫生间需要费很大的功夫，就算强摁着坐上一个小时，她也不肯大小便，就坐在马桶上左摇右晃，晃得马桶这个可怜的家伙不知开胶漏水多少次。穿好裤子不多会儿，要么一摸湿了，要么能闻到臭味。于是得过下一个难关，想把她的脏衣服脱下来也很困难，又是一场你抢我夺的斗争，被赏几巴掌算是客气的了。实在没办法，给她穿尿不湿吧。结果是，一脱裤子棉絮飞扬，不知何时，她已把那物揪得细细碎碎，你奈她何？但是说不得，我若敢有一点态度不好，她会十倍百倍地回赠，除非不怕她闹腾。后来请保姆时，我唯一的不担心，就是谁也不敢虐待她。

不想再写下去了，这些仅仅是开始。与接下来的狂躁失语，和后来的卧床不起相比，我宁愿妈妈停留在这个时段。毕竟那时，我还能听到她说话，看到她走动，喂她吃东西，你叫她会答应一声，可终有一天，这些都成了奢望。我从不会去恨一个人，但我深深地诅咒这个病！它是最阴毒最无情的刽子手，它狞笑着夺走你的情感，消亡你的意识，僵硬你的四肢，冻结你的咀嚼吞咽，让你的情感枯萎殆尽！你变得完全不再是你，而是一个让亲人求生不得、让自己求死不成的空洞躯壳！可那是我的妈妈啊，她曾是一个那么美丽鲜活的生命，是那么渴望好好活着的一个人啊！她凭什么就被剥夺了这一切，变成今天这个让人心碎的样子？

家对面住着一个痴呆的老阿姨，她的特点是不管黑天白天，只要醒着就大喊大叫，嗓子都喊哑了。后来嗓门越练越豁亮，隔几栋楼都能听得到，她的儿子和左邻右舍实在忍受不了，就把她关到了地下室。一次赶集，看到她披头散发地逃了出来，正被儿子连推带搡地往回拖，她大声喊叫，儿子大声呵斥，娘俩撕扯扭打成一团。赶集的人很多，围观的好心人忿忿不平地指责着儿子的不孝，议论着老人的可怜。那儿子带着哭腔、歇斯底里地大喊："你们来试试！你们天天跟她在一起试试！你们知道啥！别在那站着说话不腰疼！"这是个三四十岁还没有成家的儿子，看着他头发胡子凌乱不堪、满眼红血丝、一身邋遢的烦躁样子，真心感到他也快疯了。好在，她还有他，好在，他还管她。看着他们娘俩拖拽着趔趄着远去的背影，我泪水一点点弥漫，心里一片苍凉。

别去轻易评价别人的生活，你都不知道他经历了什么。如果用久病在床来检验人性，恐怕很少有人能真正做到无私与高尚。再亲近的人，也经不住日复一日、年复一年的心力消耗，毕竟活着的人还得生活。儿子曾流着泪对我说："妈妈，求求你千万别得姥姥这样的病。要是你有那天，我就多买点保险，然后不活了，把钱都留给你。妈你别怪我，不是我没良心不养你，我受不了你成为姥姥那个样子，我实在做不到像你那么强大。"

没有人愿意强大，除非她别无选择。一次累病了，我对儿子说："等妈妈老了，会提前立一个遗嘱，做好公证。万一妈妈得了和姥姥一样的病，到那时国家法律若允许了，请求你让我安乐死。"儿子说："妈，我做不到，因为你也做不到这样对姥姥。""不是这样的孩子，妈妈不仅是怕拖累你，是更怕没有尊严地活着，如果你爱妈妈，就要尊重妈妈的决定。”

医生说这病有遗传基因，相信我绝不会中彩。若真有万一，儿子，妈妈说的是真话。

寻找母亲

决定请哥哥帮忙照顾妈妈。那时开店实在太累，每天从早上六点到晚上十一二点地熬，我的身体差到了极点。晚上照料妈妈一次次起夜，她腿脚僵硬，得半搀半抱，后来我抻坏了胳膊，实在不能用力了。父亲也因妈妈的吵闹屡屡犯病，每次去住院，只能带上不懂事的妈妈，顾这个顾不了那个。那时哥嫂在北京的一个郊区打工，嫂子人好，善良温和，于是请他们帮忙照顾下妈妈。人，蛮有意思，一个从来不管父母的孩子，偶尔管一次，却能让你千恩万谢、感激涕零。

没多久，哥哥就三天一个电话告状，五天一个电话要钱的搅扰，日子没一天安生。他也很善良很心软，也知道妈妈对他的好，但他总记不住妈妈是个病人，跟她争执跟她喊叫跟她吵。偶尔妈妈拍打嫂子一下，他便立刻向我鸣冤，没完没了，像一个不懂事的小孩。那段时间，我真心实意地感激嫂子，用心照顾妈妈的是她，从不抱怨的是她。而忍受不了的、对妈妈呼来喝去的，是那个妈妈最爱的愿意付出一切的儿子。但有一点他没忘，把妈妈工资卡上的钱花了干干净净。

马上就快过年了，哥哥突然打来电话说：“妈妈走丢了，不知去哪了，找了一天也没找到！”我的心立刻揪了起来，挂断电话订机票，儿子留下来照顾老爸，我和侄儿一起飞北京。临出门前，儿子拉住我，声音颤抖地问：“妈，你告诉我，给姥姥准备的寿衣在哪儿，不行我就带着赶过去。”他忍不住哭出声来。“不会，一定不会！放心儿子，你就在家等着妈妈接姥姥回来，一定没事的！”我的心何尝不是悬着，当时是冬天啊，长时间找不到真会出人命的！

那晚，我和哥嫂侄儿四个人分头去找，找了整整一夜。我拼命地呼喊着妈妈，在小树林里磕磕绊绊地摔倒爬起，在漆黑陌生的公路上放声大哭！我能感觉到，自己的哭声不是从喉咙里而是从心底某个角落发出来的，那么恐慌，那么无助，那么心碎！在此之前，我从来不知道自己竟会对妈妈如此牵心，她不是从小就不爱我吗？她不是不懂事很麻烦吗？她不是打我骂我折磨我吗？可为什么当有一天她突然不在身边，我竟会如此心如刀割？

从晚上十点到早晨六点多，我们找遍了哥哥家附近的地方，天都亮了，还是不见妈妈的踪影。我瑟瑟发抖的往回走，脑子一片混乱，只想着妈妈她会多冷？她得多怕？妈妈胆子那么小，这一个晚上她是怎么过的？哥哥住的地方是个郊区，有很多高低不平的洼地，还有川流不息的公路。她会不会跌到哪摔坏了？她会不会走到公路上被车撞了？各种不祥的预感纷沓至来。我嗓子哑得哭不出声来，整颗心像掉进了不见底的冰窖，一点点开始绝望。

电话骤然响起，哥哥带着哭腔喊："回来了，回来了，就在小区门口！"我发疯一样地往回跑，就在小区门口，一个垃圾箱旁，我看到了我的妈妈！一个浑身泥土草屑、蓬头垢面、衣衫褴褛、身上青一块紫一块的，惊慌失措却呵呵傻笑的妈！她就那样垂着手傻傻地站着，大眼睛不好意思地看着我，像个无家可归的拾荒老人，更像个惹了祸不敢回家的孩子。哥哥大声哭叫："妈，你这是去哪了啊，你想急死我们啊！"我却突然哭不出来了，心里像被塞进了乱乱的一团东西，堵在那，充满胀痛。我们一起回到哥哥家，我打开手机订机票，妈，走，我带你回家。

大年三十，几经辗转，晚上十点半我和侄儿终于把妈妈带回了家。我和面，儿子已经早早剁好了肉馅，娘俩开始默默地包饺子。十二点，窗外的鞭炮响起烟花缤纷，一家人开始吃年夜饭。我和孩子们一起举杯给二老拜年，愿他们健康平安。这是个疲惫紧张又折腾的除夕，我很庆幸，没有把妈妈弄丢。

父亲和孩子们都睡下了，我开始服侍妈妈洗澡。她坚持要把被子和枕头拖进洗手间，那里满地都是水。我往回拉，她往里拽，突然啪的一声，一记耳光打在我的脸上，在开始寂静的除夕后半夜格外响亮。我擦擦泪水，把弄湿的东西换掉，接着把她洗干净，然后再搀回床盖好被子，看着她入睡。站在她的床边，看着那张熟悉又陌生的脸，我在心里说：妈，放心，以后无论多难，我都不会再让你离开。

日子还得熬，既然放不下，那就继续负重前行。

这个除夕，一夜无眠。

行囊

儿子的腰椎病犯了，在家卧床休息。父亲刚出院，状况很不好，几年前做的支架又堵塞了，医院请北京专家来会诊，却被告知没有治疗价值，只能回家静养，也就是放弃治疗，听天由命。可是这个家，又怎么静得了呢？那天，儿子开玩笑说："妈，我看把咱家改成医院吧，客厅的姥爷是心内科，大卧室的姥姥是神经病加老年痴呆科，我这屋是骨科，你是院长。"我不由得苦笑一下，心里说：儿子，妈这个院长，恐怕也得归到心内科。

我那时的身体很差，浑身虚弱得没有一点力气，话说多了就会喘不过气来。实在挺不住，便自己去找了医生，他说："你这是严重的气血亏损，导致的心脏供血不足，再这么下去会出大问题，得住院调理。"住院？似乎不大可能。那晚没睡好，我认真地梳理了一下自己乱糟糟的生活，再理智地做了个推断：接着这样下去，可能的结果会怎样？我被累倒，父母和孩子彻底没人管。自己已经四十多岁，继续透支下去的身体不会比父母好多少，待他们去了，我老了，会怎样？我的孩子又将面临什么？天快亮时，我做出决定，雇个全职阿姨，照顾父母；孩子开店两年也该慢慢独立了，撒开手锻炼他；这几年坐吃山空，我也必须得出去工作，好在之前已经建立了微信团队，也该去整合一下了。当然，前提是先调理好自己的身体。

安顿好一切，拖着皮箱要出家门时，父亲冷冷地说："你出去，一个月能赚多少钱？如果赚个四五千，跟雇保姆一个价，还不如待在家侍候你妈。"看看他，我不想解释，父亲，我也是血肉之躯，我的精力也有限，我绝不能先倒下，更不能把一家人困成死局。请阿姨不仅是为照顾妈妈的起居，陪她到户外活动，更重要的是，得按时给她打胰岛素。我这一生从没有跟父亲顶撞，但为了妈妈，最近我们接连吵了几次。他坚持不再给妈妈打胰岛素，否则她便更有精神闹下去，让这个家永无宁日。我冷冷地回他道："那样等于谋杀，我们就是杀人犯。"一次次争吵，我无法说服他，他也知道拗不过我，两个孩子都站在我这一边。从那时开始，感觉父亲离我越来越远。常年遭受病痛的人，可怕的不是疾病本身，而是心里只有自己的自私和冷酷。她是为你生儿育女操劳一生的结发妻子啊，父亲你怎么忍心这么对她?

箱子和心情一样沉重，我要寻个地方，做自己的医生。先在异乡找一个宾馆住下，一边辅导团队一边看病吃药。记得多年前，刚刚扔下儿子外出工作，好不容易赚的两万块钱被做传销的同事给骗走了，也是这样困在一个小旅馆里蜷了好几天。多年的漂泊，早已习惯了一个人消化痛苦，既然每天的太阳都会照样升起，就没什么事是过不去的。和家里的阿姨随时保持沟通，她是个难得的好人，干净利落，善良的本性加上迫于生计要赚钱，她对妈妈的照顾比我细致。每天按时打针，按时运动，洗澡喂饭，定时大小便，妈妈被打理得干干净净，人也精神了不少。不过我自己的身体恢复得不好，吃了很多药，没见什么效果。

我是个有贵人缘的幸运者，谢谢远在内蒙古的好友海珍，为我推荐了一个医术高明的蒙医。我远赴内蒙古，借住在她家里，一边努力工作，一边喝苦苦的汤药。海珍是多年前在一个家长培训会上相识，海珍带女儿来参加学习，后来我和这一家人越走越近。海珍夫妻善良贴心，我有时工作忙过了头，他们就会轮番把热好的汤药端上来，再盯着我喝下去。好朋友就像黑暗中的一盏明灯，在你最需要的时候默默照亮。这位蒙医果然名不虚传，通过近一个月的调理，我的身体一天天好起来，走路、说话都有力气了。

已近新年，我告别好友一家，拖着皮箱离开美丽的青城呼和浩特，出发去更冷的东北，那里有团队伙伴需要帮助。拉杆箱比来时重了许多，里面多了几十包煎好的汤药。在高铁站过通道时，脚步轻快许多的我突然间感到特别开心。来时，每每拖着皮箱走到有台阶的地方，我都会偷眼四顾，看到哪个行李少面相好的男士就厚着脸皮去求助。也许因为我看起来很可爱，多次的求助竟从未遭受过拒绝，那些不知名的路人让人温暖。时隔一个月，我竟没有再找人帮忙，居然能自己提着这沉重的皮箱上下台阶了，它可是比来时重了许多，如此巨大的进步怎能不让人心生欢喜?

列车飞驰，窗外的景象匆匆掠过。凝视着一路的萧索暗淡，默默地想，生命是不是也如这辆火车，我只是一拨接一拨过客中并不起眼的那个，昏昏然过了一站又一站，突然惊醒时，人生早已过半！只知道离那属于自己的终点不远了，可这一路，究竟经历了什么？享用了什么？又错失了什么？还没来得及好好活过，怎么就老了呢？还没读懂生命这个剧本，怎么就要匆匆落幕了呢？一个人的旅程，让人心生宁静，也充满寒凉。

那两年的奔波，辛苦也充实，感恩给予我信任和支持的团队伙伴。互联网真的很神奇，能让远隔千山万水的陌生人，有缘结为志同道合的事业伙伴，彼此扶持相助，携手走过一段苦乐参半、不同寻常的路。生命中发生的每件事都是有意义的，那段辉煌也曲折的路，最大的收获不是做事本身，而是因它带来的成长，和那些能以心相交的朋友。

悼母亲

那个村里最美的姑娘，从几千里外的、饥饿的山东，来到荒凉的，却有粮食的东北。

你说，你们两个带着铺盖卷、两只碗、两双筷子便开始过日子。

你说，其实那个时候爸爸也很疼你和哥哥的，他还游过那条大河，回来看我们。

你从不肯闲着，做临时工，干体力活，和男人一样挑两桶水泥，摇晃着，走那种搭在车厢上的踏板。

你说，你干的活要是评奖必须评一等奖。

你参加过运动会，得了个短跑二等奖，奖品好像是一整盒的卷笔刀。

后来，你做起了生意，卖过雪糕，卖过冻货，卖过水果。

记得深夜看着你做糖葫芦，红红的、甜甜的，卖相一次比一次好。

再后来，你卖布料、卖服装、去俄罗斯卖货时扛的包，有你人那么高。而且这些都发生在零下三四十度的严寒天气里，你戴着厚厚的棉帽，穿着笨重的大衣、毡靴，很臃肿，只露两个眼睛，呵出来的气让厚厚的围脖结了一层密密的、冻硬的白霜。

记得周末去帮你，有人要买布料，我高兴地脱掉手套拿剪子，那个铁剪子握在手上的锥心刺骨的冰冷，想想就打战。

你说，回到家，两条腿冻得麻木到后半夜才缓过来，可一转眼，又天亮了。

你病了，整天地咳，发烧，你说你最能挺了，有病也不能耽误出摊。

你烧得厉害，还是坚持出摊，直到被查出了肺结核，你终于肯歇了。

看病，治病，直到花光了之前赚的所有钱。

你觉得自己病好了，坚持去俄罗斯，因为好多人去了都赚大钱了。一家人阻止你，使劲地阻止，但你还是执拗地去了。

结果，你真的累病了，从此落下了病根。

那时，你还没有到我现在的年纪，四十多岁，你便没有离开过病床，再也不能逞强、赚钱了。

肺结核，咳血，吃的药副作用大，所以又添上了糖尿病，之后或许跟糖尿病导致的血管硬化有关，也和多年的劳累压抑有关，你又患上了阿尔兹海默症 。

你开始变得偏执，但家里人不知道那是病。因为之前你跳广场舞，去海边挖蛤蜊，自己开荒种地瓜，在海边的家，你有过四五年开心快乐的日子。

你的挑剔、猜疑、焦躁，被我们认为是越来越不讲道理，却不知道，那是病。后来才知道，不是你不可理喻到让我们忍无可忍，而是得了一种，可怕的病。

从此，妈，你在这个家，成了灾难的代名词。

太恨这个病！这是一种什么样的病呢？

它能让人心智全无，歇斯底里，亲情凉薄，从记忆到身体能机，一点点可怕地退化！

家里每天都被阴霾笼罩，连空气都弥漫着绝望，日复一日的折磨，消耗着彼此的亲情！

当你狂躁的时候，不忍心给你吃那些能让你静下来，却会变得更傻的药。

当你躺下来很安静的时候，却更让人担心，想着你还是闹吧闹吧。

当把你救回来之后，你继续变本加厉地搅闹。

当你挣扎着破坏所有手边能碰到的东西时，盼着你能静下来，片刻也好。

当你大小便失禁，不再那么好动时，矛盾地又想着还不如之前吵闹的好。

当你嘴巴喋喋不休，手脚一刻不停时，求求你歇一会儿。

当你突然话越来越少、人越来越呆时，想着你还是说吧说吧。

万般纠结的那些年，家，只是个让人想逃离又无法挣脱的枷锁。

这次，你又病了。

以为你还是和从前一样，只是血糖忽高忽低，用了胰岛素就好了。你就又能踉跄着努力搞点小破坏，再和我们对抗几年。

医生说过了，这个病不影响寿命，爸爸也常说，他肯定熬不过你。

可怎么也想不到，你竟一卧不起！

早知如此，我一定会什么也不去做，哪都不去，就陪在你身边！

妈，别怕，我陪着你！

可你不会嚼了，你不会咽了，你不会说了，你昏睡不醒，你日渐消瘦……

医生说，你是脑主干梗死、急性肺炎。我们很纠结要不要救，救过来，你会因为不会吞咽而饿死；不救，只能看着你昏睡而死。

没有其他办法吗？

有，鼻饲，插胃管，但也就能多撑几天。

妈！那是我 47 年的人生中最纠结的一天！给医生答复做这个决定的几分钟，仿佛有一个世纪那么长！

妈！对不起，我要带你回家，我不要你活活被饿死！我不要你死得那么难看！

妈！别怪我，我要让你体面地活，也要让你有尊严地走！

你昏睡了几天，偶尔睁大眼睛茫然地四下张望，然后又呆滞地再闭上。

我喂不好你，怕你呛着，又怕你饿着。

你不许我给你按摩萎缩的腿，一碰，你会流露出痛苦的表情。

有一天我闯了祸，硬把你扶起来，喂你吃，你却突然晕厥，没了呼吸！

好在，你终于缓了过来。妈，那一刻，我终于知道怕了，因为我嗅到了死神的气息。

你一次次被我们唤回来，你痛苦地大声喘息，你那么那么地不想离开！

最后一刻，是黑暗和黎明的交界，你的身体在变凉，你的呼吸越来越微弱，任我们怎样呼喊都没有一丝反应！妈！你这是真的要走了吗？

妈，女儿给你穿上十几年前就准备好的寿衣，这个花色你一定喜欢！

妈，女儿给你画个眉，以前你总嫌弃它颜色不好看。

妈，女儿给你涂点口红，你一直都是那么爱美。

妈，这个粉凝膏我用过了，再给你带个新的，没开封的，连口红、眉笔都放在你枕边……

妈，你不是最喜欢自己美美的吗？要记得用。

就在那一刻，一直神志不清的你，呆了这么些年的你，居然艰难地、一点点地睁开了眼睛，那双充盈着泪水的，亦真亦幻的，闪亮的，美丽的大眼睛！

妈！你是活过来了吗？你是有所担心吗？你是有话要说吗？

你听不见了，只是睁着那双美丽的大眼睛，留恋着，不甘着，迟迟不肯咽下最后一口气！

人，活着难，死，原来也这么艰难……

你就这样，留恋着，不肯走。

你就这样，睁大眼睛，流着泪，不肯走！

你就这样，无比留恋的，在人间，苦苦停留！

终于，你呼出微弱的最后一口气，也许是一个轻轻的叹息。

慢慢合上了你美丽的大眼睛。

妈妈！妈妈！！妈妈！！！从此以后我叫谁妈妈？

妈，愿天堂没有病，愿天堂没有痛。

妈，你别怕，你的爸爸妈妈在那等你。

妈，你走好！不用担心你的腿，它一定能轻松地走路了。

妈，你的神智一定清楚了，请再看看女儿，和这个你生活过的家。

妈，我保证，你是离开这个世界最美的人！

妈，我会记住你美丽的大眼睛，一直留在我心底的最深处……

那年春节

母亲去世时，距离 2019 年的春节还有 9 天。那是我第一个没有母亲的春节，身边不再有她的吵闹，也不用再给她喂饭，抽屉里为她准备好的新衣，永远没了主人。我在床上躺了整整 7 天，什么事也不想做，一句话也不想说。有人说，亲人的离去，就像从你的体内抽离出一部分能量，那是生命中最原始的东西，失去了，就不会再有。

我想不明白母亲去了哪，也不知道人死了是否真的有灵魂。那些天我掉进了一个怪圈，每分钟都在想同一件事：人死了，究竟会去往何处？妈妈到底去哪了？听说第七天是还魂日，我和儿子做了她喜欢的饭菜，碗筷也摆在那，她会吃到吗？整个晚上我都在紧张地等，等着母亲来到我梦里，告诉我她去了哪，现在好不好？可越等越睡不着，结果那夜一直醒着，什么也没等来。从此，就像有关母亲的东西都被焚毁了一样，一切都消失得干干净净，似乎这充满苦辣酸甜的人世间，她从未来过。我陷入了无比深暗的漩涡，每天都被两个问题纠缠——人，活着的意义是什么？人，为什么要活着？

妈妈也曾青春美丽，勤劳能干，生儿育女；她活得并不如意，她的心无依无靠，活得没有尊严；她不知道怎么去爱，也没有得到过温暖，她的付出化成了抱怨；她无比眷恋这个能证明她来过的人世，拼命挣扎着不肯离去，可她终究拗不过死神，再多的不舍和不愿也只能不甘心地带走！谁都一样，今生，无论如何度过，过去了，就没了。过得好与不好，都随着那缕轻烟，散了。活着的人生活仍然要继续，谁又能记住谁多久呢？

春节的鞭炮声再度响起，烟花依旧绚烂。孩子们低头玩着手机，父亲照旧守着他的电视，我依旧准备着年夜饭。比起往年，今年春节少了一个例行节目，以前，只要一家人聚到一起，最让父亲开心的事就是我和孩子们陪他玩扑克——斗地主。只要玩起来，他便精神抖擞，什么病都没有了，母亲就会坐在旁边捣乱，盯着牌桌上的钱转来转去，随时想把它们揣进自己的腰包；她把瓜子皮放到装瓜子的盒里，把水果皮放在装水果的盘里；不知何时她就会把糖和花生偷偷塞满自己的每个衣兜或裤子里。可怎么突然间就少了一个人？这个家，像个缺了角的容器，不再完整。

大概正月初三吧，儿子掩上门轻轻推我说：“妈，陪姥爷玩会吧，你看他坐在那等着呢，扑克都准备好了。”扑克都准备好了？现在吗？我不知从心里哪个角落发出怪异的冷笑：这世界真是无情！去了的就是去了！活着的人都在若无其事地活着！但我又听到一个声音说：“儿子，你和哥哥陪他玩会吧，妈不想玩，以后都不玩了。”

关紧房门，我继续躺在床上，盯着天棚，耳边再次响起保姆阿姨的话：“你妈真是个可怜人，你不在家时，她乱翻东西，被你爸打过两次耳光！我不敢告诉你，你这孩子太不容易了。你妈就那么干嚎两声，接着又去折腾，转头就把刚挨打的事给忘了。”她忘了？她怎么可能忘！她怎么能忘得了？就在那个瞬间，记忆的闸门似乎被一双无形的巨手硬生生地掰开，那些尘封已久的往事一件件喷涌而出！母亲曾经受的屈辱与苦痛，一幕幕浮现在我眼前，清晰无比！痛彻心扉！挥之不去！

那一刻，我的心里，充满了对父亲深深的仇恨！此时的父亲仿佛被我剖成两半，一半是父亲，一半是男人。做父亲的那半，他应该是这个世界上最爱我的亲人，这我心里知道；而作为男人的那半，为母亲，我对他失望痛恨至极！就像是母亲虽然去了，但她心里所有的怨恨，不知何时以何种方式注入了我的每一滴血液！我成了母亲的替身，带着委屈、不甘、怨恨！儿子说：“妈，你让我害怕，你的眼神不是你了，怎么跟姥姥一样？你说话怎么也像姥姥的口气？你到底怎么了？”我说不出话，对谁也不想说话，亲朋好友的慰问电话一个也不接。我知道我的心被无边仇恨淹没了，却不想挣扎，不想逃离，只想就此沉溺，就此毁灭！

过完年，孩子们都回了，该工作得工作，每个人都有自己的生活，除了我。父亲的身体又开始不舒服，于是又去医院，然后再回家静养。侍候他的每一天，我都把自己想象成不是自己，而是保姆阿姨，我看似正常地做着每天该做的事，细致也周到，可我的心，死灰一片。正月里的一天，父亲早上醒来说：“昨晚我梦到你妈了，我这个病总不好，是不是这个死鬼要来找我了。”听到“死鬼”两个字，我身体里像刚刚凝固一点的伤口突然被狠狠地撕开，疼得刺骨！我转过身冷冷地回他：“不会，你放心，我妈她永远也不会再来找你。”

这事过了许久以后，我也曾问过父亲：“我妈和你过了一辈子，在你心里，她就没有一点好吗？”“没有！一点都没有！”他回答得干脆而决绝。记得多年前，同样的问题我也问过清醒时的母亲，她的回答也是一样。他们总是让我觉得这个世界很灰败，这种感觉从小就如影随形。有人说，一个总是爱笑的人，内心一定有很深的哀伤，或许是的。总有一种声音在告诉我：这个世界是靠不住的，男人是靠不住的，人只有靠自己，感情是凉薄的，亲情是冷漠的，家是没有温暖的。这些阴暗的东西一点点浸入我的体内，铸成一具冰冷坚硬的铠甲，包裹住我那颗貌似强大，实则灰败斑驳的心。与其追求传说中的幸福，我更习惯一个人。

每对父母，都会为孩子留下些财产之外的东西，可能是他们善良的品格，做人的根本，照亮我们前行的路，为此，我们无不感念父母一生；也可能留下伤痛，无法言语，无处倾诉，难以自愈，只能交付给岁月沧桑，慢慢消磨。那些自以为最爱你的人，往往伤你最重。而你却不能心生怨怼，因为，他们对你有恩情。

那个春节，过得很辛苦。我把自己也剖成了两半：一半是女儿，面对病情反复的父亲，我做了决定，放下所有的事，陪伴他安度余生；另一半是女人，我厉声告诉自己：以后，不要再背负别人的人生，学会善待自己，善待自己不多的余生。

马桶事件

只要是在熟睡的深夜，突然听到哗哗的洗澡声、冲水声，我就知道：坏了，那小子又中埋伏了。闭着眼睛也能想出，睡眼惺忪的儿子一屁股又坐在湿漉漉的、沾满尿液的马桶圈上，回过神来已经晚了。儿子像我，有点洁癖，接下来一阵恨恨地洗、冲、擦，再砰的一声关上自己卧室的门。然后轮到我出场，赶紧去处理好那一地的水迹，起夜很勤的父亲容易滑倒。还好，耳背的父亲听不到刚发生的动静。

父亲有个坚决不肯改正的坏习惯，上厕所不开灯、不关门，这还不是最严重的，关键是每次都把马桶内外弄得尿迹斑斑。加上老年人上了岁数，多了个尿频的毛病，所以马桶圈晚上就没干净过。一开始，我也没有把马桶圈抬起来的习惯，因为中奖的次数多了，习惯被迫养成。但这样也不成，马桶圈外的地方不会幸免，哪怕是你刚刚擦过，回头就会有几滴或者一摊的黄色尿液。

日复一日地擦，一天擦上好多次，说实话，心情像个变化无常的晴雨表，说不出是个什么滋味。想过不少办法，派他最钟爱的孙儿做说客，也有过外孙礼貌地提醒，我是绝不肯张口的，人老了需要尊严，不能让他以为女儿在嫌弃他。孩子们说完，能好几天，然后就是，犯了再好，好了再犯。一次、两次、无数次，再后来大家就都不说了，反正也改不了，随他去吧。儿子把家规改了一下：防火防盗防姥爷。一家人的心情，总能被这个无辜的马桶左右。

我有时一边擦马桶，也一边劝自己，你小时候不也这样吗？父母不是也得给你擦屎尿吗？怎么这么没良心呢？可那真的是两回事，小孩子是不懂，成人是太过随意，那种考验耐性的不以为然，真的让人崩溃。擦着擦着，逐渐发现规律：尿脏的地方总在马桶右侧，为啥呢？想想就明白了，父亲是个急性子，开灯嫌麻烦，关门没必要，没等尿尽就急着走，所以，案发现场都在出门的方向。放心，这个推理百分百正确，比如他正忙着追某剧或是球赛战事正酣，来得匆匆，马桶很可能就没冲，满地狼藉。我由此养成了习惯，进卫生间第一件事，便是先找抹布，检查马桶圈。偶尔出门在外，明明住的是酒店或亲戚家，进了卫生间，第一件事也是找抹布，都形成条件反射了。

常有人说，两代人不能在一起生活，那三代呢？一开始，儿子会客气地绕着弯地商量提醒，没有奏效。于是他便送来各种奏本：比如把马桶圈上的、周边的、地上的黄渍拍成照片，或是证据确凿的小视频，用手机发给我。有一次，儿子关上门低喊："妈，姥爷不刷牙、不换衣服、不洗澡、乱用我的杯子，这些我是不是都忍了？可你说谁坐一屁股那个不恶心？那么大的地方为什么非得尿在外面？"

我便委婉地为父亲辩护道："姥爷岁数大了眼神不好。"

"那为什么到了别人家他不这样？"

"姥爷节省怕费电，太黑没看清。"

"电视整天开着，人都睡着了都不关不怕费电？"

我只好使出撒手锏，说："儿子，妈妈老了也会有很多毛病，如果我痴了、傻了、很脏，你会怎么对我呢？"

"可是他比你的记性都好！"

我词穷，于是发火说："你到底想怎么样？这么点小事就过不去了？姥爷还能活几年，你怎么就不能忍忍？就你这样，等我老了可得离你远远的！"

那小子口才也了得，紧跟着玩笑一句："妈，你能不能跟姥爷商量商量，让他以后蹲着尿尿？"

我大喝一声："你再说一句！"

于是那家伙扭头逃开，恨恨地抛下一句：“我不是心疼你吗？他一天就知道欺负你！你就惯着吧，你就擦吧擦吧，反正我不累！”

孩子大了，打不得。老人在，吵不得。这一老一小像两个烫手的热山芋，哪个都说不得碰不得！我时常被气得发呆，对啊，不就这么点事吗？为什么老的就改不了、小的就忍不得？其实，别说孩子，就连我自己，一天擦上几次，十几次，也忍不住地想发火。有时擦烦了，会把抹布扔在地上，用脚踩着蹭，再狠狠地把它踢到一旁，然后深呼吸，再弯腰去捡，去洗。这无休止的重复劳动，恰到好处地根治了我的洁癖，又隐约觉得，这些擦掉的东西似乎成了倒进心里某处的垃圾。

一天，我睡得迷糊糊地起来去上厕所，不留神一屁股坐下去顿感湿漉漉的，心里的无名火噌地窜出来，竟也第一次恨恨地摔了马桶圈！儿子耳朵特灵，还没睡的他听到后居然说：“妈，你过分了吧，你怎么也会发火？他这么大岁数了还能活几年，咱忍着吧。”我呆呆地看着他，突然发现孩子好像已经很久不为这事发火了，时间真是一剂良药，他居然学会了忍耐。但这种忍耐似乎也带走了一些东西，可能是亲近？可能是尊重？不知麻木与漠视久了，又会带来什么呢？

一个深夜，我洗着骚味十足的抹布时，偶尔抬头，突然看到洗手盆前的镜子里，映出一张扭曲嫌弃的脸！我怔怔地瞪着她，像不认识，又很熟悉。我听到我的胸膛里有两个小人在撕扯着吵架。

一个愤怒的小人在叫喊：“我讨厌这一切！”

一个隐形的小人在说：“你怎么可以讨厌自己的父亲！”

“因为是父亲就要一直这样下去吗？”

“他生养了你，你就应该承受这一切！”

“为这点小事丢了尊严值不值得？”

“有没有那么严重？哪来那么多毛病？你这个不孝顺的女儿！”

“别再拿这顶帽子压我！我要窒息了！”

“这就是你应该的、应该的、应该的！”

从那天开始，我知道了，一贯好名声的我，也藏着不为人知的另一面：一个道貌岸然、心口不一的恶人。

家的味道

我们吃了一块糖，知道了它是甜的；我们吃了一片药，知道了它是苦的；把有生之年品尝过的各种滋味混杂在一起，可能就是“家”的味道吧。在我看来，仅“幸福”或“不幸”这两个词，远远涵盖不了难以言述的、家的味道。

小时候的家，是硝烟的味道。那时的我仿佛是一只警觉的小兔子，随时竖着耳朵，在不动声色地察言观色。一旦嗅到即将发生的冲突，便立刻弹跳起来，用弱小的身子扑向那纷飞的战火，每次都如同一场惊恐至极的噩梦。那时好想快快长大，能像穿着高跟鞋喇叭裤的邻居姐姐们一样，可以离开家去上班，可以谁也管不着、谁也不用管，最重要的是，如果自己有家了，就可以不回原来的家。

后来出去上学，家的味道是遥远，但不牵挂。那时总是疑惑，为什么同学们总是哭着想回家，为什么他们的爸爸妈妈总是频频地来看望他们，他们说的想念，究竟是什么？为什么我和我的家与别人的不同，是我做错了什么吗？如果总是梦想着拥有一张自己的床，一个可以关上门不被打扰的房间，是不是就证明我是一个贪心的坏女孩？

结了婚之后，家的味道是沉重。那时的心总被各种牵绊，父母的事就是我的事，哥哥的事就是我的事，侄儿的事就是我的事，儿子的事当然更是我的事。一家人像盘根错节的藤，缠绕着我这棵并不挺拔的树，几近窒息。感觉自己像头从小就被一根细绳拴住一条腿喂养的象，明明已经长大了，抬起腿就能轻易挣脱束缚，却习惯成自然，仍在原地来回打转。

结束十年婚姻，又回到当初的起点，只是需要我背负的人中，多了一个孩子。此时，家的味道是无奈。于是再拿出一个十年，以我的漂泊换家人安好。人生有几个十年？说起来不过一瞬，走过来却是一路难言。好吧，终于可以喘口气歇歇了，老天爷却眨着眼睛顽皮地对我说：“NO，你接下来的任务叫作陪伴，陪伴他们一点点老去，连同你自己。”

我和父母又重新回归成一个家，这时的家，是暮年的味道。母亲在时，她特别怕冷，天刚刚擦黑，便拉上厚厚的窗帘，再找些大大小小的东西压上，确保不漏一点风。睡觉时更是夸张，她恨不得把所有的被子毯子大衣全盖在身上。我曾好奇地查探过，她在被子之外至少又捂了六七层，任你百般道理，她就两个字：我冷。夏天也如此，早晨揭开她贴身的被子，湿漉漉的，浓重的汗酸味扑面而来，娘亲，人会冷得直出汗吗？但你休想打开窗，她仍是那两个字：我冷。或许，妈妈是早些年被冻怕了，那些记忆已经在她的头脑里扎了根。于是，有一种冷叫妈妈的冷，与温度无关。

母亲去世后，家里感觉空旷了许多，除了弥漫着我心头的哀伤。人老了都会这样吗？一贯嘲讽母亲怕冷的父亲，年轻时曾在满是冰碴的河水里打鱼下网的父亲，竟也开始变得怕冷了。同一个房间里，我过的是夏天，他过的是冬天，我开窗他关窗，我开门他关门。他的衣服穿了一层又一层，毛衣加棉衣还要再套上驼绒坎肩，却坚持不肯洗澡。此时的家，是马桶里散发出来的味道，是父亲身上浓重的、说不清的味道。因此，我不请朋友到家里来，也强迫着让自己习惯这怪怪的味道，煎熬着一颗无奈屈从的心。

每个人，都活在错综复杂的关系中。每个窗帘背后，每盏灯下，每扇关紧的房门里，都有着难以言述的，一个个不同家庭的故事。现在想来，之所以不同的家里演绎着不同的爱恨悲喜，或许主要是两个不同：不同认知，不同的生活习惯。人的认知与环境有关，比如贫困山区的孩子和大城市里家境优越的孩子相比，区别不仅在于吃穿用度，还在于不同的思维和眼界。你根本无法要求一个连玩具都没有见过的孩子，能把网络游戏玩得娴熟，他恐怕连直视陌生人的勇气都没有。不同生存环境长大的两代人，像两个不同版本的手机，一部是按键式老人机，一部是触屏式智能机。如果再坚持不肯接纳现实、不屑于更新观念、拒绝学习与改变，那么，两代人之间就会永远隔着重重山水。

而“习惯”这两个字，则是会消磨人心的一把利器。它看似无关紧要，实则是亲密关系的隐形杀手，暗自搅动着身边人的情绪和感受。有人说距离产生美，人与人走得太近是一种灾难，此话不无道理。为什么一对海誓山盟、情深义重的夫妻，也能被琐碎的生活细节打败？这些琐碎，可能是不加掩饰的习惯，是轻慢无度的言行，也可能是肆意暴露的“真实”。近处无风景，当大多“我的舒服”建立在“让你不舒服”之上，渐渐流失的就是爱人的敬意和自己的尊严。日子没过好，追根到底不过是太多的不舒服累加起来的结果而已。何为链接人与人之间关系的纽带？“理解”是幸福的内核，“尊重”是关系的基础，而“界限”则是保护理解与尊重感的壁垒。若这些都没有，生活，唯余隐忍。

我处于一个不可以对父母提要求的时代，否则便是“不孝”。所以，痛而不言，也是一种孝道。而我们自己的人生，则在“被要求”中长大，因为习惯了顺从，所以很难跳出父母的规划。都说一个人的觉醒，在于懂得寻找内在的“自我”，可找到了又怎样呢？一样还是要做现实中的“无我”。先哲指引说，凡事要“向内求”，修行就是“修心”。好吧，好在自己的心灵还是块自己说了算的私有空间，就在那，安顿自己的灵魂吧。原来，认知的升华来自不同认知的苦苦折磨，且不用远遁深山，生活本身，处处皆是修炼。感谢父母给了我们一面镜子，让我们能分辨出，什么是可为，什么是不可为。

我这一生都在不停地买房子，却从来没有一个属于自己的家。余华在《活着》里说：“人生的意义在于体验失去所有人。”在失去父母和失去自己中间的日子，还有一段未知的路可以走。到那时，我定会把它走好，因为那是我人生中唯一的一小段“自我”，当珍惜。

第九章　海风吹，海浪涌

流放孤岛

小时候有个愿望——看看大海。梦想在没有实现时总让人充满期待，但当我置身于海边的家中，实际又去了海边几次呢？说这里是孤岛，是因为人少，在这儿买房的人大多为度假或养老，不常住，你会看到无数楼群中只有星星点点的灯光。想清静的人会把这儿当作天堂，有纯净的空气，有怡人的景色，有宽阔的街道，还有碧海蓝天。若是想热闹就算了，这里会让你郁闷到生无可恋。

我却突然想回家了。确切地说，是想再一次逃离，逃离那个处处有母亲痕迹的家，在那，没有一夜可以安睡。我是一个很少纠结的人，却有很长一段时间把自己逼进黑暗的死角，困顿挣扎，没有力气走出来。那种较劲的感觉，像是面对一桩明知不能昭雪的冤案，却执拗着不肯放手，似乎放下了，就辜负了故去的母亲，让她去得不甘，去得心寒。我知道自己需要时间来消化和处理一些东西，给压抑的情绪找个出口，否则，我的心，会变得阴暗。于是，把儿子留在威海，让他在自己的家里过独立的生活。我决定带父亲回家，回到海边自己的房子，希望也能回归宁静与干净。

搬家就是不断地扔东西和添东西，新家要有新气象。重新粉刷，重换家具，一切重新开始，什么都是新的，心情是不是也能变成新的呢？一室一厅的小家，只有我和父亲两个成员，安安静静，干干净净，一切都是他喜欢的样子。卫生间的马桶缺个水箱盖，不大好配，我正犹豫着要不要也换新的，父亲大方地一挥手说：“换！换个好的，这个钱我出，怎么说也得花点钱。”我刚想说不用，话到嘴边又咽了回去，脑子里突然跳出一个不太厚道的念头：这个东西呢，您老人家要买就买吧，自己花的钱没准儿能珍惜着点用。“人心”这个东西诡异得很，因为隔着肚皮，谁也看不到它变化多端的样子。没过多久，侄儿放假回家，从洗手间出来后笑问：“姑，不是说，表现好了几天吗，现在又涛声依旧了？”我头都没抬，平淡地说：“你以为呢？”

生活的节奏突然变得缓慢，世界也从此安静下来。我的理家水平应该能完胜全职阿姨，一日三餐精心打理，小房间也清清爽爽。从此，照顾好父亲就是我的首要任务。如果身体再能好点，他的生活真算得上悠闲惬意；如果能再多点爱好，比如学着摆弄个微信什么的，他的日子就不会那么无聊；如果再能结交几个老友多走动走动，日子可能更容易打发些。可父亲拒绝一切新鲜的、得学习的东西，比如他仍在用那款小不点的按键式老人机，坚决不肯换。为此我还蒙受了不白之冤，被素来疼爱我的姑父训了几次，他以为我不肯给父亲买智能手机或没有耐心教他，天地良心！手机有，还有平板电脑，可以从斗地主开始练习触屏，是我父亲坚决不配合好吗。

父亲唯一的朋友就是电视。从早六点到晚八点，他的标准姿势就是躺在沙发上，手执遥控器，不停地切换频道，看一会儿，睡一会儿。偶尔停电，他就会手足无措、心乱如麻，转来转去也不知该干点什么。父亲爱看的节目是体育类的和动物世界，新闻是不肯看的，说都是骗人的，还不如看动物。如果有乒乓球等重要赛事，他会早早计算好时间，离开沙发，端个小板凳，在距离电视机不足一米的地方，戴着老花镜哈着腰紧盯着屏幕，像一个认真的小学生。至于其他的节目内容，大多是半睡半醒地眯着看，不一会儿便有鼾声响起。

随着父亲的耳背程度逐渐加重，电视的音量也慢慢被调到最大分贝。若在他睡着时轻轻关了电视或调小了音量，你这边蹑手蹑脚地刚刚走开，一转头发现人家醒了，正在摸索着找遥控器。可刚才明明打鼾了啊，看他那神情却是压根没睡着的样子，后来听说电视总是来回开关还不如一直开着，便由他去了。一天中的大部分时间，父亲都是睡着的，即使不睡时也是一声接一声悠长的哈欠，空气里到处都是赶不走的瞌睡虫，一不小心就会沾上。有段时间他晚上睡不好，便逼着他宝贝孙子给他买安定。爹，咱不是晚上睡不着，而是白天睡得太多了好吗。不过最好别废话，让买就买，说了也没用。后来想了想，医生也说卧床休息是最好的养病办法，那就由着他保持婴儿级的睡眠吧。

窗外很开阔，能看见大海、蓝天、云朵和偶尔掠过的鸟雀。有时，电视节目实在没意思，父亲躺累了，也会坐在窗前的桌旁，左右张望着发会儿呆，也不知他有没有注意到窗外的好景致。最怕的是阴天，父亲说只要阴天他就会难受，有老毛病的人都会这样吧，可谁又能做得了老天的主呢。窗前待到下午五六点钟，天色稍暗，他便慢慢地拉上窗帘，把落日的余晖挡在窗外，今天，就这么打发了。为了让父亲少睡点觉，给他买了瓜子，他便坐在那一粒一粒慢慢地剥，一颗一颗慢慢地嚼，像是细数着分分秒秒，盼着无聊的今天早一点过去，又无比期待着依旧无聊的明天正常来临。

睡前吃的药，是用三七西洋参等中药磨的粉末，那黑乎乎的药面儿闻着味都很苦，可想而知吃起来多么难以下咽。父亲皱着眉仰头吞下后，总会伴着一声长长的叹息，像是宣告今天该吃的药总算到此为止。那一抽屉的中药西药已经陪伴了他近二十年，病人的生活，就是饭可以少吃，药不能落下一顿。父亲吃药一般不遵医嘱，他不断给自己加量，说现在的药都掺了假，吃少了不管用，那种老式止痛片更是一把把的吃，根本劝不了。或许是久病成医吧，有时觉得哪里不舒服，医生给开的药，居然还不如他自己搭配的方子有效，所以我也只能由他去了。

每晚睡前，我一定会虚掩着门，随时听着动静。如果哪夜睡得熟了，听不到父亲时断时续的鼾声，和一次次地起夜的声响，我便会突然惊醒过来，起身走到他的床边，确认他呼吸正常，再回来躺下。以前，父亲还能早早地起来做饭，不让他做时会说："趁能动的时候，好赖干点，以后干不动了，你们也别嫌弃。"这一天终究还是来了，现在我每天起来做早饭时，父亲常常还在睡着。待他慢慢地起床，慢慢穿好衣服，慢慢拉开窗帘，慢慢打开血压计，慢慢测量完毕，我便摆好早餐，开启我们慢节奏的养老生活。

每当夜深人静，我时时会感到恐慌，怕父亲突然犯病，怕有个万一措手不及，怕孩子们离得远赶不回来。这个担心已经持续了多年，无论我是在家还是在外，心中始终萦绕着一个挥不去的"怕"字。不知是医生危言耸听，还是父亲创造了生命的奇迹，总之，事情并没有想象的那么糟糕。然而，母亲的离去让我明白，生命太过无常，就在一呼一吸之间，一旦永远闭上眼睛，就是天人永隔。所以这份怕一直在，无论如何都希望父亲好好地活着，每天痛苦能少一点儿，舒心多一点儿，安稳平顺地活着。

其实还怕自己的心，也跟着一点点变老。每天吃着软烂的饭食，过着单调乏味的日子，感觉自己身上也越来越少了鲜活气，甚至头脑和脚步都有点迟缓蹒跚，颇有点未老先衰之感。你能理解那种被环境“同化”的感觉吗？这还真需要点“保持自我”的定力。有时会蓦然心惊，我这不老不小的生命，不会就这么干瘪衰落下去吧？于是，我会偷偷关上门，放段欢快的音乐跟着扭动几下，以确信自己的腿脚尚且灵便；或出声的读读书，证明一下自己的语言功能还在。平日能和父亲说的几句话，大多是吃什么、血压怎样、哪里不舒服，还好，他有电视为伴，我有自己为伴。

却发现，我依旧无法放松。塞满心里的阴暗，依旧撕不开一点缝隙，透不进一点光亮。那明明是些无用的垃圾，我也回到了这一片无惊无扰的净土，为什么还是做不到清空放下？人性之恶，即使遁入荒岛，却也无法逃离自己的本心。

困兽之斗

几位好友驱车来探望，小屋里萦绕着久违的欢声笑语，心，暖暖的。他们都至少小我十五六岁，却一向哄我说：“姐姐的心态和我们一样年轻，从来都不觉得你老。”我会调皮地回他们：“嗯，净说实话，我爱听。”那天我们喝了不少酒，他们走后，我昏沉着醉了整两天，从未有过的难受，恨不得长睡不醒的那种。当然，并没有耽误父亲的一日三餐。

我知道自己为什么会醉，因为我一直想醉。我是一个喜欢孤独的人，也自诩有一颗宁静淡泊的心，能够享受独处的时光，也能把控自己的情绪。母亲去世后的日子，我的心里一度住进了魔障，它无时无刻不在翻腾搅动！我也没有一日不想驱走它，但它却蛮横地赖在那，纹丝不动，即使我耗尽了力气，也不曾撼动它半分。我买来雅致的茶具，买来禅意的香炉，买来搅动时光的手磨咖啡，把飘窗打造成精巧的小花园。我努力扮成从容自得的悠闲样子，给别人看，也给自己看，却迟迟等不来一份内心的安定。

我知道我的心，被一样东西塞满，这是我不敢说出口，说出来就会打碎自己好人形象的两个字——怨恨。这是故去的母亲转移给我的恨意，为她活着的艰难，为她一生的不值，为她离去时受到的冷漠！或许，女儿和母亲之间，有某种东西相连，无论是否亲近，无论生死，女儿都能感知到母亲的心。母亲迟迟不肯闭上眼睛，那双充满不甘、茫然、幽怨的眼睛，像刀子一样扎在我的心里，想想就疼。

醉卧的那两日，我慢慢梳理自己嘈杂凌乱的内心，除了怨恨，竟又挖出一样东西——愤怒。那应该是颗深埋多年的种子，我甚至压根儿不知道它的存在，可是，它就那么莫名地膨胀开来，破土而出，疾速疯长！与付出了多少无关，与隐忍了什么无关，与失去了什么无关。那是一种悄然迸发的控诉，为自己被强行入侵的人生，为入侵者的浑不在意和心安理得，为自己一去不返的青春岁月，而深深地无望与愤怒！这个发现让我无比恐慌，也很想拿些好听的字词来掩盖它。但，我一向逆来顺受的心，此刻竟不再愿意。

这些年，别无选择，就是唯一的选择，似乎我活着的价值，就是为了这个家。以前的我并不觉得有什么不平衡，甚至引以为荣，以为生活就该是这个样子，以为那是我的能力。或许如心理学家弗洛伊德所说：未被表达的情绪，永远都不会消失，它们只是被活埋了。终有一天，它们会以更丑恶的方式爆发出来。母亲的离去带给了我极大的冲击，对“活着”这两个字充满沮丧和怀疑，也为自己的过往岁月感到了深深的不值。或者说，我根本就没有过自己的人生，而是始终在心甘情愿地背负别人的人生。突然发现，自己活得很失败，或许，恰恰是因为有了我，我的父母才变成了不肯长大的孩子。而我，却为此搭上了一辈子。

人心若是变了，看人看事的眼睛也就变了，就像爱一个人会不由自主地去寻找他的优点，倘若从心里不再喜欢一个人，眼里所见到处都是问题。如果说夫妻的离心是因为三观不合，那么一个屋檐下的两代人，朝夕相处的每一天，会有多少不合？只能说，此处省略一万个字，且含着泪。我一遍遍地问自己，为什么以前都可以容忍的一切，突然现在变得如此难以忍受？我知道，那是因为我的心变坏了，我变成了一个不露声色的两面人，表面上恭顺有加，内心却时常逆流翻涌！我也渐渐明白，母亲的离去只是给了我一个合情合理的借口，其实很多东西，已经在我心里积蓄很久了，如蠢蠢欲动的岩浆，不是向外喷发，就是向内自焚！

父母养育子女，都有一颗吃苦受累的心，如果需要，甚至能以生命相赠。但同时也给孩子的心灵带来难以承受之重。我从小就被称为懂事的孩子，长大后又成了能干的孩子，再以后成了孝顺的孩子，我在他们的良好评价中长成了他们想要的样子，我的一生都在为这些闪耀的头衔而活。可是它们很重，压得我喘不过气来，可那不是我，我想要的是真实的自己！我应该为自己活！而这个觉醒，却在我年近半百，在我的好名声已完成百分之九十九时姗姗来迟。我听到一个声音在怒吼：最艰难的日子都熬过来了，你想打碎什么？你想成为什么？你想留下怎样的骂名？于是，我再一次选择屈服，把那颗暗自哭泣的心用一块黑暗的布包裹起来，别让它留下什么不可告人的把柄。

一日闲聊，父亲说："再过两年就好了，到时候你也有退休金了，再加上我的钱，以后过日子也够花了。"他的话，自然也平常，像讲述着隔壁老王的故事，或憧憬着老夫老妻间长相厮守的未来岁月。我却感到一阵刺骨的寒意缓缓袭来，整个人都陷入了无底深渊，一股股黏稠的浊流正从那汩汩涌出，它粘住我的手脚，粘住我的肢体，一直蔓延到我的脖颈，眼看着就要把我整个人吞没，我却没有力气挣扎。我感到说不出的绝望，无比的绝望！然而，我却听到了一个悦耳、动听的声音从我的口中发出："是啊，以后的日子还长着呢，放心吧，有没有工资钱都够花，只要你健健康康的就行。"

我是个心口不一的家伙！我把自己关进伦理和道义的笼子，发出犹如困兽般的冲撞哀号！我时常手执正义和良知的鞭子，狠狠抽打自己带着精神锈铸的灵魂！我知道，我并没有别人说得那么好，或许我根本就是假装做得很好，其实骨子里很坏，坏到想要摆脱这一切！我蜷缩在坚硬笼子的一角，为被埋葬的自己而哭！为被裹挟的人生而哭！为苦守多年却无端背叛了的忠诚而哭！

我知道我微弱无力的哭声，终将被寂静暗沉的黑夜，冷漠地，无情地，吞噬湮灭。

那个夜，那轮月

很久以前曾想过，将来老了，自己办一个会所，让那些注重生活品质的精神贵族，有一个不同于世俗模样的灵魂居所，在那儿，开始他们虽然老去却崭新的人生。我甚至拟好了名字，叫“澜恬”，一来喜欢蓝色和大海，二来也寓意，一生波澜壮阔也好，沧桑颠沛也罢，终归要回到恬淡与宁静。这是我心里喜欢的未来，却不经意间，已悄悄迫近知天命的年岁。

非要等到无牵无挂的暮年，才能真正静得下心来吗？为什么不让已然觉知的每个日子，都懂得去呵护疲累了一生的心？人，只有自己能把自己围困，那时，我还做不到与自己达成和解。有很长的一段时间，我甚至把当初的梦想给颠倒了：表面淡泊恬静，内心波涛汹涌，或者说，白天一切安好，夜晚噩梦缠绕。一个人，肉体若被奴役，一旦有了喘息的机会可能会修复，若是精神被戴上了枷锁，自己又寻不到开解的钥匙，恐怕很难得到救赎，我就这样把自己困了很久。我一直深信，这世间存在某种神秘而强大的力量，能听到或映射出你的内心，并适时地给予提点，通过梦来完成。

流落荒岛，我会经常重复做一些梦，它们大致分为两类。一类是各种焦虑，比如赶车，时间马上就到了可自己还在路上，或者是还没有准备好行李，总之一团忙乱；比如讲课，一个人孤身站在偌大的讲台上，台下无数双眼睛盯着，自己却衣衫不整、没有梳妆、没有备课或哑口无言；比如考试，试卷上所有的题目陌生无比、模糊不清，总之都不会，急得在梦里都想哭。类似的梦常常出现，醒来时觉得心好堵，缓过神来又有点庆幸，还好，这不是真的。另一类梦是新近才有的，以前从未有过，说出来很是不雅，甚至带点恶心。我梦见自己无休止地呕吐，吐出的东西污秽不堪，居然有一次还梦见吐出很多大大小小、棱棱角角的玻璃碎片，其中还混杂着乱糟糟的头发，真是又扎心又恶心。

我试着给自己解梦，通常是只往好的方面解。但这类梦境我实在无法美化，因为知道，那些东西很可能叫作垃圾。似乎有种提示在警告我：我的内心藏污纳垢，积压了很多不该有的脏东西，必须要清除干净。之所以在不停地呕吐，我想自己也是渴望着把它们倾吐出来，只是一时找不到排污的出口，于是选择了做梦。这种梦大概出现过两三次，我也因为这个提示开始警觉，有意识地去一点点排解。自己的病只能自己治，一个人内心的强大是因为它表层布满老茧，把那颗脆弱的心包裹上了而已。好在，我似乎被恩赐了某种天赋，像个会反刍的牛，无论遇到什么事，在必须接受它的时候，能做到默默咀嚼，独自吞咽。

我谴责自己，不该在陪伴父亲的日子心存怨恨。母亲去了，她一生的幸与不幸也应该跟着烟消云散。父母的人生，无论好坏，都是他们自己应该承担的结果，本就与我无关。作为局外人，我没有资格去评判，因为代替不了任何人。人去了就是去了，活着的人还得好好活着，放不下的执着，是自己的修为不够。儿女对于父母，有些话是不允许发声的，因为对他们来说，尊严永远比对错重要。至于自己，这个家确实带给了我沉重的负荷，但同时也磨炼了我与众不同的性格，所失亦所得。生活像一本百科全书，以让你疼的方式让你思考，以让你苦的方式让你强大。比如现在，它或许就在讲这么一个道理：逝去的时光是在告诉我们未来应该怎么活，而不是一边沉湎过去，一边葬送现在。

我知道从此之后，一切都会慢慢好起来，因为想明白了。之前不是不懂，而是不想了结，不肯放下。无处发泄的怨恨何尝不是支回头的箭，最终伤的，还是自己。母亲去世后的一年多，也是我和自己内心交战的一年多，中间所经历的挣扎和不为人知的痛，真的很苦。这样的日子必须结束了，因为继续下去只有两个结果：一是让自己一生的付出最后化作遗憾，二是让自己的精神支柱扭曲垮塌。那时，我已意识到，自己正走在通往抑郁的路上，这不是我想要的。人，并没有那么高尚，有时的宽容大度，只不过是为了放过可怜的自己。

一次夜半，莫名醒来，蓦然看到窗外悬着一轮满月。它就嵌在漆黑的天幕中，宁静而高远，充满圣洁之美。温润如玉的月光轻轻地抛洒在我的床头，此刻，我被它一览无余地照见。我知道，它一直都在，只是我恰巧在那个夜晚醒来，我起身走到窗前，虔诚地仰望着它。冥冥中，我似乎听到一个悠远的声音：月亮皎洁，是因为从来未被玷污过吗？月亮阴晴圆缺，它有过哀怜抱怨吗？月亮无与伦比的美，是为了让每个人都能清晰地看见吗？它什么都不为，只做真实的自己；它什么都不争，天地就都是它的。

就这样仰望着，仿佛广袤浩大的天地间，只余下一个小小的我和皎洁无垠的它。它无处不在的光辉，静静地包裹着弱小如尘埃的我，柔和、安详。就在某个瞬间，我感到似乎有股沁人心脾的清流倾泻而下，缓缓地注入我的血管，愉快地在全身流淌，我的心萌生出一种前所未有的纯净、宁静、平和的力量。这是身临其境才会有的感觉，像有一双无形的手，把笼罩在我心底的阴霾，就那么一点点给驱散了，只余下一片清朗。我无比感恩那个夜晚，那是我与自然的一次神奇交流，它拿走了我无处安放的肮脏，它就那么轻易地洗净了我的内心，以仁慈的胸怀和洞见的力量。

并非置身黑暗之处，你就只能黑暗。别忘了你的心，还有月亮，能看见。

放过自己

在我的生命中出现过很多贵人，他们或给我幸运的机遇，或给我成长的磨炼，或给我适时的提点。以至于无论遭遇什么样的困苦，我都从未动摇坚定的信念，我坚信我的人生还会有更多的好事发生。比如，在我陷入困顿之时，一位并不知情的好友，注意，是位很帅的帅哥，他说："苏姐，有一本难得的好书，相信你一定喜欢，拿回去认真看。"帅哥无意中赠我玫瑰一朵，他却不知这缕奇香，竟撬动了囚禁我心灵多年的那把锁。

这本书叫《巨婴国》，是我喜欢的著名心理学家武志红老师所著。我读过很多他的著作，唯独没有读过这本，它仿佛是在最恰当的时候，专程为解救我而来。当看懂"巨婴"这两个字时，我被它瞬间击中！我呆呆地愣了很久，突然听到自己的心恸然大哭的声音！哭过之后，有种被无罪释放的感觉，如同卸下了背负已久的千斤重担，好轻松！原来我所纠结的一切，竟是国情民俗与传统文化的必然产物，是众生执迷的常态，也是大多数人也正在经历的苦痛与无奈。只要是人，就有阳光和黑暗的两面，你我都非圣贤，没有必要为一个"好人"的定义，而对自己求全苛责、作茧自缚。

巨婴，即成年婴儿，是指一个个体，在身体上已经发育为成年人，而心理发育水平还停留在婴儿时期的思想、情绪和行为。这是从心理学的角度对社会群体人格的一个划分，也是大部分国人的思维层次和心理状态。我们当然不能断章取义、仅从字面上去理解它，于我个人而言，从中受到的启发是：我们终其一生似乎都在忙于一件事，那就是对身体的供养，比如吃什么、住什么、享受什么，却很少懂得，去关注和滋养内在的心灵。而很多让我们焦虑困顿的人生难题，恰恰是因为观念与认知上的差异。还有一个关键点，我们的父母并没有机会上多少学，而有了受教育机会的我们，自打走出校门后，也已早早放下了书本，除了现实需要，我们的精神世界基本停滞了成长。

所以很多问题找不到答案，所以有了衣食无忧后的空虚迷茫，所以有了家庭关系中的无解之痛。我看到一个非常刺眼的词，叫“病态共生”：中国的家庭关系像一锅粥，人与人之间没有界限，一家人搅在一起。你的事就是我的事，我的事也是你的事，所有的人和事都和我有关，结果是最操心、最能干、最懂事、最孝顺的那个，险些被累死，却很可能劳而无功。最累的人已付出自己的所有为代价，同时，也让那些依附于他的人失去了独立生存的能力。在你一味付出时未必会赢得感激，但倘若你累到不想管了，一旦放手却很可能招致怨恨，这就是人性。原来，觉得活得累，是源于我们对生命的无知，不知道自己应该成为一个什么样的人，在多种关系中应该做一个什么样的人，总之，我们还没有一个独立的、善于思考的灵魂。

教育的最终指向，应该是精神的饱满与人格的独立，吃饱穿暖只是最低需求，没有智慧伴随的人生注定与幸福无缘。制造巨婴，都是经由父母的手，而有些父母，自己首先就是“巨婴”。可他们大多不明白，自己的不成长就是在压制孩子的成长，最终让孩子如他们一般普通平庸。例如父母常期待的“孝顺”，它并非靠要求得来，而是取决于孩子的生命质量，是否先活好了自己。由心而发的爱与担当，是人格健全的自然表现。一个从父母那里学到了同情、敬畏与慈悲的孩子，不用刻意地教他孝道，他将来也一定是个“孝子”。当然，做到这些的前提是，父母要先活好自己，活成孩子的榜样，活成孩子的精神引领者。

有一点无法破解，那就是无法摆脱的命运枷锁。这个世界总有一些事情是我们不能控制的，比如你无法走进父母的内心，无法与他们对等交流，无法唤起他们的自省。对于没有办法的事，不必强求，或许，能让他们的余生心安是个不错的选择。但要学会抽离，学会把自己的人生从他人的人生中抽离出来，而不是毫无界限地继续搅在一起，那样，我们都会一直深陷痛苦。我尊重你的活法，并不意味着要牺牲我的活法，懂得捍卫自己的疆界，不是自私，而是真正的强大。一个人只有获得了精神上的自由，才会滋生出平和坦然的心境，才可能有老吾老以及人之老的悲悯，才能做到安住当下、悦纳顺逆，否则就是武志红老师笔下“病态共生”所导致的“相互绞杀”。

亲爱的，不能因为自己醒了，就去责怪另一个睡着的人。每个人都应该对自己的生命负责，唯有自己才是自己的拯救者。对于有些人，一直睡着，或许也是一种幸福。觉醒了的我们，唯一该做的，就是活好自己。这是一本好书，通过它我终于给自己松了绑，知道了自己不该是被谴责的另类；知道了只有先放过自己，才有心力去宽佑别人；知道了所谓解不开的困扰，其实都有一扇隐藏的门，只是自己被无知蒙上了双眼，才会画地为牢。把唤醒我的那句话也传递给大家：人活着，就是要跳出自己的命运剧本，创造属于自己的人生剧本，活着的意义就是要成为你自己。

过去的年岁已然是那个样子了，而今天和未来还在，管它长短，还是有机会再做选择的。

书里还有让我振聋发聩的一段话。为此书作序的是著名心理学专家曾奇峰老师，他有一段话和作者所执观点大致相同，摘录如下：中国的孝顺文化，是对长者的恶性催眠：你老了，快死了，我让着你一点，这样你可以占点便宜再离开这个世界。孝顺是对长者巨大的排斥与不屑。被催眠的长者会提前进入“垂死”的状态，苟且地活在孝顺包围的虚假世界里，所以孝顺是坟墓的一种精神形式，这种形式确实可以满足一些帝王般的操纵欲，但却伴随着弥散的孤独、无力和悲哀。不由感叹，真实的文笔像把锋利的手术刀，一刀下去就是鲜血淋漓。

尽管我已尽力，却感觉父亲活得并不快乐。以前认为他的不开心可能来自身体原因，或爱好太少，或生活比较自闭。但这段话惊到了我：难道他的不快乐，也可能与我的悉心呵护有关？对一位老人来说，什么都不用他做、什么都不让他做、什么事都替他安排好，吃好、睡好、有病能医就是他想要的好生活吗？他会不会因此把自己看成是无用的累赘，找不到自己存在的价值，从而找不到内心的安乐？儿女可以照顾好父母的身体，却无法赐予他精神上的愉悦，毕竟每个人都是独立的，谁又能有能力打通认知的壁垒，弥合两代人之间的思维断层？若想不被这种“孝顺文化”包围，子女与父母间正确的相处之道又该是什么？

如果父亲健朗，或许也会以他的成长背景和苦难的经历讲述出一本属于自己的书。生在挨饿受冻的年代的父辈们，最大的愿望只能是吃饱穿暖，这是人性的使然。然而，人的一生是漫长的、动态的，除了身体，还有伴随着年轮的转动而增长的心智。如今生活好了，当初那个吃饱穿暖的简单愿望早已达成，如果依然感觉不到幸福与快乐，或许是因为那个孩提时代的小小心愿，一直没有随着年龄的增长而变化吧。

被住院

关于什么是幸福，有个说法：好好吃饭，好好睡觉。对于一个不懂得顾惜自己的人来说，你透支的每一份体力和精力，无法排解的每一份负面情绪，都会被身体的某个器官在某个特定的时刻无情讨伐。比如我，隐隐地腹痛很久了，一直拖着不当回事，后来实在感觉不大好便随意上网咨询了一下。结果被一位认真负责的咨询医生各种电话微信寒暄关心到不好意思，好吧好吧，那就别让你太失望，做个预约，去医院检查一下吧。

专家大叔看着化验单说："肠息肉，正常来说是个小手术，但你这个太多、太大，得进一步做病理研究，必须住院治疗。"有没有那么严重？我认为医生总是喜欢小题大做，但还是得听话。我估算好父亲一周的伙食，一样样塞满冰箱，然后整理好自己的衣物，背上沉甸甸的双肩包，坐上公交车，迈着轻松愉快的小步伐，那就去住个院吧。以前办住院手续都是爸妈的配角，现在轮到自己当主角，当然是轻车熟路，畅通无阻。居然还分到一个阳光暖暖、可以俯瞰大海、有着落地长窗的病房，而且病房只有我一个人，噢耶，这次休假堪称完美。

手术不痛苦，被全麻后就像是睡着了，可能去另一个世界就是这种感觉吧。没想到每天的点滴却像上刑，那药物刺激血管，刺痛从早到晚，可惜了我的海景房，痛得没了看风景的心情。儿子每天会来陪伴一会儿，看我的眼神既心疼又无奈，他带点愧疚和懊恼地说："妈，如果你得的是什么大病，需要我拿很多钱出来，需要我不工作来照顾你，那我这个儿子是不是很没用？这些年你是不是就白养我了？""傻孩子，你还小，妈妈还不老，以后都会好的！"是啊，都会好，只是好起来的路都得靠自己一步步地走。当今的社会，孩子有孩子的焦虑，父母有父母的压力，先自己顾自己吧，尽量别去打扰别人。再说，谁又能替你疼呢，人最终都得靠自己。

窗外的幸福门霓虹闪烁，那是威海市的地标建筑，矗立在最美的海滨。夜晚，一个人的病房越发寂静，慢慢侵袭的黑暗一点点剥下坚强的外衣，会让人无端变得脆弱起来。被卸下那些管子后，我的胳膊终于不痛了，心却有点莫名地慌张。那种感觉怎么形容呢，躺在病床上和躺在家里不同，仿佛生命的意外和终老都离得很近，也仿佛脑子里终于有了点空隙，能认真感受一下自己的身体。那天，我对自己做了个庄重的决定：从今天开始，学会爱自己，这次是真的。以往每每经历大的变故时，也会格外感悟到健康的重要性，可往往是忙着忙着就忘了，典型的好了伤疤忘了疼。但这次不同，自己想通了就会真心去做，可能因为有点老了，也有点怕了。我讨厌病床，怕人侍候，再说，有没有人侍候还两说呢。

想想看，人真的是最脆弱的动物，哪怕一个最小的细菌都可能要了我们的性命，能平安活到老本身就是一种幸运。可人又很健忘，我们虽然把生命看得很重，却并不是都能做到时时珍惜。或许正因为是这样，大多数的人都带着遗憾离开这个世界，辛辛苦苦一辈子，要么亏欠了别人，要么亏欠了自己。其实，人活着，辛苦并不可怕，怕的是既辛苦又不快乐。而真正的快乐，一定是建立在健康与心安的基础上，没有这个资本，自然就没了快乐的资格。特定的场景给人特定的启示，真的感谢那次住院，医生在诊治我的身体，而我，在一点点疗愈自己的心。

出院的那天早晨，早已混熟的医生来查房，她嗔怪着训斥：“没见过你这样住院的，连个陪护的人都没有。上午病理出结果，自己来取吧，没问题就可以出院了。”好嘞！把病房收拾得干干净净，把被子叠得方方正正，再享受片刻我的高价海景房，不一样的我就要开始不一样的美好新生活了，再说，父亲的冰箱也差不多该空了。背上我的双肩包，迈着愉快地小步伐，去医生那取了化验单，没问题就可以下楼办理出院，打道回府了。

两个医生头挨着头盯着电脑里的图像，正指点着说些什么。回头看见我来报到，拧着眉毛一脸关切地说：“你过来，自己好好看看。你有八个息肉，这两个长得像菜花，距癌变只有一步之遥，如果你再晚来几个月，恐怕就得动大手术了，真够幸运的！必须定期复查哈。”我看了看电脑里那两个长相怪异的东西，一时还没有回过神来，难道问题有点严重？自己居然险些中了“大奖”？哈哈，我的命怎么那么好，就这么稀里糊涂地躲过一劫！那位电话微信里纠缠不休的咨询医生，你难道是上帝派来的天使？

走出医院，我脚步轻盈。正对着医院大门的就是高耸着的幸福门，我把自己装进那个大大的幸福框里，这样，我就可以被满满的幸福包围了。仰望着晴好的蓝天，呼吸着温润的海风，心里想着，我的未来一定会幸福。因为我决定，就从今天开始，做一个简单的人，一个自爱的人，一个把未来的每一天都认真珍惜的人，好好关照自己的身体，好好爱护自己的心。

不一样的风景

有一句朴素的话，无由地喜欢：爱干净，穷不久。居处干净，会让人心生安宁；头脑干净，会让人思维敏捷；内心干净，会让人简单纯粹。看来医院是个好地方，不让你痛上一回，不狠狠吓唬你一次，你便不知健康为何物。值得庆幸的是，那病是个好提示，让从不把自己身体当回事的我懂得了珍惜。

喜欢我的窗外，像一幅意境悠远、灵动变幻的风景画。清晨有红彤彤的太阳跳跃着升起，光芒闪耀却不刺眼；白云镶嵌在蓝天，应是世上最清爽明快的色彩，那云儿看似安详淡定，实际上却是变化多端，可黑可白；有阳光的中午喜欢在窗台上小憩，娇憨可爱的多肉触手可及，这些小家伙今天冒个新芽明天开朵小花，总是偷偷带给我成长的惊喜；檐下的燕子偶尔掠过，身姿轻盈矫健，有时能看到它们口中衔着枝条，可能是在忙着垒窝；暮色降临时，可以领略夕阳徐徐而落的雍容，这亘古相守的浮沉起落，早已参透世间万象与生死轮回，却依旧保持着高贵的谦逊。

我决定去海边走走，离得近了，反倒像隔得远了，这就是传说中的拥有了便不再珍惜。只有见了大海的辽阔，才知自己的那滴痛苦，是多么的微不足道。低头看着海浪轻轻抚平那排深深浅浅的脚印，突然想起那个故事：

一日，富翁在海边散步，看见一个渔夫悠闲地躺在沙滩上晒太阳。

于是，富翁问道："你为什么不出海多打几船鱼呢？"

渔夫懒懒地反问道："我为什么要多打几船鱼呢？"

富翁说："你每天多打鱼，多拿些到市场上去卖，你就能挣更多的钱啊。"

渔夫问："我挣更多的钱干什么呢？"

富翁说："你挣很多的钱，就可以在海边盖间大屋子，然后躺在沙滩上晒太阳了啊。"

渔夫说道："可我现在不正在沙滩上晒太阳吗？"

是啊，人们无休止的奔波劳碌，只为一颗不安分的心，其实最终求的是什么呢，不过是自由的呼吸、简单的生活、身心的愉悦而已。可置身这物欲横流、你争我夺、责任缠身的当下，若没有一个富翁的身，又何来一颗渔夫的心？这世间常常充满无解的悖论，一个人若想真正平静下来，恐怕也得在历经繁华之后。忽然觉得，人这一辈子，或许只有过了五十岁才是最好的光景，生活的节奏不再匆忙，背负的责任一件件放下，在迎来送往的悲喜中，终于懂得了用心去领悟生命的分量。原来，好好活着，活好自己，才是来一趟这人世间唯一的意义。

在海边，我做了一个即兴推断，关于往后余生。就生活的质地而言，现实一点的想法应该如此，按四个层次逐级递减。第一，还是得有很多的钱，那样就能去想去的地方，见想见的人，做想做的事，随心所欲地活。当有一天走不动了，就住条件最先进的养老院，不仅衣食住行无忧，还有最好的服务，你要做的，只需抬手按个铃而已。请别对我说再好的环境也抵不过心灵的孤单，你不能要求买一所豪宅还得配备个幸福开关，内心的丰盈，是因以往的修为和当下的心态而定。第二，钱不是很多，但一直够用。有独立舒适的私人空间，把它布置成自己喜欢的样子，不被干扰，不去打扰，有所选择的做想做的事，也蛮不错。第三，钱仅够温饱，一屋一床，一粥一饭，健康、轻松、简单，乐得省心。第四，没钱没房，都给了孩子也指望着孩子养老，再帮着照顾孩子的孩子，等实在干不动那天再说。只是可能我以为的最惨正是你以为的幸福，这一点因人而异，谁又说的清呢。

当然还有一幅最理想的画面：三或四世同堂，儿孙绕膝，其乐融融，一大家子乐享天伦，这个场景我没咋敢想，就忘了说。理智点讲呢，它一定会有，但不会很多，就当是意外惊喜吧。不过有个关键，这几个层次都必须建立在雷打不动的同一个基础之上——健康的身体，否则一切都是空谈。于是我再次顿悟，得先把这件手头最紧要、最容易落实、别人最不能替代的事做好，世事难料，未来可期，指不定我的老年生活就芝麻开花节节高了呢。写到这忍不住想笑，人可真好玩儿，搞得自己跟个哲学家一样，兜兜转转地绕了一大圈儿，不过是又回到了当初那个啥啥都明白的起点：要想好好活着，最重要的就是注重健康。

好，我接下来要做的事，就是为健康而奋斗。根据目前情况，鉴于我的活动范围仅限于家中，所以每天除家务之外能做的事就是读读书、写写字、发发呆，做做瑜伽、跳跳绳、走走路，照顾好自己和爹。人是最好骗的动物，当你把生活的重心由“客体”调节成“自体”，日子其实还和以往一样，心境却已全然不同。比如仍在不停擦拭尿迹斑斑的马桶圈，虽做不到面带微笑，但已能保证心里不哭。至于种种不习惯，就一点点去习惯吧，我又不是王，这世界还轮不到我做主。唉，星星还是那个星星，月亮还是那个月亮，除了生死，都是擦伤。谁说的来着？每一个不曾起舞的日子，都是对生命的辜负。那就把每天都当成新生，也看作末日，对自己好点，对别人好点，既然这日子好坏都得过，为什么不咬咬牙、使使劲、跺跺脚，选择尽量好好过呢？

要想换个活法，只要活着就不晚。境由心造，是拂去了尘埃的心，换一双眼睛看待世界，目光所及，尽是美好。告诉你个秘密，我的坚信又来传话：前方还有个更好的我，就在那静静等候，很快便会与我会合。而我，也正一步步，快乐自信地走向她，为我加油吧！

倔强的少年

我从没见过自己的爷爷奶奶，在父亲三四岁的时候，爷爷就去世了。听姑姑说，那时爷爷给有钱的地主家看坟，荒山野岭间，只有一处孤零零的茅草房，那便是父亲最早的家。说起来，爷爷应该算是烈士，当年他是因为帮助一个逃到这儿的地下党或是新四军，被国民党给抓走的。爷爷失踪了几天，找到时浑身捆绑着、跪倒在沟壑里，他是被枪杀的。那是个兵荒马乱的年代，惊慌失措的奶奶带着两个年幼的姑姑和襁褓中的父亲离开山东老家去了东北，嫁给了我的后爷爷。

后爷爷活到八十多岁，他是个身体倍棒脾气火爆的倔老头。据说那时他跟一墙之隔的婶婶争吵对骂时，还能一蹦老高，吵得不分上下，完全能想象得到，他年轻时的脾气得有多霸道多厉害。过去的人真是可怜，想当初，奶奶带着三个孩子改嫁给后爷爷这个找不到老婆的光棍，图的无非就是让孩子们有口饭吃，后来又生了叔叔和小姑，家里一共大大小小五个孩子。他们全家顿顿吃的，就是一口大铁锅里烀着的黑乎乎的带皮的土豆，管你大孩小孩，就这口粮，爱吃不吃，不吃就饿着。东北零下三四十度的冬天多冷啊，小时候的父亲压根儿就没穿过内衣、内裤、袜子，直接就是破烂的棉袄棉裤系上根麻绳，冷风嗖嗖地直接钻进去。真的无法想象那个年代的人是怎么挣扎着活下来的。

可怜的奶奶去世时刚四十岁出头，说是因为心口疼，想来应该是和父亲一样的心脏病，只是那时没钱看病。当时叔叔和姑姑还小，父亲常说，他们饿得头都抬不起来、哭都没力气，严重的营养不良。爷爷后来没再娶，他虽暴躁，但也是个心地善良的人，只是粗心大意、动辄打骂地带着一群没娘的孩子。父亲那时已经十多岁了，看弟弟、妹妹饿得可怜，便跟村里的老人学着打鱼打猎，那时河里鱼多，山上也常有野鸡野兔什么的，猎回来煮熟嚼烂喂给他们吃，想来能有点营养，但对小孩子来说应该不大好消化吧？叔叔和小姑去世得都早，估计跟从小受了太多的苦、体质孱弱有关。

有奶奶在时，父亲还有个亲娘护着，奶奶去世后，父亲只能和脾气火爆的继父一起生活。他的日子越来越不好过，加上又到了内心叛逆的青春期，更加无法忍受继父的打骂。于是，硬气的他毅然决然地离开了那个家，自己出去单过，那年父亲刚刚 16 岁。用他的话说，就是在外面押了个窝棚，在生产队做半拉子挣工分（应该是拿大人一半工钱的意思），开始自己养活自己。我实在想不出那窝棚是个什么样子，那么个小东西不怕被风给吹走吗？它又怎么能抗过那些天寒地冻的日子？父亲从小吃的苦、受的罪，养成了他刚愎自用、爱憎分明的性格，从未得到过多少家庭温暖又屡遭磨难的他，心应该是一点点变冷的。后来，妈妈总是责怪父亲不知道关心人、照顾人，可能就是因为，他也没有得到过多少别人的关心和照顾吧。

长大后的父亲知道了自己的身世，小时候不懂，随了继父的姓。山东人认祖归宗的意识很强，父亲又是整个家族唯一的男孩，他便只身返回老家找到自己的叔伯，把姓氏改了回来，遵照家谱重新起了名字。所以能够理解，当三代单传的孙子出世时，父亲那种发自内心的狂喜。后来他又回山东娶了妈妈，再返回东北安了家。后爷爷分给他的财产是：两双筷子两个碗，一口锅，两个行李卷儿，18岁的妈妈和21岁的父亲就这样开始了他们的新生活。幸亏村里一位好心的婆婆把自家四处漏风的小偏厦子（可能是附在主房旁边的偏间吧，大多用来装杂物）借给他们住，又送了一个菜墩和一把菜刀，小夫妻才真正能开火做饭吃了。这份穷困无助时的滴水之恩，让爸妈感念了半辈子。

“我们小时候”这句上一代讲给下一代的话，孩子都是刚听时觉着新鲜，听多了便会觉得无趣甚至嫌烦，毕竟时过境迁，谁又能体会到长辈当年的难处呢。结婚后父母的日子好过了一点，那时父亲已经在供销社上班，有空时能打猎打鱼，据说打到的野鸡多到吃不完，让妈妈嫌弃，哥哥刚学会说的话便是“爸爸打鸡”。解决了温饱问题，就会想到把生活再提高个层次，父亲生性豪爽，又好交友，所以周围总是聚集着成帮结伙的小兄弟。每当这些兄弟们嘴馋了，想凑一块喝酒聊天了，便会撺掇父亲上山去打猎。那时把一张野兔皮或狐狸皮卖给公家，能赚四五块钱呢，刚好用来打酒吃肉。年轻气盛、血气方刚指的就是那个时候的父亲吧，他是个好猎手，只是用铁夹子或绳套，山上的飞禽走兽就能手到擒来。

不过，没有父母的父亲也没有了约束，渐渐养成了唯我独尊的性格。老人们不让打那些有灵性的动物，比如狐狸黄鼠狼之类，父亲既不听劝也不在乎，照旧剥了它们的皮换酒喝。他胆子极大，敢杀猪羊、杀牛马，甚至半夜里躺在无主的坟头上睡觉，可谓是天不怕地不怕。父亲还做过民兵排长，再后来进了城做了工人，接下来便是率领我们这四口之家一路跌跌撞撞走到现在。我们常说和父母沟通起来有代沟，这是必然的，我们没有吃过他们当年的苦，没受过他们当年受的罪，也就无法体会他们的难处和因此形成的思维模式。一个从小活得粗糙简单的人，难免会延续这样的活法，不光为人处事率性而为，在感情处理上也简单粗暴，比如对妻子和儿女。

对于那个时候的父亲，我脑子里时常会涌出这样一个画面：一个衣衫破旧、头发蓬乱的青春少年，迎着寒风站在自己动手垒的、粗陋矮小的“窝棚”旁边，被漫天的风雪和呼号的北风推搡着，却不肯低下那颗倔强挺拔的头颅。他坚定的眼神里、单薄的身体里，孤单内心里，没有一点点的温暖与温度。如果不是生活亏待了他，父亲或许会有个不一样的人生，他干活最卖力，挣的工分最多，小时候上不起学却写得一手好字，虽然错别字多了点，但笔锋苍劲有力，极有个性。

姑姑说过，那是他在干农活的空闲里，趴在炕檐边昏暗的小油灯下，硬是自己一点点苦练出来的，可见那时的父亲也蛮有追求。

父亲被无情的生活逼迫得独立而坚强，在他看来，人就得要有志气，人活一张脸，树活一张皮。所以他无法理解，哥哥为什么那么不争气，既不缺吃又不缺穿，为什么那么嘴馋不长记性，那么好的条件为什么不肯好好学习？这对父子像一大一小两块坚硬的石头，因命运的安排而相遇，却一个不懂得付出温情，一个感受不到父爱的温度，耗尽了彼此的一生都无法靠近。而女儿的柔顺乖巧，恰巧触碰到了父亲内心的那份柔软，让他有了一点慰藉。看来，强与强相遇只能迫使对方更强硬，而强与弱相遇，反而会激发出天性中的呵护感。可惜妈妈也生性要强，从不懂得温柔和示弱，尽管他们有着相同的苦难身世，却因不懂得相互取暖、彼此体谅，终究成了对冤家。

妈妈被作闹不休的哥哥逼得没了办法，常去求神问道信主信佛，还在家里仓房的角落供了些让人毛骨悚然的牌位，寄托母亲那颗无助无奈又愚昧的可怜的心！记得在我十四五岁的时候，被妈妈硬拉去一个陌生人家，她胆子小，让我做伴。那是一位有“道法”的师傅，那天师傅说的话，有几句让我至今记得清清楚楚，因为当时差点被吓昏。他说：“你们家祖辈有横死的人，是挨枪子死的，孤魂野鬼没有房子。还有，你家里有人冲撞黄狐仙家，所以它们来折腾下一辈，你们家的日子永远过不好。”虽然这些都是鬼神之说不可信，但那位师傅实在是神奇可怕，尤其是爷爷的死，一个素未谋面的人怎么可能知情？父亲听到这些则嗤之以鼻，不屑地说：“冤有头债有主，有本事来找我啊，净瞎信这些装神弄鬼、胡说八道的东西！”

我想，这些东西无论信与不信，人，都要懂得心存敬畏，敬畏生命，敬畏自然。父亲因为没有双亲的爱护、教导与约束，所以他的心过早变得冷硬，变得无所顾忌。那些他自己曾经历的苦，也慢慢变成带给亲人的痛，让他以及和他有关联的亲人都很难幸福。但这是一个绝不能跟父母讲的道理：不能因为命运伤害了我们，我们就去伤害他人，哪怕它是动物。孩子虽是父母所生，却不该是任由父母发泄不良情绪的承受者，因为那是一个独立鲜活的生命，一个未来有着无限可能的生命，一个需要呵护引导的生命。每个生命都值得尊重，值得敬畏，包括生育、教养他的人。如果父母对孩子的生命存有了这份敬畏之心，是不是就会多出一份躬身自省，少一些亲子间的相爱相杀、恩怨情仇？

父亲的宿命，被定格在那个倔强无助的少年时代。他渴求爱，他无视爱，他不会爱。他的一生，都没能走出当年青涩少年时期所经历的伤害。

找妈妈的孩子

20 世纪 40 年代末，山东平度的一个小村庄，一户普通人家的门前，一位高大俊朗的青年男子，怀抱着一个 3 岁左右的小女孩，在门口的街巷里走来走去。那个女孩很漂亮，大大的眼睛，高高的鼻梁，粉嫩的小脸，长得像极了爸爸。可她一直在哭，哭得眼睛红肿，她的小手紧紧搂抱着爸爸的脖子，边抽泣边不停地喃喃低语："我要妈妈，我要找妈妈。"男子的眼里全是心疼，却不知该怎么安慰孩子，只有抱着她不停地走，有时也会陪着女儿一起，默默流泪。

那个小女孩，就是我的妈妈。姥姥在她 3 岁时病故，她整天哭，不吃不睡地哭喊着找妈妈，姥爷就抱着她在门外来回地走。长大后的妈妈也爱哭，遇到难事会自己偷偷地哭，边哭边述说自己的可怜身世。后来的姥姥带着四岁的大姨走进这个家门，又生了舅舅和小姨，排行第二的妈妈是四个孩子中最受宠的一个。姐姐妹妹和弟弟都会让着她，好吃的先可她吃，好穿的她先挑，姥姥善良，毕竟后娘难当，也因为惧怕姥爷的威严，这个可怜的女儿是他的心头肉。可妈妈还是经常会哭，因为知道那不是自己的亲娘，怕她表面对自己好心里却不喜欢，因为自己是姊妹中唯一一个和继母没有血缘关系的孩子。

善良的街坊邻居们都同情这个没妈的孩子，生怕她受一点委屈，私下里常会把妈妈拉到一边，说些：后妈对你好不好？不能让他们娘几个欺侮你之类的话。那时家家的日子都不好过，好在姥爷勤劳能干，经常做点小买卖，基本能让孩子们吃饱穿暖。因为穷，衡量一个后娘是否偏心的方法也比较简单，那些婶子大娘们会时常摸摸妈妈棉袄棉裤的薄厚，会不会比其他孩子的少絮了棉花？再留意妈妈和大她一岁的外来姐姐的吃穿用度是不是一样？一个孩子最大的担心就是没有人爱自己，在这些好心人的愚昧呵护下，让幼小的妈妈过早地学会了防范、戒备和不信任。其实，没妈的孩子并不会觉得自己有多可怜，因为她还不懂这些，是周围那些“好心”的大人们不停地向妈妈输入“你很可怜”这个信息，才会让她以为自己真的很可怜。

记得那年大姨来省亲，还跟妈妈开玩笑说：“你还记不记得小时候，咱们都分一样的饼子，你吃完了自己的那份就来抢我的，娘还不许我跟你争？”大姨是个性格开朗爱说爱笑的人，遇事从不往心里去，和妈妈的性格刚好相反，多年来姐俩的感情一直很好，可见姥姥这个后娘还是很称职的。现在想来，妈妈的“伸手去抢”应该也基于一种“怕”，怕别人得到的比自己多，也想让别人怕自己，那样别人就不敢有所怠慢。她心底最深的怕，应该还是怕没有人爱，怕受到不公平对待。我们常说怕什么来什么，这份从小种下的心理暗示成了甩不掉的阴影，妈妈的一生果然是无爱的一生，也是不会爱的一生。

后来妈妈结了婚，有了哥哥和我。每当和爸爸吵完架，她会一个人坐在桌边默默流泪，自言自语地重复那些说了无数次的话：“我可怜啊，3 岁时就没了妈，从小就命不好。这辈子都没人疼没人爱，我算是白活了。”不过，这些话从不会当着爸爸的面说，如果被听到，不知爸爸会不会懂得这是妈妈向他发出的求救信号？她渴望着他能关心她疼爱她，给她温暖和依靠！可惜，父亲是个善良耿直但也相当自私的人，温情细腻这样的字眼跟他从来没有关系，用妈妈的话说就是大男子主义，心里只有自己。我从没见过他们在一起心平气和地谈谈过去，聊聊彼此的感受这种事，相反，只要有了矛盾，他们只会相互指责，揪着对方的短处不放，谁都不肯低头让步。

有时假想，如果妈妈的另一半是个宽厚包容的男人，而爸爸的另一半是个温柔体贴的女人，他们所经受的创伤有可能会被慢慢疗愈。毕竟两个心理都健康的人更容易幸福，若其中只有一个心理健康或许也有机会获得幸福。但若两个人的心灵都是病着的，又都不懂得去自愈，这便是前世的冤家了吧。其实，妈妈心肠很软，只要几句好话就能让她放下所有的挑剔和不满，捧出整颗心来对你。要想正确地应对爸爸，只要不去和他硬碰硬，学会示弱，他就真的发不起脾气来。为什么一定要选择针锋相对、两败俱伤呢？伤害了彼此的身体和情分，结果一生都陷入无尽的痛苦中，这是你们想要的吗？

一个孩子，如果在童年时遭受了严重的心理创伤，身体虽会继续正常发育，心智却可能停滞或拒绝成长。当我尝试着走进妈妈的内心，试着去体会她的经历和感受时，走着走着，我好像看到了一扇紧紧关着的门，里面锁着一个3岁的小女孩，她孤单无助地站在黑暗的角落里，正在害怕地哭泣。可那屋门是在里面反锁着的，别人走不进去，她自己也不懂得怎么打开，所以，被困住了一生。这种感觉时时在我脑海里闪现，尤其当我触碰到那个冰冷的骨灰盒时，感觉它就是那间上了锁的黑屋子，里面住着胆小的、怕黑的、哭泣着的妈妈！母亲活着的时候我们并不是很亲近，但当她去了，我很伤心，伤心她渴望爱而不得爱的今生，伤心她无处可诉的苦楚与孤单。

记得妈妈临去前的一周，在医院里，一直昏迷不醒的她突然睁开眼睛，并紧紧地抓住我的手腕使劲地摇晃。她说不出话，眼神急切地盯着我，直觉告诉我，那一刻她是完全清醒的，也瞬间明白了，她在要什么。姥爷曾给过我一对银手镯，是故去的亲姥姥的遗物，记得当时妈妈颇有点忿忿不平地说：“那是我妈妈的东西，没有我怎么可能轮到给你？”于是我还给了她，她便日日戴着，轻易不摘下来。后来，病重的妈妈忘了一切，早就不记得这东西了，乱扔乱塞，我便又替她收起来。我问她：“妈，你是要姥姥的手镯吗？”她果然肯定地点头！我再问一遍，她依然是目光清澈地点点头！那一刻，我预感到，这是一种告别。

我知道，妈妈在害怕。一个3岁的孩子很难记住自己妈妈的模样，又过去了这么多年，她对姥姥的印象早已模糊不清。她是在担心，担心自己变了模样，怕她的妈妈认不出自己、自己也不认得妈妈了。但姥姥带过的这个手镯没有变，只要戴上它，她的妈妈就能认出她，她就能找到自己的妈妈，母女就能相认！我没想到在此时，妈妈竟能从昏睡中醒来，她的心智也短暂恢复正常，想到以手镯为凭，去寻找此生她最爱的、最爱她的那个人。

后来，我把手镯放进了妈妈的骨灰盒里。抱着沉甸甸的它，像抱着一个3岁的孩子，我无法控制住自己怜惜与心疼的泪水。妈妈，你不用担心，也不用再害怕，戴上它，去寻找你的妈妈吧！那个最爱你的、你最爱的人，一定在天堂的门口静静地等候着你。她会微笑着张开双臂，拥你入怀。从此，你不再孤单。

他成了孤儿

都说这世间最重的，是亲情。这个“重”可能是重要、珍贵、倚重，但也可能，是沉重。我对唯一的哥哥的感情，就是一种说不清的复杂与沉重。这份亲情中更多的是担心和惦记，还有惧怕，是一种希望他安好却又不希望他出现的逃避感，因为只要他一出现就不会有什么好事。有句话或许能表达我的心情：哀其不幸，怒其不争。

这个“不幸”又“不争”的哥哥，和我来自同一个家庭。哥哥在父母身边的幸福时光应该有七八年，他是上学后才一点点变成“坏孩子”的。这个“坏”由贪吃、贪玩和顽皮好动而起，在父母错误方法的管教、打骂和溺爱下，逐步发展成不听话、不省心和自暴自弃，最后再背上“不孝之子”的骂名。我对哥哥充满了同情，却因为对他无数次的帮助最终都以失败告终，所以又变得麻木。但还是放不下他，我是多么希望他能自食其力，照顾好自己，有好点的身体，有一个安定的家。一直在想，如果有能力，我会最后再帮他一次，让他有个相对好点的生活环境，能安稳地度过余生。因为知道仅靠哥哥自己的力量，即便他已经五十多岁，依旧很难自立。

儿子曾气恼又心疼地说：“妈，如果你以后再管我大舅，我就不要你这个妈妈了！管完姥姥姥爷再管他，你的一辈子就全都搭进去了，到底值不值？”儿子，你说得对，但妈妈狠不下那个心，包括你和哥哥也做不到。他毕竟是我们的亲人，真有一天求助到我们面前，谁也做不到无动于衷。把你养大的过程中，妈妈也曾犯了很多的错，但是有一点，我从来没有动摇过对你的爱和坚信！我始终坚信，所有的问题都是暂时的，我的孩子一定会越来越好！而你也如我所愿，确实变得越来越好！可舅舅从来没有得到过这些，他的一生，真的很苦，因为他根本不知爱为何物。一个孩子，如果连父母都放弃了他，他才真的没有希望了。

从感情上讲，哥哥对我很好。如果我有需要，他也刚好有，他一定会毫不犹豫地对我倾其所有。记得那年在成都出差，刚好赶上汶川地震，幸运的是灾难发生时我正在赶往重庆的火车上，巧合地躲过一劫。因为一路都在钻山洞，所以手机没有信号，看到新闻又知道我在成都的哥哥发疯般地打了无数个电话，号啕大哭地准备去灾区寻找失联的妹妹，那是由心而发的骨肉亲情。记得父亲常说一句话："姑娘和儿子都是我教育的，怎么就他这么不争气？"我也常常在想，哥哥难道真的如他们所说，是天生就不省心吗？父母对我的教育，与他有什么不同吗？后来逐渐想明白了，确切地说，父亲对我应该说是根本没有教育，但有爱。而对哥哥，是教育得太多，却没有爱。我想，对于孩子，哪怕不去教育，也比用错误方式去教育要好得多，但不能没有爱。人，因爱而自信，一个内心充满爱和自信的孩子，绝不会坏到哪儿去。

我把自己替换成哥哥，想着他小时候的样子，很想替他申诉：一开始，我只是个调皮可爱的小男孩，大人们不也都很喜欢我吗？后来发现，这个世界上有那么多好吃的、好玩的东西，我想要，可你们没钱给我买，不给我吃。但我看到你们的钱，便自己去拿了，我知道这样做不对，但那好吃的太有诱惑力了，我满脑子想的都是它，即使挨打也不怕。爸爸是个凶狠的人，你打我，打妈妈，只是不打妹妹。她为什么那么听话呢？难道她不馋吗？你们总是夸她，她越听话越显得我不听话，反正怎么也追不上她，随便吧！爸爸整天抽烟，我也想尝尝它的味道，抽烟时可以像个不受欺侮的大人，那样别人就不敢欺侮我了。上学太乏味了，不能玩、不能动、不能说话，老师就知道告状，你们和她是一伙的，她一告状你们就打我。我和别的孩子打架，明明是我受了委屈，你们却不由分说地就打我，那还不如我干脆就去打别人！我不愿回那个家，你们对我都冷冰冰的，一点笑脸都没有，我还不如个外人。你们总说我是坏孩子，所以所有人都把我当成坏孩子。每次爸爸打我，是那么疼那么狠！最恨的是你还会打护着我的妈妈！我恨不得早一天长大，也能有力气打你，让你也使劲地疼！你说我坏，我就坏给你看！你们都讨厌我，我就让你们讨厌到底！

哥哥嘴笨，这些话他永远都说不出来，但这些一点点"变坏"的经历，是我这个妹妹眼见的事实。他从小就被无数人感叹为"聪明"，最终却长成一个连自己都养活不了的"穷光蛋"。有人说，在一个孩子的成长过程中，如果能集齐五千个赞，那他一定会拥有一个阳光自信的好未来。可若得到的是十倍以上甚至更多的贬损、打压和厌弃呢？这些密集如冰霜的负能量，日复一日地注入一个孩子幼小的心灵，又会怎么样呢？我突然明白了哥哥为什么总是那么的“不争气”，原来是因为他没有力量！他的心早就冰凉，甚至被冻结了，除了对自己深深的失望，他感受不到一点点的温度，所以，他没有力气站起来，也没有勇气变好。一次看动画片《哪吒》，我静静地待了很久，那个“魔童”就像是顽劣也单纯的哥哥，可惜他没有遇上哪吒那样的父母，于是成了无药可救的“魔”。

母亲去世前有过三次清醒，一次是临终前，一次是要手镯，还有一次是让哥哥回家。那时她已昏迷不醒了好几天，守在床边，我和父亲商量要不要让哥哥回来，毕竟他是妈妈最惦记的人。父亲斩钉截铁地说：“不许告诉他！这么多年都不管不问，让他回来干什么？”我们无论如何也没有想到，父亲的话音刚落，昏睡的母亲睁开了眼睛！她再一次紧紧地盯着我，又盯着爸爸，眼里全是恳求，嘴里还发出急切地啊啊声！我连着问她两次：“妈，你是想我哥了，想让他回来，对不对？”她使劲地一下下点头。当听到我说“妈，你好好等着，我答应你，让他回来”之后，她立刻平静下来，再度陷入昏迷。

哥哥陪在妈妈身边三天三夜，她虽再也没有醒来，但睡得很安稳，她一定知道，最惦念的儿子就在身边。母亲去后，哥哥哭得像个孩子，他一次次哽咽着说：“妹妹，我知道自己不争气，对不起你和这个家。我也想好，可我怎么就好不了呢？我也不想喝酒，可我怎么就戒不掉呢？我真恨自己！我这种人活着还有什么意思！”他一遍遍地忏悔，一遍遍地自责，一遍遍地说对不起。是啊，他是那么想改变，可总会回到原来的样子，他就这样不甘心又不争气地活着，像个没有根基的房子，摇摇欲坠，随时可能坍塌。一个成长中没有得到正确教导的孩子，若成年后再不懂得自立和自强，他的人生将永远找不到方向。

送走妈妈那天，哥哥流着泪恳求我说：“妹妹，我只有两千块钱，你帮我添点，能不能让我给妈买个房子？她生前没花过我一分钱，我想最后给她一个家。”哥哥的心愿应该就是母亲的心愿，相信她一定会喜欢和感到欣慰。妈妈的骨灰盒很雅致、很漂亮，是个雕梁画栋的别墅，但不知，这样有用吗？望着母亲的遗像，我对她说：“妈，如果你在天有灵，不用顾及我们，只要保佑哥哥好好的就行。他好了，这个家才会好，我们的心才能放下。”

临行时，哥哥向我要走了妈妈所有的照片，用颤抖的手一层层包好，流着泪揣在胸前，再背上他的行囊，默默地走出我的家门。望着哥哥远去的、佝偻苍老的背影，我的心感到一阵阵钻心的刺痛。在这个世界上，那个最爱他的人已经不在了，这是个从此没妈的孩子，他终于成了一个无牵无挂的孤儿。

哥哥走后这些年，即使过年也不会给父亲打一个电话。父亲对他，更是只字不提。

听，海哭的声音

有时，我会有点担心，因为不大会哭，确切地说，是不会为自己而哭。平时看书、看电视或听到别人的故事时，我很容易感动落泪，但若遇到的是自己的事，不论多难，都不会哭。好像自己的泪腺，被什么东西给堵住了，而且堵了很多年。你看到过月光皎皎之下，无边的海浪层叠推涌，那碎银般闪烁的波光如同泪滴般晶莹的样子吗？我有时会去，就坐在微潮的沙滩上，迎着湿润的风，静静地听一听，海哭的声音。

在这个世界上，能让我在心里流泪的，只有那个结。那是个因解不开而不再想解的结，像是长在心头的一颗小小的肉瘤，说不上是良性还是恶性，从有记忆时它便悄无声息地梗在那，不痛不痒，不大不小，不离不弃，却总是以一种极不舒服的感觉时时提醒你它的存在。我不太清楚衡量一个人心理健康的标准是什么，我这个算不算得上是一种病。但能确认，它永远不会消失，因为已与我长成一体，深深地嵌入了我的生命；也不会再长大，因为我早已习惯它的存在，从没有想过要除去它。在一个寂静的夜，守着无垠的海，突然想剖开它，让它畅快地流出血来，以祭我残缺的旧日时光。

一次和儿子聊天时，他曾说："妈妈，不知为什么，我就是听不得那些关于母亲的歌，很深情很感人的那种，只要听到，我心里就会特别难受，眼泪就会不由自主地流下来。但听到有关父亲的歌，不管多动人，都不会有这种感觉。"我不知该怎么回答，只是轻轻地抱抱他，心里真实的声音是：儿子，谢谢你，但我却体会不到你的感受。我甚至在躲避类似的东西，比如儿子说的那些歌，或电视里母女亲昵的镜头，抑或是书中母女情深的章节，哪怕周边有对母女的自然亲近，我都会下意识地挪开视线转过头，不去听不去看。仿佛那些饱含温情的东西，很怪异，很刺眼，很扎心。

有件事，一直让我困惑不解。为什么自己没有一点关于和母亲肌肤相触的记忆？比如她的亲吻、拥抱、拉着我的手去哪玩或搂着我睡觉？我也是个母亲，当然知道这些肢体接触应该有也一定会有，再说母亲并没有多苛待我，她只是更喜欢男孩而已。我记得童年时的很多事，记得牵着爸爸的手、坐着他骑的自行车、趴在他背上的温暖啊，记得邻居、老师、亲友喜欢的笑脸和亲切地爱抚啊，记得童年那个家所有的布置和陈设啊。难道是我的记忆有所选择，把那些关于和妈妈亲密接触的信息偷偷屏蔽或无意删除掉了？对此，我始终没有找到答案。这或许并不能说明什么，但是，它却真真切切地，不由我控制地阻断了我与母亲的某种链接。

我的病，就是无论如何都不能与母亲肌肤相触。

这个看似荒诞的情结，也是我此生，唯一未能突破的心理障碍。我几乎不碰妈妈用过的东西，也不会穿她的衣服和鞋子，不能直接牵她的手，诸如搂搂抱抱、贴贴乎乎更是绝不可能，不是在她病了之后，是从我懂事起。对一个孩子来说，这是一种无法言述的悲哀，像盘在心里的一条冰凉冷漠的蛇，没有温度，不能靠近，也无法驱赶。我对母亲的赡养责任，没有半分愧疚，但横亘在母女间的这道无形的坎，却终究没有跨过。我从来没有对任何人提起，这只是一种微妙而扭曲的奇怪感觉，与内心相关，却找不到合适的词语表达。我算得上是一个对自己比较严苛的人，但对这个“病”，却从没有感到过自责，也没有想过埋怨，更没有过什么所谓的自艾自怜。仿佛早已默认，这个小小的瘤，就该是我生命中的一部分。

母亲神志不清的时候让我很操心，最困难的事就是不肯大小便。我须得把她强拉进卫生间，强按在马桶上，而她的对抗至少要持续半个小时以上。坐在那，她的手会不停地乱动拿东西，稍不留神站起来光着身子就走。所以我只能搬个小板凳坐在马桶旁，得一直按住她的手才行。为了不跟她有直接的接触，我会用大点的毛巾先包住她的手，然后再把自己的手按在毛巾上，这样就可以不碰到她的皮肤了。母亲起夜时身体僵硬，自己迈不动步，得半抱半架着走，我每晚一定会穿长袖的睡衣，手一定塞在她有衣服遮挡的腋下，尽量不碰到她的皮肤，好歹把她安置回床上时，心里总会暗暗松口气。平日帮她换衣服，也不好戴个手套，但会特别小心地躲避，尽量别碰到她没有衣物遮挡的部分。

最艰难的事，是给母亲洗澡。我会把两只手都套上澡巾，努力不去看她裸露着的身体，对我来说，那很陌生，甚至刺眼。隔着澡巾小心翼翼地去搓洗她肌肤的过程，对我来说就是一种漫长而痛苦的折磨，与嫌弃无关，多脏多累我都能侍候她，但只要别让我碰到她的皮肤。我形容不出那种从心里往外的难受，似乎浑身上下的每一个毛孔都充满着紧张、不安和不自在，这是一种条件反射式的生理反应，真的不在我控制中，而克制这种感觉需要花费很大的力气，才能假装做到若无其事。包括写到这儿时，都有如鲠在喉的憋闷感，那是用文字无法表述的感觉。

在家里，无论母亲如何折腾胡闹，我的儿子和侄儿包括阿姨，都不敢对她不敬，知道我决不允许。他们不知道的是，我这个定规矩的人却掌管不了自己心，一个亲生女儿却不愿触碰自己的母亲，这何尝不是一种解释不通的不敬？只是，藏在我胸膛里的这颗心，比我这个人更要任性，它不会因为听到了什么就去做什么，也不会因为应该做什么就屈从于什么，它的一念一想、一跳一动，凭的都是自己的感觉和判断，不受任何人和事的支配驱使。

所谓人人都有的隐私，就是无法拿到太阳光底下晾晒的阴暗一面吧。如果把我的感受讲给专家听，他们或许会说，这是某种心理障碍或童年时留下的阴影，我更愿意把它理解为一种成长断层，一小块人生底色的留白，每个人都会有，不是这处，便是别处。至于它有没有影响我什么，目前我还说不清，能想到或许与它有关联的，应该是，它成就了一种并不孤单的孤独感。我的人生虽经历过很多热闹，但心里真正喜欢的是安静，无论遭遇了什么，只需给我时间，让我一个人慢慢消化就好，任何人都请不要陪在我身边。就像小时候时常做的那个梦：天地很大很空旷，中间只伫立着一个小小的我，我小小的喜与悲都会因它的深邃而慢慢消散。那个小人儿早已习惯了这种无依无靠，反倒觉得孤孤单单就是干干净净，就这样独来独往地活着，没什么不妥。

关于自己是不是“得了病”，想不明白就不去想了，不是说完美的东西都去见上帝了吗，既然残缺也是一种美，又何必揪住无解的过往不放呢。相信每个人都有两个“我”，一个在这世间行走，另一个于心灵深处盘桓。不过，我的它们越来越接近，我能写出它就是能面对它，我能剖开它就是能化解它。小时候不能理解的事，长大了慢慢会懂，比如与母亲之间的疏离，母亲原本是很想爱我的，但是她心中住着的那个“内在的小孩”一直在无意识地跟自己的女儿“争宠”，一如她从小到大凡事都要“争”的个性，尽管那是一场因爱而争，却以无爱收场，伤人伤己的亲情内耗。

对母亲的理解，是在自己做了母亲之后，因为体会到了母亲那颗爱孩子的心，有多么的深沉。母亲病了之后，更多时候我并没有把她当成母亲，而是当作一个被母亲遗弃的可怜孩子，她有她的伤和痛，是我帮不到的。而我的“病”，即使说与母亲听，即使她清醒，她也不会懂，只会徒增误解与烦恼，又何必呢。这个世界有太多我们无法改变，甚至无法开口申诉的东西，除了改变自己的心态，又有什么别的办法呢？母亲与我今世的缘分，或许就是为了教会我对生命的宽容与慈悲，这中间无论需要经历什么，都是我必须接纳和完成的功课。

如果说今生有遗憾，或许就是竭尽全力也无法说出一句：妈妈，我爱你。那天在海边，我明明听到了心底的哭声，眼里却依然没有一滴泪水。后来，我听到我的心，对着波澜不惊的海，轻声许愿：若来生，仍被指派去做谁家的女儿，期待能得以体会，唯母女间才会有的深情相拥。那样的人生，才不会很空。

第十章　心安即归处

记忆的碎片

平日，有没有遇过类似的情形？你从厨房大步流星地径直奔向客厅的冰箱，打开门，举起的手却突然僵在那：咦，我要拿什么东西来着？或是想半天会恍然大悟，或是百思不得其解地原路返回，哎唷，原来我只是要拿根葱。甚至说着说着话，不小心被谁打了个岔，突然就断了弦：咦，我刚才说到哪了？便会捶捶脑袋不由感慨：唉，瞧我这记性啊，以后可咋办？会不会越来越严重？

每当这时，我会有点小小的害怕，毕竟有妈妈的病例在先。之前查过，老年痴呆是有不小的遗传概率的，倒是坚决不相信自己会中这个彩，但随着年龄的增长，记忆力不如从前也是需要面对的现实。不是说脑子越用越灵光吗，那就好好用吧，看书，写字，听音乐，运动，以后再练练书法之类的，总之别让它闲着。听说欧美有很多老人，会在退休后整理关于自己一生的回忆录，这倒是件蛮有意思的事。于是，我也尝试着去回忆，看看过去的这大半辈子的时间里，都能记住些什么。

结果发现，几十年过去了，那些忘了的东西就是忘了，已连根拔除，消失得干净而彻底。而能记住的点滴，如记忆长河中被冲刷多年的鹅卵石，清晰而稳定，就在那，一动不动，似乎早就准备好等着被拾起。记忆真是个奇怪的东西，比如，我能把十六岁时读过的一首长诗完整背出，但也能把那时学过的功课忘得一干二净。我记得自己两岁时吃生饺子的味道，却无论如何也想不起妈妈身上曾散发的气息是怎样的。于是我就在想，那些在生命中匆匆走过却能留下痕迹的，究竟都是些什么？让它们留存下来的理由，又是什么？如果把这些记忆的碎片找出来，串起来，将会看到什么？

于是，我做了个采蚌人，顺着生命的河床一点点寻找，把不同路段遇到的记忆之蚌，一个个轻轻剥开。它们大多数空空荡荡，只剩下单薄风干的外壳，少数的蚌饱满结实，拿在手里沉甸甸的，我甚至能触到它肉里硬硬的小凸起，那里面竟藏着颗闪亮的珍珠！它们或是浑圆的，或是形状有异的，或是大小不一的。相同的是，颗颗都有瑕疵，也颗颗都耀眼夺目！那是在我的成长过程中，曾受过的深深浅浅的伤，和因此而磨砺出来的光彩！终有一天，我用手中的笔把这些记忆的碎片连成一条曲曲折折的长线，然后站在高处俯瞰，眼前惊现的是如银河般璀璨的人生轨迹，从我生命的最初，一直延展到执笔相忆的今天。

于是明白，原来由这些零散记忆拼凑而成的，就是一本专属自己的《生命记录》。它关乎自己性格的形成、品行的奠定、三观的确立，是人生幸与不幸的源头。它们看似散乱无章，其实彼此间密不可分，从这，能找到一个关于“我为何成了我”的答案。相信每个人心里都住着一个更好的自己，人们都期望能变成自己想要的样子，区别在于，有的人只是想想，而有的人是真的去做了。我觉得人生并不需要过多的懊悔，“过去”存在的意义就是为了打造一个更好的“将来”。人生就像一场马拉松，决定胜负的不仅是临近终点的那一段漂亮冲刺，还有之前一路坚持过来的努力奔跑。只有了解了“我为何成了我”，才能知道如何成为“更好的我”。

比如此刻，我就在看“我”。在那条长长轨迹的一端，我看到了一个形单影只的小女孩，因为少与妈妈亲近，她总是对自己充满怀疑：妈妈不爱我吗？难道我不是个好孩子吗？所以，她幼小的心灵一直飘忽不定、充满不安。她一心想做个好孩子，做一个让妈妈喜欢的好孩子，于是，她小心翼翼地观察着大人的脸色，使劲做出乖巧懂事的样子，宁可自己吃亏也要争取获得好孩子的名声。她总在证明给周围人看：瞧，我多懂事、多优秀、多可爱！而心底呼喊的却是：妈妈，我都这么努力了，你为什么还是看不见？随着时间的推移，她“付出型”和“讨好型”的人格逐渐形成。

女孩不安的心像在大海里浮沉，迷惘而恐慌。父亲的爱像一根浮木，她只有紧紧地抓牢它，一点儿也不敢松开。可她发现，爸爸对她越好，妈妈就离她越远，远到甚至有了敌意。她却不能因此而放手，因为父亲的爱是她唯一的希望！无助的女孩依旧善良，她看不得妈妈受苦，从小就扮演了一个“拯救者”的角色，她会借助爸爸的爱，以弱小的身躯保护妈妈和哥哥，保护那个风雨飘摇的家。她要求自己样样都得好，事事都能让人夸奖，处处都做得无可挑剔，这样才能成为爸爸的骄傲，才能把他的爱抓牢，才能让这个家更安稳。可她还只是个孩子啊，那不是她该背负的东西。

一个没有智慧之手牵引的孩子，面对自己的人生大事时，也没有智慧。婚姻是她人生迈错的第一步，没有准备的做了妈妈是她迈错的第二步，女孩从没有想到，这两步路走错了，足以把自己的人生逼进死角。接下来的遗憾，便是那句“性格决定命运”所结出的因果吧。因为习惯了凡事靠自己，习惯了对别人好，所以作为妻子，她总是忘记婚姻是两个人的事，忘记了对方是可以信赖和依托的人，于是把那个本就不够自立的男人，逐渐培养成了她的第二个孩子。而作为母亲，对孩子先是包办太多，后来又要求他凡事靠自己，就像教他学走路，先是不放心地背着抱着搀扶着，然后突然放手，却埋怨他为何走得不稳。如此看来，自己本身也不是个好母亲。一路补救的过程中渐渐明白，原来教养孩子所需要的是智慧和修行。

若说经营婚姻需要两个人的合力，那么成就一番事业，又需要多少志同道合、各有所长的同伴携手并进？创业失败再次跌倒在“一切靠自己”的性格上，把自己活成了一座孤岛，跌得重，是应该的。回顾我大半生的波折成败，这几个字都随处可见，成也是它，败也是它。突然明白了老祖宗的那句“五十知天命”。每个人的生命轨迹，通过不同养育者的手在不同的成长环境中形成，自然变得人人不同。人们在疲于奔忙的时候，没有时间和精力去审视走过的路，唯有到了一定的年岁，烦心事少些了，静得下心了，才会想到对以往的人生做复盘。这个复盘有个极大的意义，它可能预示着，你的第二次生命即将被唤醒。

在我看来，生，就是去赴死的过程，不过是每个人的旅途长短不同而已。而这段漫长或短暂的一生，都可以分成上半场和下半场。上半场是不可控的，大多由别人说了算，或因投胎不准，或因境遇坎坷，总之会留下很多遗憾；而下半场却能自己做主，面对自己的人生，我们不能一直沉沦在“这一切都是父母的错”的情感漩涡之中，即使他们真的都错了，你的人生也是你的；他们误了你的昨天，就不能再让他们左右你的当下；过往的经历虽痛，但也为你披上了一层坚强的铠甲，对于漫长多舛的一生而言，谁又能断定，顺境和逆境哪一个更好呢？

苏格拉底说，未经省察的人生是不值得过的。很多人终其一生都不肯为过去的失误买单，似乎那样就触犯了他们固守的尊严。其实不是这样的，一个人，只有当看清了自己，才能宽容这个世界，才有可能变得越来越好。记起了一个小故事：

一个年轻人曾问乔布斯：您的智慧从哪里来？

乔布斯答：来自精确的判断。

年轻人又问：那你精确的判断从哪来？

乔布斯回答：来自经验的积累。

年轻人再问：那你的经验又从哪来？

乔布斯真诚地回答：来自无数错误的决定。

经验是过往经历的总和，没有凭空而来的智慧，只有淬炼出来的觉悟。我一直相信，一个人的身体会老，脏器会老，而头脑不会（当然生病除外）。“老”应该是智慧的累加，而不是无用的象征，除非我们决定止步不前。如一本书，开头可能平淡，中间可能曲折，但只要结尾精彩振奋，就不乏是一本好书。重拾过去的记忆，就是在找寻失散在生命角落里的珍珠，尽管它们并不完美，颗颗都带有瑕疵，但那就是生命本来的样子，拾起它，擦亮它，再以智慧之线串起，你会发现，每一颗珍珠都散发着独一无二的光辉！这便是生命留下的印迹，或许也是活着的意义：这个世界，我来过，为了更好的自己，我努力过。

手边恰巧有本好书，是日本一位叫中村恒子的老奶奶所著，书名叫《人间值得》。这位已九十高龄的心理医生至今还在坚持工作，她说，每个人都有不同的人生轨迹，绝不应该追求和别人同样的生活，既然这是你的人生，就活出你自己。

掐指一算，参照中村恒子她老人家的岁数，我的人生竟还有四十年的续集可写，如此说来，余生，竟大有可为？亲，且容我暗自激动一会儿。

秀才何时遇到兵

当我们路遇莽撞无礼之人，大可严词回敬或绕道而行，不解恨还能私下里骂上两句；若身边的朋友出言不逊，我们也能问清缘由做个理论；哪怕是同床共枕的夫妻翻了脸，也可唇枪舌剑地争个输赢。但有些时候，对有些人，有些事，着实是有理讲不清，甚至“敢讲理”本身就是一种罪过。

有人说，家，不是讲理的地方，我认为此话有理。首先对孩子，就讲不得太多的道理。小不点的时候，他虽听不懂道理，却能乖乖的，因为知道大人的话就是权威，听话就是好孩子。再大点，估计他也就是左耳进右耳出地应付着听，心里早就打起了反抗的小算盘。记得一次训斥犯错的儿子，责令他在墙角罚站，走出几步后感觉不对，仿佛背后有什么东西刺着，突然回头竟看见小东西正用小手指着我的背影，小嘴巴还恶狠狠地蠕动着！估计没敢骂出声的话是：“你个老妖婆，竟敢教训我！看我长大了，非得揍你一顿不可！”见我突然回头，他立刻吓得缩成一团，变脸求饶，妈妈妈妈叫个不停，一副惊恐无辜的样子。我很吃惊，刚才把道理都讲清楚了，他也频频点头深表后悔了，一个乳臭未干的黄毛小儿，怎会生出这般阴险毒辣的模样？

等孩子到了青春期，你可要懂得察言观色、言语小心了，往往是你的大道理还没说出口，人家已经不耐烦地掩了耳朵，或从嘴巴里嗖地射出阴森森的冷箭，逼着你把刚要出口的话咽回去。当妈的最伤心的事就是孩子的冷言冷语、翻脸无情，只恨是亲生的，若能像网上购物那样任意退货，我是早就退上几个来回了。气归气，冷静的时候也在反思，孩子为什么听不进正确的道理呢？站在他的角度想一想，也是，翻来覆去就那么几句话，所有的爹妈似乎都统一商量好的措辞：好好学习，要懂事要听话，不然将来会怎样怎样，父母都是为了你好如何如何……你说上句他都知道下句了，车轱辘话磨叽多少年了，一点新意都没有，也难怪人家不爱听。

忽然发现自己对孩子说的话，竟和小时候父母对我们讲的话，几乎没啥区别。

也就是说，几十年过去了，我们教育方法一点改进都没有。问题是，现在和过去的生活环境有着天壤之别，看小人书玩泥巴长大的我们，在今天这个瞬息万变的互联网时代，是不是显得有点落伍了？和孩子讲道理之前，是不是也得先弄懂他的心思和想法？是不是孩子早已不是当初的那个孩子了，而父母还是那个没有长进的父母？再听听纪伯伦他老人家的警告吧：你的儿女，其实不是你的儿女，他们是生命对于自身渴望而诞生的孩子。他们借助你来到这个世界，却非因你而来，你能庇护的是他们的身体，却不是他们的灵魂；你可以拼尽全力变得像他们一样，却不要让他们变得和你一样。

除了孩子，跟爹妈也讲不得道理。“90后”的孩子除外，比如我的儿子若心平气和地跟我讲道理，我定会受宠若惊地洗耳恭听。但“60后”“70后”包括“80后”的人，几乎没有跟自己父母讲道理的可能性，他们会认为那是一种责备，一种冒犯，一种不孝。比如好友丹丹，已是两个可爱男孩的妈妈，一次和远道而来探亲的母亲闲聊，提起了小时候的事。她偷眼看着娘亲的脸色小心翼翼地试探着说：“妈，要是我们小时候，您能换个教育态度和方法，是不是会更好一点？”这边话音未落，那边已传来委屈的哭腔说：“我知道，你是在嫌我不会教育对不对？我对你们还得怎样？你知道当初你姥姥姥爷是怎么对我的吗？为了你们和这个家我容易吗？嫌我不会教育，也没谁教过我啊！”好友大骇，连声道歉加上搂抱哄劝，才算是止住了母亲的眼泪和愤愤不平，这个话题就此打住，哪里还敢再提半句。

是啊，我们的父母总是觉得委屈，他们的抱怨多过反思，或者根本没有过反思。站在他们的角度想一想，也情有可原：我有一个受苦受难的童年，父母对我们是抬手就打、张口就骂，哪容得有一点忤逆？一穷二白地结了婚、成了家，含辛茹苦地把你们养大，舍不得吃舍不得穿供你们上学，你若能考上大学，我们砸锅卖铁也供啊，还得怎么对你们好？长大了翅膀硬了便不把爹妈放在眼里了，辛苦了一辈子养你们有什么用？这就是他们的道理，也是那个时代的道理，让你无可辩驳。关于教养儿女，在有限的认知范围内，他们的确已经尽力了。若心有不平，便再想一想：没上过几年学的父母拼尽全力把我们养大，竭尽所能地供我们读书求学，如果他们的文化素质和认知水平停留在小学二三年级，你花着他们的血汗钱读到了高中大学，思维和眼界不对等是正常的，除了理解、包容和感谢，我们难道还有资格去责备吗？

若父母没能给予我们良好的教育，但起码，让我们认识到了什么是不好的教育，别去重复就好。实际上，当我们做了父母，细算起来，自己犯的错并不少，难道还能一代代地责怪下去吗？其实，只有做了父母才知道，爱与亲情，是这个世上最难把握尺度、最容易因此失去理性的东西，稍有不慎就会失了分寸，远离本心。都说清官难断家务事，这本“经”当真是不好念，一路修行吧，吾辈还得上下去求索。我想，父母已经给我们最好也最重要的东西，就是做人的本质。于我而言，父母的善良与勤劳，正直与良知，甚至干净利落、与人多与己少的习惯，无形中也在影响我的品格构建，而这些，足以让我成为一个值得尊重和信任的人，并借此安身立命。扪心自问，还有什么礼物，比这更贵重呢？

家，的确不是讲“理”的地方，而是讲“忍”的地方。爱，就是恒久的忍耐，直到无尽的委屈撑大了你的心胸，你便能刀枪不入、宠辱不惊、笑傲江湖了。“60后”“70后”是上有老下有小、卑躬屈膝的两代人，尽管我们的所思所虑、所作所为都是为了家庭更好，却是有些话说不得，有些事做不得，有些人惹不得，因为一旦起了冲突，就得被各种约定俗成的规矩伦理追杀喊打了。哈哈哈，笑着笑着，你就哭了是吗？为表达你我复杂沉痛之心情，且赋打油诗一首：

秀才何时遇到兵？
唯有亲情讲不通。
是非对错一锅粥，
苦辣酸甜不言中。
莫道为何我独醒，
我以我心度此生。

破茧成蝶

每个人，都没有能简单地活着的福分。可能因为生命本身就需要不断地打磨历练，为的就是让它变得更结实，更饱满，更坚忍。总是有人在追寻活着的意义，我想，能遵从本心，坚持成长，独立而自在地活着，就是生命的意义。

听到过一位成功人士说：“如果人生能有一次重新选择的机会，我宁可用今天的成功，换回一个幸福的童年。”他说的一定是真心话，因为声音里带着泪。我们都不知道彼此经历了什么，但多数人，童年的烙印会伴随一生。心理学家常提到“心理创伤”这个词，比如阿德勒曾说，幸运的人，一生都被童年治愈；不幸的人，一生都在治愈童年。可见童年在一生中的分量有多重。现在回顾起来，确实是童年的经历打造了我的性格，我后来所经历的得失，大多跟它有关。说不上好与不好，这个世界原本就是千人千面，凡事都是相对的。

一个好的家庭，就像是一个好的容器。好的父母，应该既能够接纳孩子的活力和善意，也能接纳他的敌意或坏情绪。要让孩子清楚地知道，在这里，有父母对他持续不变的爱，无论他是好的，还是坏的，父母爱的是他本身。而且，外界的敌意也破坏不了家庭这个容器，孩子能充分体验到，自己是活在一个安全的、稳固的空间。这样一来，他的个性就得到了充分的伸展和释放，生命力就会更强健、更旺盛。在孩子成长的最初，如果能遇上一个这么好的容器，将是他此生最大的福气，孩子会因此确信：我是好的，我的家人是好的，我的未来也一定是好的。由此，一个良好的、稳定的、正向的人格架构便初步形成。

可事实上，我们中的大多人并没有这个福分。我们遇到的那个容器可能是震荡的、不安的、冷漠的、布满裂痕的，甚至是破损的。所以，装在这样容器里面的童年，自然是恐慌的、担忧的、无助的，甚至是破碎的。这也影响了我们最初的人格基础形成，不同的是，它没有骨架，没有支撑，只有散落的灵魂碎片，根本没办法形成一个坚固的整体。所以，这样的人格也很难支撑起个人未来厚重、长远的人生。

成年后，生活逼迫我们做出选择——是把心缩在那个破败的容器里，还是以岁月的打磨为黏合剂，一点点捡起那些碎片，努力地把它们黏合在一起？唯有选择后者，我们的生命才能被重塑、被激活。有的人拼尽全力地这么去做了，于是他们获得了新生；有的人做着做着就没有力气了，他们心中对别人的失望淹没了对未来的希望，于是这个工程就暂停在那，日益荒废；还有的人，面对着这一地鸡毛望而生畏，既不甘心又不肯自愈，干脆选择了消极放弃。所以，在脱离了那个叫作“家”的容器之后的，仅存的一次人格重建的机会，在不同的人手中，被塑成了不同的命运。

最后，我们会成为别人的父母，也会创建一个新的容器。在这个生命的轮回中，有的人张开双臂迎接崭新的生活，创造了个充满善意和包容的好容器；也有的人臣服于过去，创造了当初自己遇到的那个冰冷残缺的坏容器。而那些与我们的生命息息相关的人，那些我们曾承诺过要去爱、要去守护的人，也因我们这个容器的好坏，造就了不同境遇的他们。

我很庆幸，几经辗转，终于把自己修补成了一个不完美却完整的容器，且很结实。在这个修补的过程中，靠的不是我一个人的力气，而是一双双陌生的、无形的手帮助。其实有段时间，我感到生命很黑暗，积蓄多年的坏能量险些吞没了我，我每天行尸走肉般地活着，机械地重复着做事，心里充满了对这个世界的失望和厌烦。我想不明白，为什么我的人生就该被一直捆绑，为什么我就没有资格做自己？为什么明明可以挣脱，我却没有一点力气和勇气？我假装一切都好，朋友圈不发一个字，我斩断与外界所有的联系，那段日子让我感到，人生就是一场伪造的虚无。

还好，我没有停止学习。还好，邂逅了那些好老师，他们告诉我：你生命的前半辈子，可能属于别人，活在别人的认可里，那把后半辈子还给你自己，去追随你内在的渴求；你不要有改变别人的念头，相信每个人都是自己的拯救者；每个人都有一个觉醒期，觉醒的早晚能决定个人的命运；在这个世界上，如果只有一个人爱你，这个人一定是你自己；生活总是让我们遍体鳞伤，那些受过的伤，终将成为我们最强壮的地方；其实人和树是一样的，越是向往高处的阳光，它的根就越要扎向地底深处……

他们这些话，像萤火，像烛光，一点点照亮了我的心，让我在失望中看到了希望。每本好书都是位掏心掏肺的好老师，如同生命中不期而遇的贵人，它对你的帮助无私而慷慨，用心给予你智慧的指引。我想，智者的存在，可能就是为了给那些需要力量的人以加持，让那些迷失方向的人找到出路，帮到的人越多，他们越会心生欢喜。真希望有一天，自己也能成为这样的人，有能力去温暖更多的人。

记起个小故事：一个小男孩在草地上发现了一个蛹，便把它带回了家。过了几天，蛹上出现了一道小裂缝，里面的蝴蝶挣扎了好长时间，身子似乎被卡住了，怎么也出不来。天真的孩子想要帮助它，于是拿剪刀把蛹壳剪开。然而，由于这只蝴蝶没有经过破蛹前必须经历的痛苦挣扎，以致出壳后身躯臃肿，翅膀干瘪，根本没有力量飞起来，不久便死了。

任何一个生命，活着都不是一件容易的事，之所以每个生命都带着深深浅浅的伤痕，可能是命运之神刻意留下的印迹。为的是对漫长人生中可能遇到的种种不测，提前做一个预演，让你先感知到什么是疼，让你懂得如何挣脱，让你学会怎样自我疗愈，只有这样，才能最终活出自己的精彩。

亲爱的，无论曾经历了什么，若想拥有一个自己说了算的人生，那就先从强大自己的心开始。任何事，只要开始付诸行动就不晚。

亲爱的孩子

母亲在，孩子就永远都是孩子。母亲就是那个一边盼着孩子尽早独立，一边又怕他飞得太高太远的人。这世间所有的爱都是为了相聚，唯有父母对孩子的爱，是为了分离。纵然明白这个道理，可还是如患了单相思的恋人，表面不动声色，实则心不离，情不离，爱不离。

一路磕磕绊绊把孩子带大，我把自己评定为“五十九分”妈妈，而且还是通过补课得来的。智慧的父母不少，估计不会有满分，毕竟都是初学乍练，不知深浅。没有父母不盼着自己的孩子好，但百分百的好心，却未必能换来好的结果，可能是因为教育方式不对、态度和方法出了问题，或是没有把握好爱的尺度与分寸。总之，若有机会让我重头再做一次妈妈，我的孩子一定会成长得更好，可惜，我和孩子都没有回头路可走。

亲爱的儿子，无论以前经历了什么，那都是你应该经历的，别悲观也别抱怨。每个人之所以独一无二，不仅是因为先天的基因遗传，还有后天不同境遇的打磨，再坏的事情背后都有好的一面，反过来也一样，看你怎样去理解和面对。说这些，并不是妈妈在推卸责任，坦率地说，你的前二十五年与我有关，但此后的人生，只与你自己相关。只要你的心智不停止成长，就随时可以选择改变，把日子过成你想要的模样。

儿子，好的人生一定是懂得自愈的人生。你做到了，比如童年的创伤，比如那个曾让我忧心的“情绪化”的问题，竟被你不知不觉地修复了，着实给了我个大大的惊喜！奖励你一句话：一个能控制好自己情绪的人，比能拿下一座城池的将军更伟大。嘘！不许说“少来”，就算小时候给你的夸奖少了点，可现在妈妈是真心实意的。人不可盲目自信，但也不要妄自菲薄，看不清自己的长处和短处，结果就是成为你前行路上的绊脚石。

你曾经问过我，美好的爱情为什么会变成平淡的亲情？本该如此啊，有些夭折了的爱情，还没有机会和福分转化成长相厮守的亲情呢。这么说吧，爱情就是你做过的甜点，亲情就是你离不开的白米饭，一日三餐都得吃的。生命本就是一场体验之旅，不可能总停留在你喜欢的某一段，比如让你天天、顿顿吃甜点，你不会感到腻吗？接下来的每一程，都有不同的味道和惊喜，希望你能逐一用心体验，才不枉来这世间一回。你当然可以选择在白米饭的间隙搭配上几道浪漫的甜点，不过，要是明明会做却懒得动手动脑，让日子过得单调乏味，那可就怪不得旁人了。

若说爱情是隔着栅栏看到的一朵让你怦然心动的花，那婚姻就是把两棵不同品种、不同习性的植物移栽到一个局促的盆里。因为离得近了，所以看得更加仔细分明了；因为空间狭小了，彼此都没那么自由了；因为从此只为一个人灿烂，有时就懒得梳洗打扮了；因为想见不想见都得见，可能就变得没那么在乎了。难怪人家说，这世上最美的东西是“得不到”和“已失去”，得到何尝不是福分？为何非要等到失去才珍惜？

想想看，正是因为两个人离得近了，才有了另一颗心的牵挂和惦念；空间再小，也别忘腾挪出留给对方的地盘，总黏在一起的日子，久了，都会生厌；若只为一个人灿烂，那就更得让他看到你最美的样子，获得恒久的美的办法是你不断地自我成长；关于想见不想见都得见，请别身在福中不知福，孩子终会长大高飞，父母也终会离你而去，能陪伴你走到最后的，唯有身边的伴侣。

孩子，送你一个让爱保鲜的锦囊吧，里面只装着两个字——界限。无论跟谁，越是亲近的人，越要尊重彼此的边界。要始终清晰地记得：你们原本就是完全不同的两个人，各自拥有不同的个性，不同的家庭背景，不同的成长环境，生活中出现差异是正常的，要做到求同尊异。当初，你不正是被她独特的气质所吸引吗？那就请一直尊重并欣赏她本来的样子，鼓励并支持她做最好的自己。一个人，只有当她真心地喜欢上了自己，才有精力和心情去爱别人，你也一样。所以，你连想改变别人的想法都不要有，有人把家比喻是围城，就是因为我们给了所爱的人太多的挑剔、束缚和期待，和一颗总想改变对方的心，这样做只会让人想到逃离。好夫妻就是好队友、好拍档，一边为对方喝彩助威，一边不动声色地让自己变得更好。

我们曾讨论过“90后”结不结婚、要不要孩子的问题，其实这些问题的根源，往往出在“钱”上。我们对未来的最大担心，无非是怕不能给所爱的人稳定的生活，所以，努力工作、好好赚钱就是幸福之道。赚钱是一种能力，而不断提升自己的能力就等于让财富增值。要知道，我们所追求的并不是金钱本身，而是拥有它才能庇护到的爱情、亲情、健康、责任与尊严，像一把在风雨来临前，由你亲手撑起的伞。每个人的价值观不同，在我看来，豪宅豪车是潜在的浪费，没有任何意义，家居环境温暖舒适，平常日子钱够花，遇事时有必要的积蓄，就好。请相信，我们所有的不快乐，大多来自内心的不安定，人，必须要有事做，只要有事做，心就不慌乱！别无选择的事，认真做；热爱的事，用心做。对亲人、对家庭、对社会有贡献感，就是幸福的源泉。

记得不？你曾对一件事深表忧虑，就是万一你生了个女儿，本奶奶若是因为跟孙女抢东西抢玩具打起来，到时候你该帮谁。哼，算你了解我，若那东西是我没见识过且又很好玩的，当然要去抢，那是我对新鲜事物的学习之心。年轻人有选择自己生活方式的权利，要不要孩子，自己说了算。只是，人生不可能完美，却可以完整，没有孩子的人生，注定残缺。只有自己成为父母才能懂得父母的心，有了儿女才能体会到这世上最真挚、最动人的幸福。当你成了你最爱的人的唯一依靠，才能因为对他的爱，更努力地去精彩自己的人生。

如果你幸运地拥有了个女儿，记得好好爱她，呵护她，陪伴她。还要以同样的心去爱护她的妈妈，能这样做你便能收获双倍的快乐。女儿可以娇，但不可以惯，生活习惯代表未来可控的幸福指数，要让她从小开始就拥有一双会打理生活的手，为的是有一天，不用依附谁，自己也能够活得很好。还有，礼貌和教养看着是件小事，实际却能左右人的一生，尤其是女孩，这是她无须炫耀也能赢得爱与尊重的最大资本，这个不用教，她会看你们怎么做。另外，你随时要有心理准备，无论这个小棉袄多贴心多可爱，迟早有一天，她都会成为别人的老婆，所以，你希望她将来嫁给一个什么样的男子，就要按那个男子的模样做给她看。切记，女孩降低寻找伴侣的标准，就是在降低自己未来的生活水准，而这些，取决于父亲带给她的信心和判断力。

当然，也有一半的可能，会生个你嘴上说不喜欢的男孩，那只是说说而已，见了面，自然会喜欢。男孩子是爸爸的小跟班，要多带他见识外面的世界，让他多去大自然里摔打体验，多接触不同社会层面的人和事。让一个男孩顶天立地的本事，一定是他的品格、毅力、勇敢与担当，女孩可以是花，男孩必须是树，越早独立越好。还有，别忘了和男孩一起，养成照顾、体贴妈妈的习惯，不是做做样子，而是真心实意。那样他就知道长大后应该怎样对待自己的另一半，也等于提前拿到了开启幸福之门的钥匙。一个家庭里，付出更多的往往是女性，而让她们心甘情愿、无怨无悔去付出的唯一理由，就是被她所挚爱的人认可和尊重。一个家，母亲是快乐的，这个家就是快乐的；母亲是幸福的，这个家就是幸福的。

还有，我们的《君子协定》不会变。当孩子有了独立的家，父母的角色就转变成了亲戚或客人，可以常来常往，但不能不分你我。当你们做了父母，即使有一百个理由，自己的孩子也要自己带，怎么带自己说了算，不会的，用心学。妈妈可以做你们的忠实盟友和坚强后援，在你们需要时给予帮助，但绝不会插手你们的生活、替代你们的责任。你可以把这理解为一种自私，而我却不能因此剥夺你们为人父母的权利。老话说，猫养猫亲狗养狗亲，父母与子女之间有着绑定一生的情感账户，从子女生命的初始便开始源源不断地存入爱，那便是此生最大的财富，关乎着父母和孩子一生的幸福。父母存入了多少爱，孩子就会回报父母多少爱，这世间就没有什么力量能撼动你们坚不可摧的情感链接。反过来也一样，没有爱的储蓄，就没有资格支取，透支就会导致情感断裂。

都说只有亲自体验过，道理才能成其为道理，一般情况下，前人的告诫大多会被当成耳旁风，包括为娘此时对你的忠告。孩子，没关系，只要别怕摔，别怕疼，勇敢地去体验，然后再学着反思、纠错和止损，你的人生就会成为自己想要的样子，只是时间早晚而已。这个世界的变化太快，“我们”已经不能去预设“你们”，不过，娘亲还是以近五十年的人生阅历向你保证：不管这个世界怎么变，让自己变得更好，有能力让自己和所爱的人幸福，都是亘古不变的真理。

亲爱的孩子，妈妈此生对你最大的亏欠，就是始终没能给你一个正常的、完整幸福的家。愿这个缺憾在你今后的人生中不再重现。妈妈，就是那个无论何时何地都对自己的孩子充满希望的那个人，你不必活成我的骄傲，只要活成自己想要的样子，就够了。

孩子，妈妈的爱永远都在，迄今为止，我做得最正确的一件事，就是留下了这些饱含真情的文字。也许多年后，当你想听妈妈在耳边唠叨几句时，有它陪伴你。

我的“好人经”

怎么觉得“好人”这个词越来越偏向中性了呢？有时候听起来不像是表扬。尤其在看过武志红老师一篇关于“中国式好人”的论述之后，我恨不能立刻摘下自己这顶戴了几十年、压得好难受的 “好人”帽子，再把它扔出老远！只想从此做个真实的人，有血有肉的人，为自己而活的人。武老师讲的那些话像一枚枚精准的子弹，我不仅被击中，还险些留下“三观尽毁，怀疑人生”的后遗症。还好，我痛定思痛，抱着置之死地而后生的觉悟终于走了出来。

简单摘几句直捣我病灶、让我目瞪口呆的话：中国式好人，只付出，不索取，总给予，难接受。他们哪怕遭遇虐待与不公，也要不惜一切代价捍卫“我是一个好人”的感觉。他们觉得必须得对别人好，如果对自己好，就是坏人。他们不难过也不快乐，不喜悦也不痛苦，其实，他们是在好人桂冠的压力下，压抑了自己的需求与声音，使用了麻木的策略。好人会过分客气，滴水之恩涌泉相报，永远不欠别人的东西，永远不给别人添麻烦，这种客气，从孤独中生出，继而又将他们锁在孤独当中。他们往往没法做生意，必定赔钱；也难做领导，对谁都好会把自己累死。如果好人过分在乎好坏对错，而不是爱恨情仇，久而久之，就容易变成一具道德正确的僵尸。

优秀的心理学家能让你在他面前成为“透明人”，这些话于我，如同量身定制。

若是被我儿子看到了，他一定会拍案叫绝，然后跳起来一脸坏笑地冲我鼓掌。因为这些话竟与他对我的评价不谋而合，这小子时常会冒出“妈妈永远一百分，妈妈是个活菩萨，妈妈无所不能，妈妈多伟大呀”之类的混话，满口的言不由衷甚至还带着点挑衅。关于没法做生意这一说，非常准确，和儿子一起开烘焙店时，他就曾不止一次地勒令我：“妈妈，以后跟收钱有关的事，你就不要管了，我真怕你这个老好人把咱这个店都给赔进去。”我没敢反驳的理由是，他说得确实在理，客户让打折优惠，只需磨上几句我就会妥协同意。关于做领导，更是说得一针见血，带着不小的团队被伙伴称作“老大”的两年多，我算得上是捧出一颗真心，鞠躬尽瘁，恨不得对所有人好，结果累得险些以身殉职。还有绝不能辜负别人的信任，不能亏欠任何人，打死不给人家添麻烦，说的就是我。

尤其是“道德僵尸”这几个字，至今我都在细细品味。刚好最近看了部电视剧《清平乐》，剧中宽仁德厚的宋仁宗与集才华美貌于一身的皇后，一辈子都无法靠近的原因，岂不正是应了这句话？“官家”宁可专宠那位浅薄无礼、骄横跋扈的“张娘子”，也对循规蹈矩的“中宫”避之不及，敬而远之，怕的就是被她那面完美无缺的镜子照得自己一无是处。相反，与率直莽撞、错漏百出的人在一起，是不是就显得自己格外英明强大了呢？可谁又能看到，那具被道德礼义绑架的无奈躯壳里，同样也跳动着一颗有着热切渴望、真挚鲜活的心？说到心，就再补上更扎心的一句：“好人被人敬，但不被人爱。”

真想问一问亲爱的“好人”，是谁让你变得这么“好”呢？为什么越是对别人好，就越成了人人远离的孤家寡人？“好人”的过度付出和自我牺牲会让对方有内疚感，并且因为“好人”貌似不用回报，于是他们的关系就成了单向的，对方只能接受，他的付出总被“好人”挡回，久而久之会让他内疚感不断积累，而且也习惯不再回报。同时，“好人”的好意也可能逐渐不被珍惜，因为没有人喜欢内疚。所以你会发现，越是“好人”，伴侣与孩子可能就越“坏”，这会给“好人”带来一系列的冲击，多数时候他会难过得生不如死，但偶尔，也会把他们的心结冲开。这话说得真让人难受，个中滋味，我已深切地体会到了。

就在前段时间，儿子和我前所未有的近一个月没说一句话。原因很简单，我对他太好、帮他的太多了，他也太想回报我，反倒让他有了压力。当时正处于疫情期间，孩子刚刚丢了工作，身体又不争气的屡屡出问题，于是为了逃避相见时的烦躁、内疚与自责，这厮采取的策略便是怕见不如不见，能避一时是一时。而我并没有因此而生气，一方面，我也在反思自己的问题，另外我知道，孩子心里并不好过。过于周全能干的妈妈会让孩子觉得自己无用和无能，他会因此怀疑、否定自己，想急于求成来证明自己，就很容易陷入矛盾和焦虑当中，这是以前我没有认识到的。

人在内心彷徨时一定要寻求与“高人”对话，“高人”可能是一本好书，一堂辅导课或是抖音里的一个段子。只要肯找出路，总会遇见帮你拨开满天乌云，让阳光照射进来的贵人，我很幸运，总是受益于这些未曾谋面的好老师。关于自己这个“滥好人”，问题俨然已经存在，懊悔烦恼又有什么用呢？不如先释怀了自己，再以最快的速度补救，以后少犯“贱毛病”就好。比如对于孩子的“不良”表现，我甚至感到窃喜：这是那个大男孩在主动申请“断奶”，是他发出内心独立的信号，经过这段时间的疏离，相信他会成长很多。我也郑重决定，收回无用的“好心”，彻底学会放手，远远地看着孩子走好自己的路就行。

唉，都道好人难当，咋还争着抢着去当好人？关于这一点，早在多年前就有人提醒过我。那是我同办公室的同事兼好友，我们的关系好到无话不谈。好友家孩子尚小，老公极不满意她经常加班，两口子总是为此吵架，弄得她常常泪涟涟地跟我诉苦。因此我义不容辞地挑起重任加班加点、早来晚走，把琐碎繁重的工作一肩挑，更是每天连推带搡地催她早早回家，很是仗义。终于有一天，好姐妹含情脉脉、欲言又止地握着我手说：“亲爱的，给你提个意见吧，你这个人哪都好，就是工作太积极、太能干了。两个人的活都让你一个人干了，显得我好无能好多余啊，你说，领导会怎么看我呢？”那一刻，我才明白对一个人太好，也会给人带来伤害，可后来依旧屡教不改的，怎么还是我？

对父母对伴侣的“好”，又何尝不是如此？帮得太多，管得太多，替别人考虑的太多，这是把自己当救世主了吗？其实谁都有手脚有头脑，谁都有独自生存的能力，我又凭什么以“过度好心”的理由去插手别人的人生？其实离开我，地球照样转，没准人家活得更好。有了我的照顾，对方的确是舒服了、省力了，可同时，他的自主性和独立性也在一点点弱化，人都是有依赖性的。当他们习惯了依靠，我也习惯了被依靠，一切就都成了理所当然。突然有一天，我嫌累了，累得想放弃了，让他们瞬间失去了依赖对象，慌张着无所适从，不怪我又能去怪谁呢？有一种错，双方都是受害者，而过于负责任的我们，才应该好好反省自己。

父母对孩子的好，不是竭尽所能地付出所有，而是要用心培养他生存的本领、端正的品行、优秀的习惯和智慧的头脑。那样，无论是否有我们在，孩子都会生活得很好，不用教，他也会发自内心地感念父母的恩德。

看来，“好人”这个词是相对的。你认为的“好”，和对方真正需要的“好”，可能是两回事。对别人好并没有错，但对别人太好，说不定就成了“害”。凡事过则损，要学会把握分寸。以后再对一个人好，甭管是谁，付出七分就够了，留下三分给自己。要不然，你都不好好待自己，别人又怎会把你当回事，真心对你好呢？

醒悟，永远不迟

在我们有限的人生里会经历很多事，直到离开这个世界，都不可能做到事事无憾，这应该是普通人的生活常态。我们通常把大众的觉知分成三种：先知先觉的人，后知后觉的人，不知不觉的人。前者属于大智慧的领袖级人物，中间的算得上奋起直追的勇士，后者大概就是碌碌无为过一生的庸人了吧。

“觉知”这两个字，仅从字面上理解，就是知道和觉察。我常在想，这世间万物中，人之所以有别于其他动物，大概是因为我们独有的语言和思维功能。正如有句话所说：当人类被剥夺了反思与觉醒的能力，他们的能力也就所剩无几了。那么思考有什么用呢，无须思考还不是过一辈子？而思考的力量在于，大人物能通过思考去推动世界发展，我们这些小人物通过思考所能获得的起码是独善其身。

前段时间陪父亲去辽宁海城省亲，看望他的堂姐妹，与我素未谋面的三个姑姑。父亲和他的堂姐妹是失散了三十多年的亲人，经苦苦寻找，终于一朝得见。我早就盼着见见这些亲人，要知道那可是和我拥有同样姓氏的三个姑姑啊！好容易得闲，便陪父亲去探望。亲人见面，无比亲近，骨子里的亲情，是这世上最自然也最真挚的情感，时间与空间都无法阻隔。要说此行最大的收获，就是我们收获了一大家子的亲人：见了面就爱上的姑姑姑父，一大堆可爱的有出息的姐妹兄弟。我的幸福感瞬间爆棚，感觉一下子富有了好多。印象最深刻，一直想写一写的，是刚刚结识的三姑父，我对他有着发自内心的欣赏与敬重。

三姑是最小的姑姑，也年近七十了。这个从小便失去爹妈的孩子吃了太多太多的苦，幸亏有二姑的坚强能干，才能拼尽全力把这个小妹帮到成家。三姑父年轻时身体不好，不能下地干活，家里陆续有了四个儿女，整个家全靠身材娇小的姑姑里外操持。为自己的小家辛苦劳累，三姑从来都是任劳任怨，她性格温和，特别善良。可惜那时三姑父脾气不好，估计也是为自己身体的不争气而焦躁，所以会经常冷着脸教训孩子，甚至打骂姑姑。这些都是三姑父本人讲给我听的，他是位儒雅得体的长者，说起当年对三姑的不好时，竟几度哽咽，几乎要落下泪来。他真诚地对我说："侄女，我是从心里觉得对不起你姑姑，年轻时怎么能那么对她？我现在每天都在忏悔，欠她的，恐怕这辈子都还不清了。"

那天的家宴上，三姑家一大桌子的家人聚在一起热热闹闹。没想到的是，饭桌上三姑父竟端起酒杯，为年轻时对三姑的不好，当着全家老少三代人的面郑重地向她道歉，态度非常真诚。三姑的泪水止不住地流下来，她使劲拉住三姑父的手一遍遍重复地说："别这样别这样，都过去了，你现在对我多好啊，家里啥事都是你在操心，我知足了，这辈子都知足了。"他们的孩子也都红着眼圈举杯安慰父母，当上了文化局局长的小弟还调侃起自己小时候因为调皮捣蛋挨揍的趣事。末了，他不无感动地举杯相敬，对三姑父说："爸爸，那时您虽然脾气不好，但我们犯错后您都是跟我们先讲清道理再体罚，没有您当初的管教，就没有我们的今天，我们应该感谢您。看您现在对我妈这么好，做儿女的都从心里高兴，您二老能健康长寿，就是我们最大的幸福。"什么是一家人的血浓于水，什么是父慈子孝乐享天伦，在三姑家的日子里我真真切切地看到并感受到了。

我和三姑父很投缘，我们有聊不完的话题。他潜心学习佛法之余把家里收拾得一尘不染，也把姑姑照顾得无微不至。孩子们更是争着往回买这买那，有活抢着干，有一口好吃的都惦记着给爹妈送来。姑姑姑父像两块温暖的磁铁，把一家人牢牢地吸附在一起。和三姑父闲聊时，他多次向我提到对以往的悔意，我忍不住劝他道："三姑父，佛法讲的不是放下即自在吗？放下过去，好好地珍惜现在，也是一种修行吧。以后不要再自责了，三姑的笑容就是在告诉你，她早已经原谅你，早已经放下了。她现在过得很开心很快乐，这就足够了。”三姑父沉吟着点点头，从他清澈坚定的目光中，我看到了三姑幸福满满的模样。

省亲回来后，从三姑的朋友圈中常看到她频繁地发“情侣照”，老人家各种秀恩爱：有两个人都是一脸的灿烂携手站在开满鲜花的树下的；有过生日时两人对着蛋糕吹蜡烛的，眼神美美地还带着点小骄傲；还有老两口去户外玩耍，像孩子一样拿着好吃的开怀大笑的。想念他们时，我就一张张地翻，看不厌的，三姑泛着皱纹的笑脸，像孩子一样单纯，像少女一样羞涩，散发着从心里流淌出来的快乐。亲爱的三姑，您那不加掩饰的幸福滋味都蔓延到千里之外的侄女的唇边了。

两位相亲相爱的老人家让我看到：在这漫长的一生里，他们同甘共苦，也有过打打闹闹；他们相濡以沫，也有过磕磕绊绊。但他们彼此握紧的手从来没有松开过，现在攥得更紧了，因为知道余生不长，在相依相伴的日子里，每分每秒都值得珍惜。我想，对三姑来说，这就是一种圆满吧，虽然姑父的醒悟不算早，但是只要三姑觉得所有的付出都值得，她的一生就没有白活。爱，即使迟到，也是生命中最贵重的礼物，有的人等了一辈子，都没能盼到。亲爱的三姑父，谢谢你，为你点赞！

还好是个梦

一日，午夜，某中年男子，偶得一梦。

他梦见黑白无常手拿枷锁镣铐，要把自己抓走。

他害怕极了，大声呼喊：“为什么来抓我，我还没活够呢，我还不想死！”

无常道：“抓的就是你，你不是整天嚷嚷活着没意思吗？活着没意思就是不想活，不想活就是想死啊。”

“那只是我随便说说的，怎么可以当真？”

“当不当真我们说了不算，我们只抓活够了的人！到了阎罗殿，你再解释喊冤吧！”

于是，男子被边拖带拽地带到阎罗面前，他口中大呼冤枉，身体瑟瑟发抖。

阎罗打着哈欠问：“殿下何人，为何如此喧哗？”

男子吓得不敢抬头，说：“大王可是抓错了人，我一没做坏事，二还没到年老，您为什么派人把我抓到这里？”

“嗯，让我看看”，阎罗手拿生死簿，眯着眼睛仔细看了看说：“你的确没做什么坏事，但也没做什么好事，不过整日尸位素餐、无所事事，活着跟死了也没什么区别。”

“可别人不也整天这么活着吗？凭什么只抓我？”

“别人都在努力工作养活自己，你却整天躺在家里浑噩度日，怎能跟别人一样？现在你祖上的福报已经用尽，你的阳寿也就到了。”

“可我还不想死！我还没活够！我还有很多未了的心愿！”

“还没活够？你表面上是活了四十五年，实际上只活了一天，只不过是把这一天重复过了四十五年而已！算了，不跟你这种无用之人废话！来呀，把他拉下去，打入十八层地狱！”

“大王，求求你，我不想死！我还想好好活！再说，凭什么让我下地狱？不是说人死了都会去天堂吗？”

“哈哈，笑话！一世修行的好人还在天堂门口排队，你这种碌碌无为之人竟有此等幻想？早干什么去了？让你去地狱已经是宽待！”

“我不要去地狱，我还要托生为人！”

“托生为人？你可知道，你祖上修了几千年才得的人身，就这么被你给活活糟蹋了！你还敢再提托生做人？哼，下辈子都甭想！”

“你这样不公平！再坏的人大不了托生当个猪羊，凭什么就让我下地狱？”

“猪羊？你有什么资格跟猪羊比？猪把整个生命和身体都奉献给了人类，羊更是不仅付出肉身还奉献自己的乳汁，它们一生帮了多少人？你活着的时候，可曾帮过什么人啊？”

男子哑然，想了半天，实在想不出自己曾做过什么贡献。可还是不甘心，他大声叫喊：“我不下地狱！我不下地狱！我想再重新活一次！”正在这时，狱卒来报：“大王，现在地狱也满了，一时找不到空位。”男子心中一阵狂喜！看来自己还有救！阎罗沉吟了一会儿，问身旁的判官：“你看看，这个人除了去地狱，还有没有别的合适去处啊？”判官面无表情地答道：“除了地狱，此人只有一个选择，那就是托生为蝼蚁。”

“这倒合适，那就让他托生为蝼蚁去吧！”

男子听到大骇，慌张地说：“不要！不要！蝼蚁从早到晚忙忙碌碌只能活上一天！我不要做蝼蚁！”

“此生，你翻过来掉过去活得不就是一天吗？蝼蚁正合适你！懒得跟你啰嗦！拉下去，下一个！”

“我不要做蝼蚁！我不要做蝼蚁！我要做人！我要好好活着！”

男子拼命大叫，拼命挣扎，他叫得声嘶力竭，他吓得魂飞魄散！可眼前的阎罗殿却突然消失了，一切都无影无踪，只剩下他一个人孤零零地站在无边无际的、阴森森的黑暗中！

突然，他醒了，浑身大汗淋漓。他一动也不敢动，他睁大眼睛看看四周，他透过窗帘看到一点微光，他听到了自家钟表的嘀嗒声。他动动手指，再动动双脚，然后试着转动下僵直的身子，再伸出颤抖的右手，使劲掐了一下左手，还好，感到了疼。

他长长地出了一口气，捂着狂跳不已的心，泪水缓缓地流下来。

他感到无比的庆幸：还好，我还活着。还好，这只是个梦。

你幸福吗？

人活着的目的，都是为了追求幸福。但凡涉及一个“求”字，大多就会跟上一个“难”字。求而不得是苦，得而不足是苦，得非所愿是苦，因此，我们一直在苦苦追求幸福的路上。

感觉幸福像森林里不同树木结出的不同果实。这些果实它们的名字都叫“幸福”。比如一个失明的人在想，眼睛能看见的人是幸福的；一个肢体残缺的人在想，身体健全的人是幸福的；一个患病卧床的人在想，自由行走的人是幸福的。穷人看富人是幸福的，愚钝的人看聪明的人是幸福的，面容丑陋的人看长得漂亮的人是幸福的。总之，幸福是个“相对论”，它因比较而得出结论。关于幸福，较为肤浅的说法就是，你有的东西我没有，于是我就不幸福。所以人人都在追逐幸福，因为，很少有人能完美到什么都不缺。

幸福很难拥有吗？其实，也不是，在我们身边就有日子清贫却亲情满满的幸福，有身残志坚逆转命运的幸福，有老骥伏枥志在千里的幸福，有大起大落返璞归真的幸福，有一心助人快乐自己的幸福……在他们看来，幸福就不是个“东西”，而是一种发自内心的“感受”，是一种“我成了更好的我”之后，得来的成就感和满足感。看来，幸福不是巴望那些我没有的，而是把手头现有的、仅有的东西，加以珍惜和妥善利用。

忘了从哪看到个故事，大概意思是：一个富翁整天郁郁寡欢，尽管锦衣玉食，却怎么也高兴不起来。旁边的邻居是个穷苦人家，日子过得虽清贫，却夫妻和睦，简陋的茅草屋里每天都传出欢笑声。他感到无比奇怪，也不相信贫穷能带来真正的快乐，于是他做了一个试验：半夜时，富翁偷偷把一袋金币放在了穷邻居家门口，并暗中观察他们的动静和反应。

早晨起来，穷人夫妇发现了这袋金币，他们认为这是从天而降的好运，激动得心脏简直要跳出胸膛！难道这是上帝的恩赐？他们从没见到过这么多的钱，做梦都没想过自己也能成为富人！他们紧张地闩紧房门，把袋子里的金币倒出来，欣喜若狂地数着。可数来数去，怎么都是九十九枚。怎么可能就少了一枚呢？他们认为上帝一定是赐给了他们一百枚金币。于是，他们开始门里门外地四处寻找，却怎么也找不到。难道是被谁偷走了一枚？还是自己不小心弄丢了一枚？猜测着，他们开始你埋怨我我埋怨你，整天啥事不干地就想这一枚金币去了哪里，两个人开始感到了焦躁，开始了争吵，这个家从此没有了以往的欢乐。

九十九枚金币没有给穷人带来幸福，他们的注意力一直放在寻找那一枚可能丢失的，或者压根儿不存在的金币上。这当然只是一个虚构的故事，它讲的是人性和欲望。由此看来，幸福与金钱既有关，又无关；钱虽重要，却不是获得幸福的唯一途径。我们赚钱的目的，是希望通过钱来购买物质所需，来促进获得这个世上最好的东西，比如幸福，比如快乐。为此，我们的身体一直在奔波，奔波得很疲累，以至于忘了去随时触动身体里那根叫作“幸福感”的神经。

若我们渴望的幸福在一座山的山顶，为了幸福而努力攀登一定是正确的。试想，爬上这座山假如需要五年、十年，在终于登到顶峰的那一刻，我们的心中一定感觉到了无比的幸福。只是到了山顶，我们会看到眼前还有更高的山，我们的幸福标准会不会又被提高呢？接下来，是不是要再用五年、十年去爬更高的山呢？若一辈子都在这么努力攀爬，那么，能让我们真正感到幸福的时刻，又会持续多久呢？这样苦多乐少的惯性追逐，值得吗？

不如设定一个高低适中的山头，以自己的实力作为攀登的标准，爬一段感到疲累了，就停下来歇歇脚，吃点东西、喝点水、看看风景，等整个人都恢复元气、精神抖擞了，再接着出发去爬下一段。如此，我们始终是个脚踏实地、心神笃定、量力而行的攀登者，虽一路走走停停，但我们的人生是一直向上的，是奔着希望前行的。只不过前行的路不是一条直线，而是由无数个曾驻足停留的点连接而成的，组成那些点的所有人和事，很可能就叫幸福。

每个人都有属于自己的幸福山头。只是有的人在山脚下懒得出发，有的人爬到半山腰就停滞不前了，还有极少的一部分人，他们的那座山在自己的心里。他们觉得修身修心就是在登自己的山，哪怕日行一寸，都是在向幸福靠拢。这样看来，幸福确实不是个“东西”，而是种“感受”，你觉得自己幸福了，你就幸福了。你要是觉得自己不幸福，怎么都不幸福。山上山下各有各的美，你若甘心，哪儿不是风景呢？你若总是不甘心，哪儿才算是最好的风景呢？

比如最近，我就找到了点“小幸福”。因为跳绳，一开始只能跳几十下，就累得气喘吁吁、小心脏狂蹦乱跳了，想半途而废又有点不好意思，毕竟大话都说出去了。后来好不容易能跳到一百下，二百下，五百下，在这个费劲巴力地过程中充分体会到了“坚持就是受罪，自律就是上刑”。再后来，慢慢感觉不那么累、不那么喘了，竟不知不觉能跳到一千下，两千下了！这只是坚持了几个月的成果，再往后一定更好。前些天在楼下跳绳时，身后走来一位邻居阿姨，她满眼羡慕和崇拜地说：“我每天都在楼上看你跳绳，跳得那么轻盈，那么开心，还那么能坚持，真是太了不起了！”哈哈，轻盈？鬼知道双腿被灌了铅一样的感觉有多沉重！她竟说我跳得轻盈？那一刻，我的虚荣心得到空前满足！咦，颇为奇怪的是，接下来几天我再跳绳时，真的感觉比以前“轻盈”多了，而且是身体和心灵一起轻盈。

有一天，我好好地总结了一下，这个真实的小小的“幸福感”从哪来？第一，我把一件并不容易的事坚持下来了，虽然中间打过几次退堂鼓，但好习惯终于养成了；第二，坚持运动的过程中，我确实在一天天取得进步，这个进步带给了我身体和精神上的双重愉悦，于是心生欢喜；第三，我的进步得到了别人的认可和赞许了，还是觉得蛮舒服蛮开心的；还有最重要的一点，就是我从这件小事里看到了“希望”，只要把这个好习惯坚持下去就一定会越来越好，无论是为了身体健康，还是暗地里盼着的“能减减肥”的想法。原来坚持也许是获得幸福的一种途径。

如此说来，幸福的内核说不定就是“坚持”和“希望”。希望就是给幸福设定的一个个小目标，可以是物质的也可以是精神的，总之就是每前进一小步就能高兴半天的那种。读了一本好书，写了一篇好字，人多的热闹，独处的自在，一个新菜一杯好酒，老婆孩子热炕头，样样都算。相反，如果我们把幸福设定为一个很大的目标，比如住最好的房子，找到最理想的爱人，赚最多的钱，那样我们就会觉得幸福离得很远，希望渺茫，获得幸福的机会不大，于是，越走越没有力气，很难坚持下来。

不错，人生如进阶。无论你站在哪级台阶，上面都有人俯视，下面也有人仰望。我们一向认为“别人”比我们幸福，而我们，又何尝不是别人眼中的“别人”。明白了这个道理，那就压根儿不要活给别人看，就盯着自己的台阶，每登上一级，就等于超越了原来的自己，就值得偷着乐会儿，乐够了再一步步往上走，最终就能幸福一路。

养儿防老?

不知为什么看到“养儿防老”这几个字，就想起了那首歌：“都说养儿为防老，可儿山高水远他乡留；都说养儿为防老，可你再苦再累不张口。儿只有清歌一曲和泪唱，愿天下父母平安度春秋。”一首真心实意的歌，听了不禁让人动容，不过看这歌词，似乎也让父母的“养儿防老计划”起了变化。看来，养儿能不能防老，有待商榷。

我们生在一个讲礼义仁孝的国度，从小听着很多孝亲的道理和故事，也曾看过周围父母慈或不慈、子女孝或不孝的事例。无论如何，这个“孝”字，早已深入骨髓，被视作天经地义，连企业选人用人都在说，不孝之人不可重用。在我看来，“孝道”既是人性中的自然，也是祖辈们言传身教留下的优良传统；至于养儿能不能防老这回事，无论是作为父母的女儿，还是作为儿子的母亲，我怎么一提起这事来，就有点信心不足、理不直气不壮的感觉呢。

养儿防老，想想看，孩子听到这话时，会不会感觉自己像是掉进了一个预设的圈套？原来父母生养了我，目的就是为了将来给他们养老？可我也没想让你们生啊，当初不过是别无选择而已。要是能随便挑、随便选，我还想挑个好人家含个金钥匙出生呢！作为爹妈，回想起当初养儿，也没想过要图点啥啊。孩子刚生下来就想着，只要他健康就好，长大开心快乐就好，再大点学习要好、工作要好、把日子过好，总之他好就好。不过有时回过神来，仔细想想也挺委屈，这辈子为孩子操碎了心、熬白了头发、攒了一辈子的钱也都贴补给他用了，可谓是混得弹尽粮绝。可为娘我总有二不动的那天呀，能指望你对你像我对你那样好吗？如若不能，又让付出所有的我该如何面对？

如此说来，如果两代人各有各的委屈和不平，这里面一定就有问题，而且问题很严重。偶然看了部电视剧《天道》，里面一段关于“养儿防老”的论述，先是吓了我一跳，然后很想私下里为作者鼓掌，人前当然不敢了，那会有损我的好名声。且听听这段台词：“如果养儿就是为了防老，那就别说父爱、母爱有多伟大了，您养来养去还不是为了自己？那是交换，等不等价还两说呢。既然养儿是为了防老，父母就成了孩子天然的债权人，而且这种感情比山高比海深，孩子永远想的就是还债报恩。而老人越是觉得养儿防老，就越容易觉得吃亏，心里就越苦。所以这种文化让每个人都直不起腰来，你看这个民族就是老弯着腰。”这话可能有点离经叛道，但也振聋发聩，真实又诛心。

这段话让我的脑子里迅速跳出一个画面：一个或两个四五十岁的中年人，背着两位年迈体弱的老人甚至更多，手里还拉扯着一个或两个已渐长大、尚未成家立业的孩子，累得气喘吁吁，未老先衰，驼背弯腰，苦不堪言。“养儿防老”这个话题实在太大，涉及的文化背景、社会环境也一时难以说清，我作为和画面中相仿的、上有老下有小的“70后”，索性说说自己的真实想法。对于“养儿防老”这个命题，上对父母，于我个人而言，是“不得不养”；下对孩子，我认为要“尽量不拖累”。“不得不养”这几个字可能会伤了父母的心，尽管那不是我的本意，但我只想说明一个事实。理由如下：

一、我所受过的教育、读过的书，让我不得不养。

二、父母的养育之恩，天然的骨肉亲情，让我不得不养。

三、除了我没有人管他们，所以我不得不养。

四、我也有儿子，上行下效，就算做给他看，我也不得不养。

五、我是女儿，做女儿的永远不忍心看着父母受苦，所以不得不养。

六、我要面子，不能让人背后指点，所以不得不养。

用了“不得不”这几个刺眼的字，是因为有种被“挟持”的感觉。赡养父母，本该是出于“老吾老以及人之老”的儿女良心，由衷地说声“我愿意”。但任何事，只要被冠上“应该的”这几个字，就会让人感到难受、紧绷和不情愿。当然，我的家庭只是个案，父母多年被“病”挟持，我被“久病的父母”挟持，如此而已。作为女儿，我有能力给他们养老送终，也可以拿出一生相陪，但我不认为这就是“应该”，或可替换成“无奈”。第一，我不能跟父母讲道理；第二，他们已经很可怜；第三，目前我们都别无选择。之所以写下这些“大逆不道”的话，我想表达的是：我只能被动接受父母给我的一切，但这并不代表，我会以同样的方式来对待我的孩子。他有他的人生，作为深爱孩子的母亲，我无权干扰和胁迫他。

追根溯源，对孩子，是我们的养育观有问题。记得一次在成都，偶尔与出租车师傅闲聊，让我知道，父母和父母也是不一样的。司机师傅的话大体意思是：我们四川人不会过多考虑给孩子操办婚事和买房，父母有多少就拿多少，量力而行。孩子要早早走出家门，到社会上闯荡打拼，自己能挣来多少钱就过什么样的生活，没资格埋怨任何人。父母可以帮你做些善后的事，比如暂时带带孩子看看家，但努力的主体是你自己，不能什么都指望父母。但是，他们的孩子也大多孝顺能干，而且以尊老敬老为荣。比如那位司机师傅就说，一会儿送完我就不拉别的客人了，得回去接父母送他们去附近的山区避暑，天太热怕老人受不了，每年他都会这么做。

这位不知名的司机师傅带给我很多感慨，他的话也让我记了很多年。回过头想想无证上岗做母亲的这些年，才明白是当初那个无知的自己，从小给孩子束缚得太多，照顾得太多，包办得太多。正是这些过分的给予限制了他的自立和自强，没有让他及早懂得这世上没有免费的午餐，所以，就算应了那句“升米恩，斗米仇"的老话，也是父母咎由自取。常见抖音里白发苍苍的老人家声泪俱下地控诉儿女的"不养和不孝"，不由让人发出"一个娘能养十个儿、十个儿养不了一个娘"的感慨。凡事都有因果，不养爹娘的"不孝子"在其他方面也未必出色，那么，他又是怎样长成今天这个样子的呢？

走出家门后，社会或许能教会孩子们许多，但从小在父母那打下的底儿、养成的习惯，恐怕很难逆转。所以，不是将来能不能依靠孩子养老的问题，是我们压根儿没在他们的头脑里种下这种意识，没让他们及早学会什么是责任和担当，什么是悲悯与敬畏。我们这代人之所以能养老，是因为在我们的小时候，一切都以父母为中心，凡事都以他们为重，所以"孝敬"顺理成章。比如，医生建议我要补充蛋白质，最好是能天天喝牛奶，而父亲肠胃不好不能喝牛奶，我就只能选择放弃，只有两个人的餐桌，我不可能搞这个特殊化，让他不舒服。与"孝"字无关，从小到大，好吃的东西都要先可着父母，已经成了一种刻进骨子里的习惯。而现在的孩子呢？颠倒过来了，完全是以他们为中心，什么都以他们为重，一切都给了他们，所以孩子不懂得为别人着想，也在情理之中。

而且，"养老"这两个字，本身就带着一种无用、无力的依附感。一个人什么时候算老了呢？我不认为只是年龄，而是心态和精气神，你认为自己老了，才真的是老了。父母和孩子，都该有自己独立的生活，退休不等于养老，还可以做很多力所能及的事，因为我们的经验、能力、智慧还在，人若没事可做，老得就快了。是活成孩子的拖累，还是一直活成让他敬重的榜样，真的可以由自己选。如果父母能赢得孩子持久的尊重，孩子就会以和父母在一起为乐、为荣，那时想不想和孩子在一起，还得看父母的心情呢！其实，无论将来我们的孩子有没有能力"养老"，他的心情都是沉重的——养，很难；不养，很难受。这种两难之心会让他们背上道德枷锁，除非父母本身活得独立豁达、幸福乐观。

这个社会有很多不同以往的现象，比如父母不仅把自己的孩子扶上马送一程，还会深度介入他的家庭、参与他的生活、接管他的孩子；也有的父母自己不愿孩子长大，总想把唯一的孩子拴在身边不肯放手；当然也有更多明智的父母，已经开始筹划如何抱团取暖，怎样找个好点的养老院。现代的婚姻关系很脆弱，孩子们独立撑起一个家不容易，他们在生活中所遇到的种种波折，跟自己不能吃苦、不肯长进有关，也跟我们这些没有及早教会他生存本领的父母有关。此时，脑子里突然闪过个杞人忧天的念头：也不知我们孩子的晚年，又会怎样面对和谈论“养儿防老”的话题，估计到那时，这个观念已消失了。

天下的父母，纵然都有一颗疼爱孩子、不肯拖累孩子的心，却不能保证自己身体的各个器官和零件一直正常运行。无疾而终是修来的福分。亲爱的孩子，在我们能独立行走时，不会麻烦你搀扶，当真的有一天，我们的身体不争气了，我们的神志不清了，我们像个刚出生的婴儿一样需要依赖旁人而活时，希望有你在身旁。

其实，这也是父母留给你的最后一份传承，它叫作爱，叫作责任，叫作生而为人的担当，叫作今生无悔。总有一天，你也会老，愿你做个比我们更好的父母，养育出一个善待你、敬重你、愿意陪伴你的好孩子。

孤独原本就寻常

最近发现，“孤独”似乎成了流行词。以往它多是用来形容老人的，不知为何，现在却在年轻人当中常用。条件宽裕的人远遁深山，盖一所古朴宽敞的房子，观景品茗，侍弄花草，静享孤独。条件差点的也把自己的蜗居装点得素雅舒适，一人独居，精致美食，似乎也乐在其中。这世界表面看着越来越热闹，不知为何追求孤独的人却越来越多了。

一次和侄儿闲聊，问他：“你是不打算成家了吗？”他干脆利落地回答：“为什么要成家？我现在挣的钱仅够我一个人花，要是有了老婆孩子，却不能让他们过上好日子，我为什么要去害人家？一个人挺好的，想干吗就干吗，一人吃饱全家不饿，这样活着不累。”我们这个身负传宗接代重任的三代单传的嫡孙，就这么轻描淡写地放弃了为家族延续香火的伟大使命。想想他说的，也有道理，婚姻的成本太高，风险又太大，不如不去招惹它，以免后患。可若是这样的年轻人多了，当他们老了，这个社会是不是也就跟着老了？

年轻人崇尚的孤独，似乎有点“避世”的味道，避开现实社会的压力与焦灼，选择独善其身。如果说生命的意义在于经历和体验，那他们等于放弃了人生一半的美好，不能不说，这是份无法弥补的遗憾。这是一种出于无奈的"被孤独"，并不是真正意义的"想孤独"，每个人都有选择自己生活方式的权利，却常常为了满足物质生活的需求而疲于奔命，现今的社会变化太快，赚钱确实不容易。一个年轻人，做到形式上的孤独并不难，然而，若没有丰富的人生阅历和底蕴，内心真正的孤独感与日俱增却无法排解，那才是最可怕的。

我不大相信一个安守清贫的人，他的内心会饱满丰盈，生活中孤独得洒脱。物质这个东西，除非有了，或者有过，才能停止追逐，才能静得下心来，才可能做到安于现状、无欲无求。成年人的孤独，应该是拼杀过，放弃过，享受过，灿烂过，然后回归到内心的宁静，孤独得自在心安。相反，因为我没有，得不到，够不着，于是心生消极，索性寻一方清净之地，过与世无争的日子，乐得孤独。这种方式不能称其为不好，只能说，这是一种迷失了自我的孤独。

我所理解的孤独，首先便是自我意识的回归。每个人，都是赤条条地来到这个世界，弱小而孤独。我们在亲人的呵护下一点点长大，那时，被称作某人家的孩子；我们孤独地走进幼儿园、走进学校，那时被称作某班的学生；后来找了工作、选了伴侣，于是我们又成了某某人的夫或妻、父或母。生命的进程就是在饰演各种角色，与戏剧不同的是，我们既没有经过演练和彩排，也没有重演一次的机会。终于有一天，我们发现自己从没有认真地演过自己，而是一直在努力地扮演着其他的各种身份，为他人考虑得太多，对自己关注得太少。我们终于幡然醒悟：那个有血有肉、真实鲜活的自己，去哪了？我的梦想呢，我的心愿呢，我想成为的那个样子呢？ 再不做回自己，我的人生就快谢幕了。

无论外面的世界多么喧嚣，我们的心底，总有一块领地是属于自己的，只不过它常常被自己遗忘。多年来，我们所有的奔忙，都是为了契合自己所扮演的角色，因此活成了和大多数人相似的样子，也有了跟大多数人相似的烦恼。当有一天回过头来看时，会突然领悟到，我们本该先选择滋养和善待自己。先把自己活得光彩照人、平易近人，别人才会因此喜欢你，并愿意和你在一起，以你为荣，对你心生敬重。请相信，即使在至亲的人眼里，也有轻视和仰视，只有心底有了敬意，关系才能长久。现在想明白了也不晚，让头脑冷静下来，心安定下来，把自己唤醒，重新设定自己的人生目标，一步步做回真正的自己。

我所理解的孤独，是一种能与孤独共处的能力。具备这种能力的首要条件，就是把之前的人生经历做一次彻底清理，给未来的自己腾挪出一块空地。比如，我有个偏好，喜欢收集弥勒佛佩饰和塑像，玉的、水晶的、玛瑙的、檀木的、名家的、普通的，多到戴不过来和没地方摆放。最近偏偏又喜欢上一款铜铸的，完全是我心仪的样子。因为这尊不小的佛爷在我的小家实在没地方安置，可心里又痒痒，于是各种纠结。突然有一天，我想到了一个绝好的主意：用这尊弥勒的漂亮图片作为电脑桌面，既醒目又亮堂，不仅时时能看到，还省钱，也算满足了心愿。

那一刻，我突然明白了一个道理，喜欢和占有是两回事。以前喜欢一件东西，就必须要拿到手，可拿宝贝回家几天之后，大多被扔在一旁，许久都不曾想起再碰一下。那么，这件东西摆在商场的柜台里，和放在我柜子的角落里，有什么区别？我花了不菲的价钱只是让它换了个地方而已，究竟是我占有了它，还是它占有了我？我们费尽力气求得的那些，以为属于自己的东西，不过是客观拥有它的一段时间而已。原来，这世间的一切，什么都不是彻底属于我们的，包括我们的亲人、孩子、伴侣，每个人、每个物件，都只属于他（它）自己。

从那以后，我决定不再乱添置东西，而且要把现有的可有可无的东西，统统做个清理。贵重的物品，有了合适的机缘，也给它们找个合适的去处。另外，走不到一起的朋友，言不由衷的圈子，都可以省省了。想想我们短暂的一生，曾经苦苦相争的种种有多少，死去时我们带不走任何一件东西，最终是两手空空地离去。若把摆在外面的东西看得太重了，就会把内在的自我彻底蒙蔽，满屋子的富丽堂皇也填充不了一颗空虚的心，当一个人自身有了足够的学识和阅历，不用去求什么，该来的，都会来。

我所理解的孤独，是为了学会与这个世界告别时的从容与淡定。死亡，是人人都无法逃脱的命运，不是到老了才去想，而是为了面对生命的无常，须时时保持的清醒与觉知。我们常常听到身边人英年早逝的例子，也知道疾病和意外可能先于明天而来，只不过那都是别人的故事，很少入自己的心。记得第一次直面死亡，是十四岁时送别一位服毒自杀的好友，后来又有一位素来要好的邻居男孩因病去世，再后来，陆续还有几个出了意外的同学、同事和朋友。那些人去时，都无比的孤独和凄凉，陪伴他们的只有冷冷的一副棺木和一捧黄土。他们都是在年轻时骤然离世，让我们唏嘘不已的同时，也嗅到了离我们如此之近的死亡气息。

其实，每个人都是生而孤独的。当身体有了病痛，只能自己忍受；当面对重大的人生选择时，最后做决定的，只能是自己；生活和工作压力重重，只有自己来承担。当我们最需要朋友的时候，朋友可能不在；当我们最需要依靠的时候，可能发现谁也靠不住。由此看来，生命只能独行，孤独本是一种常态。随着年岁的增长，我们会不断地发现自己的无知，除了知道当下该做什么，我们对生命的来去变故一无所知。如此推断，除了把当下的事做好之外，我们几乎没有机会做其他的事。这就是生而为人的局限，我们只有这么一段或长或短的路可走，只能靠自己的心和双脚来丈量，若能走得踏实，活得心安，便是值得。

有人说，对死亡的恐惧，是因为没有好好活过。试想，如果这辈子本就活得不值，又不知日日追近的是天堂还是地狱，难免会让人心生惶恐。无论如何，这最后一个人生课题，还是需要我们独自去面对。我们似乎又有着两种选择，反正迟早得死，要么浑噩度日，草草了此一生；要么过好每一天，把那些想做还没有做的事，一样样完成。这两种面对生活的态度，我都尝试过，当每天饱食终日、无所事事的时候，我发现自己的心是空的，整个人是没有精神的，对自己也是极为厌烦轻视的。相反，当这一天过得有规律、有收获、有价值，我的心是安定的、喜悦的，整个人是充满活力的。关于生命的意义，我并不懂得太多高深的道理，但哪怕只是为了让自己开心，也该选择后面那样的活法。

都说生命是一段长短不一的路，既然是路，就会有崎岖和不平。可这一路我们得了多少啊。我们得到了爱与关怀，得到了伴侣和孩子，得到了良师益友，得到了功名利禄。是它们让我们的旅途多姿多彩，充满新奇和感动。之所以对这世间产生了深深的眷恋，不是因为匆匆赶路本身，而是这一路所得到的阳光和温暖。每个人，都是从一个弱小的胚胎开始孕育，慢慢长成人形，来到世间，待我们终能看懂这世间万象时，生命也即将走到尽头。像一朵花，从种子发芽，到蓓蕾初现，再到灿烂盛放，生命在最饱满的时候，开始慢慢走向消亡。这便是自然界的规律，人，除了自己的这颗心，一切都不在我们的掌控中。

我们常提到的“坦然”，大概就是看清了生命的本质，还能欣然接纳它的心态吧。说到底，孤独只是一种内在的感受，你感觉快乐，它就是对的；你感觉煎熬，它便是错的。当我们人过中年，逐渐有了孤独的资格和权利，这时的功课，便是学会如何向死而生。也就是说，未来的每一天，不是倒计时，而是新生，别再负了它。这是人生最后一段也是最不容易走的路，但若习得从容、安定与虔诚，便明白了什么才是生命本来的样子。人，生而单纯，一路体验百般滋味，最终仍回归到单纯。

在孤独中思考，在孤独中前行，在孤独中绽放。岁月如此静好，怎能不让我心怀感恩。

就现在，刚刚好

每个人，都有两次生命。一次在你出生时，被老天随机安排，由原生家庭哺育、教导和影响，没得选。后来，因为求学、工作或成家，你走出了原生家庭的门，携带着在这个家多年以来培养形成的习惯、性格、品行和认知，到外面的世界摸爬滚打。或有所成就，或屡屡碰壁，慢慢变成了今天自己喜欢或不喜欢的样子。

无论现在如何，我都相信，每个人心里一定还住着一个人，一个自己想要成为的那种人。善于总结和思考，我们的人生才会有积极向上的变化。当我们事业受挫、工作不顺，与伴侣发生矛盾，与孩子出现情感障碍时，除了郁闷抱怨、委屈不平，有没有想过问问自己的心：这一切是怎么发生的，为什么我的生活会这样？这个结果是我想要的吗？如果不是，我该怎么做？人人都是原生家庭那颗树上结出的果子，我是，我的孩子也是。不同的是，我由我的父母打造，而我的孩子由我栽培。那么，我的方法有所改进吗？我愿意让他的样子，和我没有二致，去重复我所经历的人生吗？

这个觉醒发生的早晚，决定着我们第二次生命开始的时间，越早，对我、我爱的、爱我的人越好。这个世界没有偶然，我如何成为我，是我的出身、成长环境和种种经历所导致的必然。但这些并非不可逆，谁都有机会让自己变得更好，除非我们不去觉知它，不想去改变它。请记得，我们要去改变的，从来不是别人，只能是自己。想要一个什么样的孩子，做给他看就行了；想有一个忠诚的伴侣，能得到他的尊重就够了；想赚更多的钱，让自己变得更加能干就行了。这世间并不是所有的关系都是“利益”关系，只要我们的存在对别人有价值，无论是物质还是精神的，我们的人生都会立于不败之地。

著名心理学家荣格说：每个人都有两次生命，第一次是活给别人看的，第二次是活给自己的，第二次生命，常常从四十岁开始。国内也有些老师说，因国情和国民素质所限，我们的觉醒通常要晚上十年，也就是从五十岁才开始。这个年龄数字对中老年人的确是个极大的鼓舞，我却真心地感到忧虑。其实，我们的觉醒可以早一点，再早一点，那样，我们和我们的亲人，最主要是我们自己，有限的人生会精彩、快乐很多。

如果把我们的人生比做仓库，那么仓库里面堆积着从我们出生到现在存放的各种杂物，有用的没用的，落灰的生虫的，新鲜的腐烂的，都混杂在一块儿。必须尽早拿出专门的时间做个清理，扔掉没用的，修补有价值的，好好地做个清洁、归纳和整理，让我们的人生库存清清爽爽、整洁有序、赏心悦目。比如这样想：我的父母，给了我力所能及的爱和教育，我只能选择理解和接受。在他们养育我的过程中，哪些方式方法和态度，是我想要或不想要的？在我的成长中，哪些创伤记忆最深最重？我的个性是如何形成的？它带给了我哪些优势和制约？而我想成为一个什么样的人，想拥有一个什么样的孩子，想过什么样的生活？为此，我该怎么做？

看到这些文字，若能唤醒你，你人生的美好就不用等到五十岁，而是现在。哪怕你已六十岁、七十岁甚至再老点都不晚，有多少人一生都不知道反省，把可贵的生命过成了漫长的煎熬。人，最大的自由，就是永远都有选择的权利，以往的我们，只是倚靠在习惯的舒适圈里，逐渐消磨掉了进取的心性而已。有句话不大中听：你现在的生活不一定是你想要的，但一定是你自找的！伴随着心智的成熟，我们也要具有一项了不起的本事，那就是不仅能与自己的过去握手言和，还能咬着牙把那些曾经遭受的伤痛与苦难，转化成为自己人生进阶的垫脚石，踩着它们一步步向上爬，自我救赎、自我成长。

有一只小猴子在玩耍时不小心被树枝刮伤，肚皮上划出一道又长又深的伤口，血流不止。它捂着伤口大声痛哭，到处展示给其他的猴子看。小伙伴们口中发出了难过的唏嘘声，轮番触碰它的伤口，虽充满同情，却想不出帮它的办法；老猴子们也只能心疼地抚摸小猴子的伤口，叹息着摇头流泪。可怜的小猴子就这样哭了一路，走到天黑，回到了自己的家。大家的怜悯丝毫没有减轻它的伤痛，相反因为太多的猴子接触，它的伤口发炎了，然后一点点地溃烂，最后，小猴子在痛苦中死去。

每个生命都或多或少带着伤，除了自愈，没有别的办法。好的人生在于及时疗伤，而不是到处宣扬自己的痛苦。其实，这个世界并没有那么多人关心我们，更没有什么所谓的感同身受。就像我们长久地守在亲人的病榻前，虽身体上任劳任怨，但心里想的可能是自己很困很累很无助很缺钱，却不一定会有多少时间去想，躺着的人有多么痛苦和难熬。出生在什么样的家庭，就意味着将要经历什么样的人生，这何尝不是我们的宿命？可经历是为了懂得，抱怨无用，也不必忍着痛说感谢，学会从此爱惜自己就够了。别忘了，我们已经是个大人，完全可以靠自己的力量活出自己想要的样子。

再过几天，我就四十九周岁了。也就是说，这是跟“四十”有关的最后一个生日，我是该好好庆贺呢，还是该躲到哪儿偷偷地哭一哭？我可不会哭，未来的每一天，都得当生日那样过。想想这为时不短的大半生，算得上是五味杂陈、丰富多彩。比如现在，正在键盘上敲打文字、不再白嫩细腻的双手，左手中指有一处擦炉灶的烫伤和一处给老爸撬牡蛎时留下的刀伤，右手拇指还有一处新的擦伤，目前正在红肿发炎，我认为这就叫生活。用我这双粗糙带伤的手写出的文字，如果能帮到你哪怕一点点，我认为这就叫价值。

时间一直在悄悄流逝，不管你愿不愿意，它都冷着脸匀速向前，不会因为你是谁而多停一分、少留一秒，若是有人问我，你最喜欢自己人生中的哪一个阶段？我的回答是现在，真心的。虽白发渐多，皱纹日增，但心无所碍，不再背负任何人、任何事，正享受着前所未有的轻松与宁静。其实，所有的问题一直都在，只是学会了释然，学会了放下，学会了爱自己。正因为学会了爱自己，所以更要宽佑和善待他人。每个人都有着难言的故事，如果你没有经历他所经历的，尊重好过评判。

生命是一条不断向前奔涌的河流，水中难免混杂着污浊的泥沙，谁也别说谁的生命有多纯净。当我们久经历练，被岁月磨合得平和淡定、波澜不惊，那些脏东西自然会沉淀下来，静静地附着在河床。人无完人，人性的黑暗也是完整生命的一部分，虽一直存在无法消除，却不会影响水的清澈。不要过于追究人性的复杂，很多人、很多事本就经不起推敲，除了徒增烦恼，又能怎样呢？你只管修缮好自己的堤坝，保持好自己的底线，守护住自己的本心，做真实坦然的自己就够了。

无论如何，成长自己，修炼内心，是一生都需要学习的功课。所以，管它什么年纪，我们都有权利绽放鲜活的生命，拥抱崭新的生活！就现在，刚刚好。

后　记

原以为这大半生会很厚重，停笔后才发现，它竟如此的单薄。

这是一本迟早要写的书，无论最终它以什么样的形式存在，都要写。这是个心愿，有关一个普通人的平凡一生。之所以写写停停，心怀忐忑，是因为带着淡淡的畏惧。一来畏惧于自己的实力，毕竟才疏学浅，此前也从未有过类似的尝试；二来畏惧于自己的一些观点，会不会因为过于“叛逆”而引来诸多非议；三来畏惧于遵从“真实”可能产生的“负作用”。家人，是这世上最亲近也最容易伤到彼此的人，如何把握亲情的界限、尺度与分寸，是你我一生的功课。常见的文字里的“家”，大多是讴歌，是颂扬，是无尽的感动与感恩。而真实的家，也可能是复杂的、波折的、难言的，磨炼你的身心，迫使你不得不成长的，不是吗？纠结过后，我想清楚了一件事：面对自己，不必戴着面具；面对诚意想帮的人，不能戴着面具。别人说什么不重要，重要的是，你是否知道自己在说什么、做什么。所以，即便文中的某些“真实”被视为某种“不敬”，我也会坦然接受，因为，此心光明。

再说句真话：如果患了流行感冒，自己赶紧找药吃就是了，不必追究病毒是怎么来的，又是经何人传染给了我们。生活，就是由一连串变幻多端、层出不穷的问题组成，逃是逃不掉的，只能一个个地去面对、去拆解。家，就是每个人的生命之根赖以生存的那块初始土壤，它有养分，有糟粕；有欢喜，有忧伤；有阳光，有阴暗；有包容，有碰撞。无论如何，它终归成就了今天这个还算身体健康、品行端正的你。如果你热爱自己的生命，自然会感念孕育它、养育它的出处；如果你热爱当下的生活，就一定懂得活着不易、谁都不易，且行且珍惜；如果你热爱更美好多彩的生活，大可远离故土，到更广阔的天地去发展自己。如果这几样都不爱，活着，也就失去了意义。请相信，这个世界上看似最幸福、最通透、最豁达的人，一定是经历得最多，并有能力把过往经历转化成精神财富的人。你我，都在路上。

我的家庭只是众多普通家庭的一个缩影，想写写那个年代，写写我们不容易的父母，和他们一路艰辛的孩子们。我是一个没有什么学历、资历和背景的普通人，只想作为女儿，作为母亲，作为一名虽不年轻却乐于成长的女性，作为一个心存希望的家庭教育探索者，向这个飞速发展的时代发声。我的目的很简单——让那个不停奔波的你，放慢脚步，或偶尔驻足，看一看沿途的风景，听一听内心的声音，找寻一下曾经最想成为的那个自己。

真心希望，此次邂逅能让你的人生，从此不同。

苏 芸

2020 年 7 月 3 日

于山东威海